共犯捜査

堂場瞬一

集英社文庫

目次

共犯捜査

第一部　最悪の始まり

1

何なんだ、この現実感の薄さは。俺は本当に、誘拐犯を追っているのだろうか。

福岡県警捜査一課強行班の刑事、皆川慶一朗《みながわけいいちろう》は、右の中指で眼鏡を押し上げた。いつの間にか顔が汗で濡《ぬ》れ、眼鏡が鼻からずり落ちそうになっている。

「焦《あせ》るなよ……焦るな」

助手席に座る五歳年上の先輩刑事・馬場《ばば》和也《かずや》が、唸《うな》るように言った。ちらりと横を見ると、馬場自身も緊張し切った様子で、シートの上で身を固くしている。やけに大きな耳——密《ひそ》かに付けたあだ名は「福耳さん」だ——が紅潮していた。

右手、左手と順番にズボンの腿《もも》に擦《こす》りつけ、汗を拭う。エアコンは効いているのに、覆面パトカーの車内はやけに暑く感じられた。七月、梅雨明けの真昼の暑さが、車内に居残っている感じである。

馬場が無線を取り上げた。

「捜一七から各局。マル対は国体道路を祇園《ぎおん》駅方面へ向かって走行中。速度五十をキープ」

今追跡している相手は、決して飛ばそうとしない。クルーズコントロールでも使っているかのように、ずっと一定のスピードをキープしている。皆川は視線を上げ、都市高速の緑色の案内板を確認した。この先を左へ曲がるとすぐに呉服町《ごふくまち》、ないし千代《ちよ》から高速へ入れる。前を行く犯人の車は高速に乗るだろう、と皆川は予想していた。高速に乗ってしまえば、その後は九州道、長崎道、大分道……一気に遠くへ逃げられる。九州道をずっと北九州方面へ走って、本州に入ってもいいわけだ。県境を越えると、急に捜査は難しくなる。犯人が逃走中だと尚更だ。できるだけ早く捕捉したかったが、指示はあくまで「追跡続行」。

「他の連中、ついてきてるんですかね」皆川はつい不安を口にした。

「大丈夫だろう」馬場があっさり言った。「連絡はきちんと取ってる。だいたい、まだ走り始めてから五分しか経《た》ってないぞ」

「本当ですか」皆川は声を上げた。「もっと長く経ってるかと思いました」

追跡が始まってから五分……五分前に、住吉《すみよし》神社の境内で、前を行く黒のアルファードのドライバーが身代金をピックアップした。金の入ったボストンバッグを一瞬で持ってくると、すぐに走り始めた。あの段階で捕まえるべきではなかったか、と皆川はずっと考えていた。しかし捜査本部の指示は「追跡」。金を持ってアジトへ向かう犯人を追って、逮捕と同時に人質を救出する狙いである。

「えらく大胆な犯人ですよね」皆川は感想を漏らした。

「大胆じゃなくて、ふざけてる」馬場が吐き捨てる。「あんな目立つ場所で身代金の受け渡しをするなんて、あり得ない」

身代金の受け渡し場所に指定された住吉神社は、福岡市のど真ん中と言っていい場所にある。犯人は、この条件に賭けたのだろう。身代金のピックアップ時には危険が伴うが、警察側の監視も難しい。境内に潜んでいるわけにもいかず、向かいの小さな公園に身を隠すか、かなり離れた場所に覆面パトカーを停《と》めておくしかないのだが、その付近は人通りも多く、目立つ。境内に監視カメラを設置する手も検討されたが、犯人から最終的に受け渡し場所が指定されたのは、ほんの三十分前である。既に犯人が現場を監視している可能性もあるとして、カメラの設置は見送られた。結局機動性を重視して、車の他にバイクも二台用意され、監視・追跡を行うことになった。

自分がバイクに乗ってもよかったな、と皆川は思った。何かと口煩《くちうるさ》い馬場が隣にいるより、一人でバイクを飛ばしている方が気が楽だっただろう。

一瞬、眼鏡を外して額の汗を拭う。眼鏡をかけ直した時、前を行くアルファードとの間隔は少しだけ開いていた。

「ナンバーが分かればな……」馬場がつぶやく。アルファードはナンバーを隠していた。前に回りこめば確認できるかもしれないが、変な動きをすれば怪しまれる。

ふいに家族——妻の茉奈《まな》の顔を思い出す。娘を出産したばかりで、今は太宰府《だざいふ》市の実家に戻っているが、そろそろ家に帰って来る予定だ。それまでに、怪我《けが》などしないように気をつけないと。この誘拐事件が発生した二日前から、一度も連絡を取っていないから、心配しているだろう。「しばらく仕事で連絡が取れなくなる」とだけ伝えておいたのだが……誘拐事件の場合、情報漏れはご法度《はっと》である。たとえ家族であっても、捜査の内容——事件が発生した事実さえ話せない。

結愛《ゆめ》と名づけた娘にも会いたかった。親馬鹿かもしれないが、とにかく可愛い。将来は絶対に美人になると思うと、今から気持ちが落ち着かない。そういうことも含めて、同僚や先輩からは散々冷やかされる——あまりにもしつこいので嫌気がさしていた。茉奈は十歳も年下で、彼女が大学を卒業した直後に結婚したから、ある程度からかわれるのは覚悟していたのだが。

「何だ、娘のことでも考えてるのか」

「ええ、まあ……」ずばり指摘され、皆川は口ごもった。

「集中しろ。集中しないと、取り逃がすぞ」

「了解です」

ハンドルを握り直す。窓を開けたい、という欲求と必死に闘った。どうせ生ぬるい風が入りこんでくるだけだろうが、それでもエアコンではなく自然の風を浴びたかった。

アルファードは、堅粕《かたかす》一丁目の交差点を左折した。目の前には、高速の緑色の橋脚。やはり高速に乗るつもりだな、と皆川は確信した。ここからはさらに気をつけていかないと。高速でカーチェイスにでもなったら、危険性はさらに増す。

「マル対、国道三号を左折」馬場がすぐに報告した。無線は持ったまま。すぐにまた動きがあると予想しているのだろう。

　車の流れはスムーズで、ほどなく福岡県庁、市民体育館の近くを通り過ぎる。その先に、呉服町入り口まで八百メートルを示す看板。しかしアルファードはそちらへは向かわず、高速の下を走る国道三号をひたすら走り続けた。いったい、どこへ……やがて国道三号は高速の下から外れ、その脇を走るようになる。片側三車線、制限速度五十キロの道路で、アルファードは律儀に一番左の車線をキープし、きっちり五十キロを守っていた。ダッシュボードの時計を見ると、午前一時四十七分。さすがに車は少なくなり、前も空いている。何故《なぜ》思い切ってアクセルを踏みこまない？　警察は追ってきていないと確信しているのか？

　しかし……東浜《ひがしはま》一丁目の交差点で、アルファードは突然ウィンカーも出さずに左折した。今度は片側一車線の狭い道路。高速の下を抜けると、途端に視界が広がった。この辺りは既に、東浜埠頭《ふとう》に入っている。建築資材の荷捌《にさば》き場などが多い場所で、巨大な倉庫が建ち並んでいた。いったいどこへ向かうのか……高速の下をくぐって最初の信号でアルファードが左折し、いきなりスピードを上げる。皆川は慌てて、アクセルを床まで踏みこんだ。タイヤが悲鳴を上げる。

「気をつけろ！」馬場が叫ぶ。

分かってますよ……皆川は口の中で文句を嚙《か》み潰した。ここで逃げられたらおしまいだ。何としても食いついていかねばならないから、多少の無理は仕方がない。

それにしても犯人は、どうして急に乱暴な運転に切り替えたのだろう。こちらの存在に気づいた？　あるいはここから急に急ぐよう、事前に計画していた？　状況が分からず、皆川は混乱するばかりだった。

アルファードは、一気に九十キロまでスピードを上げていた。埠頭の中は道路が真《ま》っ直《す》ぐで広く、スピードも出しやすいのだが、さすがにこれは危ない……。

「マル対、中央埠頭に向けて進行中。スピードが上がっているので注意」馬場がマイクに向かって報告した。声に少し焦りが感じられる。

それにしても、他の車はどうした？　車はともかく、機動性の高いバイクなら、とうに追いついていてもいいはずなのに……様々な不安が頭を過《よぎ》る。

「気づかれたかな」馬場が低い声で吐き捨てる。

「そうかもしれません」

「これからちょっと、覚悟しておけよ」馬場が忠告する。「振り切るつもりかもしれない。事故には気をつけろ」

「了解です」そうとしか言いようがない。ハンドルを握る手にさらに力が入り、こめかみを汗が流れ落ちた。

博多湾を右手に見ながら、御笠《みかさ》川にかかる橋を渡る。緩い上り坂に入ったが、アルファードはまったくスピードを落とさなかった。左手にはまた、高速道路が見えてくる。橋を渡り切ると、道路標示……直進すれば博多埠頭、右へ曲がれば中央埠頭だ。どこへ逃げる？　この覆面パトカーに気づいて振り切るつもりなら、天神《てんじん》方面へ逃げこもうと考えるのが自然だ。この時間の埠頭は無人だから、目立つ。まず逃げ切れない。

脇に一台の車が並んだ。ちらりと見ると、もう一台の覆面パトカー……少しだけほっとしながら、皆川は肩を上下させた。ようやく援軍が来たか――しかし気は抜けない。依然として、自分が一番近くで追跡しているのだ。

三車線の真ん中を走っていたアルファードが、いきなり右車線に飛びこんだ。そのまま交差点に突っこみ、右折する。

「マリンメッセか……」馬場がつぶやく。

「この時間だと、あそこには逃げこめないですよね」

「そりゃそうだ」

マリンメッセ福岡は収容人員一万五千人、県内最大規模のアリーナだ。オープンはもう二十年も前だが、博多で大きなイベントといえば、今でもここである。半円を何連にも組み合わせたような屋根が特徴的だが、午前二時近い時間は、当然真っ暗である。

アルファードは、マリンメッセ福岡の脇を通るマリン通りに飛びこんだ。この先は片側二車線のひたすら真っ直ぐな道路が続き、最後はクルーズセンターに行き当たる。そこまで行ってUターンすれば市街地に戻れるのだが、本格的な追いかけっこになれば、巨体のアルファードは不利だろう。しかも先ほど赤信号を無視して交差点を右折した時に、さらにもう一台、覆面パトカーが合流している。これで三対一。

逃がしはしない——しかしこれは、逆にまずい状況だ。絶対に気づかれずにアジトまで尾行するのが、皆川たちに課せられた指令である。勘づかれたら、全てはおしまいだ。犯人が自棄《やけ》になって、無謀な行動に走る恐れもある。

「無理に詰めるなよ。距離は十分開けておけ」

「分かってます」馬場の指示に、皆川は上の空で答えた。街灯の乏しい中、追跡に集中するだけで精一杯なのだ。

やはりまずい……今、マリン通りを走っているのは自分たちだけ。アルファードが、赤になった信号を無視して強引に交差点に突っこむ。皆川は反射的にアクセルをさらに踏みこみ、後を追った。

「馬鹿、無理するな」馬場が叱りつける。「尾行してるのを相手に教えてるようなものじゃないか」

「すみません……」皆川は反射的に謝ったが、それよりも嫌な予感が頭の中で膨れ上がっていた。逃げているだけならともかく、アルファードのドライバー――誘拐犯は絶望しているのではないか。

マリン通りは全長一キロもないが、ひたすら真っ直ぐなので、昔はよく「ゼロヨン族」が加速を競い合っていたそうだ。最近はさすがにそういう連中はいないようだが、アルファードはその時代を再現しようとしているかのようだった。巨大なミニヴァンで、加速も鈍いはずなのに、犯人はひたすらアクセルを踏み続けているのだろう。二つ目の信号を通過したところで、皆川の車のスピードメーターは百二十キロを指していた。いくら見通しのいい直線道路でも、これは危ない……。

「まずいですよ、馬場さん」

「分かってる」馬場の声は強張《こわば》っている。

「放っておいたら事故ります。前に出て止めるべきじゃ――」

「無茶するな！」馬場が鋭く叫んだ。「何キロ出てると思ってるんだ！」

しかし、放っておいていいわけがない。ただ、埠頭の先端まで行き着けば、左右どちらかに曲がるしかないわけで、そこでは必ずスピードを落とす――そこまで行ったところで何とかするしかない。あと四百メートルか、三百メートルか。

左側に、寄港している巨大客船が見えてくる。中国からの船だろうか、窓には煌々《こうこう》と灯《あか》りが灯《とも》り、まるで横に長い巨大なホテルのようだ。埠頭全体には頑丈な金網が張られ、博多湾と道路を隔てている。アルファードはそこまで行かないうちに、いきなり右折した。タイヤが激しく鳴る音まで想像できる。すぐに左に折れると、一瞬蛇行した後、さらに海へ向かって一直線に進む。

クソ、冗談じゃない。

アルファードはまったくスピードを落とそうとしない。ヘッドライトが照らし出す先で、金網が一部開いているのが見えた。正面には博多湾。晴れた昼間ならば海の中道、それに志賀島《しかのしま》まで見える場所だが、今は暗い海と空が口を開けて待ち受けているようだった。

「止まれ!」無駄だと分かっていながら、皆川は叫んでいた。

「前に回りこめ!」馬場が叫ぶ。

「無理です!」距離が足りない……叫び返したが、それでも皆川はアクセルを踏み続けた。

左折すると、海まではわずか数十メートルほど。この先はどうする……アルファードが、フェンスの隙間に突っこんだ——海に飛びこむ。皆川はなおも埠頭の先端に向かって車を走らせたが、もはや手遅れだとようやく気づいた。ブレーキを踏みつけた上にサイドブレーキを引き、ハンドルを思い切り左へ回す。タイヤがグリップを失って車が横滑りした。間に合わない——このまま、運転席側から博多湾に転落だ——しかしギリギリのところで、軽い衝撃が襲う。フェンスに車の横腹がぶつかったのだ。慌ててドアを開けようとしたが、フェンスが邪魔になる。車を少し前に出して、外へ出られるスペースを確保した。

「クソ、やっちまったか」

ぶつぶつ言いながら、馬場が車を飛び出す。皆川は——すぐには動き出せなかった。鼓動が激しく、心臓が胸を突き破りそうだ。何とかドアを開けて外に出たものの、足ががくがくと震えて前に進めない。馬場は既に埠頭の突端に立ち、両手を腰に当てて海を見下ろしていた。何とか彼の横に立つと、十メートルほど先に車のルーフが見える。皆川は思わず背広の上着をその場で脱ぎ捨てた。

「よせ」馬場が皆川の腕を摑《つか》んで抑える。

「しかし——」

「無駄死にするな」

「死」という言葉が頭の中で渦巻く。アルファードはまだ沈み切っておらず、ルーフの周りで海水が渦を巻いている。ボコボコと泡がたっているのは、ウィンドウを開けたからか……。

悲鳴が聞こえた気がした。

やはりウィンドウが開いていて、ドライバーが助けを求めている？　しかし自分は何もできない。やはり飛びこむべきだったのではないか？　窓さえ開いていれば、そこに体を突っこんで何とか引き出す――。

これで全てが終わりなのだ、と皆川はうなだれた。奪われた身代金五千万円は戻らず、犯人も死亡。人質はどうなる？　皆川は、緊張の頂点にいた二日間が最悪の結末に終わったことを意識させられた。記憶が過去に飛ぶ――。

2

誘拐事件が発生したのは、二日前の七月十三日だった。

被害者は松本莉子《まつもとりこ》、七歳の小学校一年生。いつもは四時前には帰宅するのに、この日は六時になっても帰ってこなかった。心配した家族が捜し始めた矢先、午後七時過ぎに自宅に脅迫電話がかかってきた。

「娘を預かっている。現金五千万円を用意しろ」

家族は冷静な判断力を失っていたようだ――あるいは悪戯《いたずら》だと思っていたのか。警察に届け出があったのは日付が変わってからだった。

皆川は、寝ているところを電話で叩《たた》き起こされた。その日はちょうど、太宰府市にある茉奈の実家に泊まっていて、とうに夢の中だったのである。

「すぐに本部に出てこい」電話をかけてきた馬場の声は不機嫌だった。

「事件ですか？」

「事件だから電話をかけたんだ。ぼけたことを言うな……誘拐らしい」

「マジですか？」それでようやく目が覚めた。ベッドサイドの時計を見ると、午前一時過ぎ。隣で眠る茉奈を起こさないように布団から抜け出す……が、結愛は目覚めてしまった。ぐずり始めたので、茉奈が起き出してあやし始める。何とも心和む光景だが、それを味わっている余裕はなかった。一階に降りて、人気《ひとけ》のないリビングで馬場との会話を再開する。

「被害者は松本莉子、小学校一年生の七歳だ。父親は博多派遣サービスの社長」

「博多派遣サービス？」

「おいおい、しっかりしろ。ＨＨＳだよ。福岡県ローカルでは一番でかい、人材派遣の会社だぞ」

「マジですか？」二度目の「マジですか」。普段はあまりこんなセリフは口にしないのだが、それだけ驚いている証拠だ。

「いわゆるセレブってやつだな。ローカルなセレブではあるけど……とにかく、今日の夕方、学校帰りにいなくなったらしい」

「所轄はどこですか」

「南福岡署だ。家が南区だからな。お前は取り敢《とあ》えず、本部に出頭してくれ。特殊班に合流するんだ」

「南福岡署じゃなくていいんですか？」捜査本部は普通、所轄に設置される。

「一斉に南福岡署に行くと目立つ。犯人を刺激するわけにはいかないんだ。一度本部に集まって、方針を決めるそうだ」

「了解しました」

　了解と言っても……ここから県警本部へ行くには、西鉄で天神まで出て地下鉄に乗り換え、馬出《まいだし》九大病院前で降りるのが一番近い。四十分ほどしかかからないが、電車はとうに終わってしまっている。自宅にいれば車を使えるのだが……茉奈の父親に送ってもらうわけにはいかない。子どもも生まれたものの、茉奈の父親との関係は、未《いま》だに少しぎくしゃくしているのだ。昔ながらの九州男児。女は大阪や東京へ出る必要はない、地元で早く結婚しろ——という考えは自分たちの結婚にとってはプラスに働いたが、公務員らしからぬ豪快な振舞いにたじろぐこともある。

電話を切り、どうしたものかと考える……仕方ない、タクシーを摑まえよう。出かける準備をするために階段に向かったところで、結愛を抱いた茉奈が降りて来た。半分寝ているようで、足取りが危なっかしい。

「慶ちゃん、どうかした？」

寝ぼけ声で訊《たず》ねる。十歳年下、まだ幼さが残る妻は、いつも皆川を「慶ちゃん」と呼ぶ。

「ちょっと出かけないといけなくなった」

「こんな時間に？」かすかに非難するような口調。

「ごめん」何で謝る必要があるのかと思いながら、皆川は頭を下げてしまった。これはほとんど、口癖のようになってしまっている。若い妻は心配性なのだ。「とにかく、すぐに出ないと」

「どうやって行くの？」

「駅まで出て、タクシーを摑まえるよ」国博通りにある家から最寄りの太宰府駅までは、歩いて五分ほどだ。そこまで出れば、何とか摑まるだろう。どうしようもなければ、電話で呼べばいい。

皆川はすぐに二階に上がって着替えた。茉奈の実家にも服を何着か置いてある。クリーニングから返ってきていたシャツとズボンを身につけ、念のために上着も着こむ。この季節、昼間に寒い思いをすることは絶対にないのだが、夜は案外冷えこむことがある。寒さで動きが鈍くなったら、刑事失格だ。

茉奈が、財布から一万円札を抜き出して渡してくれた。

「これは？」

「お小遣い、足りないでしょう？　臨時に……タクシーだったら、結構お金がかかるわよ」

「助かる」受け取り、素早く財布にしまった。

「何が起きたの？」

「それは……まだ状況が分からないんだ」本当は言ってはいけないことになっているのだが、そうやって突き放すのは申し訳ない気がした。「後でまた連絡するよ。ちょっと、結愛を……」

皆川は寝ついた結愛を受け取り、抱きしめた。しばらくその温かさと柔らかさを味わう。ふいに今回の事件、そして犯人に対する怒りが激しくこみ上げてきた。子どもを持つ身になって、初めて分かることもある。子どもが危ない目に遭うような社会は、絶対にどこかがおかしい。この事件を無事に解決し、人質を救出するのは、結愛のためにもなるはずだ。

電話を受けて一時間後、皆川は県警本部に飛びこんだ。県庁に隣接した県警本部は、素っ気ないほど特徴のない庁舎である。本部の捜査一課に来てから五年以上になるが、皆川は出勤する度にかすかな緊張を覚える。今は尚更だ。

捜査一課の大部屋は、既に刑事たちでごった返していた。出遅れた、と舌打ちしたが、後悔する間もなく馬場に呼びつけられる。

「すぐに所轄へ向かってくれ。俺も行く」

うなずいたが、それなら最初から南福岡署に行くよう、指示してくれればよかったのに。皆川がここへ来るまでの間に方針が変わったのかもしれない。

「どうなってるんですか」

「電話は一回あっただけだ」

「それで、本当に誘拐だと断言していいんですか？」

「誘拐じゃなくても、小学校一年生の女の子が家に帰ってこないんだから、大事じゃないか」

彼の怒りは本物だ。そういえば馬場にも、小学校三年生の娘がいたはずだ。自分に置き換えて事件を捉えてしまうのだろう。

「もう一つ、自宅の郵便受けに、被害者のノートが突っこんであった」

誘拐した証拠ということか……それにしても、犯人の大胆さには驚かされる。誘拐した後、早い段階でやったのだろうが、普通、誘拐犯は、被害者の家に近づかない。むしろできるだけ離れた安全な場所で、金の受け取りをしようと企《たくら》むものだ。

「ふざけた犯人ですね」

「まったくだ……絶対に無事に保護しないと」

犯人逮捕より先に、保護を言い出すわけか……普段は口の悪いこの先輩の人間味を、皆川は実感した。

「現場は、南福岡署の近くなんですか？」

「結構離れている。だから、署を前線基地にしても、犯人側にこっちの動きは漏れないと思う。用心は必要だが」

「被害者の家、一戸建てですか？」

「ああ。でかい家らしいぞ。何しろ――」

「ローカルのセレブ、ですよね」皆川は馬場の言葉を途中で遮った。

「そういうことだ」むっとした口調で馬場が認める。

「一戸建てなら、上手《うま》く忍びこめそうですね」

「しかし、時間帯がよくないんだよ」

「出遅れたのは痛いですね」皆川は顎を撫《な》でた。さすがに髭《ひげ》を剃《そ》る時間まではなかったので、ざらざらしている。

「夜中は動けない。犯人が家を監視している可能性があるからな」

「動くのは朝からですか……どうやって家に入りこみますかね」

「それは、俺ら下っ端が考えることじゃない。上が何とかするよ」

宅配便や電気工事を装う……それでも、何人もの刑事が入りこむのは難しい。となると——皆川は次々に疑問をぶつけた。

「会社はどこにあるんですか？」

「自宅のすぐ近くだ」

「なるほど……じゃあ、それを利用すればいいんじゃないですかね」

「どういうことだ？」馬場が首を傾《かし》げる。

「一度会社へ入って、社員のふりをして家に行くとか……社長の家がトラブルになったら、社員が助けに行くのは普通でしょう。それなら、犯人が見ても怪しまないんじゃないですかね」

「犯人は、警察には届けるなと言ってたんだぞ——当たり前だが」

「警察に言わなくても、会社の人間には言うかもしれないでしょう。それなら、犯人の要求を無視したことにはならないし」

「問題は、一課には目つきの悪い男が多いことだな。社員に化けても、すぐに気づかれそうだ」その代表格が馬場である。むしろ暴力団担当の部署に置きたいぐらい、凶悪な面相なのだ。

「それなら、自分が」皆川は、自分があまり刑事らしく見えないのを自覚している。眼鏡のせいもあるのか、どちらかというとソフトな顔つきだ。ついでに言えば体格も――皆川は、東京の大学で箱根駅伝に出場したことがある。本格的に走るのはとうにやめてしまっているが、今でも毎日のようにランニングは欠かさない。スリムな体形を保っているせいか、人に威圧感を与えないようだ。

「まあ、お前一人が入ってもどうにもならんだろうがね……上に具申はしておくよ」

「実際、会社にも協力を仰いだ方がいいかもしれませんよ」

強行班の刑事である皆川自身は誘拐事件の捜査経験はなかったが、先輩たちからいろいろ話は聞いていた。子どもを攫《さら》われた親は、疑心暗鬼になる。警察側の担当者は、まず親と信頼関係を結ぶところから始めなければならない。何でも話してもらって問題を共有しないと、いざという時に上手くいかないことが多い。そのため、親戚や会社の人間にクッション役になってもらうこともあるのだ。特に親戚の人間は大事である。普通に家に出入りしていても怪しまれないわけだし。

「行くぞ」

気合いの入った馬場の声に導かれ、皆川は本部を出た。覆面パトカーのハンドルを握ると、途端に緊張感が高まってくる。失敗は絶対に許されない。捜査では、自分のような平《ひら》の刑事は歯車の一つに過ぎないが、だからといってミスが許されるわけではない。小さな歯車一つの狂いでも、全体の計画を頓挫させてしまうだろう。

南福岡署は、鹿児島本線竹下駅と西鉄天神大牟田線大橋駅の中間地点に位置し、近くには九大大橋キャンパスがある。基本的に周囲は住宅街で、普段は事件の取り扱いは少ない。

三階建ての古い建物は、外から見た限りでは静まりかえっていた。それはそうだろう……皆川も、車を降りた途端に欠伸《あくび》を嚙み殺した。街は完全に眠りについており、人も同様——普段なら、一番眠りが深い時間帯だ。しかし二階の一角にだけ、煌々と灯りが灯っている。たぶんあそこが、誘拐事件の捜査本部にあてがわれた部屋なのだろう。

本部となった会議室には、捜査一課長や管理官ら幹部の顔も見える。無線機器などが持ちこまれ、完全に臨戦態勢という感じだ。皆川は、胃液がぐっと上がってくるのを意識した。緊張のせいで胸焼け——こんな経験は初めてだった。

馬場が、管理官に話しに行く。少し遅れて皆川も続いた。二人の会話に耳を傾けると、幹部連中はもう、会社をダミーに使うことを決めていた。自分もベテランの刑事たちと同じような発想をしていたと気づいてほっとする。

「集まっている連中だけでいい、ちょっと聞いてくれ」

管理官の宮下《みやした》が声を上げる。ざわついていた刑事たちが揃《そろ》って口をつぐみ、席に着いた。急に会議室が静まり返り、皆川はまったく唐突に寒さを感じた。七月、エアコンの入っていない会議室で、人いきれが充満しているというのに。

捜査一課長の佐竹《さたけ》が前に立つ——怒っていた。普段からすぐに怒声を飛ばすタイプなのだが、今日はいつもの比ではない。既に顔は真っ赤になり、短く刈り上げた髪から覗《のぞ》く地肌まで朱に染まっている。見ているだけで身がすくみそうだ。がっしりした体格は、かつて柔道の有望選手だった名残だ。実際、柔道の実力を買われて福岡県警に入ったのである。オリンピックも狙えると言われた逸材で、腰を負傷しなければ、本当に五輪選手になっていたかもしれない。二十三歳で方向転換を余儀なくされてゼロからやり直し、その三十年後には捜査一課長にまで登り詰めた。怪我がなければ本当にオリンピックに出場して、その後は教養課で後進の指導に当たっていたか、どこかの大学や高校で若い選手を育てていた可能性もある。

「この阿呆《あほ》な犯人は、絶対に捕まえる。人質は完全に無事な状態で、間違いなく保護する。いいか、誘拐は絶対に割に合わない。成功率が極めて低い犯罪だ。二度とこういうことが起きないように、世の中に知らしめる必要がある」一度口を閉じ、佐竹が刑事たちの顔を見回した。「誘拐事件の捜査には、細心の注意が必要だ。同時に、気持ちを熱く持たないといけない。冷静と情熱の間で上手くバランスを取って、一刻も早い解決を目指す。分かったな？」

おう、と声が揃う。皆川は密かに武者震いしていた。刑事となって初めての誘拐事件の捜査。まさに人の命がかかっているわけで、他の事件の捜査とは訳が違う。

「皆川！」

いきなり佐竹に呼ばれる。皆川はダッシュで会議室の前方まで行った。髭を剃ってこなかったのを後悔したが——佐竹の顔はつるつるだった——これは仕方がない。そこまでの余裕はなかった。

「会社に忍びこむアイディア、悪くない」

「はい」

「もちろん、俺たちがそんなことを思いつかないはずもないが」

「失礼しました」素直に頭を下げる。褒められているのか貶《けな》されているのか、さっぱり分からない。

「横浜でいい経験を積んだようだな」

「いえ……」否定も肯定もできない。二年近く前、神奈川県警の不祥事を調べるために、警察庁の指令で横浜で捜査をしたことがある。厳しい仕事だったのは間違いない。

「お前には取り敢えず、会社経由で家に入ってもらう。刑事には見えないからな」

苦笑いを隠すためにうつむく。実際、昔からの友人たちにも、未だに「お前が警察官なんて信じられない」とからかわれるぐらいだ。今までは、それが仕事上で役に立っていたとは思えなかったが、今回は何とかなるだろうか。

「家族の面倒は、花澤《はなざわ》に任せる」

「了解です」捜査一課ではまだ珍しい女性刑事、花澤絵里《えり》。皆川より二歳年上の警部補で、誘拐などを担当する特殊班に所属している。少し当たりが強いタイプなのだが、弱っている家族の相手にはやはり女性ということだろう。

「お前は花澤のサポートをしつつ、家族をきちんと観察しろ」

「どういうことですか?」

「地元の有名人の家だぞ? 金も持っている。そういう家は、元々トラブルを抱えていたりするものだ。誰かに恨みを買ったりとかな」

「そういうトラブルが誘拐の原因だと?」

「家族間の問題、あるいは会社の問題……何かあるのか、探り出したい」

「分かりました。全力で頑張ります」

「よし」佐竹がうなずく。「無駄に緊張せずに、しかし気は抜かずに、だ」

まるで反対の精神状態をコントロールするわけだ。果たして自分にそれができるか——皆川は胸が苦しくなる思いだった。

絵里とは、博多派遣サービスの本社で落ち合った。きちんとした黒のスーツ姿で、どこにでも自然に馴染《なじ》めそうな格好である。短かめにまとめられた髪。化粧っ気はなく、アクセサリーも一切身につけていない。唇は病的なほど白く、ひどく緊張しているのは明らかだった。

「大きい会社なのね」警察用に当てがわれた会議室に入るなり、絵里が独り言のように言った。

「そうみたいですね」

従業員百人、派遣登録している人は実に一万人に上る。大手の人材派遣会社と張り合って、地元でやっていけるだけの規模だ。本社は自宅近く、西鉄大橋駅の駅前通り沿いにある五階建てのビルで、裏側には大きな駐車場がある。そこに何台もの小型自動車が停まっているのが、会議室の窓からも見えた。全て同じ車種、ボディサイドには「HHS」のロゴが入っている。

テーブルには、ペットボトルのお茶やミネラルウォーター、紙コップが大量に置いてあった。警察が用意したのか、会社で準備してくれたのかは分からない。しかし絵里は気にする様子もなく、五百ミリリットル入りのお茶のペットボトルを手にした。キャップを捻《ひね》り取ると、ボトルを傾けて一気に半分ほどを空《から》にする。

「本当はコーヒーが欲しいところね」

「お茶じゃ、目が覚めませんか」

「まあね……今日も一日、長くなりそうだから」絵里が、すっと近づいてきた。耳元で囁《ささや》くように「五千万円の身代金については、どう思う?」と訊ねる。

「妥当じゃないですかね。何しろ地元の名士ですから」

会社の業績が上々なことは、ここへ来るまでに聞かされていた。創業者は現社長の父親で、現在は会長。オーナー企業だから、トップが自由にできる金も相当あるはずで、五千万円の身代金も無理な要求ではないのでは、と皆川は想像していた。もちろん、右から左へ簡単に動かせるような額でもないだろうが。

いきなりドアが開き、中年から初老に足を踏み入れかけた男が顔を覗かせた。刑事には見えない。会社の関係者だろうか……皆川は軽く一礼した。

「総務部長の田代《たしろ》です。何か必要なものは……」

「今のところは大丈夫です。順調に準備は進んでいます」皆川は答えた。

「何かあったら声をかけて下さい。待機していますので」

「ご面倒おかけします」

言って、皆川はまた一礼した。田代がうなずき返し、すぐにドアを閉める。

「しっかりした人がいるのね、この会社」感心したように絵里が言った。

「会社としても、万全のバックアップ態勢なんでしょうね……ところでこの件、家族の中では誰が主導権を握ってるんでしょうか」

「たぶん、会長さん」

「お祖父《じい》さんですか」

「お祖父さんと言っても、まだ六十五歳だから。現役感バリバリみたいよ……私はまだ会ってないけど」

「これからお目にかかるわけですね」

「そうなるわね」絵里の顎に力が入った。「最初は探り合いになると思うから、慎重に行きましょう。とにかく、怒らせないように気をつけないと」

「どういう状態でいるか、分かりませんからね」

「だいたい、二通り」絵里がVの字を作った。「落ちこんで泣いているか、激怒しているか」

「会長、松本俊也《としや》、社長、松本秀俊《ひでとし》。他に俊也会長の奥さん、秀俊社長の奥さんが同居。一人娘の莉子ちゃんを入れて、五人家族」手帳を確認しながら皆川は言った。「家はすぐ近くですね」

「車で五分ぐらい、かな」絵里が窓辺に歩み寄り、ブラインドを指先で下ろした。「営業車を使わせてもらうことになってるわ。どれだけカムフラージュになるか分からないけど、私たちが顔を晒《さら》しながら家に入っていくよりはましだと思う」

「犯人、どこかで見張っていますかね」ここから少し離れた松本家の周辺は、福岡市内でも高級住宅地だから、犯人が車でも停めていれば目立つ。パトカーが定期的に巡回していて、怪しい人間を見つけたら即座に引っ張ることにしているし、当然犯人もそういうことは予期しているだろうが……。

「見張っている前提で考えておいた方がいいわよ」絵里が忠告した。「人はいなくても、監視カメラをしかけたかもしれないし」

「あるいはドローンとか」

「さすがにそれはないでしょう」絵里が苦笑する。「上空でずっとドローンが飛んでいたら、すぐに分かるわよ」

「そうでした……出発は？」

「朝まで待つわ。夜明け前にうろうろしていると、何かと怪しまれるから」

夜明けまで、あと一時間か二時間。いつもより数時間早く始まった一日は、まだまだ先が長い。

3

これは上手くいかない、と皆川は早々に直感した。ひとえに莉子の祖父、俊也の威圧感ゆえである。

朝七時。先発隊として自宅に入った皆川と絵里は、いきなり俊也の罵声に迎えられた。玄関に入った瞬間、「警察だな！　いったい何をしてるんだ！」と野太い声で怒鳴りつけられる。皆川は反射的に身をすくませてしまったが、隣にいる絵里は、まったく堪《こた》えていない様子だった。軽く一礼した後、「警察は全力で莉子ちゃんの行方を捜していま す」と言った。

「それならとっくに見つかっているはずじゃないか」

「そう簡単にはいきません。誘拐事件の捜査は難しいものです」

「言い訳をするな！」

俊也がまた怒鳴った。しかし……二回目となると迫力はない。創業者の会長を観察する余裕もできた。中肉中背――身長百七十センチほどで、ほぼ白くなった髪を綺麗《きれい》に撫でつけている。不安な一夜が明けたばかりなのに、身なりはまったく乱れていない。おろしたてのように見える白い開襟シャツに、体にぴたりと合ったズボン。常にネクタイを締めれば、そのまま出勤できそうだ。この男は、クールビズの季節でも、常にネクタイを締め、スーツを着こんで会社に行きそうなタイプに見える。肉の少ない頰から顎にかけての線は鋭く、ノミで一直線に削り出したようだ。

「とにかく、上がらせてもらえませんか」絵里が冷静に言った。

「ああ……」怒鳴っている場合ではないとようやく気づいたのか、俊也が一歩引く。

皆川たちは、ダンボール箱をそれぞれ一つずつ抱えていた。中には、これからの捜査に必要なものが大量に詰めこんである。

通されたのは、広いリビングルームだった。三十畳ほどありそうで、端と端にいる人間同士が話をするには、大声を張り上げねばならないだろう。皆川はすぐに、電話を捜した。巨大なソファ——縦に二人が寝られそうだ——の脇に、電話台がある。これが親機で、後は各部屋に子機が置いてあるのではないだろうか。むっとしたままの俊也の許可を何とか得て、ナンバーディスプレー用のアダプタ、パソコンを接続する。これで、かかってきた電話の通話内容は全て、パソコンのハードディスクに記録される。さらにバックアップ用としてレコーダーを受話器にセットし、準備完了。

セッティングを終えて、皆川は立ち上がった。作業に集中していたので気づかなかったが、部屋の真ん中で、絵里と俊也が対決するように向かい合って立っている。二人が会話を交わす声は聞こえなかったが、ずっと睨《にら》み合っていたのだろうか……絵里を家族担当に指名したのは間違いではなかったのか、と皆川は考え始めた。やはり、少しばかり当たりがキツ過ぎる。

しかし、どうして他に人がいないのだろう？　皆川は部屋の中を見回した——見回すに相応しい広さのある部屋だったが、やはり家族の姿は見当たらない。

「他のご家族はどうしたんですか」皆川は疑問を抑えられずに訊ねた。

「女房は倒れた。二階で休んでいる」

「大変でしたね」

すかさず絵里が言うと、俊也が睨みつける。俊也は、警察というより絵里に嫌悪感を覚えているのかもしれない。しかし絵里は動じる様子もなく、淡々と質問を続けた。

「息子さん——莉子さんのご両親はどうしました？」

「自分たちの部屋で休んでいる。昨夜は一睡もしていないんだ」

「ここへ呼んで下さい」絵里が静かな口調で言った。一応は「依頼」だが、声には芯があり、実質的には「命令」である。

「駄目だ」俊也は引かない。「今倒れでもしたら、大変なことになる」

「無理はさせません。ただ、ご両親から直接お話を伺いたいんです」

「夜中に、警察で散々絞られた。まるでこっちが犯罪者のような感じで接してきたそうだぞ。警察は、どういうつもりで被害者家族に接しているんだ」

「不快な思いをさせたなら、申し訳ありません」

放っておくわけにもいかず、皆川は割って入って謝った。絵里が一瞬むっとした表情を浮かべたが、露骨に「やめろ」とは言わない。先輩後輩の関係やバッジの違いにこだわる人間ではなさそうだ。

「ただ、警察にとっても誘拐は大変な事件なんです。時間との闘いにもなります。だから、多少荒っぽい言葉遣いになることもあるんです。それはご理解いただけませんか？なるべく気をつけるようにしますので」

「とにかく、今は駄目だ。少しは休ませないと」

「父さん、それはいいから」

声がした方に顔を向ける。莉子の父親、秀俊だとすぐに分かった。髪を黒くし、頬の肉をリフトアップさせると、俊也の顔は息子そっくりになるだろう。

「すみません、ちょっと女房を休ませないといけなかったので」

「大丈夫です。問題ありません」皆川はさっと頭を下げた。

息子は父親とは大違いの、丁寧で常識的な男だった。ただ、名刺まで差し出してきたのはどうかと思ったが……この状況では、礼儀も頭から抜けていて当然だろうに。

「ちょっとお時間をいただいて、基本的な話を聞かせていただいていいですか？」絵里が切り出した。「できたら、他の部屋で」

「構いませんけど……」

秀俊が、ちらりと父親の顔を見た。こんな場合でも父親の許可がいるのだろうか。俊也は何も言わず、腕を組んだまま。それを了解の合図と捉えたのか、絵里は「では、別室でお願いします」ともう一度言った。それから俊也の顔を見て、「電話が鳴っても、すぐには取らないで下さい」と指示した。俊也は人に指示されることに慣れていない様子で、むっとした表情を浮かべたが、それでも反論はしなかった。

秀俊は、廊下に出てすぐ左にある部屋に二人を導いた。書斎だろうか……壁の両側には本棚、部屋の中央部分にはテーブルと椅子が四脚置いてある。窓際に押しつけられたデスクには、ノートパソコンが載っていた。後ろ手にドアを閉めた絵里が「ここは書斎ですか？」と訊ねる。

「仕事部屋です」二人に座るよう促しながら、秀俊が言った。

テーブルを挟んで向き合って座ると、秀俊の疲労感が伝わってくるようだった。目の下には隈《くま》ができ、目も充血している。髭が顔の下半分を覆って、いかにも徹夜明けという感じになっている。きつく唇を引き結んでいるのは、欠伸を我慢しているせいかもしれない。

「今回はこんな事件に巻きこまれて、心中お察しします」

絵里が言って、さっと頭を下げる。皆川もすぐそれに倣った。秀俊も一礼したが、何だか頭が重そうな感じだった。一晩の徹夜と心労が、彼の疲れを最大限まで押し上げたのだろう。皆川はつい、結愛の顔を思い出してしまった。子どもを奪われる苦しみは、今なら自分にも分かる……。

「今日、警察の方でも聴かれたと思いますが、娘さんがいなくなった時の状況をもう一度教えて下さい」

「それが……」秀俊が唇を噛んだ。「残念ですけど、状況ははっきりとは分からないんです。昨日はいつも通りに下校して、家に帰ってくるはずだったんですけど……」

「帰りはいつも一人ですか」

「集団下校ですけど、途中からは一人です」

「迎えの人とかは……」

「そんな人はいませんよ」秀俊が苦笑する。「家から小学校までは二百メートルしか離れていませんし、危ないところがあるわけでもないので」

実際この辺は治安のいい高級住宅地だから、用心する必要など感じないのだろう。親が不用心だったとは言えない。

絵里は静かに質問を続け、次々と情報を仕入れていった。秀俊にすれば、話すのも辛《つら》いはずだが、それでも事情聴取に応じているのは、喋《しやべ》ることで逆に気が紛れると思っているのかもしれない。

謎が多い誘拐事件だ。拉致された時の状況すら未だに分からない。目撃証言でもあれば、少しは分かるのだが……隙を見て、学校から家に至るルートを正確に歩いてみよう。そうすればもう少し、状況が把握できるかもしれない。

昨日、莉子が三時に学校を出たのは、両親の方でも確認している。四時からはピアノの教室へ行く予定だった。

「昨日以前に、何かおかしなことはありませんでしたか？」絵里が訊ねる。

「おかしなこととは？」秀俊が怪訝《けげん》そうに目を細める。

「誰かが家を見張っていたりとか、張り込みされていたりとか」

「いや、そんなことは……私は気づきませんでしたけど」

「何か、人から恨みを買うようなことはありませんか？」

「恨み？　まさか」秀俊の声が少しだけ甲高くなった。「うちは、人に恨まれるようなことは絶対に……」言葉が消える。喋っているうちに、自信がなくなってきた様子だ。

「どうですか？」絵里が畳みかける。

「自分では意識していなくても、ということもありますよね」

「あるでしょうね」

「そんなことまでは分かりませんよ。少なくとも、心当たりはないですけど」

この辺は、俊也にも確認しないといけないだろう。興奮しているあの男から、きちんと話が聴けるかどうかは分からなかったが。

「犯人からの電話は、今のところ一回だけですね？」

「はい」

「受けたのは、あなたではなく、奥さんでしたね」

「そうです」

「どんな感じだったか……口調とか年齢とか、何か分かることはありますか」

「それが、妻も動転してしまって。男なのは間違いないですけど、若い人か年寄りかもはっきりしないんです」

「そうですか……それは仕方ないですね」絵里がうなずく。「具体的な身代金受け渡しについては……」

「次の電話で指示するという話でした」

「取り敢えず、電話を待っていただくことになります。ただ、ずっと待機していると、精神的にも肉体的にもきついですから、ご家族で交代しながらになさった方がいいと思います。我々は常に側にいて、常時チェックしていますから、そこはご心配なさらないように」

「お手数をおかけします」秀俊が深く頭を下げた。

「会社の方は大丈夫ですか？」皆川は話に割って入った。

「総務が仕切って、きちんとやってくれています。会社の業務は普通に回さないといけないので……しばらくは大丈夫だと思いますが」

「念のために、緘口令《かんこうれい》を敷いていただけますか？　どこから情報が漏れるか分からないので、気をつけるように注意して下さい」

「分かりました」

皆川の指示に、秀俊がうなずく。父親に比べてずいぶん腰の低い男だな、と思った。立場の違いだろうか……身代金は祖父が――家族で出すのかもしれないが、父親にすれば、頼る相手は警察しかいないのだ。

「お金の用意はできましたか？」絵里が訊ねた。

「今、準備しています。何とかなると思います」

やはり、五千万円の現金でも「何とかなる」わけだ……皆川は軽い眩暈《めまい》を覚えた。妻の茉奈とは、「マイホームをどうするか」という話を始めたばかりである。彼女の計算では、まだ頭金が足りず、あと三、四年は貯金に励んだ方がいいということだった。自分たちの立場と松本一家の立場を、つい比較してしまう。刑事としては、変な先入観を持ってはいけないのだが。

二度目の電話がかかってきたのは、午前十時だった。その時は秀俊が電話を取ったが、相手は身代金受け渡しの具体的な話はしなかった。代わりに、秀俊の携帯電話の番号を聞いてくる。「今後は自宅の電話には連絡しない」ということだった。警察が家にいて、固定電話の前で張っていると予想しているのだろう。それも当然だが、犯人の読みはまだ甘い。携帯電話にかけてきても、しょせんは同じことである。発信源を突き止める手間は、固定電話と変わらないのだ。

この時、犯人は城南区内の公衆電話から連絡を入れてきた。地下鉄七隈《ななくま》線の金山《かなやま》駅近く。警戒していた捜査本部員がすぐに現場に飛んだが、犯人はとうに姿を消していた。

「犯人は、そろそろ金の受け渡しを指示してくるわね」リビングルームの片隅で、絵里が皆川に囁いた。

「そうですか？」

「携帯の番号を聞いてきたということは、家族を振り回す可能性がある」

「ああ……なるほど」秀俊に車で身代金を運ぶよう指示し、途中で携帯に連絡を入れて、行先を何度も変更して警察を混乱させる手口だ。もちろん複数の車で尾行することになるだろうが、受け渡し場所が何度も変更になれば、追い切れなくなるかもしれない。

その後は連絡がなく、誘拐から二度目の夜が訪れた。絵里は、松本一家とのつき合いに苦労していた。父親の秀俊は相変わらず低姿勢だったが、さすがに疲れてきて、会話が成立しにくくなっている。一方俊也の怒りは収まらず、しかも午後からは会社に出かけてしまった。どうしても外せない会議があるということだったが、皆川には信じられなかった。ただ一人の孫娘の生命の危機である。どんなに精神的に強い人間でも、まったく関係ない仕事ができるとは思えなかった。傷ついた息子夫婦を家に置き去りにして出かけるのは、家長としてどうなのだろう。

莉子の母親・真純《ますみ》は、一度顔を出したきりだった。皆川は挨拶を交わしただけだが、まともに話をするのは不可能だ、という結論に達した。顔面は蒼白《そうはく》で、唇も震えている。まるで瀕死《ひんし》の病人のようで、問いかけにも無反応だった。俊也の妻・昌子《まさこ》は、自室にこもったまま出てこない。夕方には医者が呼ばれたほどだったが、警察としては難しい判断だった。できるだけ、部外者には情報を漏らしたくない……結局、皆川と絵里をはじめとする刑事――家の中には五人が入っていた――が秀俊の仕事部屋に引っこんで息を凝らし、家族以外は家にいない体を装った。

夜になって、少し休むよう、秀俊を説得した。これからはいつ、次の要求の連絡があるか分からない。何を言ってくるか分からないから、休める時には休んでおくべきだ――秀俊は抵抗したが。徹夜をし夜まで緊張感が持続したために、肉体的にもう限界なのは明らかだった。結局十時過ぎに寝室にさがり、そのまま朝まで出てこなかった。

五人の刑事は、交代で休憩を取った。犯人からの連絡を待ち、リビングルームで固定電話と秀俊の携帯を監視する仕事である。皆川は午前二時から四時までの担当。一番眠く、集中力が途切れる時間帯だ……一応、現場キャップの役目を負わされている絵里は起きていると言い張ったが、皆川は「寝て下さい」と押し切った。とはいえ、寝るのも楽ではない。自分たちで持ちこんだ毛布だけが頼りで、硬いフローリングの床で横になってもリラックスできない。事実、四時過ぎから横になった皆川も、ほとんど眠れなかった。

じりじりと時間が過ぎる。犯人は相当用意周到だ、と皆川と絵里は判断していた。突発的な誘拐だったら、犯人はすぐに金を手にいれようと、焦って動くはずである。しかしこの犯人は、決して焦らない。足がつかないように念入りに動き、連絡も必要最小限で済ませている。

結局、次の連絡があったのは翌日——誘拐から丸二日以上が経ってからだった。午後八時、携帯が振動する。耳に押し当てた秀俊の顔が一気に蒼褪《あおざ》める。横にスタンバイした皆川は、自動的に録音が始まるのを確認すると同時に、犯人の声を聞くためにヘッドフォンを装着した。

「その電話のメールアドレスを教えろ」

「え?」

「メールアドレスだ」

「それは……」

「携帯のアドレスだ」

秀俊は事情が呑《の》みこめない様子だったが、犯人は冷静だった。皆川は必死で右手を振った。教えろ——秀俊は何とか、皆川の意図を察したようだった。

「ああ、はい……」

秀俊がメールアドレスを告げる。犯人が復唱した。間違いなし。「すぐに連絡する」という言葉を残して、犯人は電話を切ってしまった。

すぐに録音を聞き直し、逆探知の結果も確認する。またも公衆電話からだった。五分後、当該の公衆電話に覆面パトカーが到着した時には、怪しい人間は誰もいなかった。

「動き出すわよ」

絵里が小声で言った。ほんの短い睡眠、それに緊張の昼間を過ごした割には、まったく気合いが削《そ》がれていない。大した集中力だ、と皆川は感心した。

事実、動いた。

電話が切れてから十分後、最初のメールが届く。

「取り引き時間は午前一時半にする」

「現金五千万円を黒いボストンバッグに入れろ」

「取り引き場所は後で指定する」

短いメールが立て続けに三回入った。しかしその後は途切れてしまう……秀俊は金を用意した。幸い、黒いボストンバッグもあったので、それに金を詰めこむ。午後九時半には全ての準備が整ったものの、こちらを焦《じ》らせるように、犯人側からの連絡は途絶えたままだった。メールアドレスの追跡が行われたが、フリーメールなので利用者までは辿《たど》り着けない。やはり、犯人は緻密な計画を立てている。

今夜は眠るわけにはいかない。家族全員、それに刑事たちも待機したまま、日付が変わった。俊也は相変わらずぶつぶつと文句を言い続けたが、予告の時間が近づくと黙りこんでしまう。

午前一時、秀俊の携帯にメールが入った。

「住吉宮前通りの、住吉神社前交差点から入った境内の最初の灯籠の裏側に、ボストンバッグを置け。三十分後に父親一人で来い」

松本家から住吉神社付近まで、車で十分ほどだろうか。追跡の準備を整える余裕もない。犯人に馬鹿にされているような気になり、皆川は静かに怒りを募らせた。

当初の予定通り、皆川も追跡に入ることになっていた。絵里は家に残って、家族の面倒を見る。

そこから、時間は早回しになった。皆川は急いで家を出て会社に走り、待機していた馬場に合流した。犯人がどうやって受け渡し現場に近づくか分からないから、とにかく近くで見守るしかない。できれば、犯人を直接追いかけるような役目は負いたくないのだが……と皆川は後ろ向きに考えた。ほとんど寝ていない——二日続きの徹夜のようなものだ——ので、集中力に自信がない。しかし、いざハンドルを握ると、今までにないほど集中しているのを意識した。車を出した時には、受け渡し時刻まで十五分を切っており、余計なことを考える暇がなくなっていたからだと思う。

それからの三十分——皆川の人生で最も長い三十分になった。

4

日の出を待って、車の引き上げが始まった。皆川は夜通し埠頭の現場で立ち尽くしていたが、集中力は途切れていない。後悔、怒り、恐れ——あらゆる感情が襲ってきて、眠気など吹っ飛んでしまっている。今日は朝から晴れ渡り、暑くなりそうだ。眼鏡を外し、両手で顔を擦る。冷水で顔を洗いたい、としみじみと思った。

馬場が寄ってくる。顔色は悪く、今にも倒れそうな様子である。「福耳」も、今日は元気がないようだった。

「犯人は死んだろうな」

「ええ」

「まずいぞ……」

彼の「まずい」が何を意味するかはすぐに分かった。二重の意味で「まずい」。単独犯だとしたら、人質の莉子の行方が分からなくなる。もう一つ、犯人を取り逃がし、あまつさえ死に追いやったとすれば……皆川たちには厳しい処分が待っているだろう。

消防局のクレーン車が既に待機している。ブームが海面上にせり出して、後は引き上げを待つだけだ。見ているうちに、ダイバーが二人、浮かび上がって、陸に向かってOKサインを出す。そのままブームの側から離れ、岸辺に泳ぎ寄ってくる。

低い唸りが聞こえ、ブームがゆっくりと上がり始める。ほどなく、少し傾いた状態でアルファードが姿を現した。海水が流れ落ちて、海面がキラキラと輝く。ブームがゆっくりと動き、アルファードが揺れながら埠頭に近づいてきた。皆川は慎重に見守っていたが、一刻も早く駆け出して、中を確認したいという気持ちで一杯だった。遺体は……身代金はどうなった？

アルファードが着地するまで、やけに長い時間がかかった気がした。事前の打ち合わせ通り、まず救急隊員が車に駆け寄り、ブームを外す。その後すぐ、制服警官の手によって、周囲にブルーシートがかけられた。埠頭は封鎖されているものの、どこから誰が見ているか分からない。特に、少し離れた場所にあるクルーズセンターには配慮が必要だ。中国からの観光客——買い物客というべきか——が朝から周辺を歩いている。

皆川はすぐに、ブルーシートの中に潜りこんだ。周囲が薄青くなり、早くも熱が籠って汗が噴き出すほどの暑さになっている。鑑識課員が二人、ドアを開けて車内を確認していた。引き上げる時にだいぶ零《こぼ》れ落ちたが、それでもサイドシルのところまで水が溜《た》まっている。足首まで濡れるほどだ。

「仏さんだ」年配の鑑識課員が唸るように言った。「シートベルトはしていない……ドアも窓も開いていないから、後部座席に男の遺体。シートベルトはしていない……ドアも窓も開いていないから、

「仏さんだ」年配の鑑識課員が唸るように言った。

後部座席に男の遺体。シートベルトはしていない……ドアも窓も開いていないから、他に車からの脱出に成功した人間はいなかったはずだ。となると単独犯——少なくとも身代金を受け取る人間は一人だったと考えていい。

皆川は、身代金がピックアップされた時の様子を思い出した。秀俊が自分のベンツに乗って、指定された神社の境内の灯籠の裏にボストンバッグを置いてからわずか三分後、アルファードが住吉宮前通りを走ってきた。神社前の交差点近くに車を停めていたのは、十秒にも満たなかっただろう。運転席側のドアが開き、ドライバーが素早く境内に駆けこんでバッグを拾い上げた。すぐに車に戻り、悠々と走り去る——その十数分後には警察の追跡に気づき、暴走を始めた。

「死んで、運転席から流されたんだろうな」馬場がぽつりと言った。

「そうですね」皆川は同意した。「シートベルトもしてなかったんじゃないでしょうか」

「そういう死に方だけは勘弁して欲しいね」馬場が身を震わせる。

「そうですね……」

人が一人死んでいる——それは重大な事実だ。しかし皆川は、別のことが気になっていた。すっかり水で洗われた後だから断定はできないが、車内が綺麗なのだ。普通、車には雑多な物が置いてあるものだ。まるで、警察に捕まるのを事前に想定して、証拠を

全て排除したようではないか……いや、ボストンバッグはどこだ?

「馬場さん、金は……」

「ああ」馬場の顔は蒼褪めていた。すぐに気を取り直したように、「鑑識さん、ボストンバッグを探して下さい!」と怒鳴る。

「やってるよ」と不機嫌な声が返ってきた。

鑑識課員は、現場で何一つ見逃さない——それは褒め過ぎかもしれないが、実際、普通の刑事とは違う観察眼を持っているのは間違いない。しかもボストンバッグはそれなりに大きなもので、見逃すわけがない。

しかしボストンバッグは見つからなかった。何故だ?


佐竹は爆発するのではないか、と皆川は恐れた。顔は真っ赤で、目は血走っている。自分たちが怒鳴られるだけならともかく、本人が倒れるのでは、と本気で心配になった。今にも爆発しそうな様子とは裏腹に、佐竹は低い声で話し始めた。南福岡署の会議室はマイクが必要ないぐらい狭いが、それでも聞き取れないほどの小さな低音である。皆川は前から二列目のデスクに座っていたので何とか話についていけたが、後ろの方にいる刑事たちは、佐竹が何を言っているか、聞こえないだろう。

「こんなヘマは初めてだ。これは、福岡県警史上最大の失敗だ」

そこまで言うか、と皆川は内心反発したが、大失態であることは間違いない。犯人は死亡、莉子の行方は分からず、金もどこにあるか分からない。

「馬場！」

佐竹が突然声を張り上げる。皆川の隣に座っていた馬場が、誰かに蹴飛ばされたような勢いで立ち上がった。

「金はどげんした！」

「分かりません」馬場は後ろ手を組んで、足を肩幅の広さに開いていた。まるで、これから飛んでくるパンチを顔面で受けようと覚悟しているようだ。

「分からない、では済まんぞ。お前、犯人が金をどうしたか、見てなかったんか？」

「分かりません」馬場が声の調子を変えずに答える。

「分かりません、じゃどうもならん！」佐竹がついに怒りを爆発させた。「ずっと後ろにくっついていて、分かりませんっていうのは、どげんいうことだ！　お前の目は節穴か！　皆川！」

こっちにも攻撃がきたか……皆川は敢えてゆっくり立ち上がった。馬場と同じように後ろ手を組んで足を肩幅に広げ、強烈なパンチに備える。刑事としての数年間の経験で、一つだけ絶対にやってはいけないことを学んでいた——屁理屈《へりくつ》で反論すること。叱責されている時は「仰《おつしや》る通りです」「申し訳ありません」を繰り返して、相手が疲れるのをひたすら待つ。

「お前はどうだ。金がどこへ行ったか、見てないのか！」

「見ていません」

「お前は何をやっとったんだ！」

運転と追跡です、と答えそうになって、口をつぐむ。この状況だと、単に説明しただけでも、佐竹は「反論だ」と受け取る可能性が高い。

「他の者も同様だ。あれだけ何台もで追跡していて、誰も気づかないとは、どういうこつだ！　気合いが抜けていたな？　お前ら全員、刑事失格だ！」

沈黙。皆川はひたすら臍《へそ》に力を入れ続け、さらなる爆弾投下に備えた。しかしそこで、管理官の宮下が助け舟を出してくれた。立ち上がり、佐竹に何事か耳打ちする。佐竹が憮然《ぶぜん》とした表情を浮かべたまま、油が切れた機械のような動きでゆっくりと腰を下ろした。馬場を睨んだまま、低い声で続ける。

「直ちに、ドライブレコーダーの分析に入るように。それは皆川と馬場、二人で担当しろ。自分の目で見たものと、録画されているものを見比べて、異常を発見するんだ」

「了解です」馬場がかすれた声で言った。

宮下が目配せしたので、二人はようやく座ることができた。皆川は何故か膝に痛みを感じ、やけにギクシャクした動作になってしまった。

「状況を確認する」立ったまま、宮下が手帳も見ずに話し始める。「車を運転していたのは、小澤政義《おざわまさよし》、三十五歳と見られる。本人は免許証を携帯していなかったが、車検証に小澤政義の記載があった。現在、確認中だ」

皆川は、かすかに混乱するのを意識した。自分の車で犯行に及んだわけか……十全の準備をしてきたと思っていたが、意外に間抜けである。足がつきやすい車に関しては、マイカーを使わずに、どこかで調達してくるのが普通ではないだろうか。

「自宅には、既にガサをかけている。今のところ、家族の所在は不明……一人暮らしのようだな。自宅は茶山《ちややま》駅近くのマンションだ」

地下鉄の七隈線か——基本的には住宅街で、ランドマークといえば、市立の城南体育館ぐらいのものである。

「身元が特定できれば、そこから犯人の割り出しにかかれる。問題は、被害者の行方だが……」そこで初めて宮下が、メモ帳に視線を落とした。「今のところ、手がかりは一切ない。犯人から被害者宅への接触も途絶えている」

それでなくても不安定なあの一家は今、どんな状態なのだろうと皆川は心配になった。未だに家で粘っている絵里が、一人で攻撃を受け止めていると考えると、申し訳ない限りである。彼女は、まだ家族との信頼関係を築いたとは言えない……それ故、ひどいことになっているのではないかと皆川は恐れた。

「それと、報道協定の解禁だが……もう少し先送りにする」

宮下の宣言に、刑事たちの間にざわめきが広がった。これは異例の事態――異例の事件なのだ。

報道協定は、誘拐などが発生した時に、警察とマスコミの間で交わされるもので、マスコミ側は捜査が動いている間、一切の報道を控える。代わりに警察側は、捜査の状況を包み隠さず報告する。被害者の安全を優先した紳士協定というのが建前だが、実際には警察がマスコミをコントロールしているに過ぎない。うろちょろされると邪魔なのだ。それでも事件発生から丸二日以上、定期的にレクチャーが行われてきたのは間違いない。

「被害者がまだ発見されていない状況、さらに共犯者がいるであろうことも考慮に入れて、報道は控えさせる――それでいいですね、課長？」

宮下の問いかけに、佐竹が腕組みをしたままうなずいた。表情は相変わらず険しいままで、今、宮下以外に佐竹に話しかけられる人間はいないだろう。この二人には、難しい捜査で何度も一緒に修羅場をくぐってきた絆《きずな》がある。常に宮下が部下だったが、所轄、捜査一課、機動捜査隊と、何十年も一緒に働いてきた。それ故か、宮下が管理官になるに際しては、佐竹の強烈なプッシュがあったと皆川も聞いている。常に冷静で感情が揺らがない宮下のような男を右腕と頼む重要性は、佐竹にはよく分かっているのだろう。すぐにかっとなる自分のマイナスポイントを埋める人間が絶対に必要だ――自分の弱点を認めているのが、佐竹の最大の強みかもしれない。

佐竹が口をつぐみ、その後の宮下の指示は淡々と続いた。事件はまだ動いており、気を抜いてはいけないところだが、それでも皆川は疲労感がやる気を上回るのを感じた。

会議が終わり、刑事たちはそれぞれの持ち場に散った。絵里に交代要員が出ないのが少し気にかかったが……彼女にもダメージが蓄積しているはずだし、家族対応を別の人間に任せて反応を見るのも一つの手である。刑事と被害者にも「相性」は間違いなくあるのだ。

さて、まずはドライブレコーダーの分析だ。皆川はのろのろと立ち上がったところで、宮下に呼び止められた。

「本当に、追跡に無理はなかったのか」

「ありません」即座に応える。宮下の意図が読めて、また緊張感が戻ってきた。

「お前が無理に追い詰めて、焦らせた可能性は？」

「それは……ないです」それこそドライブレコーダーを分析すれば分かることだ。小澤は、埠頭に入る前は制限速度を守って安全運転に徹していた。しかし突然スピードを上げて——その時点でこちらの追跡に気づいたのは間違いない。

無謀である。

逃げるなら、他にいくらでも方法はあったはずだ。小澤も福岡市の住民なら、埠頭に入れば、行き着く先が海であることぐらいは分かっていただろう。もしかしたら、埠頭に入る前に気づいて、正常な判断力を失ったのかもしれない。

「監察が、お前に話を聞きたがっている」宮下が低い声で告げる。

「監察ですか……」一気に気分が暗くなった。監察が乗り出してきたということは、皆川に待っているのは正式な処分だ。これまでにも何度かヘマをしているが、処分を受けたことはない。自分の将来に向けて、大きな汚点になる――いや、今はそんなことは考えるべきではない。事件を解決することだけを考えないと。莉子は未だに、人質になったままなのだ。つい、生まれたばかりの娘の結愛と重ね合わせてしまって焦る。

「それは先延ばしにしてもらっているからな」

「そうなんですか？」

「あくまで捜査優先だ……とにかく、ドライブレコーダーの分析を急げ。そこで何か、言い訳になるような材料を見つけておけ。こっちとしても、お前の処分は避けたいんだ――一課の恥になるからな」

皆川はすぐに、宮下の真意を見抜いた。刑事が処分されれば、当然、上司も責任を追及される。特にこの件は、捜査一課が総力を挙げてやっている捜査だから、追及は課長にまで及ぶ恐れがある。宮下としては、何としても長年の相棒を庇《かば》いたいのだ。

それを「保身」とは考えたくない。監察に引《ひ》っ掻《か》き回されて、捜査に支障が出るのを避けたいだけなのだ、と皆川は判断した。

5

ともすれば、眠気に負けそうになる。皆川は必死で目を見開き続けた。しかし隣に座る馬場は、眠たそうな素振りも見せない。まだ集中力が続いているのか、と皆川は驚いた。

「十分二十秒か」馬場がつぶやく。追跡開始から、小澤のアルファードが海に転落するまでの時間。

「三十分ぐらい、追いかけていたような気がします」

「じりじりするような時間だったよな」同意して、馬場が髪をかき上げる。「だけど……異状はないぞ」

「一か所だけ、気になるところがありました」

「どこだ?」

皆川は、動画再生ソフトのタイムラインを七分辺りに合わせた。二回目の見直しで気づいた場面である。

「東浜の交差点を左折して、東浜埠頭に入ったところなんですけど……」高速の下を通り抜けた後、信号の手前左側の場所。「ここ、何でしたっけ?」カモメが描かれたコンクリート壁が長く続いているところだった。

「知らんけど、場所は覚えてるよ」

「左折する時、一瞬ドライブレコーダーの死角に入るんですよ」

皆川は動画を再生させた。アルファードが、信号のある交差点を左折する時、一瞬視界から消える。コンクリート壁が目隠しのような格好になっているのだ。皆川たちの覆面パトカーが左折してすぐにアルファードの姿を再度捉えたが、そこでアルファードは一気にスピードを上げたのだった……皆川は動画を停止させた。

「暗くて、状況がよく分かりません」

「確かにな」腕組みをしたまま、馬場が唸った。

「例えばですけど、左折するタイミングで、助手席側の窓からボストンバッグを投げたとは考えられませんか?」

「こんなところで?」

疑わしげに言って、馬場が自分のノートパソコンを弄《いじ》った。グーグルマップで現場を検索し、ストリートビューを表示させる。

「こんなに開けた場所だぞ?　五千万円もの現金を受け渡しする場所としては、どうなんだ?」

「でも、午前二時近くだったんですよ」皆川は指摘した。「こんなところに、誰もいないでしょう。無人の公園で金のやり取りをするのと同じですよ」

喋りながら、本当にそうだろうか、と疑わしくなってきた。確かに追跡の最中、埠頭ではまったく人を見かけなかったのだが……追跡に集中していたから、本当に誰もいなかったか、自信を持って「イエス」とは言えない。

「この辺にあるのは、建築資材の会社なんかだよな？」

「でしょうね。荷捌《にさば》き場と保管場所、それに事務所があるぐらいだと思います。いずれにせよ、午前一時を過ぎれば無人でしょう」話しているうちに、自信が蘇《よみがえ》ってきた。「身代金を中継する場所としては、悪くないと思います。人の少ない市街地や郊外の山の中の方が、よほど危険じゃないでしょうか」

「この辺、防犯カメラはあるのかね」馬場が、髭の浮いた顎を撫でる。

「どうですかね……」

「当たる価値はあるな」馬場がノートパソコンを畳んで立ち上がった。「とにかく、さっさと手がかりを見つけないとまずい。俺たちは、監察に目をつけられてるんだぞ。少しでもこっちに有利な材料——手がかりを持っていかないと、叩き潰される」

「そんなに大変なことなんですか？」

「人が一人死んでるんだ」馬場が目を細め、皆川を見下ろした。「死んだのが誘拐犯

――クソ野郎だとしても、その事実に変わりはない。それに、小澤が死んだせいで、莉子ちゃんはまだ見つかっていないんだからな」

その事実は、皆川の胸にも重くのしかかる。

「とにかく、現場を調べてみよう。動いているうちは、監察にも捕捉されないはずだ」

逃亡者の気持ちはこういうものか、と皆川は暗くなった。ヘマをしたのは間違いないが、まさか犯罪者扱いされるとは。

ここは残土置き場だろうか。コンクリート壁の上に、さらに緑色のフェンスが立ち上がり、その隙間からかすかに土の山が見えている。

皆川は周囲を見回した。港に突き出た埠頭なので、正面左側にはもう海が見えている。右手には、今立っている場所にあるコンクリート壁と同じ模様が描かれた建物……同じ会社だろうか。後ろを振り返ると、道路の両側がコンクリート壁になっているせいで、狭い通路のようになっていた。そのさらに奥に、高速道路。

「丸見えじゃねえかよ」馬場が呆《あき》れたように言った。

「そうですね……」

小澤が左折して入った道路は、高速道路と並行して走っているのだが、片側二車線でフラット、しかもずっと直線が続いている。歩道も広い。交差点のところの歩道には、車の進入を防ぐためか鉄製のポールが五本立っていたが、人が歩く邪魔にはならないものだ。車道との境は、綺麗に整備された植えこみ。

皆川は、「その場面」を想像してみた。左折しながら、助手席のバッグを摑む小澤。窓を開け、右手でハンドルを持ち、左手で押し出すようにしながらバッグを外へ放り投げる——不可能ではないだろう。金を入れても、バッグの重さは五キロ少しのはずだ。ただし、そんなに上手く歩道に投げ入れられるものか……もしかしたら小澤は、本番前に練習していたのかもしれない。

「場所としては、悪くないかもな」馬場が認めた。「夜中なら人も車もいないだろう。実際俺たちも、ほとんどすれ違わなかった」

「そうですよね」

皆川は歩道を調べ始めた。幅は三メートルほど。気になるのは植えこみだ。上手くあの陰にボストンバッグが隠れれば、追跡していた自分たちは絶対に気づかない。しかし、助手席にもう一人乗っていて「投げ」専門になっていたならともかく、運転しながらでは確実性が低いのではないか。やはり、偶然に任せたのか……。

何も見つからなかった。仮にここにバッグを投げたとしても、当然犯人グループはとうに回収しているだろう。しかし一応、鑑識の手助けが必要だ——彼らの目が。

鑑識の出動を要請しておいてから、二人は周辺の聞き込みを始めた。午前中から三十度を超える気温の中、歩き回るのは堪える。皆川は冷たいシャワーと、誰にも邪魔されない八時間の睡眠に恋い焦がれた。実際、頭を焼かれてくらくらしてくる。朝飯も抜いてしまったので、いつエネルギーが切れてへたりこんでしまってもおかしくない。

しかも、手がかりなし。周辺の会社は、当然夜は稼働しておらず、この辺りはほぼ無人だったと分かっただけだった。防犯カメラもなし……十一時過ぎ、馬場が先にギブアップした。

「飯にしようぜ。エネルギー切れや」

「そうですね」

同意せざるを得ない。皆川の運転で、二人は近くのファミリーレストランに入った。冷房で何とか癒される。歩き回っていたのは一時間半ほどだっただろうか。普段なら何でもないが、さすがに今日はきつい。柔らかいベンチシートに座れるのが、これほどありがたいことだとは思わなかった。

二人とも日替わりランチを頼んだ。シーザーサラダと、トマトソースがかかったイタリアンポークカツの組み合わせ。とんでもない高カロリーだが、今は何よりエネルギー補給が大事だ。

二人はほとんど口を開かず、サラダ、ポークカツと、がつがつと平らげていく。腹が膨れると、皆川はようやく人心地ついた。人間、腹が減っているとまともに動けなくなるものだ……。

馬場がアイスコーヒーにミルクとガムシロップをたっぷり加え、ストローでがらがらと掻き回した。一口啜《すす》って、溜息《ためいき》をつく。

「参ったな」

「ええ」

馬場がおしぼりで顔を力いっぱい擦る。顔の脂っ気は抜けたようだが、疲労までは拭えないようだ。皆川も同じで、おしぼりがかなり汚れただけだった。

「嫌な予感がするよ、俺は」

「馬場さん？」

皆川が呼びかけると、馬場がゆっくりと顔を上げる。

「嫌な予感がするのは俺も同じです。でも、言わないようにしていたんですけど」

「ああ、そうだよな……こういうのは、口に出すと本当になる感じがする」

二人の予感は共通しているはずだ――皆川は暗い気分に襲われた。莉子はもう、死んでいるのではないか？　犯人側の動きが途絶えているのが気になる。単独犯か複数か、金が手に入ったかどうかも分からないが、とにかく一人死んでいる。仲間がいたと考えるのが妥当だろうが、犯人側にしても大失敗だ。この状態で、莉子を家に帰すとは思えない。莉子は七歳だが、拉致・監禁された時の状況をまったく覚えていないことはないだろう。警察にとって最大の手がかりである被害者を、むざむざ家に戻すとは思えなかった。

「でも、金は手に入れたかもしれませんよ」皆川は指摘した。

「お前が言った通りに、あの交差点で落としたなら、な」

「基本的に犯人の狙いは、金を奪うことでしょう？　それに成功したなら、もう人質に用はないはずです」

「その『用はない』は二つの意味に取れるぞ」

馬場の指摘は、皆川をまた打ちのめした。用がないから解放する、用がないから殺す――犯人グループは、相当入念に準備していたはずだが、人質の処遇についてはどう考えていたのだろう。

「犯人は、どんな連中なんでしょうね」皆川は独り言のように言った。

「分からんな。小澤というのも、どういう人間か分からないし」

「残酷なことができる人間なのか、余計な罪は重ねないように用心しているのか……」

「そこは今、考えるべきじゃないな」馬場が伝票を摑んだ。「余計な想像をすると、気持ちが暗くなるだけだ。捜査に専念しろ」

そういう馬場自身が、捜査に専念できていないのは明らかだった。伝票を持つ手が震えている。

闇。水。
用無しになった人間は捨てるしかない。
子どもは軽いものだ——魂がなくなった分、軽くなるのだろうか。

6

監察の事情聴取を前に、管理官の宮下は用心に用心を重ねた。スタートを夕方まで先延ばしにし、それまでの数時間、休みを取るよう、皆川に強いたのだ。とても寝る気にはなれない——しかし皆川は、とにもかくにも休むことにした。本部に戻り、捜査一課の近くにある休憩部屋に潜りこんで、短い仮眠を取る。その後でシャワーを浴び、いつもロッカーに常備している新しいシャツに着替えて、少しだけ生き返った気分になった。

監察官室に向かう前に、スマートフォンをチェックする。妻の茉奈からメールが入っていた。

〈連絡ないけど、大丈夫?〉

短い文面に、彼女の強い不安を感じる。申し訳ないと、胸が詰まるような気分になった。若い妻を心配させるようでは、夫として父親として失格ではないか。茉奈が実家にいることだけが救いだった。不安になっても慰めてくれる両親がいるし、赤ん坊の世話もある。

〈まだ仕事が終わらない。でも、問題なし。結愛を頼む。〉

短くメールを返しておいて、気合いを入れ直す。とにかく、監察の取り調べを何とか切り抜けよう。いや、「切り抜ける」という考えがそもそも間違っているか。嘘《うそ》をついたり、言い逃れに終始したりしてはいけない。自分たちの追跡劇は、ドライブレコーダーの記録として既に提出されている。それを見れば、決して無理な追跡をしたのではないことは分かるはずだ。

一課の大部屋は閑散としている。刑事たちは、班の枠を超えてこの事件にかかりきりなのだ。誘拐事件は本来、特殊班の担当で――絵里もそこの所属だ――強行班の皆川はあくまで「お手伝い」しただけである。いつも行動を共にする同僚は捜査に専念していて、自分だけが取り調べを受ける……馬場も同じで、皆川に先んじて、今事情聴取を受けている。二人が接触して口裏を合わせないよう、監察官室は細心の注意を払っていることだ。まさに犯人扱い――自分たちも、容疑者が複数いる場合に一番気を遣うことだ。監察官室に入るのは初めてだった。それゆえ緊張し、冷房の効いた庁舎の中にいるにもかかわらず、また汗が滲《にじ》んでくる。せっかくシャワーを浴びたのに、全身が汚れているようだ。一つ息を吐き、眼鏡をかけ直す。愚図愚図していても仕方がない。ここは何とか、平謝りで乗り切るしかないのだ。

監察官室自体は、他の課の部屋と変わらない感じだった。しかし皆川はすぐに、仕切りで囲まれた一角に通された。仕切りがあるだけなのに、完全に遮断された感じで、にわかに不安になってくる。だが、取調室ではない。皆川が聞いた伝説では、監察官室には普通の容疑者を調べるのとは全く別の、専用の取調室があるという。そこは窓もなく、空調も入らず、照明も低く落とされている……。

しかし、監察官と対面した瞬間、皆川の不安は半分ほど消えた――知り合いだったのである。かつて自分が所轄の刑事課にいた時、生活安全課の課長だった古屋《ふるや》。その後本部の管理官を経て所轄の副署長に転出した古屋が、この春、監察官室に異動になったことは、頭の片隅に記憶として残っていた。

少し意外だった。本当にシビアにやろうとしたら、顔見知りの人間は当てないはずである。少しでも情が移らないように……それ故、皆川はこの取り調べが通り一遍の甘い物になるのでは、と予想した。

席に着くなり、古屋は全く関係ない話を切り出した。

「そういや、子どもが生まれたばかりだったな」

「ええ」またこの話題か、と皆川はうんざりしたが、本音が顔に出ないように表情を引き締めた。茉奈と結婚して以来、散々からかわれているのである。

「しかしお前も、ほぼ犯罪者だな」古屋が言った。「十歳も年下の女子大生を引っかけるのは、犯罪や」

「もう卒業してますよ」少しむきになって反論した。実際、茉奈が卒業するのを待って結婚したのだ。茉奈自身、「今時、永久就職」と盛んに面白がっていた。

「いずれにせよ、つき合い始めた時に、嫁さんが女子大生だったのは間違いない。その頃分かってれば、お前は速攻で処分だったな」

「法に触れるようなことはしていませんよ」

反論するのも馬鹿馬鹿しいが、古屋の本音を探るためにも、話に乗っておく必要がある。

古屋は、やけに分厚い唇に薄い笑みを浮かべたままだった。ああ、昔と変わっていない……この人は基本的に、下卑た人間なのだ。所轄の生活安全課長時代、「視察」と銘打って夜の繁華街を回っていたが、その時のにやけた表情と態度については、生活安全課の同僚から何度も聞かされていた。しかし危うくも一線を越えることはしなかったわけで、その辺りは計算高い証拠だろう。一歩間違えば、逆に監察官に調べられる立場だ。

「今回は、えらいことに巻きこまれたな」

「いえ、巻きこまれたわけじゃありません。私の責任です」とにかく謝罪――皆川は頭を下げた。

「特殊班のお手伝いで、強行班のお前は、本来なら主役じゃなかった」

「まあ、そういう意味では、確かに」皆川はうなずいた。

「一応決まりなので、もう一人同席させるから。録音もする」

「了解です」

仕切りの内側に入ってきたのは、まだ若い警官だった。監察官室の事務員だろうか。見覚えがなかったが、ひょろりとした気の弱そうな男である。皆川に向かって一礼すると、古屋の横に腰を下ろした。ＩＣレコーダー二台をテーブルに置き、自分はノートを開いてボールペンを構える。

「お前も、こういうのは初めてだろう？」同情するように古屋が言った。

「はい」

「なるべく気を楽にして……当時の様子を正確に話してくれるだけでいい。なにぶん、一生懸命やった結果なんだから」

その結果が最悪だったわけだ、と皆川は皮肉な思いで考えた。警察官は所詮、結果で評価される仕事である。いかに一生懸命、心と体をすり減らすようにして仕事をしても、犯人を取り逃せばすべてが水の泡だ。

「お前が今回の捜査に参加した時の状況、誘拐犯に身代金を渡すまでの捜査の様子について は、もう報告を受けている。今回は、犯人が身代金をピックアップしてからの様子を中心に聴くことにする」

「はい」皆川はぴんと背筋を伸ばした。あの十数分が、自分の人生を変えてしまうかもしれないと強く意識する。

「まず、被害者宅を出発してからだ……」

皆川は記憶にある通りに、出来事を細かく説明した。松本家を出てHHS社に走り、馬場と合流……直ちに、指示された通りに住吉神社に向かい、待機に入ったこと。待つ間もなく黒いアルファードが現れてボストンバッグをピックアップしたこと——話しているうちに改めて、ふざけた話だと怒りがこみ上げ、言葉が途切れる。

「どうした」

「あ、いや……すみません」皆川はさっと頭を下げて謝罪した。「犯人にむかついてました」

「それは、県警の人間全員が同じ気持ちだ」古屋が真顔でうなずく。「ちょっと怒りを抑えて、冷静に話してくれないか」

「了解です」うなずき、顎に力を入れる。あれから既に十数時間……記憶は薄れるどころか、完全に鮮明に残っていた。脳の特別な場所に記録されたようである。恐らく今後も、折に触れて思い出すだろう。辛い記憶ほど鮮明に——と嫌な気分になった。

記憶の鮮明さゆえ、それほど頭を捻らずとも追跡劇の様子を話せた。古屋はほとんど口を挟まず、時折うなずくだけで皆川に一方的に話させた。話し終えると——この話のフィニッシュは、アルファードの海へのダイブだ——かすかに呼吸が荒くなっているのに気づく。口をつぐみ、鼻から息を吸う形で深呼吸して、何とか気持ちを落ち着かせた。

「事前にドライブレコーダーはチェックした。今の話と矛盾はない」

「ええ」少しだけほっとして、皆川は息を吐いた。

「向こうが、東浜埠頭に入ってから急にスピードを上げたわけだな？」

「そうです」

「その辺で気づかれたと思うか」

「それがよく分からないんですが……気づかれないように、細心の注意は払っていました」

「他の車はどうだ？」

「覆面パトですか？　そこまでは——アルファードの追跡に集中していたので、他の覆面パトが来ていたかどうか、はっきりとはチェックしていませんでした」皆川は正直に答えた。間違いなくいたはずだが、あの時は確認はしていない。

「だろうな……実は、お前たちの覆面パトのすぐ後ろに、二番手が迫っていたんだ」

「ええ」

「もちろんその覆面パトも、ヘマはしていない。パトランプは格納したままで、使っていなかった」

「自分たちもそうでした」

「分かってるよ」古屋が面倒臭そうに顔の前で手を振った。「だったら何故、小澤が急に逃げ出したか、だ」

「やはり、こちらの動きに気づいたからではないかと……」

「その後の追跡だが――」古屋がよれよれになった手帳をめくり、話題を変えた。「スピードは？」

「中央埠頭に入ってからは、百キロを超えていました」

「そうだな」古屋が手帳に視線を落としたままうなずく。「車の記録でもそうなっている。あそこは、スピードを出しやすいからな」

「ええ」

「アルファードは、曲がる気配も見せなかったか？　マリン通りも、途中で横に入れる。逃げる気なら、もっとぐるぐる回ったんじゃないか？」

「そう……ですね」言われてみればその通りだ。しかし小澤は、ひたすらアクセルをベタ踏みし続けた。まるで、その先に海があることを知らなかったかのように。

「自殺、じゃないかな」

「まさか」反射的に言ってしまった。

「まさか、じゃない」古屋の表情が急に硬くなった。「二台の覆面パトカーに追いかけられているのが分かったら、焦るだろう。冷静な判断力を失って、もう駄目だと諦めて海へ一直線――考えられないことじゃない」

古屋は、右手を自分の耳の位置の辺りから、向かいに座る皆川の顔に向かってぐっと突き出した。皆川は思わず、椅子に背中を押しつけてしまった。

「もちろん、死んでいるから何とも言えないが」古屋がぱたりと手を下ろす。「身代金は見つかってないんだろう？」

「ええ」

「どこに消えたのかね」

皆川は、先ほど馬場と調べたことを説明した。もちろん、全ては推測に過ぎないが。

「確証はないわけだ」

「ありません」

「金は見つからない、犯人の一人は自殺した……面倒なことになったな」

「お宮入りはさせませんよ」皆川は強い口調で言ったが、強がりだと自分でも分かっていた。犯人側からの接触は完全に絶え、動きは分からなくなってしまっている。

「小澤を生きて捕まえていればな……犯人グループに辿り着けたはずだ」

「残念ですが、小澤の携帯は見つかっていません」

こんな犯行を計画する人間が、携帯を持っていなかったのはおかしな話だが……馬場は「身元が割れないようにしたんだろう」と推測した。

「自宅は？」

「捜索はしたそうですが、携帯やパソコンの類は見つかっていないそうです」

「ふむ……」

古屋が顎を撫でてから、隣に座る若い警官に目配せする。警官が素早く気づいて録音を止めた。それを確認して、テーブルの上にぐっと身を乗り出す。

「小澤は、グループの中では下っ端だったんだろうな。きっとパニックになったんだよ。捕まりたくもない。仮に逃げ切っても、警察に追われたことで、仲間からどやされると思ったかもしれない。それでビビッて、冷静な判断力を失って海に飛びこむ——そんなところだろう」古屋が、右手首をくいっと下に向けた。「要するに、実質的な自殺だね」

「本当に自殺……ですかね？」

「裏は取れないだろうがね。何しろ本人が死んでいるんだから」

自分が自殺に追いこんでしまったようなものだ。そして莉子の行方も分からず……皆川はうつむいて唇を噛み締めた。

「処分は追って言い渡す」古屋が、急に硬い口調になって宣した。

「はい」

「それまでは、特にこちらから言うことはない。仕事に関しては、今まで通り、捜査一課長の指示に従ってくれ」

「了解しました」

今度は佐竹と対決することになるわけか……そちらの方が気が重い。皆川は一礼して立ち上がったが、体に錘《おもり》をつけられたように動きは鈍かった。

7

「謹慎だ」

捜査一課に戻り、呼び出されて課長室に入った途端、佐竹から切り出された。

「監察官室からは、追って処分を言い渡すと言われましたが……」思わず反論してしまう。

「阿呆、監察官室は関係なか！」佐竹がデスクを思い切り拳で打った。「誰かが犠牲にならないと駄目なんだ」

「犠牲……」皆川は思わず唾を呑んだ。

「家族のダメージを考えろ。犯人は捕まらない、莉子ちゃんは戻って来ない……当然警察の責任を追及するだろう。その時に、処分もなしで頭を下げるだけじゃ、絶対に納得せんだろうが」

「……はい」俺はスケープゴートか、と皆川は啞然《あぜん》とした。まさか佐竹が、そんなことを考えているとは。

「もちろん、これは正式な処分やなか。表向き——松本さん一家に対して、お前を謹慎させたと説明するためだからな。有休を取って家に閉じこもってろ。ちょうど赤ん坊の面倒を見るのによかろうが」

「しかし、捜査が——まだ事件は動いてるじゃないですか」

「それは、他の刑事に任せろ。実際、仕事を取り上げられるのは、お前にとっては結構な罰じゃなかか?」

確かに……皆川は唇をきつく引き結んだ。自分は昔ながらの熱血刑事ではない、と自覚している。しかし、仕事に賭ける気持ちは、先輩たちにも負けていないつもりだった。やたらと張り切るばかりが「やる気のある刑事」というわけではあるまい。一人静かに闘志を燃やすタイプがいてもいいはずだ。

「これは俺からの罰だ」

捜査一課長が、個人的に刑事を罰することはできない――自明の理だったが、皆川は自分には反論する権利がないと思った。黙って一礼し、課長室を出ようとしたが、一つだけ、どうしても確認しておかねばならないことがあった。

「いつまで謹慎ですか」

「俺がいいと言うまでに決まっとろうが」

そんな大事なことが、課長の胸三寸で決まるなんて……きつく唇を引き結び、もう一度頭を下げた。両肩に、重い荷物がのしかかったように感じていた。

久しぶりに自宅へ……誰もいない家へ帰った。まだ実家にいる茉奈には、連絡する気になれない。こんなみっともないことで、心配をかけるわけにはいかなかった。

皆川の家は、地下鉄空港線の姪浜《めいのはま》駅から徒歩十分ほどの場所にある、３ＬＤＫのマンションだ。家賃は八万円。姪浜駅にはＪＲ筑肥《ちくひ》線も乗り入れ、地下鉄と直通運転になっていて便利だし、街の雰囲気もいい。より西側――筑肥線に入ると家賃は急に安くなるのだが、便利さを優先した。街が寂れた感じになるし、筑肥線は風の影響でしばしば遅れるのだ。県警本部の最寄駅である地下鉄箱崎線の馬出九大病院前駅から空港線の姪浜駅までは三十分ほどで、通勤時間は少し長いのだが、気分転換にはちょうどいい。茉奈も姪浜の雰囲気を気に入っているし、まさに絶妙のチョイス――もっとも今日は、まったく気分が上向かない。

結婚と同時に引っ越したこの家は、最初はやたら広かった。上京して大学に通っていた頃は陸上部の寮、警察官になって最初は署の独身寮と、狭い部屋に住み馴れていた皆川から見れば、大豪邸である。しかしこれからは、そんなに広くは感じられないだろう。間もなく茉奈が、子どもを連れて戻って来る。既にベビーベッドなどの子ども用品で、一部屋は埋まっていた。何というか……親というのは、孫ができるとどうしてこんなに張り切るのだろう。茉奈の両親も、飯塚市に住んでいる自分の両親も、三部屋しかないことを忘れて、やたらと物を買い揃えた。

家に帰ると、既に陽《ひ》は暮れかけていた。窓を全部開け放し、久しぶりに部屋の空気を入れ替える。とはいっても、むっとするような熱い空気が入ってきて、余計に暑さが増しただけだったが。汗が噴き出してきたので、皆川はシャツを脱ぎ捨て、洗濯機に放りこんだ。この数日間の汚れ物も全部……洗濯が終わる間を利用してシャワーを浴び、何とか一息つく。七時半。昼が早かったので、胃はもう空っぽだった。何か腹に入れてやらねばならないが、もやもやして食事をする気にもなれない。

クソ、走るか。

短パンとTシャツという、夏の定番のランニングスタイルに着替え、腕時計をナイキのスポーツウォッチに替える。今更タイムを気にしても意味はないが、タイムを無視するぐらいなら走らない方がいい、というのが皆川のポリシーだ。この先タイムが速くなることはあり得なくとも、毎回同じコースを走り、その都度タイムを記録する。要するに習慣だ。

明治通りから壱岐《いき》橋を渡って唐津《からつ》海道に入ったところで、もう汗が噴き出してきた。携帯と財布、家の鍵を入れたボディバッグの重みが気になってくる。

すぐに、道の右側に松林が現れる。真夏の昼間でも陽射《ひざ》しがまともに当たらない、いいランニングコースだ。もう完全に陽は落ちてしまって、その恩恵は味わえないのだが。それほど長くないが、アップダウンが少ない直線なので、タイムを計測するには適している。皆川は、自転車専用レーンがあれば、そこを走ることにしていた。刑事が交通違反をするのはどうかと思うが、大抵の自転車よりは速く走れるから、邪魔にはならないはずだと自分を納得させている。

生《いき》の松原《まつばら》の交差点を過ぎると、すぐにまた道路は松林の中を走るコースになる。この辺は、いわゆる「元寇《げんこう》防塁」の場所で、海岸まで出れば当時の遺跡がまだ見られる。

それにしても暑い……頬を汗が絶え間なく流れ落ち、拭き取る暇もないほどだった。とはいえ、暑さのおかげで体はすぐに解《ほぐ》れ、これまでのきつい仕事で溜まった澱《おり》のような疲れが溶け落ちていくのを感じる。途中から歩道が広くなるので、そちらに上がって走り続けた。歩いている人はほとんどおらず、独走している気分になる。

箱根では、こんな静かな環境で走れなかったな……沿道はどこも観客で一杯で、声援と小旗が打ち振られる音が、常に途切れなかった。励まされることもあるが、時には静かに走りたいと思うときもあった。

唐津海道は途中から海沿いの道になり、博多湾がよく見えるようになる。今日は既に暗くなっていて、海の気配といえば鼻先に漂う潮の香りだけだが、明るいうちは絶景だ。道路はやがてぐっと左に折れ、少し高台になっている場所を走るようになる。長垂《ながたれ》海浜公園を過ぎると、一転して街の気配が強くなる。今宿《いまじゅく》駅がすぐ近くなのだ。

駅を左手遠くに見ながらなおも前進を続け、横浜交差点へ——そこで皆川は、初めてスピードを緩めた。ここが折り返し地点、自宅から約五キロになる。腕時計を見て、いつもよりかなり遅いと気づいた。クソ、体が鈍っているのか、精神的なダメージのせいなのか。

すぐに引き返したが、今日はどうにもスピードが乗らない。ごく稀《まれ》に、こういうことがある。気持ちは前向きなのに、足が前に出ない……今夜はどうしても、事件のことを考えてしまう。駄目だ、こんなことでは。神聖であるべき走りを汚してしまう。だったら、走って仕事のストレスを解消しようとするのも、駄目ではないか？

結局皆川は、途中で挫折した。今日はもういい……どこかで飯でも食って帰ろう。もう一度シャワーを浴びて、早寝だ。すぐに、ラーメンが頭に浮かぶ。自宅近くまで戻らず、唐津海道沿いにあるラーメン屋に入った。何度も来て、店主とも顔見知りになっているが、汗だくの皆川を見て店主は目を丸くした。

「あんた、ラーメンを食べるような感じじゃなかね」

「すみません、汗臭いですかね？」

「それは別に構わんけどね……」

カウンターしかない店だが、他に客が一人しかいないのが幸いだった。全身に大汗をかいて、Tシャツが体に完全に貼りついているような男は、食事の邪魔になるはずだ。

「やきめしセットでお願いします」

「やきめしセット、一丁」

他に従業員もいないのに、店主が勢いよく復唱した。皆川はタオルで額の汗を必死に拭い、水を何杯も飲んで汗を押さえようとした。しかし、カウンターのすぐ向こうが厨房なので、熱が直接伝わってきてまったく汗が引かない。クソ暑い七月の夜、九キロほど走った後でのラーメンは失敗だ、と反省する。

先にやきめしができあがってきた。程よい茶色で、福神漬けが添えられている。さっそくレンゲを突っこみ、がつがつと食べ始めた。食べ慣れた味で、胃の中が温かくなってくる。すぐにラーメンも出てきた。何というか……皆川にとってラーメンは、ただの食べ物ではない。体がラーメンでできていると言っていいだろう。豚骨ラーメン王国の福岡で育ち、大学時代も東京や横浜で散々食べ歩いた。皆川が東京にいた頃は、塩ラーメンブームが一段落して、魚介のW《ダブル》スープが流行していた。それはそれで悪くはなかった。強烈な魚介系の出汁《だし》が豚骨や鶏ガラの出汁と勝負し、最後は融合する——日本人はやはり、魚介系が好きなんだよな、と納得させられる味だった。

しかしそれは「浮気」だった、と今では白状できる。やはり皆川にとっては、福岡の豚骨ラーメンがソウルフードなのだ。シンプルだが味が深いスープに大量の青ネギ、ゴマ、紅ショウガ。博多風のラーメンを出す店は東京にもあったのだが、何かが違う。どこで作っても同じ味になりそうなワインが、産地によって異なる味を持つようなものかもしれない。

結局、福岡に戻ってからは、ほとんど博多ラーメンしか食べていない。それも、福岡の外の人間がイメージする、レンゲが沈まないほどの濃厚スープではなく、どちらかというとあっさり系の味を好んで食べている。濃厚なスープは、むしろ久留米ラーメンの特徴だ。

今日も、食べているうちに次第に気持ちが落ち着いてきた。体調や精神的な調子が良くない時には、やはり食べ慣れているものが一番、ということだろう。

あっと言う間に食べ終えてしまう。腹も膨れ、また眠気に襲われた。これから家に帰るのは面倒臭い……胃が満タンでは走れない。そしてだらだら歩いて帰るのは、走るより疲れる。

　金を払い——千円でお釣りがきた——水をもう一杯飲んでから席を立つ。

「あんた、もうちょっと汗ば拭かんね」店主が鬱陶しそうに言った。

「ああ……すみません」既に汗まみれになっているタオルで顔を拭う。「走ってる途中だったので」

「変わっとるねえ」

「腹が減って……エネルギーが切れてしまって」

「もう走ったらいかんよ。うちのやきめしは重たいから、胃にくる」

「分かってます」皆川は苦笑しながら胃の辺りを摩《さす》った。

　店を出ると、少しだけ気温が下がっていた。皆川はすぐに、自動販売機でスポーツドリンクを買い、ボトルの半分ほどを一気に飲んだ。これで完全にクールダウンする。後はなるべく汗をかかないように、ゆっくり歩いて帰ろう。本当は、タクシーが通りかかったら、手を挙げたいぐらいの気持ちだったが。

　家に戻るとリビングルームにエアコンを入れ、もう一度シャワーを浴びる。乾いたジャージに着替え、やっと人心地ついた。後はビールでも呑んで、さっさと寝るか——と思った瞬間、携帯が鳴る。茉奈だった。

「あ、慶ちゃん？　ごめん、今電話して大丈夫？」

「ああ、家だから」

「仕事じゃないの？」茉奈が、少し疑わし気に訊ねた。

「ああ、仕事は……ちょっと一段落して。まだ終わったわけじゃないけど」謹慎処分を受けたとは、さすがに言えない。「結愛は？」

「元気よ。あの子、あまり夜泣きしないのよね。私の時とは全然違うって、母が……」

「確かに。じゃあ、よく眠れてるんだ」

「それはちょっと――暑いから」

「それは俺も同じだよ」

電話を口元から離して溜息をついた。しかし茉奈は、鋭く聞きつけてしまう。

「どうかした？」

「いや……本当に夏バテ。仕事もきつくてね」

「無理しないでね――そう言っても無理かもしれないけど。ちゃんと食べてる？」

「それは、大丈夫」今日は炭水化物の摂《と》り過ぎだが。「それで、いつ頃戻ってくる？」

「あと一週間ぐらいかな。本当はすぐに帰りたいんだけど、親がね……」

電話の向こうで茉奈が笑った。初孫はいつまでも手放したくない、ということか。これは気をつけないと、と皆川は気を引き締めた。茉奈の両親は、同居を勧めてくる可能性がある。実際、茉奈の実家は広い家で、自分たち親子三人が一緒に住んでも、まったく問題ない。結婚する時も「お金がもったいないから」という理由で「一緒に住んだらどうか」と言われたことがある。「仕事が不規則なので」と断ったが、その時とは状況が変わっている。

「部屋、大丈夫？」茉奈が心配そうに訊ねる。

「ああ、もちろん」皆川はリビングルームの中を見回した。大丈夫……ではない。脱いだシャツが何枚か、ソファに置きっ放しになっているし、床には埃《ほこり》の塊が転がっている。茉奈は異様なほど綺麗好きだから、この有様を見たら卒倒するかもしれない。だいたいこういう環境は、結愛の健康にもよくないだろう。

電話を切ってもう一度溜息をつき、皆川は掃除機を持ち出した。部屋を片づけておかないと、雷を落とされる。十歳も年下の妻なのに、一向に頭が上がらない。九州男児の名折れだな、と皮肉に思う。

リビングルームに掃除機をかけ始める。茉奈の手順はどんな感じだっただろう……専業主婦なので家事は任せきりだが、いつも床に塵《ちり》一つ落ちていないことを考えると、相当執拗《しつよう》に掃除しているのは間違いない。

掃除機の騒音の向こうで、何かが聞こえた……電話。茉奈か？　慌てて掃除機のスウィッチを切り、ダイニングテーブルに置いたままだった携帯を見る。馬場。嫌な予感がした。馬場が何らかの処分を受けたかどうか、皆川は知らない。自分と同じように実質的な謹慎処分を受けて、愚痴を零そうと電話してきたのかもしれないが……それだったらつき合い切れない。自分のことだけで精一杯だ。

無視してしまおうかとも思ったが、普段の習慣でつい手にしてしまった。

「遺体だ」馬場の声は震えていた。

「はい？」一瞬事情が摑めず、皆川は我ながら間抜けな声を出してしまった。

「莉子ちゃんの遺体が見つかった！」

そうして、皆川の世界は崩壊した。

遺体が見つかるのは計算のうちだ。

むしろ早く見つけて欲しかった。俺の仕事を、奴《やつ》らにもよく知ってほしい。

8

現場は西区にある、市営の海づり公園だった。県道五四号線から沖合へ長く——四百メートルほど——伸びる桟橋の先に釣台が設置され、そこで海釣りが楽しめるようになっている。駐車場や売店、トイレも完備だ。

遺体が発見されたのは、駐車場のすぐ先にある防波堤近く、時刻は午後七時過ぎだった。この時間でもまだ釣り糸を垂れている人は多く、その中の一人が、海面を漂っている遺体――まだ新しく服も着ていた――を発見したのだ。ただちに消防署員が出動して遺体を引き上げ、現場へ急行した西福岡署員が遺体を確認。当然、誘拐事件の情報は共有されていて、被害者の莉子ちゃんではないかと疑った署員が本部へ連絡し、身元が確認された。

海づり公園へは、本部からよりも皆川のマンションからの方がずっと近い。連絡を受け、すぐに車を飛ばした。もうベビーシートもセットされている、マツダのアクセラスポーツ。ボディカラーを目が覚めるような赤にしたのは、車好きの意地である。せめて色ぐらい、所帯じみていない感じにしたかった。

先ほどランニングしたコースを、今度は車で疾走する。夕方からの帰宅ラッシュは終わり、道路は空いていた。制限速度を無視してアクセルを踏み続け、電話を受けてから十五分で、海とは反対側にある駐車場に車を乗り入れていた。営業時間は終わっているようだが、警察のために駐車場は開けてくれているらしい。皆川は係員にバッジを示し、車を停めた。見ると周りは、覆面パトカーと白黒のパトカーばかり。いったい何台来ているのだ、と驚く。福岡県警のパトカーの半分ぐらいがこの現場に集まっているのではないか。

もちろん、それだけの大事《おおごと》なのだ。

皆川はバッジを右手に握ったまま、走り出した。道路を横断し、海側にある駐車場に突進する。既にそこにもブルーシートが張られていて、道路側からは様子が見えなくなっていた。

駐車場から砂浜に出ると、投光器で煌々と照らされた現場の様子が良く見えた。道路側から海に向けては細い突堤が伸びており、その先には管理棟なのか、かまぼこ型の建物が見えている。遺体が発見されたのは、砂浜からその突堤に向かって伸びる、石造りの防波堤の近くらしい。制服警官が二人、後ろ手を組んで警戒している。既に現場保存は進んでいるようだ。

皆川は二人にバッジを見せ、小柄な方に話しかけた。

「遺体は?」

「もう搬出されました」

「今は現場検証中か……ここには誰がいる?」

「本部の方は分かりませんが」小柄な警官の顔に戸惑いが浮かぶ。「所轄は総出です」

それはそうだろう。現場は混乱しているのでは、と皆川は懸念した。大人数が必要な捜査もあるが、この現場はそれほど広くはないはずだ。皆川は二人にうなずきかけて、さらに走った。今日は既に一回走っているのだが、あの時とは状況が違う——今、皆川を突き動かしているのは怒りだ。それも、何もできなかった自分に対する怒り。

緩く左側に湾曲した石造りの防波堤の上に出ると、鑑識課員、制服姿の所轄の警官、それに本部の一課の連中がもう集結していた。細長い防波堤を警官だけで占拠するような勢いで、どこへ行っていいか、分からなくなる。そもそも遺体発見現場はどこなのだろう。皆川は、連絡をくれた馬場の姿を探した。

「皆川！」

宮下の声が耳に入り、思わず首をすくめた。謹慎は一課長から直接言い渡されたもので、宮下とはこの件について話していない。それでも当然、彼にも情報は伝わっているはずで、現場で叱責を受けてもおかしくはない。何しろ勝手に出て来たのだから……。

警官たちの群れの中から抜け出した宮下が、ゆっくりと近づいてくる。まずいな……

皆川はうつむいたまま待ったが、やがて決心を固めて顔を上げた。宮下の顔に浮かんでいたのは怒りではなく戸惑いである。

「お前、何してるんだ」

「遺体が見つかったという話を聞きまして……」

宮下が、皆川の全身を舐《な》め回すように睨みつける。これは雷が落ちるな、と覚悟したが、宮下の声に変化はなかった。

「課長から謹慎を食らっただろうが」

「それはそうなんですが、あれは正式な処分じゃありません」皆川はつい反論した。

「阿呆か、お前は」宮下が言った。「お前の謹慎は、被害者対策だぞ」

「怒らせないように、というのは分かってますけど……」

「いや、意味が逆だ」

訳が分からず、宮下の顔をまじまじと見た。呆れたような表情が浮かんでいるのが見えて、混乱する。自分はいったい、何を勘違いしているのだろう。

「松本さん一家にお前を攻撃させないためだ。いくら何でも、謹慎処分を受けた人間を攻撃はできないだろう」

「……今や、それも無意味だと思いますが」

「嫌なこと、言うな」宮下が顔を歪《ゆが》める。

「とにかく、こういう状況ですから……何でも言って下さい。手伝います」

「ここではもう、やれることはないぞ。遺体は署の方へ搬送したから」

「西福岡署ですか？」

「南、だ」宮下が訂正する。「捜査本部」

「死因は……」訊ねてから、思わず唾を呑んだ。まさか、生きたまま海に放りこんだとか——そんな犯人だったら、絶対に許せない。徹底的に追いこんでやる。

「まだ分からない。ただ、首にな……」宮下が、右手を広げて自分の首に回した。

「首を絞められたんですか？」

「そういう痕がある」

「クソ！」皆川は叫んだ。本当は、空に向かって大声で喚《わめ》きたいところだ。しかし今の自分には、そんなことをする権利もない。静かに莉子の死を悔やみ、家族のために犯人逮捕を誓わなければ、と意識して深呼吸した。落ち着け、落ち着け——熱くなったら負けだ。犯人を追うのに一番大事なのは、冷静さである。

「——ここ、何時までやってるんですか」皆川は何とか声を押さえて、質問を発した。

「この季節だと、午後八時。その後は突堤は閉鎖されるけど、海に近づけないわけじゃない。殺して海へ投げ入れて……この突堤まで流されて戻ってきたんじゃないかな」

「そんなこと……」皆川は両手をきつく握り締めた。拳の内側に怒りを閉じこめたせいか、痛みを感じるほどだった。

「推測だ」宮下は冷静だった。「いずれにせよ、これで一つだけはっきりしたことがあるな」

「何ですか？」

「共犯は間違いなくいる。小澤には、こんなことをしている余裕はなかったはずだ」

「もしかしたら、誘拐してすぐに殺してしまったのでは……」

「その可能性も否定はできないが」宮下がうなずく。「それよりお前は、大人しくしとれよ」

「そんなわけにはいきません！」

「熱くなるな」宮下が醒《さ》めた目つきで皆川を見た。「そういうのは、お前らしくなかぞ」

皆川は思わず口をつぐんだ。確かに、こんな風に熱くなるのが自分らしくないことは分かっている。だが刑事になって五年、今まで子どもが犠牲になる事件をたまたま担当していなかった。しかし、自分に子どもができた今、こういう事件に対する怒りは抑えられない。

「気持ちは分かるが、これは一課長の指示だ」

「課長は今、どこなんですか」

「南福岡署の本部。課長が家族に直接報告するそうだ」

皆川は唾を呑んだ。遺体発見——家族にとっては一番辛い事態だし、それを知らせるのは警察官にとって最もきつい仕事だ。それを自ら引き受けようというのか……家族の前で佐竹が土下座している場面を、想像してしまった。自分も、隣で一緒に土下座すべきではないか。

「お前は行くなよ」皆川の気持ちを読んだように、宮下が釘《くぎ》を刺す。「お前が行っても何にもならない。家族を無駄に刺激するだけだ」

「ご家族に会うつもりはありません。自分が悪役になっているのは分かっていますから。

でも、課長に直接会って、謹慎を解除してもらいます」この際何でもいい……この事件の捜査に参加したかった。電話番でも構わない。

「やめておけ」宮下が首を横に振った。「課長は今、家族に謝罪するのと、今後の捜査方針を決めるので手一杯だ。お前一人に関わっている余裕なんか、なかぞ」

「分かってますけど……分かりません！」叫ぶように言って、皆川は踵《きびす》を返した。いつもの長距離ランナーの走り方ではなく、短距離走者のスピードで浜へ引き返す。

「皆川！」

宮下の声が礫《つぶて》のように背中を打ったが、止まらない。止まれない。


南福岡署へ行って、署の裏手にある駐車場に車を停める。ドアを開けて降り立つと、ちょうど捜査一課長の専用車が入ってくるところだった。いきなりここで面会か……と緊張したが、男には勝負しなければならない時がある。

車から降りた佐竹に向かって、皆川は突進した。

「課長！」

「なんしよるん！」佐竹がいきなり怒鳴った。「阿呆か、お前は。謹慎だっち言ったろうが」

「謹慎を解除して、捜査に戻して下さい」皆川は膝にくっつく勢いで頭を下げた。

「駄目だ、駄目」佐竹が右手を大きく振る。その風圧で皆川を吹き飛ばしてしまおうとでもいうような勢いだった。「さっさと帰れ。お前の居場所はここにはなかっ」

吐き捨て、佐竹はさっさと署の裏口に向かって早足で歩き始めた。皆川もすぐに後を追ったが、運転手役の刑事が二人の間に立ちはだかる。邪魔だ……しかし、刑事が振り向いて、悲しそうな表情を浮かべたので、皆川は無理に割って入る気をなくしてしまった。運転手役の刑事も何も言わないが、無言で、皆川が謹慎を受けた事情は知っているのだろう。「課長を怒らせるな」とアドバイスしているようだった。

結局皆川は、佐竹からだいぶ遅れて建物に入った。一階が警官、それに記者たちでごった返しているのが分かる。ああ、とうとう報道協定も解除されたのか……被害者の遺体が発見された以上、もはや報道を押さえておく必要はなくなったのだ。ということは、自分の失態もこれで明らかになる。名前が出ることはないだろうが、分かる人には分かる……茉奈にどう説明しようと考えると、一気に気が重くなった。刑事の失態は、普通の会社員のそれとは重みが違うのだ。何しろ人の命がかかっている——そしてこの誘拐事件では、既に二人の命が失われた。

佐竹は真っ直ぐ捜査本部の置かれた会議室に向かった。大股で、階段を二段飛ばし。背中には怒りのオーラが滲み、気軽に声をかけられる気配ではない。皆川は、会議室の隅に滑りこんだ。これから捜査会議が始まるはずだが、一番後ろで背中を丸めていれば見つからないだろう。今は、とにかく情報を収集しておかないと。置き去りにされるのは我慢できない。

しかし、佐竹は目ざとく気づいた。

「皆川！」会議室の一番前で怒鳴ったのだが、朗々とした大声は部屋全体の空気を震わせるようだった。「お前は出ろ！」

「しかし――」弾かれたように立ち上がった。しかし佐竹には通用しない。

「お前は謹慎中だ！　ここにいる資格はなか！」

有無を言わさぬ口調と激怒の表情。しかし皆川はうなだれるのではなく、佐竹に向かってしっかりと一礼した。無礼を詫《わ》びるだけで、決して納得したわけではないと主張したい……その気持ちが、どれだけ佐竹に通じたかは分からなかったが。会議室に集まっていた刑事たちの視線が突き刺さる。同情、好奇、あるいは馬鹿にしている――佐竹の罵声よりも、よほど堪えた。

それでも皆川は、真っ直ぐ前を向いたまま、会議室を出た。一瞬でもうつむいたら負けだ。確かに自分は失態を演じたが、気持ちは折れていない、いつでも捜査に戻るとアピールしたかった。

しかし、会議室を出ると心が萎えた。これまで気を張っていたのが、一気に萎んだ感じだ。廊下の壁に背中を預け、そのままずり落ちて床に腰を下ろしてしまいたくなる。

しかし何とか踏みとどまり、背中を壁に押しつけるだけにした。刑事たちが続々と会議室に入っていき、その度に皆川をちらりと見る。譴慎処分は正式なものではないが、捜査一課の中ではもう誰もが知っているのだろう。刑事という人種は噂《うわさ》が大好きで、隠し事をしておくのは至難の業だ。

ドアが閉じられた。皆川は何とか中の様子を知ろうと、壁に耳を押し当てた。佐竹の第一声だけは聞こえてくる。

「大失態だ！」普段から声の大きい一課長だが、これまで聞いたこともない大音声だった。壁一枚隔てた場所にいる皆川さえ、身がすくんでしまう。しかしその後、佐竹の声は完全に聞こえなくなった。怒りで我を失わないように、敢えて声を抑えているのかもしれない。

皆川はひたすら待った。会議が終わる頃には、佐竹の怒りもおさまっているかもしれない。それが無理でも、誰かを摑まえて話を聞こう。それにしても、馬場はどうしたのだろう……この情報をいち早く耳に入れてくれたのだから、彼自身は捜査本部から外されてはいないはずだ。しかし、会議室にその姿はない。もしかしたら、釣台の現場にいたのだろうか。あるいは、松本家に張りついているとか。

いずれにしても、自分だけがのけ者だ。

きつく唇を嚙み締め、ひたすら待つ。時間が過ぎるのがやけに遅かった。いったい何時間経ったのだろう。しかし、会議室のドアが開いたタイミングで腕時計——走った時のナイキのスポーツウォッチのままだ——を見ると、三十分しか経っていない。

ぞろぞろと会議室から出てきた刑事たちの顔は、一様に暗かった。まるでこの世の終わりが来たような……中を覗いてみると、佐竹は制服姿の南福岡署長と何やら相談していた。傍らには広報課長もいる——マスコミ対応だろう。捜査の状況は逐一公表していたはずだが、遺体が見つかったとなると話は別だ。おそらく、改めて記者会見が開かれる。

「三山《みやま》」

同期の刑事を見つけて、皆川は思わず声をかけた。三山が一瞬体を震わせ、周囲を見回す。廊下の端の方に向けて顎をしゃくると、無言で、皆川を先導するように歩き出した。

階段の踊り場まで出ると、ようやく口を開いた。

「お前、ここにいたらまずいんじゃないか」

「そんなことを言ってる場合じゃない。人手も足りないだろう」

「まあ、そうだけど」三山が耳を搔いた。この男は皆川以上に「熱」のない男で、実際何が面白くてこの仕事をしているのか、さっぱり分からない。

「お前、やばいぞ」

「謹慎の話なら聞きたくない」皆川は両手で耳を塞いだ。

「真面目に聞けよ」

三山の表情が珍しく真剣だったので、皆川も本気になった。うなずきかけると、三山が意外なことを言い出す。

「小澤は本当に犯人だったのか？」

「え？」

「いや……家にガサをかけても何も出てこない。唯一の証拠は金の入ったボストンバッグを拾い上げたことだけど、あれで犯人だって決まったわけじゃないだろう」

「だけど、あそこに金を置いた事実は、犯人と被害者の家族、それに警察しか知らないんだぞ」皆川はむきになって言い張った。

「記録が残ってないじゃないか。偶然、金を見つけただけかもしれない」

皆川は口をつぐんだ。確かに……ドライブレコーダーにも死角はある。運転席側に座っていた皆川は、アルファードのドアが開いて小澤が降りてきたのを見たのだが、ドライブレコーダーにはその場面は映っていなかった。ただアルファードが、違法に一時停止した場面が記録されているだけだ。実際、助手席に座っていた馬場も、そこは見ていない。しかもアルファードからは、肝心のボストンバッグが見つかっていない——。

「小澤は事件にまったく関係ない第三者で、たまたまボストンバッグを見つけて拾い上げただけなのかもしれない。犯人からすれば、あるべき場所に金がなくて、それで怒って莉子ちゃんを殺した——そういう筋は考えられないか？」

「考えられないでもないけど、無理矢理過ぎないか？」

「でも、可能性はある。実際、そういう線を打ち出して捜査している刑事もいるんだから」

「マジかよ……」皆川は顔から血の気が引くのを感じた。もしもそうだったら、自分は誘拐犯を取り逃がしてしまっただけではなく、事件に関係ない人間を死なせてしまったことになる。謹慎どころでは済まない失態だ。

「うん……まあ、俺は別にそうは思わないけど」慰めるように三山が言った。「だけど、そんな風に考えている人間もいるから、覚悟はしておいた方がいいぞ」

「いや、ちゃんと捜査すれば絶対に分かる」言い切ってみたものの、自信は芽生えない。不安が広がるばかりだった。

「だけどお前は、謹慎中だから」

もしかしたら自分は、完全にスケープゴートにされるのか？　佐竹はそこまで読んで、自分を謹慎させたのか？　真っ直ぐな男だと思っていたが、こういう重大事案になると、まず保身を考えるのかもしれない。

「莉子ちゃんは、どうやって殺されたんだ？」自分のことを考えている場合ではないと、皆川は質問を変えた。その後、検死も行われたはずだ。

「首を絞められて、だと思う。その後で海に遺棄されたんじゃないかな。詳しいことは解剖待ちだけど」

「死後どれぐらい経ってるんだ？」

「それもはっきりしないけど、遺体は比較的新しいんじゃないかな……昨日から今日にかけて夜中に遺棄されて、たまたま今夜見つかったというのが、一課長の読みだけど」

となると犯人はやはり、身代金奪取の失敗後に人質を殺してしまったのか……そうなるとやはり、自分の責任だ。

「犯人は……」

「まったく分からない。一応、捜査本部の中では小澤犯人説が主流だから、奴の交友関係を洗ってるんだけどな」

「そもそも何者なんだ、小澤は」

「そういう基本データも知らないのか」三山が目を見開く。

「知る前に謹慎させられたから」

「しょうがねえな……」三山がまた周囲を見回してから、手帳を開いた。「小澤政義、三十五歳。住所は城南区――それぐらいは知ってるだろう？」

「ああ。茶山駅の近くだよな」

「そうだ。ＤＮＡ型の照合で最終的に確認された。職業不詳……近所の人とのつき合いもまったくないらしい。実家は佐賀の神埼《かんざき》市。吉野《よしの》ヶ里《がり》遺跡の近くだそうだ」

そんな情報はどうでもいい、と皆川は苛《いら》ついた。「それで？」と先を促す。

「実家には両親がいる。もう話は聴いたんだが、地元の高校を卒業した後福岡に出てきて、物流倉庫会社に就職したそうだ。ただしそこは二年ほどで辞めて、その後は職を転々としている。このところ話もしていないし、両親も何をしているか知らなかったそうだ」

「そんなこと、あるのか？」

「実家と疎遠になる人間は、珍しくもないよ」三山が肩をすくめる。「とにかくそういうことで、実家から得られる情報には限りがある。最近何をしていたか調べないと、何も分からないだろう」

「目的は、金なんだろうな」

「あるいはこいつは、単なる下っ端かもしれない」三山が手帳を閉じ、ズボンの尻ポケットに突っこんだ。

「誰かに使われていただけか」

「金の回収なんて、そういう立場の人間の仕事だろう。振り込め詐欺の出《だ》し子《こ》みたいなものだよ」

「クソ、何とかしないと……」

「だから、駄目だって」三山が急に真剣な表情になった。「松本さんが激怒してる。特におじいちゃん――会長さんか？　警察を訴えるとまで言っているそうだ。花澤さんでは抑えがきかなくて、家族を担当する人間は全員交代した」

絵里は実質的に「更迭」されたわけか……失敗を噛み締めているのは自分だけではないんだと、皆川は思い知った。

「まさか、本当に訴えるようなことはないだろうけどな。そんなの、聞いたこともない。賠償金でも求めるのか？」

「分からないけど、理屈はいくらでもつけられるんじゃないか？　俺たちが失敗したのは間違いないんだし」

「やってらんないよなあ」三山ががしがしと頭を掻く。「上には怒られ、被害者には恨まれ……面白いことなんか、一つもないじゃないか」

「面白いからやってるわけじゃないだろうが」

「じゃあ、お前は何でこの仕事をしてるんだ？　正義感とか言うなよ。安っぽくしか聞こえないから」

何でこの仕事を……根本的な問題である。最初の動機は「公務員だから」だった。駅伝には必死に取り組んでいたものの、実業団から声がかかるほどの選手ではなかったから、故郷へ戻ることは早い段階から決めていた。学校の先生になって子どもたちに走る楽しさを教えるか、あるいは安定した警察官か……結局教員試験には合格せずに警察官になったのだが、なってみると意外に性に合っているのに驚いた。中学校からずっと陸上に打ちこんできて、上意下達の体育会的体質が身についていたからかもしれない。規則の中に身を置き、指示をそつなくこなす仕事が嫌ではなかったのだ。やがて交番勤務から刑事に引き上げられ、自分の頭で考えることを強いられるようになり……最終的に、一生この仕事を続けていこうというきっかけになったのが、警察庁から押しつけられた横浜での仕事だった。

あの事件で、「警察不信」になってもおかしくはなかった。神奈川県警の汚い面を見てしまい……そういうことは、全国どこの警察で起きても不思議ではなく、自分が非常に危うい世界で生きてきたのだと思い知らされた。泥の中に足を突っこんで生きているわけで、潔癖症の人間だったら、そのまま辞表を叩きつけたかもしれない。

だが皆川は、あれで少しだけ図太くなれたと思う。謎を解く醍醐《だいご》味も味わった。どうして自分があのチームに抜擢《ばってき》されたかは分からないが、一緒にきつい思いをした仲間たちとは、今も連絡を取り合っている。

「とにかく……無茶するなよ」三山が皆川の肩を軽く叩いた。「頭、下げてろって。そうすれば、弾に当たらないで生き残れる」

「そんなの、『生き残る』とは言わないんだよ」皆川は眼鏡をかけ直した。

「ああ?」

「自分から打って出ないと。そうじゃなければ、刑事をやってる意味なんかないんだ」

自分から打って出る――しかし、どういう方法を取ればいいかが分からない。いずれにせよ、今夜は引き上げるしかないだろう。皆川は署を出たが、そのまま家に帰る気にはなれなかった。

恐怖心を抑えつけ、松本家へ向かう。報道陣が取り囲み、照明で昼のような明るさになっているのではと思ったのだが、実際には誰もいなかった。もしかしたら広報課が上手く抑えつけて、自宅での取材を回避させたのかもしれない。

マスコミの攻撃を受けていたのは、HHS社だった。会社の前の道路にずらりとテレビの中継車が並び、カメラマンが建物を撮影している。会社は直接関係ないのに、と不思議に思ったが、地元の有力企業を経営する松本家は、一種の「公人」である。自宅に取材に行けないので、代わりに会社の方を撮影しているということか……夜も遅いのに、建物の窓には灯りが灯り、人影が行き来するのが見えた。会長・社長とその家族を守るために、HHS社の社員も奔走しているのだろう。道路の反対側から会社を見守りながら、皆川は苦い物を呑みこんだような気分になった。拳を胃にねじこみ、鈍い痛みを封じこめる。

　車を発進させ、何度か右左折を繰り返して会社の裏手――駐車場へ出る。こちらは封鎖でもしているのか、マスコミの姿は見当たらなかった。一方、刑事たちが盛んに出入りしているのが分かる。近づき過ぎると、何を言われるか分からない……皆川はハンドルを抱えこむようにして、観察した。会社もたまらないだろう。警察はここを前線基地として使っているわけだが、いったいいつまで続くのか。仕事にも支障が出ているに違いない。

　駐車場から誰か出てくる。女性……社員だろうかと目を凝らしてみると、絵里だった。いつもは長身をさらに際立たせるように背筋を伸ばして歩くのに、今日は背中が丸まっている。足取りはのろのろとしていて、歩くのすら面倒臭そうだ。

　皆川は思わず「追放」などという言葉を頭に浮かべてしまった。

　声をかけるべきかどうか……悩んだが、彼女も貴重な情報源になると気づく。思い切ってドアを開け、路上に立った。人気がないので、そういう動きには気づきそうなものだが、うつむいたまま歩いている絵里の目に、こちらの姿は入っていないようだった。

「花澤さん」

　呼びかけると、絵里がびくりと身を震わせた。明らかに臆している。らしくない――いつも堂々と、自信たっぷりに振る舞っているのに、今は傷つき、風が吹けば倒れてしまいそうに見えた。絵里は五メートルほどの距離を置いて立ち止まり、どうしていいか分からない様子で、皆川の顔を凝視した。

負け犬二人。

「私は用無しだから」

自分の言葉が自虐的なセリフを引き出してしまったことを悔いながら、皆川はうなずいた。

「帰るんですか?」

「送りますよ――送らせて下さい」

「何で? 君、仕事は?」

「同じく用無しなんです」彼女は、皆川の処分を知らされていないわけだ――もちろん、小澤を取り逃がし、さらに死なれてしまったことは知っているだろうが。「一課長から譴慎処分を受けました」

「ああ」呆けたように絵里が言った。「小澤のこと?」

「そうなんです。仕事をしてはいけないそうで……」

「じゃ、送って」

さらりと言って、絵里が助手席に乗りこむ。皆川もすぐに運転席のドアを開けたが、その瞬間、絵里が両手に顔を埋めているのに気づいて凍りついた。泣いている? そんなイメージの人ではないのに。隣に座っていいかどうか分からなかったが、いつまでもここに車を停めておくわけにはいかない。一つ息を吐いて、思い切って運転席に乗りこんだ。

「家ですか？」

「そうね」

絵里が顔を上げる。ちらりと横目で見ると、頬は乾いていた。化粧っ気のまったくない顔は蒼白で、ひどく具合が悪く見える。

「三号線から和白《わじろ》通りを行って」

結構遠い……しかも埠頭の現場の近くを通る。それが嫌で、皆川は高速を使うことにした。板付《いたづけ》から入って空港の脇を抜け、香椎東《かしいひがし》で降りよう。それでも埠頭の横を通ることになるが、自分の追跡ルートと同じではない。もうトラウマを抱えこんでしまったのか、と皆川は溜息をついた。

「謹慎処分を受けたんですよ」車を出すとすぐに、皆川は繰り返した。

「そうなんだ……」絵里も溜息をつく。

「ご家族、どんな感じですか」

「最低」吐き捨てるように絵里が言った。「でもそれは、私の責任だから。最後まで、信頼関係が築けなかった。特におじいちゃん――俊也さんがずっと、荒れ狂っていて」

「あの人の相手は、誰がやっても難しいと思いますよ」

「そうかもしれないけど……まだまだね。私は明日から、捜査本部で内勤」

「家族は、誰が担当するんですか」

「一課からは真下《ましも》係長。それと、総務部の被害者対策室からも人が出るわ」

「そうですか……」皆川は、拳を口に押し当てた。被害者対策室が出てくるということは……松本家はまさに「被害者」になってしまったのだ。

「何で失敗したの？」

絵里がずばりと訊ねて、皆川は腹にパンチを食らったような気分になった。

「それは……分からないんです」正直に答える。「小澤が急に暴走して……こっちに気づいたんじゃないかと思いますけど、その原因は分からない」

「警察に追跡されていても、簡単には気づかないと思うけど」

「そうなんですよ。それがどうにも謎で……でも、言い訳ですよね。もっと慎重にやらないといけなかった」

「お互い、お先真っ暗ね」

「……そうですね」まずいな……これが自分の将来にとって、大きなマイナスになるのは間違いない。無意識のうちに、茉奈の顔が脳裏に浮かぶ。閑職に飛ばされたら、茉奈はどんな顔をするだろう。

「参ったな……」絵里が額に手を当てる。

「参りましたね」

車が高速に乗ったところで、皆川がぐっとアクセルを踏みこんだ。夜も遅く、交通量は少ない。走りやすい環境ではあったが、目の前に見えない空気の壁が立ちはだかるように、スピードが出なかった。焦ることはないんだと自分に言い聞かせ、気持ちを抑えるように何とか八十キロをキープする。

「こういう失敗をすると、『女だから』って言われるのよ」

「ああ、そういう人、いますよね」

「自分の力不足なのは分かってるけど、そんなこと言われるとむかつくわよね」

「分かります」

ふいに、シフトレバーに置いた左手に温かさを感じた。ちらりと見ると、絵里の手が皆川の手の甲を覆っている。おいおい——一瞬戸惑ったが、これは恋愛感情でも何でもないのだとすぐに判断した。自分の弱さを思い知らされ、どうしようもなく落ちこんだ時、他人のぬくもりが必要になることはある。誰でもいいのだ……皆川はそっと手をひっくり返し、絵里の手を包みこんだ。絵里は握り返してくるわけではないが、手を引くでもない。奇妙な安定感を覚えながら、皆川は右手できつくハンドルを握った。

「刑事、辞めようかな」絵里がぽつりと言った。

「それはちょっと……判断が早過ぎないですか」

「自分のミスで人が死ぬなんて、最低じゃない。人殺しと同じよ」

「直接の責任は俺にあるんですよ」

「同じようなものじゃない」皆川の手の中で、絵里の手が硬くなるのが分かった。

「誰でも失敗はしますよ……ちょっと甘いことを言ってもいいですか？」

「どうぞ」

「警察は緩い組織です。温《ぬる》いと言うべきかな」その時皆川の頭にあったのは、神奈川県警のことだった。連中は、身内のミスを隠すために、散々不法行為に手を染めてきた。それは間違いなく「悪」なのだが、警察というものが結束して仲間を庇《かば》おうとする傾向が強い組織であることを皆川は知った。今回も、結局はそういうことになるのでは、と皆川は読んでいた。もちろんこれは、組織内の処分とは別の問題なのだが。皆川としての「落とし前」も絶対に必要である。

「落ちこんでますよ、俺も」皆川は打ち明けた。「ショックもあります。うち、娘が生まれたばかりなんですよ」

「……知ってる」

「殺されたのは、年は違うけど、同じ女の子です。どうしても自分の娘のことを考えるんですよ。何とか解決したい——犯人を捕まえたい」

「でもあなた、謹慎中なんでしょう」

「それはそうだけど――」

「正直、どうしていいか分からない」絵里が、皆川の台詞を遮った。「仕事しろって言われたらするけど、ちゃんとできるかどうか、自信もないしね。だいたい――」

不意に絵里が言葉を切る。同時に皆川は、左手にあった彼女の手の感触が消えたのを感じた。すぐにラジオのボリュームが大きくなる。彼女が手を放し、ラジオを操作したのだと分かった。

「――福岡市南区の人材派遣会社経営、松本秀俊さんの長女、莉子ちゃん、七歳が学校からの帰りに誘拐される事件が起き、今夜、莉子ちゃんが博多港で遺体で発見されました。警察は今日未明、犯人からの指示で身代金を渡しましたが、犯人は逃走中に車で博多湾に飛び込んで死亡、身代金も見つかっていません。繰り返します。福岡市南区の――」

皆川は反射的に左手を伸ばし、ラジオのボリュームを絞った。鼓動は激しく、今にも吐きそうだ。分かってはいたのだが、ついにマスコミの攻勢が始まったのだ。

「聴く度胸がないの?」絵里が訊ねる。

「ないですね。明日の朝刊を開くまでには覚悟を決めますけど」

「こうやって改めてニュースで聴かされると……ショックはショックよね」

「そうですね」

「でも、聴かないと駄目」絵里がまたボリュームを上げた。「これは、私たちにとっては罰なんだから」

どこまで自分に厳しく当たるのか……しかし皆川は反論もできなかったし、ボリュームを下げることもできなかった。

そう、思い知らねばならないこともある。他人によって自分の愚かさを知ることで――俺はどうしたい？　反省か？　それとも気合いを入れ直す？

どうしていいか、まったく分からない。こんなことは、横浜の特命捜査以来だった。

9

莉子の遺体が見つかってから三日が経った。皆川は何度か県警本部に顔を出したが、その都度佐竹に見つかって叩き出された。そんなことが続けば、さすがに気持ちが折れる――結局皆川は、自主的に自宅待機を選んだ。三山に何度か電話して捜査の状況を聞いたが、動きは止まっているようだったから、「焦るな」と自分に言い聞かせる。

これは非常にまずい。事件はやはり、発生直後が勝負なのだ。時間が経つに連れ、手がかりは少なくなり、犯人は遠くへ逃げてしまう。しかし、全ての場面で動きがない。

莉子を殺した人間、身代金の行方、小澤の共犯——まったく手がかりがなかった。

　四日目の朝、皆川は六時に目覚めた。自宅で取っている新聞に目を通した後、近くのコンビニに足を運び、他紙も買ってくる。全てに目を通し終えて、午前七時。いい加減に謹慎処分を解いてもらいたかったが、佐竹と直接対決する勇気が出ない。しかし今日は、何とか気持ちを奮い立たせた。佐竹は自分に対して強硬姿勢だが、宮下に頭を下げて何とかしてもらおう。

　しかし、家を出ようと思った瞬間、携帯が鳴って邪魔される。そのまま出かける——歩きながら話していい相手ではなかった。

「落ちこんでませんか」

「いえ、そういうわけでは……はい、落ちこんでます」

　警察庁のキャリア官僚、永井《ながい》。横浜の特命捜査のキャップで、一か月ほど一緒に仕事をした。その後も何かと連絡を取り合っている——だいたい、永井が一方的に電話をかけてくるだけだが。一緒に特別な仕事をした仲間を、今でも妙に気遣っている様子だった。それはありがたいが、さすがに皆川の方から連絡を取ることはない。キャリア官僚に対して、恐れ多いことだ。

「話は、ご存じなんですよね」

「もちろん。自分が行く場所の情報を収集しておくのは当然です」

れないとは思ったが……

「えぇ。八月一日付で。間もなくですね」

「キャリア官僚は、全国規模で異動を繰り返すから、いつかこういうこともあるかもしれないとは思ったが……

「どちらへ……」

「刑事部に、総合参事官という新しいポジションができるんです。暴力団対策で、暴対部との橋渡しをする役目ですね。今、福岡県で一番問題になっているのがそれですから」

「初耳です」

「人事情報には気を配っておかないと」電話の向こうで永井が笑った。「役所で生き残っていくためには必須です」

「私が生き残れる可能性は、極めて低そうですが」

「話は聞いていますが、弱気になるのは早いのでは？」

「こういう失敗をしたら、誰だって……」

「誰でも失敗します。しかし、全員が駄目になるわけではない。あなた、今何を考えていますか？」

「それは……」急に弱気が首をもたげてきた。怒りや正義感よりも、自分を責める気持ち……。

「やるべきことは分かっていますね」

「実は、謹慎中なんですが」

「それぐらい、自分で何とかしなさい」急に永井が厳しい声を出した。「もちろん私が行けば、何とでもなります。しかし、こういう局面を自分で切り抜けることも大事ですよ。そういうことができないと、先がない」

「先を考えて仕事をしているわけではないんですが」

「先を考えることは大事です。自分の理想の仕事をするためには、上手く立ち回らなければならない」

それはそうなのだが……そんなに上手く動けるわけもない。電話を切った後も、皆川は茫然《ぼうぜん》と佇《たたず》んだままだった。

我に返ったのは、再び携帯が鳴ったからだ。慌てて取り上げ、着信を確認する。宮下からだった。

「監察官室から連絡があったぞ」

「もう、ですか？」正式処分が出るまでには、まだ時間がかかると思っていたのに。

「ああ。これからすぐに、監察官室に出頭しろ」

「……分かりました」

「今、どこにいるんだ?」宮下が疑わしげに聞いた。

「もちろん家ですよ。謹慎中ですから」皆川は皮肉っぽく言った。

「それならいいけどな。十時には監察官室に行ってくれ」

「分かりました」

何を言われるのか……永井に入れられた気合いは、とうに萎んでいる。上手く立ち回る——自分にそんなことができるとは、到底思えなかった。


「所属長注意とする」古屋が淡々と告げた。

皆川は思わず、顔を上げた。「所属長注意」は、一番軽い処分と言っていい。人が一人死んでいるのにこの程度でいいのか、と逆に不思議に思った。

「大変ご迷惑をおかけしました」皆川は頭を下げ、すぐに上げた。古屋の渋い表情が目の前にあった。

「お前も犠牲者だな」

「え?」

「誰かをスケープゴートにする必要があったわけだ」

「それ、一課長が言ったんですか?」

「そういうことはどうでもいいだろう……こういうのは、誰の責任でもない。組織の総意というやつだ。まあ、気にするな。多少は査定に影響するかもしれないが、長期的に見れば大したことはなか。気にしないで、今まで通りに仕事をしろ。ミスは駄目だが、萎縮するのはもっと駄目や」

釈然としない。佐竹の「謹慎」指示そのものが、松本家に対する「見せしめ」だった。だったらこの正式処分は何なのか。本当は誰の意思だったのか……しかし今、それを追及する余裕も気持ちもない。

「とにかく、これで捜査に復帰だ」

「一課長からは謹慎処分を下されているんですが」

「そんなものは正式な処分じゃない。一課長も、頭に血が昇ったんだろう。気が短い人だから」古屋が苦笑した。

それは間違いない。腹に黒い物を抱えたわけではないと信じたかった。どんなに怒りっぽく、遠慮会釈なく雷を落とす人間でも構わない。陰謀を抱えて後ろめたい思いを抱きながら毎日を送るような警官は、神奈川県警だけで沢山だ。自分はあくまで、佐竹を信じたかった。

捜査一課に戻る。やけに久しぶりな感じだった。佐竹は……課長室にいた。現在抱えている一番大きな事件は、莉子の誘拐事件だが、捜査一課にはそれ以外にも多くの仕事がある。捜査一課長が、常に所轄の捜査本部に詰めているとは限らない。

ここは、一対一の直接対決しかない。だいたい処分内容が「所属長注意」なのだから、もう一度佐竹の雷を受ける必要がある。そこから先は——まあ、怒られてから考えよう。どんなに厳しくても、ちゃんと仕事があればそれでいい。

「失礼します」

ドアは開いたままだったが声をかけ、ドアの横の壁をノックする。デスクで書類に目を通していた佐竹が、ちらりと顔を上げた。「入れ」と言った後は、また書類に目を落としてしまう。焦らすつもりかと思ったが、ここは黙って受け入れるしかない。皆川はもう一度「失礼します」と言って課長室に入った。

デスクの前で直立不動の姿勢を取った。佐竹が顔を上げ、「馬鹿者が！」と一喝する。思わず首をすくめてしまうほどの大声だったが、何とか体を動かさずに耐える。

「所属長注意の処分を受けました」

「分かってる」

「それで……」

「だから今、注意した。これで終わりだ」

皆川は少し体の力を抜き、休めの姿勢を取った。後は何とか仕事に復帰できれば……

佐竹はまた、書類に視線を落としてしまった。

「課長、あの……」

「何だ」佐竹が唸るように言った。

「仕事ですが……」

「さっさと捜査本部に行け！　人手が足りないんだ」

呆気に取られ、皆川は言葉を失った。まるで、あの謹慎処分がなかったかのような口ぶりである。

「あの、いいんですか？」

「当たり前だろうが。今は誘拐事件の捜査に一点集中だ。向こうで宮下の指示を受けろ」

「分かりました」一礼したが、まだその場を離れる気にはなれない。

佐竹がすっと顔を上げて、目を細めた。

「何してる。さっさと行け」

「課長の謹慎処分も解けた、ということでいいんですか」

「当たり前だ……ただし、一つだけ言っておく。いや、二つだな」

「はい」緊張して、皆川はまた「気をつけ」の姿勢を取った。

「松本さん一家には接触するな。今は、絶対に刺激したくない」

「……分かりました。もう一つは？」

「お前が犯人を挙げろ」

皆川は唾を呑んだ。一人の力で何とかなるものでもないが、佐竹の指示は冗談とは思えない。

「お前がヘマしたのは間違いない。だから、自分できっちりカタをつけて来い。それができないようなら、刑事失格だな」

「了解です」

ゴーサインだ。課長室を後にした。一度自分のデスクにつき、伝言の類がないかと確認したが、何もなかった。引き出しからノートパソコンを取り出して起動し、メールをチェックする。仕事関係の同報メールばかりで、後回しにしてもいい。

しかし……最新のメールは同報メールではなかった。

神谷悟郎《かみやごろう》。横浜の特別捜査チームの一員だった、警視庁の刑事である。何かと訳ありで、とっつきにくい男だったが、やはり永井と同じように今でもつき合いがある。

文面は短かった。

〈電話にも出られないのか？　手柄が欲しかったら、すぐに電話しろ〉

何のことだ……慌てて携帯を取り出して確認すると、先ほどから何度も着信があったのが分かった。監察官室に入る時に、マナーモードにしておいたままで気づかなかったのだ。急いで神谷に電話を入れる。

「何なんだ、君は。チャンスを逃すなよ」

「チャンスって、何ですか」戸惑いながら、訊ねた。

「君のところ、誘拐事件を抱えてるだろう？」

「ええ」

「当然、君も捜査に参加してるよな」

「ああ、まあ……」謹慎処分を受けて、これから戻るところだとは言えなかった。

「何だ、はっきりしないな」

「いろいろありまして」

「子どもが生まれて、気が抜けてるんじゃないか？」

「あの、神谷さん、本題は？」

「ああ、失礼」電話の向こうで神谷が咳払いをした。「変な話になってるんだ……まだ福岡県警には正式に連絡が行ってないんだが、こっちで強盗事件を起こして捕まった人間が、そっちの誘拐事件の共犯だと言ってるんだ」

電話を切るなり、皆川は再度、課長室に飛びこんだ。

第二部　突然の自供

1

その後、捜査共助課経由で、警視庁から正式な情報が入ってきた。逮捕されたのは長《なが》池直樹《いけなおき》、三十歳。直接の逮捕容疑は強盗未遂である。昨夜午後十一時過ぎ、東急大岡山駅付近の大田区北千束《きたせんぞく》の路上で、帰宅途中のサラリーマンを襲ってバッグを奪おうとして反撃され、取り押さえられた。被害者は小柄——百六十センチほどだが、学生時代に柔道軽量級の選手で、三段の実力者だった。

逮捕された長池は今朝になって突然、福岡での誘拐事件について供述を始めた。

捜査共助課からの正式な情報提供があった後、皆川は改めて神谷に電話を入れた。

「今、正式に情報が回ってきました……どういうことだったんですか？」

「所轄の方で大慌てしてね。それで一課にも情報が入ってきたんだ」神谷が淡々とした口調で説明した。

「神谷さん頼りということですか？」実は皆川は、神谷という男をよく理解していると は言い難い。仕事ができないわけではない——意固地だが、一度決めたことは最後まで貫き通すタイプだ。ただし、その意固地が度を過ぎることがあり、トラブルも多い。実際、本部から島嶼部《とうしょぶ》の所轄に左遷されていたこともある——その時に、警察庁の特別捜査班に呼び戻され、さらに大きなトラブルに巻きこまれたのだった。特別捜査をこなした後は、二十三区内の所轄、そして神谷にすれば「本籍地」の捜査一課に異動になった。

「いや、俺がたまたま所轄からの電話を受けただけだ。誘拐事件は、こっちでもでかでかと報じられていたから、すぐにピンときたよ」

「供述は、信用できるんですかね？」

「そいつは分からないな」神谷がさらりと言った。「俺が直接調べたわけじゃないし、そっちの捜査の状況も分からない。自分で確認しろよ。どうせ、君が東京へ来るんだろう？」

「え？」それは考えてもいなかった。謹慎明けで、いきなり東京へ出張はありえないのではないか。「いや、それは……」

「何で困ってるんだ？　君がこっちへ来られるように、真っ先に教えてやったんじゃないか」

「ああ、それは……」

「本当に犯人だと確定したら、そっちへ移送だろう？　福岡県警は、東京へ人を寄越す必要があるよな」

「それはそうですけど」

「何で困ってるんだ？」神谷が繰り返し、不思議そうに言った。「自分から手を挙げればいいじゃないか。警察は、先に手を挙げた奴が勝つんだよ。それとも、若い嫁さんと娘さんの世話で忙しいのか？」

「嫁はまだ実家です」

「じゃあ、何の問題もないじゃないか。さっさとこっちへ来いよ。酒ぐらい、奢《おご》ってやるから」

一人では決められないので、と言い残して皆川は電話を切った。手を挙げるべきかどうか、まだ躊躇《ためら》いがある。あまりにも図々しいのではないだろうか。

「皆川！」

呼ばれて、反射的に立ち上がった。会議室の奥で手招きしている宮下の元へ駆け寄る。

「お前、警視庁にネタ元がいるのか」いきなり、予想もしていなかった質問を切り出した。

「ネタ元というか、知り合いです」

「例の横浜の一件で？」

「ああ、まあ……そうですね」皆川は言葉を濁した。横浜の特命捜査については、同僚にはろくに話していない。当時の直属の上司である、佐竹の前任の捜査一課長には報告したが、それだけである。気楽に話せるような内容ではないのだ。

「お前の感触ではどうなんだ？　間違いなく共犯だと思うか？」

「それはまだ分かりません。調べた人から直接話を聞いたわけではないので」皆川は一瞬唾を呑み、思い切って切り出した。「俺を東京へ行かせてもらえませんか？」

「ああ？」宮下が目を見開く。「お前、正式処分が出たばかりだろう」

「はい。一課長の厳重注意を受けました。それで全部終わりじゃないですか？　執行猶予がついているわけでもないし、動いても問題ないでしょう」

「それはそうだが、ちょっと図々しいぞ」そう言いながらも、宮下の口調はそれほど非難めいてはいなかった。

「すみません」皆川はさっと頭を下げ、眼鏡を直した。「ただ、東京なら少しは地の利がありますし……挽回のチャンスを貰えませんか？　それとも福岡県警は、一度失敗した人間にはチャンスをくれないんですか？」喋っているうちに頭が熱くなってきた。

「失敗して、松本さん一家を悲しませたのは俺です。だから俺が、きちんと責任を取らないといけないんです」

「しかし、お前……」

「ごちゃごちゃ煩いな」

突然、佐竹が会話に入ってきた。皆川は瞬時に直立不動の姿勢を取った。

「もう東京へ行ったかと思ったぞ」

「いや、それは……」

「さっさと行け。その、長池とかいう男を徹底して叩いてこい。それで自供が取れたら、すぐにこっちへ移送だ。そうだな……あと一人か二人、出した方がいい」佐竹が宮下に視線を向ける。「こいつと花澤でどうだ？　二人とも暇なんだし」

皆川は、耳が赤くなるのを感じた。「暇」は刑事にとって最悪の侮辱だが、もちろん、言い返すことはできない。

「三人だとしたら、あとは三山でも」

三山「でも」。その言い方に、皆川は思わず笑い出しそうになってうつむいた。同期のあの男は、捜査一課においては「ついで」の存在に過ぎないのだ。

「ええと、三山は今、出張中です」宮下が遠慮がちに言った。

「そうだったか？」佐竹が首を傾げる。一課長が課員の行動全てを把握しているわけではないが。

「小澤の実家——佐賀の方へ行ってます」

「ああ、そうだったな」佐竹が頭をがしがしと掻いた。「だったら取り敢えず、皆川と花澤で行ってこい。暴れそうな野郎だったら、抑えにもう一人派遣するから」

「了解です」皆川は、あまり張り切った口調にならないように気をつけながら頭を下げた。ここはあくまで、冷静沈着にいかないと。

「さっさと行って、吐かせてこい」佐竹が言い渡した。

「万が一ですが、悪戯の可能性もあります」

「その時は、殺してしまえ」佐竹の目が細くなり、皆川は本気の言葉だと悟った。この目……以前、現役時代の試合写真を見せてもらったことがあるが、それと同じ目だ。一瞬の隙をついて、相手を仕留めるために必殺の内股をしかけにいった時の鋭く険しい視線。

　この人にとって容疑者は、殺すべき対象なのだろう。今回の事件が特別なのか、常にそういう気持ちで接しているのか……いずれにせよ、佐竹は怒らせない方がいいタイプだ——今さらながら、皆川は思い知った。

　福岡—羽田間はドル箱路線で、一時間に一本以上のペースで各社の便が飛んでいる。皆川と絵里は、午後二時発の便を摑まえた。搭乗を待つ間、茉奈に電話をかける。

「出張？　準備は大丈夫なの？」茉奈は本気で心配している様子だった。

「着替えがあればいいから」

「戻りは？」

「分からない。向こうの都合次第かな」

「向こうって？」

「ああ、その……犯人」

皆川が言うと、茉奈が一瞬黙りこむ。夫が時に凶悪犯と対峙《たいじ》することを、不安に思っているのだ。仕事なんだから、と言っても納得する様子もない。だったらいったいどうしろと、こちらも不安になる……いつも定時に仕事が終わる部署にでも異動すればいいのだろうか。

そんな日々には耐えられそうにないが。

「君が戻って来るまでに、帰れないかもしれない……家の方、一応片づいてるから」

「本当に？」茉奈が疑わしげに言った。

「大丈夫だって」皆川があまり掃除が好きでないことを、茉奈は当然知っている。「ちゃんと掃除してたから」

「分かった。ね、ちゃんと連絡してね。最近、忙しいの？」

「そうだね」誘拐事件の捜査をしていることは、まだ告げていない。普段からあまり仕事の話はしないが、今回は特にそうだった。大失敗しているのだし……妻に慰めてもらおうとも思わない。そんな甘えは、一家の主人《あるじ》として許されない。

「慶ちゃん、気をつけてね。最近ちょっと、声が疲れてるみたいだし」

「ああ、大丈夫だよ」実際にはへとへとなのだが。皆川は右手で眼鏡を取り、手の甲で目を擦った。「まあ、たまには忙しいこともあるから……じゃあ、そろそろ搭乗時刻なんで」

　電話を切り、溜息をついて眼鏡をかけ直す。嫁の心配が、時々重くなることがある。仕事なら、多少は無理もする……大学を卒業してすぐに結婚してしまったせいか、世間知らずのところがあり、大袈裟《おおげさ》に心配しがちなのだ。これだったら、結婚前に一年でも二年でも何か仕事をした方が、彼女のためにも良かったかもしれない。結婚を急いだな、と感じることが時にあった。

「どうも、お待たせしました」

　搭乗口のベンチに戻り、絵里に頭を下げる。スマートフォンを弄っていたのだが、顔を上げると、「奥さん、大丈夫だった？」と訊ねる。

「ええ、まあ……何とか」

「心配してるでしょう？　このところ、滅茶苦茶だったもんね」

「大丈夫ですよ」皆川はベンチに腰を下ろし、携帯を背広のポケットに落としこんだ。そういえば、絵里の私生活をまったく知らないのだと気づく。たぶん独身で一人暮らしらしいことは、先日家まで送っていった時に分かったが――家族向けではない、小さなマンションだった——その他のことは何も分からない。係が違うので、普段は一緒に仕事をする機会もない。今回の捜査ではずっと一緒にいたが、無駄話をしている暇も余裕もなかった。

不意に、絵里の手の感触が掌《てのひら》に蘇る。あれは何だったのだろう……

約二時間のフライト。少し寝ておこうかと思ったが、あれこれ考えてしまって眠れない。そうなればなったで焦る。何もできないこの二時間を、完全に無駄にしているのではないか……。

羽田に到着し、京急の乗り場に向かいながら、皆川は頭の中で都内の鉄道路線図を思い出そうとしていた。東京に四年間住んでいたとはいえ、大学の寮は多摩だったので、二十三区内の鉄道事情はあまり知らない。東京の鉄道路線図は、福岡のそれよりはるかに複雑なのだ。二十三区内に長く住んでいても、完全には覚えられないだろう。

「意外に近いわね」絵里が言った。

「そうですか?」

「京急蒲田からちょっと歩いて東急蒲田駅まで行って、池上線で雪が谷大塚……それが一番早いでしょう。暑いのに歩くのは、きついかもしれないけど」

「京急蒲田と東急蒲田の間は、そんなに歩かないと思いますよ」

「じゃ、そうしましょう」

絵里がさっさと歩き出す。すぐに追いついた皆川はすかさず訊ねた。

「花澤さん、東京にいたことがあるんですか？　ずいぶん詳しいですね」

「そんなの、検索すればすぐに分かるじゃない」絵里がスマートフォンを振ってみせた。

「福岡空港で調べておいたわ」

「失礼しました」

どうやら絵里は、本来のペースを取り戻したようだ。淡々と仕事をこなし、感情を交えない——誘拐事件が進行していた時には、やはりまともな精神状態ではなかったのだろう。

「今回の現場って、ずいぶんいい場所なんじゃない？　そんなところで強盗なんか起きるのかしらね」

「場所はあまり関係ないんじゃないですか？　高級住宅地の方が、侵入盗は多いって言いますし」

「現場、どんなところ？」

「確か、東工大の最寄駅だと思います」

「じゃあ、学生街？」

「でしょうね。でも、基本は普通の住宅地だと思います」まったく歩いたことがない場所にもかかわらず、皆川は知ったような口をきいた。何となく想像できるのだ。

「ちょっと気になったんだけど」

電車に乗ると、絵里がすっと身を寄せてきた。座れなかったから、騒音の中で話をするにはそうするしかないのだが、彼女の動きが少し気になる。何だか近い……ふわりと石鹸《せっけん》の香りが漂い、皆川は思わず唇を引き結んだ。おいおい、勘違いするなよ、と自分に言い聞かせる。

「何がですか?」皆川はすっと身を引き、ドアの手すり部分に背中を預けた。

「何で強盗なんかしたのかしら」

「確かに」それは皆川もずっと気になっていた。「金、持ってないはずがないですよね」

「そうなのよ」絵里が眉をひそめる。「お金に困っているはずがないのに、どうしてこんな短絡的なことをしたのか……」

「もしかしたら、分け前を貰《もら》わなかったとか」小声で言って、皆川は周囲を見回した。東京の電車で、他人の言葉に耳をそばだてている人がいるとも思えないが、念のためだ。

「そんなこと、ある?」

「いや……ミッシングリンクがあるんで、何とも言えませんけど」

そもそも身代金がどこに消えたかが問題だ。謎は一切解決されていない——今回、長池の供述で、ある程度は穴を埋められるかもしれないが。

「何か、変なのよね」絵里が首をひねる。

「何かというか、全部が変じゃないですか」皆川は反論した。

「悪戯の可能性、あると思う？」

「そうだったら殺してしまえと、課長は言ってましたけど」

「あの人が言うと、嘘に聞こえないのよね」

「まさか」

「まさか、じゃないわよ」絵里が真剣な表情になった。「本当に、容疑者を殺しかけたことがあるんだから」

「初耳です」

「まだ二十代の頃……柔道の選手をやめて、本格的に今のキャリアを歩き出した頃だけどね。私は詳しい事情は知らないけど、裸絞めで殺しかけて、引き離すのに三人がかりだったらしいわよ。その三人のうちの一人が、宮下さん」

一種の都市伝説ではないだろうか。容疑者に暴力を振るえば、当然人事記録上はバツ印がつく。そういうマイナスを背負った人間が、捜査一課長にまで出世できるわけがない。

「それは……本当とは思えませんけどね」

「私も別に、本当だとは思ってないから」絵里が肩をすくめる。「そういう話は、検証しない方が面白いかもしれないわよ。課長も、そういう噂を上手く利用しているみたいだし」

「ああ、強面《こわもて》イメージを増強する役には立つかもしれませんね」

無駄話をしながら電車を乗り継ぎ、最寄駅に着いた。所轄はそこからさらに歩き、環八と中原街道の交差点近くにある。ちょうど交差点の角に建つ、まだ新しい建物である。どこかお洒落な感じがするのは場所柄だろうか、と皆川は考えた。

その洒落た雰囲気を、一人の男がぶち壊しにしていた。

神谷悟郎。リアルに容疑者を締め上げて、島嶼部の署に左遷された男。神谷本人は決してそれを語ろうとしなかったが、皆川は永井から聞いていた——一つの教訓として。自分はその教訓を生かせていただろうか、と不安になる。

神谷は、以前とまったく変わっていなかった。くたびれたズボン。クソ暑いので、当然ネクタイはなし。スーツの上着は肩にひっかけていた。口には煙草《たばこ》をくわえているが、火は点《つ》けていない。署の入り口で警戒している制服警官と何やら言葉を交わしていたが、皆川に気づくと、さっと右手を上げてみせた。

「あー、遅かったな」第一声は呑気な口調。これも以前と同じである。

「時間通りだと思いますが」皆川は腕時計を見た。

「まあ、いいや。相変わらずだな、優男《やさおとこ》」

皆川は思わず顔を擦った。まったく心外である。駅伝は自分との闘いで、練習やレースで皆川が鬼面の表情で自分を追いこんでいたのを、神谷は知らないのだ。面倒だし、神谷は鼻を鳴らして馬鹿にしそうだったので、説明したことはないが。

「警視庁捜査一課の神谷警部補です」皆川は神谷を絵里に紹介した。

「福岡県警捜査一課の花澤です」

「どうも」神谷が軽く頭を下げた。「二人だね？」

「護送が大変そうなら、追加で応援が来ることになっています」絵里が説明した。

「犯人はそういうタイプじゃないけどね」神谷が顎を撫でる。「君に劣らない優男だよ
――体形が、という意味だけど」

「喋ってるんですか？」

「その辺の事情は、ちょっと外で話そうか」

「中に入らなくていいんですか？　刑事課長や署長にもご挨拶しないと」出張で他県に行く時は、最初の挨拶が肝心なのだ。ここで失敗すると、「無礼者」のレッテルを貼られて、後々上手くいかない。

「君は、あと一時間後に到着することになってる。そういう風に報告してあるから」

「その一時間は、どう利用するんですか？」

「俺の煙草休憩だよ」神谷がにやりと笑った。「何しろ署内は全面禁煙でね。それに、ちょっと事前に打ち合わせしておいた方がよくないか？　調書には載らない話を、いく

らでも教えてやるよ」

2

三人は、中原街道を川崎方面へ歩き、ファミリーレストランに落ち着いた。七月の東京の陽射しは嚙みつくほどに凶暴で影もなく、歩いているだけで汗が噴き出てくる。大きめのタオルハンカチを持ってくればよかった、と皆川は悔いた。茉奈がいれば、間違いなく準備してくれたはずだが。

冷房の効いた店内に入って、ほっと一息つく。神谷の希望通りに喫煙席に座り、三人ともアイスコーヒーを頼んだ。一気に半分ほど飲んで、ようやく喉の渇きが落ち着く。

「容疑者、どんな奴なんですか」絵里が質問の口火を切った。

「チャラチャラした野郎だよ」神谷が皮肉っぽく言った。「誘拐の件は、今朝すぐに喋ったらしい。しかも、やけに下手に出てね……『ちょっと話があるんですけど、聞いてもらっていいですか』とか言い出したらしい」

「何だかふざけた男ですね」

「ああ」絵里の指摘に、神谷がうなずいた。「強盗の方の事実関係は……聞かなくてもいいか？」

「一つだけ確認させて下さい」皆川は人差し指を顔の前で立てた。「容疑者の所持金は？」

「あー、千二十三円」

「それだけ？」

皆川は絵里と顔を見合わせた。仮に長池が誘拐犯だとして、ほとんど無一文とは……いったいどういうことなのか。

「身代金のことだろう？」神谷が鋭く突っこんだ。いろいろと問題のある男ではあるが、刑事としての勘は確かである。

「ええ」

「いくらだっけ」

「五千万」

「短い時間に、ずいぶん派手に使ったんじゃないか」

皆川も絵里も笑わなかったので、神谷が咳払いして煙草に火を点けた。深々と煙を吸いこみ、灰皿の縁で煙草を二度叩く。

「分け前を受け取っていない可能性もあります。正直、我々が一番気にしているのはそこなんです」皆川は打ち明けた。

「どういうことだ？」

「犯人の一人が死にました」自殺、とは言いたくない。まさに自分が追いこんで殺してしまったと認めるようなものだから。

「ワルが一人減ってよかったな」

本気で言っているのだろうか。皆川は神谷の顔をまじまじと見たが、無表情なのでまったく内心が読めない。

「今のは本音《ほんね》だから」わざわざ神谷が言った。それを強調するように、話し方もゆっくりしている。「警察が、日本中のワル全員を処分できるわけじゃない。自爆して少しでも数が減れば、それに越したことはないよ」

「そんな――」絵里が反論しかけたが、皆川は首を振り、彼女の言葉を抑えた。議論が始まったら、本来の情報収集が疎《おろそ》かになる。

「死んだのは、身代金を受け取る役の人間だったんですが、肝心の身代金が見つかっていないんです」

「君の目は節穴か？　何で金を見つけられないんだ」

「それが分かれば、こんなに困ってません」少しむっとして皆川は言い返した。「どこかで誰かに身代金を渡したのか、海の藻屑と消えたか……」

「完璧な追跡なんか、不可能だ。特に車で車を追う時には、必ず隙が生じる。自分が百パーセント完全だと思うなよ」

「それは分かってますけど……」皆川は唇を噛んだ。神谷に慰めてもらおうとは思わなかった——そもそもそんなセリフを口にする人ではない——が、それでもきつい言葉がぐさぐさと胸に刺さる。

「……とにかく、身代金の行方は分かっていないんです」

「常識的に考えれば、長池はまだ分け前を受け取っていないんだろうな」うなずき、神谷が言った。「それでどうして東京まで来たかは分からないが」

「もともと、こっちに縁はないんですよね？」

「完全に裏が取れたわけじゃないけど、本人の供述によれば、九州を出たこともほとんどないそうだ。だいたい、大岡山付近で強盗をしようなんて、東京をよく知らない人間の考えだよ」

「そうなんですか？」

「中途半端に賑《にぎ》やかな場所だからな。もっと賑やかな繁華街や静かな住宅地なら、理解できるんだけど」

「犯人は福岡の田舎者ですからね」絵里が皮肉る。

「福岡は大都会だろう」嫌そうな表情を浮かべ、神谷が反論した。「東京にだって、クソみたいな田舎はある……」

彼が、伊豆大島の所轄にいた過去を指していることはすぐに分かった。皆川自身、大島には陸上部の合宿で一度だけ行ったことがあるので、神谷の言い分もよく理解できる。実際、コンビニもない島なのだ。今もそうかどうかは知らないが……。

「とにかく」絵里が咳払《せきばら》いした。「常識を知らない人間なのは間違いないですね」

「そっちで、長池の人定は進んでいるのか？」神谷が聞き返した。

「まだです……まだだと思います。今朝、一報が入っただけですから。今頃は、それなりに調べがついていると思いますけど」

「だったらまず、県警に連絡を取って、情報を仕入れてから、奴と対決した方がいいな」神谷が二人にうなずきかける。「ゼロより、一でも二でも情報がある方がましだ」

「分かりました。ちょっと確認します」絵里がスマートフォンを取り出し、席を立った。

神谷がふっと息を吐き、背中を丸めた。腕を伸ばしてアイスコーヒーのグラスを取り上げ、直接口をつける。

「あー、どうだ？ 少しは手柄になったか？」

「どうですかね」皆川は遠慮がちに言った。

「手柄でなくても、マイナスは解消されたんじゃないか」

「知ってたんですか」思わず、耳が赤くなるのを感じた。

「そりゃあ、俺にもネタ元はいる」

「永井さんでしょう」余計なことを……何も、人の失敗を喧伝《けんでん》しなくてもいいのに。

「それは言えないな」神谷がニヤリと笑った。「ネタ元は守らないと……とにかく、結構やばかったんだろう？」

「まあ……自分の責任です」

「しょうがないさ。暴走している車を、街中で体を張って停めるわけにはいかない。仮に君が、車をぶつけに行って停めようとしたら、今頃犠牲者も増えていたかもしれないんだぞ」

皆川はハッとした。小澤の死に責任を感じるばかりで、他のことに目を向ける余裕はまったくなかった……しかし確かに、神谷の言う通りである。無理をしていたら、他の車を巻きこんで大事故になっていたかもしれないし、自分たちが死んでいた可能性もある。それを考えると、今更ながら震えがきた。

「マジでビビるなよ」神谷がからかうように言った。「とにかく気にしないで、長池に吐かせることだけを考えろ」

「チャラチャラした野郎だっておっしゃいましたよね」

「ああ」

「そういうの、やりにくくないですか？」

「一応、自供はしてるからな。問題は、何が本当で何が嘘か、見抜くことだ」神谷がアイスコーヒーを飲み干し、吸いさしの煙草を手にした。忙《せわ》しなく煙を吹き上げてから、まだ長い煙草を灰皿に押しつける。

スマートフォンを操作しながら絵里が戻ってきた。席につくとすぐに手帳を広げる。

「あー、詳しい話は、署に戻ってからでいいんじゃないかな」神谷が周囲を見回す。

「ここで話して、関係ない人に聞かれるのもまずいだろう」

「そうしますか」絵里が手帳を閉じ、厳しい表情を浮かべる。

「では、お二人をご案内しますよ」伝票を摑んで立ち上がり、神谷が言った。「ここは、警視庁で持つから」

拒否する理由もない。神谷の奢りだというなら、意地でも財布を取り出して自分で払った……個人的な借りは作りたくない。


取調室に入る前に、皆川は絵里と情報のすり合わせをした。とは言っても、絵里が一方的に話すのをメモしただけだったが。確かに県警は、既に長池の素性を丸裸にしてしまっていたので、取り調べの下地は十分にある。

「前科あり、ですか」

「起訴猶予処分だから、前科とは言えないけどね。高校でも喧嘩《けんか》で停学処分だ」絵里が肩をすくめる。

「喧嘩……乱暴者なのは間違いないですね」

長池が逮捕されたのは十年前、二十歳の時だった。中洲《なかす》のバーで他の客と喧嘩になり、相手をボコボコにしてしまったのだ。その時は、喧嘩がエスカレートしての犯行であること、被害者との間に示談が成立したことから不起訴処分になったのだが、長池が転落するきっかけになったのは間違いない。暴力団とのかかわりができ、半端仕事をしながら十年――情けない人生だ、と皆川は思った。暴力団の使いっ走りをする人生に、どんな展望があったのだろう。最近は、暴力団の息がかかった天神のバーで、バーテンとして働いていたようである。

「田舎は長崎ね……嫌よね、こういうろくでもない人間と同郷っていうのは」

「花澤さん、長崎なんですか？」初耳だった。

「私は諫早《いさはや》。長池は佐世保だけど、同じ県なのは間違いないでしょう」

「偶然ですよ。気にする必要はないでしょう」

「まあね」そう言いながら、絵里の顔は不機嫌なままだった。「高校まで佐世保で、卒業と同時に福岡に出てきて……この辺りのキャリア、小澤と似てるわね」

「その辺に接点があるんでしょうか。年齢はちょっと離れてますけど」

「今のところ、二人の直接の接点は見つかっていないわ。小澤は最初、物流倉庫会社に就職して、その後はいろいろな仕事を転々としていたでしょう？」

「そうですね。長池は、ずっと水商売をやってたんですか？」

「基本的にはそうみたい。使い走りのような仕事からバーテンまで……中洲なら、三十歳で自分の店を持つ人も珍しくないけど、そういう甲斐性はなかったみたいね」

「そんな評判まで入ってるんですか？」

「それは私の想像」絵里が耳の上を人差し指で突いた。

「あまり先入観を持つと……」皆川は両手を軽く広げた。「まずいですよ」

「分かってる」絵里が険しい表情でうなずいた。「どうも、駄目ね……あの人――神谷さんに言われた言葉が頭に残ってて」

「チャラチャラした野郎？」

「そう。一番嫌いなタイプなのよ」

「じゃあ、花澤さんの好みはどんなタイプなんですか？」少しだけ彼女の内面に踏みこもうかと、皆川は敢えて捜査に関係ない質問をぶつけてみた。

「そんなの、好きになった人がタイプに決まってるじゃない」絵里はあっさりと言った。

「そういうこと、気になる？」

「いえ」皆川は、耳が赤くなるのを感じた。これはちょっと……余計な話だった。

「取り調べはあなたに任せようと思うけど。いい？」

「そのつもりでいました」皆川は顎に力を入れてうなずいた。「サポート、お願いできますか？」

「もちろん」

「でも、いいんですか?」

「さっきも言ったでしょう?　チャラチャラした野郎が一番嫌いなのよ。そういう奴が凹《へこ》む姿を目の前で見るのは、最高の楽しみじゃない」

「チャラチャラ」という形容詞は、決して神谷の偏見ではないとすぐに分かった。小柄——百六十センチほどで、短く刈った髪は金髪に染めている。しかし手入れはなっておらず、根元は黒い。左耳にはピアス。やけに肌が焼けていたが、自然な感じではない。日焼けサロンの常連ではないか、と皆川は想像した。Tシャツはサイズが合っておらずぶかぶかで、椅子にだらしなく腰かけている。電車でよく、若い連中がこういうだらしない格好をしているが、皆川には理解できなかった。ああいう格好は楽そうに見えて、かえって腰に負担がかかって疲れるのだ。人間の背骨は、直立するようにできている。

「長池直樹さんですね」

「そうだよ」

長池が口をくちゃくちゃと動かした。ありもしないガムを嚙む振り——エア・ガムか、と皆川は鼻を鳴らしそうになった。

「福岡県警捜査一課の皆川です」

「あ、何、さっそくお出ましなわけ？」

「あなたは、福岡の事件のことを話していましたからね。当然です」

ふざけた言い方が気に食わない。記録者席についた絵里の背中を見ると、小刻みに震えている。彼女に担当させたら、もうブチ切れて摑みかかっていたかもしれない。

「あ、そう。ご苦労様でーす」

「早速ですが」皆川は必死で怒りを抑えつけながら始めた。「あなたは、松本莉子ちゃんの誘拐事件にかかわったと供述しましたね？　その事実に間違いはありませんか」

「間違いないよ」

あまりにもあっさり認めたので、皆川は気が抜けてしまった。こんなに簡単に自供してしまう相手……むしろ気をつけなければならない。へらへら喋る内容のどこまでが本当か、見極めないと。

「つまり、小澤政義の共犯ということですよね」

「ま、そうね」長池がピアスのはまった耳を弄る。「共犯とか言うなら、そういうことなんじゃない？」

「他人事みたいですね」

「え？」

「人が一人死んでいるんですよ。いや、正確に言えば、小澤政義も入れて二人だ。それでどうして、そんな軽い態度でいられるんですか」

「別に、俺が殺したわけじゃねえし」

「だったら誰が莉子ちゃんを殺したんですか」

「さあ、ねえ」

怒りが胃の中で塊になった。それを吐き出したらこっちの負けだ、と自分に言い聞かせる。この線をさらに押す前に、喋りそうな事実関係を攻めることにした。

「小澤とは、どこで知り合ったんですか？」

「ああ、客。うちの店の」

「それで、誘拐をしようという話になったんですか？」

「まあね」

「そんなに軽いノリで？　誘拐ですよ？」

「手っ取り早く金になるじゃん」

「金に困ってたんですか？」

「困ってない奴なんかいる？」

「普通に、真面目に暮らしていれば、金には困らないはずですよ。というか、誰もが稼ぎの範囲内で何とか暮らしてるんだから」

「そういうのは、給料がきちんと決まってる公務員だから言えることじゃないの？」長池が鼻を鳴らした。「手っ取り早く大金を稼ごうとしたら、強盗か誘拐か……そんなもんでしょ」

「でも、小澤さんは死にましたよ」

「警察に殺されたんだよね」長池が目を細める。「ああいう死に方だけは、絶対に嫌だね」

「だったら、莉子ちゃんみたいな死に方はいい？」

「俺、それには関わってないから」

「じゃあ、あなたはこの誘拐で、どんな役割を果たしていたんですか」

「ま、いろいろ」

「小澤は、金の運搬役でしたね」

「だって小澤は車を持ってたし」

「あなたは何をしていたんですか」言葉を変えて質問を繰り返す。「莉子ちゃんを誘拐した？　殺した？　家族に脅迫電話をかけた？」

「殺してないって」うんざりしたように、長池が顔の前で手を振った。体のサイズの割には、やけに大きな手だった。「何度も同じこと、言わなくていいでしょ？」

「そうもいかない。小澤と組んで誘拐事件を起こしたのは間違いないんでしょう？」

「そうね」

「他には誰が？　二人だけ？」

「さあ、どうだったかな」

「惚《とぼ》けるところじゃないと思うけど」

「言いたくないってこともあるでしょ」

「だったらそもそも、どうして自供した？　言わなければ、分からなかったかもしれない」

「ええと、あれかな？　良心の痛み？」

ニヤニヤ笑いながら言う。まさか、警察をからかっている？　いや……そんなことはないだろう。長池は一度逮捕されたことがある。その時、警察とはどういうものか、警察官がどういう人種なのかは思い知っただろう。警察官というのは、基本的にからかわれるのが大嫌いな人種なのだ。常にクソ真面目に、事件に取り組んでいる。

「小澤と最後に会ったのは？」

「あの日……いや、正確には前の日の夜だね」

「どこで」

「奴の家」

「何の話を？」

「督励したわけですよ」

この男が「督励」という言葉を知っているのが意外だったが、うなずいて先を促す。

「一生懸命やってくるようにって。残念ながら、あいつはそれほど優秀じゃなかったようだけど」

「優秀とか優秀じゃないとか、そういう問題じゃない。ただの犯罪者だ」

「そりゃどうも、失礼しました」長池が軽く笑い声を上げた。「だけど、ヘマしたのは間違いないし」

「身代金は？」皆川は話題を変えた。チェンジ・オブ・ペース。取り調べは、時系列に沿って相手の供述を促すのが基本だが、次々と話題を変えて、敢えて混乱させる手もある。

「持ってないけど」長池が肩をすくめる。

「どこへ行った？」

「俺は知らないよ。知ってれば、分け前は貰ってるから」

「いくら貰う予定だったんだ」

「五百万」

「誰から？」

長池が黙りこむ。こいつの本音は何なのだろう、と皆川は混乱した。犯人が、逮捕された後に突然別件を自白する時は、罪の重さに耐えかねて、というパターンがほとんどである。逮捕され、自由を奪われたことで、自分にはこの先がないと悟ってしまうのだ。そして大抵は、逮捕された容疑より重い罪を告白する。窃盗事件の犯人は強盗、強盗事件の犯人は殺人……今回は、強盗事件の犯人が誘拐事件を自供したわけだが、どうにも様子がおかしい。本当に良心の呵責《かしやく》に耐えかねて自供する場合、一気に全部、必要のないことまで話してしまうケースが多い。正直に全部話すことで、いくらかでも重荷を下ろそうとするのだ。

「いったい、誘拐犯のグループは何人いたんだ？」

「さあ、どうかな」長池が頬を掻いた。

「ちょっと」いきなり絵里が割って入る。長池の背後に立ち、低い声を浴びせかけた。「あなた、もしかしたら警察をからかってるの？」

「滅相もございませんよ」長池が、皆川の顔を見ながら言った。言葉遣いは丁寧だが、顔はにやけている。

「ふざけてるなら、この辺で本当のことを言って。誘拐事件は、全国ニュースになったから、誰でも知っている。あなたが警察をからかおうと思ったら、できるわね。それとも、あなたの自供を信じる理由はある？」

「じゃあ、小澤の家でも調べてみたら？」

「小澤の家に何がある？」とうに家宅捜索は終わっているが、長池という名前に関係した物が出てきたという話は聞いていない。

「知らないわけ？　ガサはとっくにやったんじゃないの？」本気で驚いたように長池が言った。

「やったよ」皆川は、長池の挑発に耐えながら答えた。

「見つかってない？　警察も落ちたねえ」長池が腕組みをし、鼻を鳴らす。

「いい加減にしろ。何か、君が犯人だということを示す証拠でもあるのか？」

「そうねえ……」長池が顎を撫でる。「話してもいいけど、それで俺に何かメリットがあるわけ？」

「一応、自供したんだから、裁判で多少は有利になるかもしれない」

「刑務所は嫌なんだけどね」

「こんな形で人を殺して、刑務所に入らずに済むわけがない」

「だから俺は、殺してないって」長池の顔から初めて笑みが抜けた。苛立ちが滲み、凶悪な表情が浮かぶ。「何度言ったら分かるんだよ――奴の家のクローゼットだよ。天井が開くから」唐突に言った。

「天袋みたいに？」

「施工ミスじゃないかね。とにかく、そこを見てみたら？　いろいろなことが分かると思うよ」

ふざけた奴だ……警察に挑戦しようとしている？　だが、この証言の裏は取らねばならない。長池が誘拐事件の共犯である証拠を、きちんと摑まないと。今のまま——自供しかない状態では、逮捕状が取れるかどうか分からない。

「一時、休憩します」

皆川は立ち上がり、ドアを開けた。留置管理の係員を呼び、長池を引き渡す。手錠をかけられ、留置場に戻る間にも、長池の顔からはにやけた笑いが消えなかった。とんでもなくタフな男だ——精神的に揺らがないという点においては。

「何なの、あいつ？」長池がいなくなった取調室で、絵里がいきなり吐き捨てた。

「取り敢えず、何が見つかるか、もう一度ガサをかけてもらうしかないでしょうね」皆川は努めて冷静に言った。ここで自分も一緒になって怒っては、冷静な判断はできなくなる。

「嫌がるわよ、きっと」

「でしょうね。一度ガサをかけたところをもう一度……は、自分たちの無能さの証明みたいなものだから」

「実際、無能と言えるかもしれないけどね。肝心な物を見つけられないんだから」

「でも見つければ、逮捕状を取る決め手になるかもしれませんよ」

「すぐに連絡するわ」絵里が左手を突き出して腕時計を確認した。「もう六時か……今日はもう、取り調べは引っ張れないわね」

「何か出てくれれば、まだ行けるかもしれませんよ」

「今は、そういうことすると、うるさいわよ」

絵里がスマートフォンを取り出した。先ほどまで長池が座っていた椅子に腰かけようとして躊躇い、結局皆川が座っていた椅子を選んだ。座る場所がないわけではないが、皆川は何となく座る気になれず、窓辺に寄った。がっしりと鉄格子がはめられた窓は高い位置にあり、皆川の背丈では下の方に辛うじて目が届くぐらいである。鉄格子の外にある窓は開いていて、かすかに風が吹きこんでくるが、生温かいというより熱く、うんざりしてくる。皆川は腕を伸ばして窓を閉めた。これで少しは、エアコンの効きがよくなるはずだ。

「花澤です……はい、長池本人の自供で、小澤の家に隠した物があると言うんですが……そうです。いや、何かは言ってません、見れば分かると。はい、ガサでは見つかっていない……クローゼットの上の部分だと言っています。天袋のように開くらしいんですが……ええ、これが見つかれば……そうですね。今夜は無理かもしれませんけど、何とかお願いできませんか？　最速、明日にでも連れていけると思います」

　通話を終え、絵里が溜息をついた。

「すぐにガサにかかってくれるって」

「こっちは待ちですね……宿はどうしますか」

「これから考えましょう。さすがにバテたわね」額に手の甲を当て、だらしなく足を投げ出す。

「どこか、探しておきますよ」皆川は窓から離れた。言ってみたものの当てがあるわけではなく……ふと、特命捜査で横浜にいた時のことを思い出す。あの時は一か月ほど、ウィークリーマンションに籠り切りだった。経費の関係上、仕方がなかったのだが、実に味気なかった。仕事が終わるタイミングで茉奈に横浜まで来てもらい、味気なさの埋め合わせとしてニューグランドに一泊したのだった。しかもホテル側の都合でスイートにアップグレードされて……広過ぎて逆に落ち着かなかったが、特命捜査のきつい記憶の最後にくっついた、良き思い出である。

　それはそれとして、これは福岡県警の出張だ。安いビジネスホテルを探さないと——神谷に聞こう、と思って取調室を出る。やはり東京の事情は、東京の人に確かめないと。

　神谷は刑事課にいた。何だか苛々しているように見えるのは、署内で煙草が吸えないからか。刑事課全体はのんびりした雰囲気だが、これは長池が警視庁にとって、さして重要な「お客さん」ではないからだろう。むしろ、皆川に好奇の視線が集まってくる

──博多の刑事さんはどの程度の腕の持ち主なんだ？

「どうだった？」神谷が立ち上がり、嬉《うれ》しそうに言いながら近づいてきた。

「イマイチですね」皆川は正直に打ち明け、自供内容がどこか不自然であやしいことを説明した。同時に、「犯人しか知りえない事実」らしきことを示唆したと打ち明ける。

「ガサで、ねえ」神谷が髭の浮いた顎を掌で擦った。「何か、まだ騙《だま》されてるような感じがするけど」

「ガサの結果次第で判断しようと思います。県警の方で、大至急やってますから。それで……申し訳ないですけど、どこか宿を紹介してもらえませんか？」

「いいけど、この辺にはろくなホテルはないぜ。近場というと、蒲田かなあ」

神谷がスマートフォンを取り出して弄り始めたので、皆川は目を見開いた。この男は二年前、携帯も持たずに特命捜査に合流したのである。「島では携帯なんか必要ない」と言っていた記憶がある。

皆川がじっと見ているのに気づき、神谷が顔を上げて「何だよ」と睨みつけた。

「いや、神谷さんも人間として進化したんですね」

「馬鹿にするなよ」凄《すご》んでみせたが、目は笑っている。彼も、島にいた時代を笑って振り返れるようになったのかもしれない。

しばらく神谷は検索を続けていたが、やはり一番近くだと蒲田だ、と結論を出した。

すぐに自分で電話をかけ、二部屋を予約してしまう。

「それぐらいだったら、自分でできましたよ」

「ついでだよ、ついで……県警からガサの結果について連絡が入るまで、飯にするか」

「そうですね。いずれにしても今日はもう、取り調べは無理でしょうし」

「よし。彼女も誘えよ。俺が奢る」

「いや、いいですよ……」遠慮して、皆川は薄い笑みを浮かべた。「こっちは仕事なんで」

「ここは俺の縄張りなんだけどね」神谷が一瞬、厳しい目つきになる。「余計な心配をするな」

3

蒲田の居酒屋での夕食を終え、絵里は早々とホテルに引き上げた。一連のトラブルの後の急な出張で、疲れはピークのようである。一方皆川は神谷に誘われるまま、JRの駅近くにあるバーに落ち着いた。蒲田というのは、何となくざわざわと騒がしい街なのだが、このバーは、ドアを閉めた途端にその喧騒から遮断される静かな場所であった。幅も奥行も広いカウンターにつき、二人とも水割りを注文する。

「神谷さん、ずいぶんいい店を知ってるんですね」

「ここは初めてだよ」神谷がさらりと言った。

「本当ですか」

「ああ……東京にはどこの街にも、こういう静かなバーが一軒ぐらいはあるからな。今日も、何となくピンときたんだ」

神谷が水割りを一口含み、ゆっくりと口の中で回して呑み下した。いかにも美味そうで、余裕が感じられる。二年前はこうではなかった。どこか諦めたような態度と同居する、ひりひりとした緊張感——辛うじてバランスを取っている感じがあった。

「神谷さん、変わりましたね」

「そうか？」

「ちょっとゆったりしているというか」

「もうばたばたする年でもないさ。それより、君も変わったんじゃないか？」

「子どもが生まれれば、誰だって変わりますよ」

「携帯に写真とか、入れてるんだろう？」

「それどころか、待ち受けにしてます。見ますか？」

「いや」神谷が薄らと笑みを浮かべる。「どうせ、来年の年賀状に写真を載せるんだろう？　それを楽しみに待ってるよ……それより君、守りに入ったな？」

「別に、そんな――」

「守るものが増えると、人間はどうしても保守的になるよな」またウィスキーを一口。

「ヘマを恐れて、思い切ったことができなくなる」

「それは、独身の神谷さんとは違いますよ」つい皮肉を吐いてしまってから、ちらりと神谷の顔を見る。横顔には変化がなく、皆川の言葉をあっさり受け流してしまったようだ。

「だろうな。俺は相変わらず……全然変わっていない」

「そうですか？　ちょっと穏やかになったみたいに見えますけど」

「あー、本来のポジションに戻ったからかもしれないな」

「捜査一課、ですね」

神谷が無言でうなずき、グラスの縁を指で擦り始める。一周、二周……手前でぴたりと動きを止め、皆川の顔を見やる。

「だいぶ遠回りしたけどな。何て言うか……人生なんて短いようで長いよな」

「そうですかねえ」

「俺は、三年以上無駄にした。もちろん自分の責任だけど……仕事人生の折り返し地点で三年のブランクは、絶対に取り戻せないと思っていた。ところが、だよ」神谷が肩をすくめる。「今年の春に一課に戻って、ごく自然に仕事ができてるんだ。もちろん俺には前科があるから、色眼鏡で見る奴もいる。でも、全然気にならないんだよ。普通に仕事ができればそれでいい」

「今がそういう状態なんですね？」

「ああ。これから何が起きるかは分からないけど、今までと同じようにやっていくだろうな。もちろん、一つ一つの仕事は違うけど——俺たちの仕事はそういうものだろう？」

皆川は無言でうなずく。事件は一つ一つ、犯人も一人一人違う。簡単に事件を処理するといっても、やり方はその都度違うのだ。それが刑事の仕事の面白さでもあり、難しさでもある。

「だから失敗するんだろうなあ。新しいことに対応するのは難しいから」神谷がグラスを持ち上げ、口元に持っていく。氷が揺れ、グラスにぶつかって涼しい音を立てたが、口はつけずにちらりと皆川を見る。「公務員でも、絶対に失敗しない人がいるよな。毎年同じことを繰り返して一生を終えるような人……予算を組んで、それを上手く消化するように仕事を入れて、来年度は今年度より多い予算を分捕る。そのことだけを目標にする」

「そんな人ばかりじゃないと思いますけど」

「おっと、口が滑った」神谷がにやりと笑う。「実際、俺たちがそうじゃないよな。だから失敗するんだ」

「教訓が生きないですよね。俺も、今回みたいなことは初めてでした」

「永井さんからいろいろ聞いた。今度、そっちへ行くんだろう？」

「直接の上司じゃないようですけど」

「でも、もう情報収集は始めてる。あの人も、準備がいいからな」

「ええ……」

「今回の一件は、誰がやっても失敗したと思う」そこまで言って神谷が周囲を見回し、声を潜めた。「交通機動隊の、白バイのプロが追跡しても無理だったと思うよ。日本の警察は、危ないことはしないから」

「そうですね」釣られて、皆川も声を低くした。「でも、失敗は失敗だと思います」

「まあ……落ちこむのは君の勝手だ」神谷がすっと背筋を伸ばした。またグラスを回して、そのままカウンターに置く。「ただ、いい加減にしないとな」

「別に……もう大丈夫ですよ」

「そうかな。ちょっと気合いが足りないようにも見えるけど。昔からそういうところはあったけどな」

「昔」というほど昔からの知り合いじゃないんだけどな、と皆川は苦笑した。たかだか二年前……しかも一か月、一緒に仕事をしただけの仲だ。それでも、彼の言葉を自然に受け入れてしまう。それほどあの一か月は濃かった——それまでの福岡県警での経験を全て合わせても、軽く凌駕《りょうが》してしまうほどに。

「人一人の命がかかってましたから」

「分かる」

「何もできなかったんですよ……」神谷と話しているうちに、また落ちこんできた。彼は勇気づけようとしているのだろうが、今のところは逆効果になっている。「たぶんこの件、一生背負っていくんでしょうね」

「当たり前じゃないか」神谷があっさりと返した。「この仕事は、そういう前提でやらないと。本当に公務員的に、毎日淡々と仕事をこなしている奴もいるけど、そういう人間はろくな仕事はできないね」

「苦しめってことですか」

「そうだよ。俺もそうだし、君もそうあるべきだと思うね」

「そういうの、きつくないですか」

「もちろん、きつい。だけど、最近思うんだ……こういうきつさを経験しないで定年を迎えたら、その日にどう思うだろうってね。あるいは定年じゃなくて、死ぬ日。適当に仕事をして、適当に生きて、それで満足して死ねるか、だ」

神谷は本当に変わった。生死を賭けて仕事をするような人ではなかったのに。あるいは、心の中に持っていた熱い物を封印していただけなのか。

「まあ、話は単純だ」神谷がまとめにかかった。「君が責任を負ってしまったのは間違いない。誰のために仕事をするか、分かってるだろう」

莉子。そしてその家族。自明の理である。小澤を取り逃がして以来、やる気と絶望の間で揺れ動いていた気持ちがあっという間に定まった。やるしかない。自分がきちんとやらなければ、この事件は終わらない。そして、最高の材料――長池が目の前にいる。これで何もできなければ、それこそ刑事を辞めた方がいい。

「行くか」神谷がビールを呑むように水割りを呑み干した。氷はまったく溶けていない。

「もう、ですか？」皆川の水割りはほとんど減っていなかった。

「ここはいい店だけど、煙草が吸えないのが痛い」

カウンターの中にいるバーテンに向かってうなずきかける。バーテンが、申し訳なさそうに苦笑いしながら頭を下げた。

「最近はどこもそうだから、呑み屋には長居しなくなったな……そんなことより、君も呑み過ぎないようにしておけよ。明日も、頭がすっきりした状態で長池を叩け」

「呑み過ぎ？」午前七時、朝食を摂るために降りたホテルのカフェで顔を合わせるなり、絵里が言った。

「いや」皆川は両手で顔を擦った。二軒目で水割りを少し呑んだだけだが……。

「顔色、悪いわよ。というか、顔がむくんでいるけど」

「寝不足ですかね」

実際、ろくに寝ていない。神谷と話して気合いは入り直したが、気持ちが高ぶって眠気が吹っ飛んでしまったのだ。何とか意識が消えたのは、午前三時過ぎだっただろうか。

まず、コーヒーだけをがぶ飲みして何とか眠気を追い払おうとしたが、この程度では駄目だ。後でミント味のタブレットを買おう。できればカフェイン入りで、目が覚めるようなやつを……モーニングはブッフェスタイルだったので、料理を取りに立ち上がろうとした瞬間、携帯が鳴る。茉奈だった。無視するわけにもいかないと、絵里に向かって頭を下げる。

「ちょっと電話です」

「奥さん?」絵里が面白そうに言った。

「ああ、まあ……夕べ連絡してなかったもので」

「仲良いわね」皮肉っぽい口調に聞こえたが、目は笑っている。一晩寝て、絵里の精神状態はだいぶ回復したようだ。

皆川は携帯を摑み、カフェを出た。人気のないロビーの片隅にあるソファに座り、やっと電話に出る。

「慶ちゃん？　もう起きてた？」

「今から朝飯」

「ちゃんと食べられそう？」

「それは……ちゃんとしたホテルだから。まだ食べてないけど」

「体、大丈夫？」

「何とか。それより、いつ家に戻る？」

「明日かな。慶ちゃんは？」

「まだ分からないんだ」皆川は携帯を握り直した。「できるだけ早く戻りたいけど、相手がある仕事だから」

「そうか……そっち、暑い？」

「滅茶苦茶暑いね」今日はまだ外へ出ていないが、部屋から見た朝の町並みは、既に白く照り輝いていかにも暑そうだった。「福岡より東京の方が暑いなんて、異常だ。昔は、こんな感じじゃなかったんだけど……結愛は？」

「うん、元気。手がかからないから助かるわ」

「じゃあ、飯を食ったらすぐに仕事だから。夜、また電話するよ。もしかしたら、その前に福岡へ引き上げるかもしれないけど、その時は連絡する」

「分かった。じゃあ、気をつけてね」

電話を切って、ほっと吐息をつく。十歳年下のせいもあるが、茉奈は甘えがちで干渉も多い。「構ってくれ」というオーラを常に放っているのだ。皆川にすれば、それがまた可愛いところでもあるのだが。

カフェに戻ると、絵里はもう食事を始めていた。彼女の前の皿を見て、驚く。ビュッフェだからといって、どれだけ取ってくるんだ……卵三個分ほどありそうなスクランブルエッグ、ソーセージが二本に、かりかりになって捩《よじ》れたベーコンが三枚。サラダは別皿に盛りつけていたが、迂闊《うかつ》にフォークを差し入れると崩れそうな高さである。それに加えて、トーストが三切れ。

「そんなに食べる人でしたっけ？」昨夜の居酒屋では、つまみをちびちび食べるだけで、締めの炭水化物は敬遠していたのだ。

「朝はきちんと食べないと、持たないでしょう。一日に一番食べるのが朝なのよ」

自分は無理だな、と思う。茉奈もちゃんと朝食は用意してくれるが、もっとずっと軽い。トーストにサラダ、野菜ジュースぐらいだ。実際、朝はそんなに食べられない——今朝も、絵里の縮小版にした。少量のスクランブルエッグ、ソーセージ一本、トーストは一切れ。サラダだけは山盛りにした。用意して席に戻ると、絵里が疑わしげな視線を向けてくる。

「それだけ？」

「朝はこんなものなんですよ」

「それで、昼、夜とヘビーになっていくパターン？」

「だいたいそうですね」

「それで、何で太らないの？」

「走ってるからでしょうね。今のところ、カロリー摂取量より消費量が多いはずだから」

「走るって、どれぐらい？」トーストを齧《かじ》りながら絵里が訊ねる。

「だいたい十キロですね。今は、それ以上は無理かな」

「それを毎日？」呆れたように絵里が言った。

「こういう状況じゃなければね」うなずき、皆川はトーストに薄くバターを伸ばした。小さなパックに入ったジャムもあるのだが、手が伸びない。皆川が自宅で使うジャムは、基本的に茉奈の手作りだ。トーストに塗ったりヨーグルトに入れたり……去年の夏に作ってくれた甘夏のジャムは驚くほど美味かったな、とふいに思い出す。あれを味わったら、添加物たっぷりの市販のジャムは食べられない。

「昨夜遅く、ガサの結果に関して連絡が来たわ」

「何で言ってくれなかったんですか」トーストを宙で止め、皆川は少しだけ批難するような口調で言った。

「焦ることないでしょう。犯人は逃げないんだから。それにあなた、昨夜は古い友だちと盛り上がっていたんでしょう？」

「早々に解散しましたよ……それより、ガサの結果はどうだったんですか？」

「長池が犯人なのは間違いないわね」絵里がスマートフォンを操作し、写真を呼び出した。「これ、ちょっと見て」

「いや、これだけ見ても……何なんですか」

「長池の携帯。これと、小澤名義の携帯がクローゼットから見つかったわ」

「なるほど」皆川はようやくトーストに齧りついた。「犯行に使われた携帯、ということですね」

「昨夜遅かったからまだ調べがついていないけど、これからもう少し詳しいことが分かると思うわ。それを待ってから、取り調べを始めた方がいいわね」

「せっかくの材料ですから、上手く使いたいですよね」

「だから、焦らず行きましょう」絵里はうなずき、スクランブルエッグの攻略にかかった。ブルドーザーが土を掘り起こすような勢いでフォークを突っこみ、大口を開けて放りこむ。勢いはいいが、下品な感じはしなかった。

皆川も食事に専念した。小さなビジネスホテルなので味は期待していなかったが、まあまあ……ちゃんとしたエネルギー補給にはなる。

食事を終え、二杯目のコーヒーを飲みながら作戦会議を続けた。

「一応署に行って、県警からの連絡を待ちながら待機、ですね。長池は待たせておきましょう」皆川は言った。

「それで少し焦らせるのも手ね」絵里が同意する。「あいつ、ちょっとふざけてるから……しばらく放置で」

「そうですね」あの図々しい男が、数時間無視されただけで、焦り出すものかどうか。しかし、何の手も打たずに淡々と取り調べをするよりはましだろう。合法の範囲で何でもやってみないと。

署に出勤し――強烈な満員電車は久しぶりだった――福岡の捜査本部に連絡を入れる。

「電話の件だが、今確認中だ」宮下が言った。「いや、ちょっと待て……」急に電話口から遠ざかり、誰かと話している。内容までは聞こえてこなかったが、宮下はすぐに戻ってきた。「今、簡単な概要が入ってきた」

「はい」皆川は左手で携帯を持ったまま、右手にボールペンを握った。

「長池も小澤も、二週間前に新しく契約した電話だった」

「本人が使っている携帯とは別に、ですね」

「ああ」

「要するに、今回の誘拐用だったんですね」

「そういうことだろう。この事実を長池本人にぶつけてくれ」

「そうします」

「しかし、よかったな」急に宮下の口調が軽くなる。

「何がですか」意味が分からず、皆川は思わず訊ねた。

「これで、小澤も間違いなく犯人グループの一員だと分かったんじゃないか？」

「ああ……」小澤が犯人ではない可能性——それが皆川を苦しめていた。もしも人違いで小澤を殺してしまったとしたら、馘《くび》になるぐらいでは済まない。一応今までは、「小澤＝犯人」の前提で捜査が動き、皆川の処分も決まった。そう考えたら、処分は早過ぎたのかもしれない。もしもこの先「小澤＝犯人」説が覆ったら、自分の処分も変わるのだろうか。

「メールの内容などはどうなんですか？」

「基本的にメールは使っていない。あくまで通話用だろうな。実際、小澤と長池の間では、頻繁に通話があった。もちろん、内容は分からないが」

「つまり、この誘拐事件は、二人が仕組んで実行したわけですか？」皆川は携帯をきつく握りしめる。昨日、長池は殺人については強固に否定していたのだが。

「いや、二人が実行部隊で、裏で糸を引いていた人間がいる可能性が高い。長池という男は、知恵が回りそうなのか？」

「そういうタイプじゃないです」即座に否定した。

「ふざけた感じです」

長池が犯人だとしても、まだ共犯者はいるはずだ……だから、「叩けよ。そこを徹底して叩けよ。移送の準備も進めてくれ」それと、この件で逮捕状は請求できる。警視庁とはこちらが直接連絡を取るから、移送の準備も進めてくれ」

「了解です。いつにしますか?」

「逮捕状が取れ次第。警視庁は、強盗の一件で身柄を拘束し続けるほど、こだわらないだろう」

「でしょうね。強盗と誘拐では、重みが違い過ぎます」

電話を切り、皆川はメモをまとめた。上手くいけば、今日中には福岡に帰れそうだ。

ほっとして、宮下との会話の内容を絵里に報告する。

「電話で話していた内容が分かれば、ね」絵里が目を細める。

「それは無理でしょう。通話だけに限定して、証拠が残らないようにしたんじゃないですかね」

「変に気が回るタイプなんだ」

「どうですかね……俺はまだ、断定したくないです。どういう性格なのか、全然読めないですよ」

「性格を読む時間は、いくらでもあるわよ」絵里が唇を歪ませる。「昨日と同じ、あなたに任せていい？」

「もちろんです」

「私はやっぱり、あの手の人間を相手にしているとキレそうだから」

「穏便にお願いします」皆川は静かに言った。取調室で乱闘でも起きたら、全てがぶち壊しである。膝を一つ叩いて立ち上がった。「では、行きますか」

無言でうなずき、絵里も席を立つ。心なしか体が一回り大きくなり、気合いが入っている様子だった。

下手を打った……仕事の相手はきちんと選ばないと。この失敗がこの先、どういう状況を生み出すかは分からない。

しかし、こちらで何とかできることでもないのだ。今は見るしかない。見守るしかない。

4

長池は今日もだらけていた。椅子に浅く腰かけ、両足をだらしなく伸ばしている。つま先が皆川の足に触れたが、気にする様子もない。蹴飛ばしてやろうかとも思ったが、何とか我慢する。

「隠していたのは携帯電話ですね」皆川はすぐに切り出した。今日は一気に話を進め、長池にふざける隙を与えないつもりだった。

「はい、ご名答」ピンポン、と声を上げそうだった。

「小澤との通話記録が残っている。それは削除しておくべきだったんじゃないかな」

「そんなこと、いちいち気が回らないからね」

「あんたも、知能犯じゃないわけだ」

からかうと、長池の頬がぴくぴくと動いた。しかしすぐに、痙攣《けいれん》のような動きは収まり、不敵な笑みが戻ってくる。

「電話を買ったのは二週間前……誘拐のために準備したんだな？」

「そういうこと」

「他には？」

「他にはって？」

「二人だけでやったわけじゃないだろう」

「それは別に、言う必要はないんじゃないかな」

「警察をからかってるのか？」

「いや」長池が唇を舐めた。「こっちは正直に自供してるんだぜ？　どうしてそういう言い方をされなきゃいけないのかね。警察の方が、よほど失礼だ」

「警察は、相手によって態度を変えるんだよ。失礼な人間に対しては、それなりに対応する」

「俺はそんなに失礼な人間かね？」

「もちろん」

一気に攻めるつもりでいたのに、そこで言葉が止まってしまった。長池も軽口を叩く余裕をなくしたようで、無言で唇を引き結ぶ。皆川は質問を変えた。

「身代金は？」

「それは小澤の担当だから」

「どこかで誰かに引き渡したんじゃないのか？　その誰かはあんた——違うか？」

「知らないね」

「じゃああんたは、分け前を貰っていない？」

「俺の財布、見た？　分け前を貰ってれば、強盗なんかやるわけないじゃん」

「分け前はいつ貰う約束だったんだ？　そもそも、どうして東京に来たんだ？」

「質問は一度に一つだけにしてくれねえかな」長池が耳を擦る。「頭が悪いんでね。それはあんたもよく分かってるだろう？」

皆川は口を閉ざし、頭の中で事実関係を整理した。

莉子の遺体が見つかった翌日の昼、長池が飛行機で福岡を離れたことは確認されている。チケットは現金で購入した。行き先は羽田——東京。そこから先、強盗未遂で逮捕されるまでの足取りはまだ分かっていない。

分け前の行方については、この段階ではまったく分からない。実際に受け取っていないかもしれないし、嘘をついて金を隠している可能性もある。有罪判決を受けて出所するまで、人目につかない場所に隠しておき、出所後に手に入れる——ずいぶん先の長い話だ。長池が、そんなに計画的な男とも思えない。

普通に考えれば、分け前は貰っていないと判断すべきだ。しかも仲間は死に、莉子の遺体も見つかり、捜査の手が自分にも及ぶ恐れがある——だから慌てて東京に逃げた、と想定するのが自然だ。しかし、所持金もほとんどない状態で、手っ取り早く金を稼ぐために強盗というのは、愚か過ぎないだろうか。

もちろん、犯行に走った後、人間はまともな精神状態ではいられない。普通はあり得ないような異常な行動に出ることも珍しくないのだが……。

絵里がびくりと体を震わせた。言葉が消えた静かな取調室で、携帯電話のバイブレーションがはっきりと聞こえる。

「中断します——」

「大丈夫」

皆川の言葉を遮って、絵里が言った。立ち上がり、皆川の横に立つ。長池が、にやけた表情を浮かべたまま顔を上げた。

「長池直樹さん、誘拐容疑で、あなたに対する逮捕状が出ました。あなたはこれから福岡に移送されます。そちらで逮捕状が執行される予定です」

「あ、そう」

まるで他人事のような呑気な口調。あり得ない……皆川は唖然として長池の顔を見た。何も言おうとしないのが不思議でならない。こいつは人生を投げてしまったのか？　ふざけているのは態度だけで、自分はもう終わりだと覚悟を決めたのか？


飛行機での移送が決まり、皆川と絵里は準備に追われた。それが一段落して、午後一時……神谷が遅めの昼食に誘ってくれた。「がっつり肉でも食べようか」と言って二人を連れだしたのは、環八沿いにあるステーキハウスだった。いかにも老舗……というか、店は相当古びている。店内は狭く、空気中に脂が充満しているようだった。だが、午後一時を過ぎても混み合っているぐらいだから、味は期待できるだろう。三人は揃って、ランチステーキを頼んだ。千五百円と高いが、二百グラム。昼食としては十分だ。

「取り敢えず、お疲れさん。本当はビールで乾杯したいところだけど」神谷が、水の入ったグラスを持ち上げ、乾杯の真似をした。

ランチステーキは醤油《しょうゆ》を効かせた味つけで、ご飯が進んだ。つけ合わせのポテトとコーンにも醤油味が染みて、食べ終える頃には喉の渇きを覚えた。食後の飲み物はアイスコーヒーにする。

「神谷さん、ここは……」神谷がいかにもリラックスしている様子なので、皆川は訊ねた。

「ああ、ちょっとこの辺を通りかかった時に目に入って、気になってたんだ」

「行きつけじゃないんですか」昨夜のバーもそうだったが、神谷にはいい店を見抜く力があるのかもしれない。

「そんなに飯にこだわる方じゃないよ、俺は」神谷が顔をしかめた。「だいたい、東京に飲食店がどれぐらいあると思ってる？　大田区限定でもいいけど」

「そんなの、分かりませんよ」

「俺だってそうだ」神谷がにやりと笑ったが、すぐに口元を引き締めた。煙草が吸える店なので、ゆったりした動作で煙草をくわえる。火を点けると、向かいに座る二人から顔を背けて煙を吐き出した。「取り調べの様子を全部聞いたわけじゃないけど、厄介そうだな」

「そうですね」絵里が疲れた声で答える。「ふざけた男です。警察を馬鹿にしている感じですよ」

「あー、それはいずれ、変わるよ」神谷が請け負った。「今はふざけてる余裕があるかもしれないけど、そのうち追いこまれる」

「逮捕歴があるから、警察には慣れているのかもしれませんけど……」

「十年前の話だろう？　成人していても、まだ子どもと同じだよ。その頃経験したことなんて、今にはまったく生きてないさ。とにかく、徹底して叩けよ。どこかに必ず弱点があるはずだ」

「強盗で失敗した時……その時の様子をネタにするのはどうですかね。襲った相手が柔道の有段者なんて、ギャグみたいじゃないですか」

「まったく、阿呆だよな」神谷が苦笑する。「でも、ぶつけてみるのもいいと思うよ。あんな男にプライドがあるかどうかは分からないけど、何でも試してみた方がいい」

「そうします」絵里が真顔でうなずく。

二人の会話を聞きながら、皆川の意識は一点に集中し始めた。何故長池の態度は矛盾しているのだろう……いきなり誘拐事件への関与を自供しながら、詳しい事情は一切明かさない。これまで打ち明けたのは、小澤が共犯ということだけ――考えてみれば、それも怪しい話だ。二人が携帯電話で連絡を取り合っていたのは間違いないが、一方が死んでしまっているので、どんな会話が交わされていたかは分かりようがない。

「どうした」

神谷に声をかけられ、皆川ははっと顔を上げた。アイスコーヒーを一口飲んで、気持ちを落ち着かせる。

「いや……どうして長池は中途半端な話しかしないのかな、と思って」

「あー、これは想像だけど」神谷が両手を組み合わせる。「いきなり強盗に失敗して逮捕されて、動揺した。だからつい、誘拐事件について自供してしまった——ところが少し時間が経って冷静になって、このまま素直に話し続けたら酷《ひど》い目に遭う……そんな風に考えたのかもしれない。それだったら、時間をかければ落とせるはずだ。証拠も揃うだろうし。あるいは……」

「他の共犯ですね」皆川が引き取った。

「ああ」

「誰かを庇っている——それこそ、主犯格の人間を表に出したくないとか」

「それもありそうな話だ。それならそれで、やりようがあるだろう」

「ええ」

「周辺の情報を集めて外堀を埋める。逃げ場を塞いで、自供せざるを得ないところまで追いこむんだ」

「分かりました」

「君ならやれるだろう。あんな面倒な事件も、ちゃんとやれたんだから」

神谷が横浜の特命捜査を指しているのは明らかだった。あの仕事で、自分はごく小さな役割を果たしただけなのだが……しかし神谷が自分を買ってくれていると思うだけで、気持ちが落ち着く。

「後はお手並み拝見だな。それと、あの人によろしく。よく話してるんだろう？」

「ああ……はい」敢えて永井の名前を出さなかったのは、絵里がいるからだろう。警察庁のキャリアと通じた関係というのは、何かと誤解を招きかねない。「また連絡します」

「仕事じゃない連絡がいいけどな」

神谷がどんな私生活を送っているかは謎のままである。多少親しくなったとはいえ、やはり聞きにくい雰囲気があるのだ。まあ、その辺はいずれまた何とか……とにかく東京へ来てよかった——いや、神谷と会えてよかった。

これで明日も、前を向いて仕事ができる。

羽田発の日航機は、定刻より少し早く、午後七時ちょうどに福岡空港に到着した。念のために警視庁の刑事が一人同行してくれたのだが、彼にすれば美味しい出張だっただろう。特に労力が必要なわけではなく、空港で県警に身柄を引き渡して終了。後は博多の夜を楽しんで、財布を少し軽くするだけだ——と思っていたら、そのままとんぼ返りするという。確かに最終便は九時過ぎだから、まだ余裕はあるが……。

「一泊ぐらいしていかないんですか」自分と同年輩の刑事に、皆川は思わず訊ねた。

「いろいろ立てこんでますんでね」刑事が残念そうに言った。「まあ……一時間か二時間は余裕がありますから、空港で何か、博多らしいものを食べていきますよ」

「つき合えないで、申し訳ないですけど」

「いやいや……何か、お勧めの店はありますか？」

「さっさと食べるなら、ラーメンですかね。空港の中で、博多ラーメンが食べられる店が何軒もありますよ」

「どれだけラーメン推《お》しなんですか、博多は」刑事が苦笑いした。

「それはやっぱり……美味《うま》いですから」喋っているうちに、急に豚骨ラーメンが恋しくなった。そうだ、今夜の夕食はラーメンにしよう。明日は茉奈が家に帰ってきて、食生活は普通に戻る——すなわち、今後の夕飯はヘルシーに野菜中心だ。

　刑事にもう一度礼を言って、皆川は空港の外に出た。パトカーがまだ停まっており、非常灯の赤い光が周囲に凶暴な雰囲気を振りまいている。後部座席で、二人の制服警官に挟まれて座っている長池は、完全に無表情だった。福岡へ戻れば、何か変化が出るかもしれないと思ったのだが……逮捕状を執行された時にも、まったく顔色は変わらなかった。

「今日はもう、取り調べはしないそうよ」

絵里がスマートフォンを振りながら近づいてきた。皆川は腕時計を確認し、既に午後七時半になっていることに気づいた。

「でしょうね」

「取り敢えず、捜査本部に顔を出して報告ね」

「そうですね」

絵里が両手を突き上げてぐっと伸びをした。東京へ向かったのは昨日……気持ちも体も休まる暇がなかっただろう。半袖からむき出しの二の腕の筋肉が突っ張り、そこに彼女の疲労感が現れているようだった。

「終わったら一杯いきますか？」

「そうね……」絵里が腕時計に視線を落とす。「今日はやめておくわ。昨日、家を空けちゃったし」

「何か問題でもあるんですか？」突然「家」の話が出てきて、皆川はかすかに混乱した。

「それはいろいろ、心配もあるから」

絵里は、それ以上説明しそうな様子ではなかった。だったらこちらも、これ以上追及はできない……ここで遠慮してしまうのが自分の弱点だろう。神谷だったら、相手の気持ちなど考えずにぐいぐい突っこんでいきそうだ。

今日はさっさと帰るか——そう、気分転換は絶対に必要だ。仕事が終わったらすぐに気持ちを切り替えたい。そのために一番いいのが走ることだ。ただし今日はさすがに、走る気になれない。だったら家の掃除でも……しかし、茉奈も娘の結愛もいない家を掃除するのは、何だか馬鹿らしい気がした。やっぱり、誰かを誘って軽く呑もう。そして締めはラーメン。今日はそれで気分転換をしようと決めた。

三山を誘うことにした。同期にしてはあまり気が合わないのだが、仕方ない。犯人を護送してきたものの、未だに自分が「失敗した男」と見られているのは分かっているから、先輩たちに声をかける気にはなれなかった。三山なら、何か言われても反論できるし、冗談で済ませることもできる。

安いチェーンの居酒屋に入る。つまみはそれほど頼まず、酒は最初から焼酎にした。これが一番、翌日に残らない。ビールの方がよほど悪酔いするのだが、これは学生時代、寮で滅茶苦茶に吞まされた時の悪い記憶が残っているからかもしれない。

「しかし、何だ……気に食わない案件だな」三山は最初から不機嫌だった。酒もあまり進まない。

「まだ、全然解決しない」そう、長池の背後には、絶対に小澤以外の共犯がいる――共犯というより、首謀者が。そいつを割り出して逮捕するまで、この捜査は終わらない。

「こういうのが長引くの、嫌なんだよな」三山が零した。

「それは俺も同じだけど……」

「何もないのが一番だよ、俺たちは」

捜査一課は、実は「待機」が長い。事件が起きて初めて動き出すわけだから、待機状態が続くのは平和な証拠でもある。ただ三山は、いざ事件が起きても腰が重く、一向にやる気を見せないタイプだ。

「長池は、俺が担当させてもらおうかと思ってるんだ」皆川は慎重に言葉を選んだ。個室のない、テーブルが並んだだけの店なので、迂闊に捜査の話はできない。

「何でそんなにやる気になってるんだ？」

「けじめみたいなものかな」

「もう、けじめはついてるだろう。これ以上無理しなくてもいいんじゃないか？　面談調査には、その道のプロがいるんだし」

三山も言葉には気を遣っているようだ。しかし「面談調査」ね……「取り調べ」の言い換えとしては硬過ぎる。

「乗りかかった船っていうこともあるし、まだ俺はマイナスだから」

「適当でいいんじゃないか？　そんなにマイナスにはならないだろう。この程度じゃ、出世には響かないよ」

「そうかなあ……」

「気にし過ぎなんだよ。もうちょっと気楽にいかないと」

お前は気楽過ぎるんだ、と皆川は腹の中で思った。まったく、これでよく捜査一課でやっていけるよな……もっとも、こういう人間はどこの組織にも一定数はいるはずだ。組織の中で、一割の人間は何も仕事をしていないとも言うし。

「俺だったら大人しくしてるけどね」

「そうもいかないんだよ」

「何かそういうの、お前のキャラじゃないけどなあ」三山が鼻を鳴らす。

「キャラとか、関係ないだろう」

こいつを誘わなければよかった、と皆川は後悔した。話しているうちに、どんどん不愉快になってくる。ひとり酒の方がよかった。しかも三山は、締めとして、ラーメンではなくつけ麺を強硬に主張した。つき合わせた以上、我儘《わがまま》は押し通せない。三山お勧めの店のつけ麺は、豚骨と魚介のダブルスープで魚粉入り……しかも粘り気があるぐらい濃い。麺がすっと入っていかないほどで、皆川はバーニャカウダを思い出した。

あっさり味の豚骨ラーメンこそ、酒の後の締めにはちょうどいい。このつけ麺は濃過ぎる……普段から大食漢の三山は、麺を四百グラムの大盛りにして平気で平らげたが、皆川には普通盛りでも多過ぎた。

膨満感を抱えて自宅に戻ると、さすがにもう、掃除をする気にもなれなかった。早々とベッドに入った後で、「福岡に帰ってきた」と茉奈に連絡を入れるのを忘れたと気づく。まあ、いいか。帰りが遅かったことにして、明日の朝一番で電話しよう。不思議なことに、あっという間に意識が薄れてきた。昨日はあれこれ考えて眠れなかったのだが、やはり疲れているのか……あるいは覚悟が固まったからかもしれないと、眠りに落ちる寸前に考えた。

5

翌朝、五時半起きして、皆川は十キロ走った。昨夜のつけ麺が胃に残っている感じで体が重かったが、自分に鞭《むち》打つようにして何とかペースを保つ。かなりきつかったが、朝から気温が高いせいですぐに汗だくになり、悪い物が全て絞り出された感じになる。シャワーで身を清め、黒くなりかけたバナナと牛乳、コーヒーだけの朝食を摂って家を飛び出す。博多で地下鉄から鹿児島本線に乗り換え、一駅目の竹下で下車。八時前には南福岡署についていた。

昨夜は会えなかった佐竹に挨拶する。特に不機嫌でも上機嫌でもなく……今朝は完全にフラットな状態のようだった。ほっとして、そのまま捜査会議に参加する。

今朝の議題はやはり、長池の処遇だった。既に死亡している小澤に関する調査は壁が高く、どうしても今後の捜査は長池を中心に回ることになる。宮下に促され、皆川は東京で長池を取り調べた経緯を報告した。

「――そういうわけで、自供はしていますが、全体に供述は曖昧です」

「甘かったんじゃないか？」宮下が突っこむ。

「やれる範囲で厳しくやりました……時間もなかったですが」

「お前の感触ではどうなんだ？　奴はどうして曖昧な供述をしていると思う？」佐竹が腕組みを解き、挑みかかるように訊ねてきた。

「誰かを庇っているのか、と」一晩経ってみても、その感覚は薄れない――いや、むしろ強くなっていた。

「誰を」今度は佐竹が突っこむ。

「主犯――誘拐事件全体の計画を立てた人物だと思います」

「具体的なことは言ってないのか」

「いえ――はい、言ってません」そこで皆川はすっと深呼吸した。佐竹の顔を真っ直ぐ見据え、声を一段落として続ける。「長池の取り調べなんですが、私にやらせてもらえませんか？　東京からの続きです」

「できるんか？」

突然疑念の声が上がる。びくりと身を震わせて周囲を見回すと、一つ前のテーブルに座っているベテラン刑事・小嶋《こじま》の声だと分かった。一瞬振り向き、ちらりと皆川の顔を見て、「お前にできるんか」ともう一度念押しする。

「やります」皆川は気持ちを奮い起こして宣言した。

「お前は一度、失敗しとるっちゃろう。何の根拠——自信があって言うてるんか」

「挽回させて下さい」

「警察にはそんな余裕はなかっ」

「まあまあ、コジさん」

割って入ったのは佐竹だった。庇ってくれるつもりか？　しかしすぐに、その期待は裏切られた。

「コジさん、あまり怒ると血圧が」

佐竹の忠告に、軽い笑いが広がる。爆笑にならなかったのは、小嶋が本当に血圧の問題を抱えているからだ。今年の春の健康診断で医師から散々脅され、それ以来ずっと薬を飲んでいるのは、一課の人間なら誰でも知っている。小嶋が腕組みをし、うなずいた。皆川は後ろにいるから表情は窺《うかが》えないが、むっつりしているのは間違いない。

「やる気はあるのか、皆川」佐竹が睨みつけるように言った。

「あります」皆川はさらに背筋を伸ばした。真っ直ぐどころではなく、反っているかもしれない。

「だったらやってみろ。ただし、結果が出なければすぐに交代だ」

「……分かりました」弱気の虫が頭をもたげる。東京で相対した感触からすると、長池を落とすのはそれほど簡単ではない。しかし最初から諦めては何も始まらないのだ。やると決めたからにはやる。皆川は佐竹の顔を真っ直ぐ見詰めた。

佐竹がすっと目を逸らす。これで了解の合図なのだ。皆川は一礼して腰を下ろした。やけに緊張して喉が乾くが、これはきちんとした仕事との引き換えである。ふと室内を見回すと、馬場が肩を落として背中を丸めているのが見えた。

捜査会議が終わって、皆川は低い声で「よし」と自分に気合いを入れた。そこへ小嶋が近づいてくる。

「お前、調子に乗っとるんか」

「そんなことはないです」皆川は即座に否定して立ち上がった。小嶋は小柄なので、少しだけ見下ろす格好になるのだが、むしろ押されているような気分になる。

「図に乗り過ぎやなかか」

「これは、俺が自分でやらなければいけないんです。自分の失敗ですから、自分で取り返さないと」

「やれると思っとるんか。お前以外にもプロはおるんやぞ」

「分かってます。でもここは、俺がやります。やらせて下さい」

小嶋が顔を真っ赤にして皆川を睨みつけた。因縁をつけられた怒りよりも、彼の血圧の方が心配になる。無言で睨み合っているうちに、周りに刑事たちが集まってきた。摑み合いになったら止めに入ろうとでも思っているのかもしれない。

が、小嶋が唐突に相好を崩す。背伸びするようにして皆川の左の頰を二度、軽く叩いた。

「よか。お前の本気を確かめただけだ。失敗せな、人は成長せんもんだからな」

皆川は緊張が抜けていくのを感じながら、無言で頭を下げた。人が悪い……何というか、小嶋は古い世代の刑事の最後の一人かもしれない。褒めるよりも怒って後輩を育てるタイプ。捜査会議の席で馬鹿にするのはやり過ぎだと思うが、これが彼流のやり方なのだろう。小嶋が皆川に背中を向けると同時に、軽い笑い声が上がる。にやにや笑う顔が周りに並んでいるのを見た瞬間の方が、皆川はむっとした。

見世物じゃないんだぞ。

東京から福岡に戻っても、長池の態度に変化はなかった。椅子に浅く腰かけ、足を投げ出している。皆川は、少しだけ乱暴な手に出ることにした。座る時に自分も足を前に出し、長池の足を蹴りつける。

「刑事さんが暴行かよ」長池が鼻で笑った。

「お前が足を前に出してるから、ぶつかっただけだ。このテーブルの半分からこっちには足を出すな」

「小学生かよ」

「何でもいい。お前、逮捕されてるんだぞ？　そんなことが言える立場じゃないだろう」

「この国には言論の自由とかいうのがあったんじゃないのかね」

「こういう状況で使う言葉じゃない」ぴしりと言って、皆川はファイルフォルダを引き寄せた。中には資料——他の刑事たちが短時間に必死に集めてくれたデータがある。全て、この男を落とすために使う材料だ。

皆川はまず、基本的な事実の確認から行くことにした。

「お前と小澤の携帯電話の通話記録がここにある」表計算ソフトで作られたリスト。「電話会社の正式な記録だ。お前と小澤は、七月十日にそれぞれの名義で携帯電話を購入し、以来、頻繁に通話している。一日二十回になることもあった。ずいぶん相談することがあったんだな」

「へえ、そうだったかな」

「お前に聞いてるんだ」

「いちいち覚えてないね」長池が耳を擦った。

「八日間で、合計六十二回。最後は七月十三日だ。つまり、莉子ちゃんが誘拐された日……その日の午前中にお前から小澤にかけたのが最後になっている。その後、この電話を使わなかったのはどうしてだ」

「足がつきそうだからね」

「それで、小澤の家に隠したわけか」

「そういうこと」

「どうして処分しなかった？　どこかに捨てればよかったのに」

「もったいない……」吐き捨てるように長池が言った。

「もったいない？」皆川は声を張り上げ、テーブルの上に身を乗り出した。「この期《ご》に及んでもったいない？　それは何なんだ？」

「ガキの頃から、そういう風に育てられてきたんでね。育ちがいいんだよ、こっちは」

「初耳だな……あんた、高校の時に喧嘩で停学処分を食らったらしいけど」

皆川は軽くジャブを放った。長池の肩がぴくりと動く。

「下らない喧嘩だったそうだな。知ってるか？　その時お前が怪我させた相手は、今は佐世保の最年少市議だそうだ」

「へ、あいつがね」つまらなそうに長池が言った。「ひょろひょろした野郎だったけどな」

「ひょろひょろした人間相手にしか喧嘩を売れないのか」

長池の唇が一本の線になる。耳が赤くなり、皆川は続けて打ったジャブの効果を確信した。

「東京で襲った人も……まさか、柔道の選手だとは思わなかったんだろう？　自分より背の低い人が、あんなに強いとは思わないよな。内股で転がされたんだって？」

長池は何も言わない。皆川は両手を組み合わせてテーブルの上に身を乗り出し、長池の顔を正面から見据えた。長池は視線を逸らし、目を合わせようとはしない。

「ああいう時、そんなに痛くはないだろう？　ただ恥ずかしいよな。何が起きたか分からなくて、いつの間にかアスファルトの上に転がっている。どう思った？　自分がどれだけ弱いか、思い知ったか？」

沈黙。プライドを切り刻むことには成功したはずだが、長池は黙りこむことで傷を修復しようと目論んでいるようだった。馬鹿ではない……言い合いになれば、自分が不利だと分かっているのだ。

「そういう弱い人間だから、自分より間違いなく弱い人間を狙ったのか？　子どもなら簡単に制圧できるから？」

長池の耳から血の気が引いた。早くも平常心に戻っている……鈍いわけではなく、本当に結構タフなようだ。ファイルフォルダから、次のデータを取り出す。

「あんたの銀行口座の記録だ。金はなかったんだな。バーテンっていうのは、儲からないのか」

「そんなもの、勝手に――」噛みつきかけて、長池がまた口を閉ざした。

「あんたは逮捕されている。そして事件の真相を明らかにするために、俺たちにはあらゆることを調べる義務があるんだ……それにしても、残金二万二千百五十円はきついな。普通に生活できてたのか？」

「ご覧の通りだよ」長池が肩をすくめたが、やはり目を合わせようとはしない。

「今年の三月に、百万の入金がある。これは、一回の入金としては多いな。毎月決まって入金されているのは、だいたい二十万円台の前半だけど、これがあんたの給料だろう？　百万の臨時収入は多過ぎないか？　それとも店の方で大入り満員が続いて、臨時ボーナスが出た？」

「そんなわけないだろうが」長池が鼻を鳴らす。「消費者金融だよ、消費者金融。どうせ分かると思うから、調べる手間を省いてやるよ」

「ご親切にどうも」

皆川は頭を下げた。それを見た長池の耳が、また赤く染まる。よし、どんどん怒れ。怒って爆発して、本音をぶちまけろ。

「その百万円、何に使ったんだ？」

「事故」

「あんたに関する交通事故の記録はないけど」

「サツには届けなかったからな。面倒だったんだよ……駐車場の事故だし」

「駐車場で誰かの車にぶつけたのか？　あんた、運転も下手なのか？」

「いい加減にしろよ」急に声を低くして、長池が凄んだ。「からかって、俺が怒るのを待ってるんだろうけど、その手には引っかからないぜ」

「警察の手の内はお見通しってわけだ」

「単純だからな、警察は」

「その単純な警察に対して、あんたはあっさり自供した」

「だから、怒らせようとしても無駄だから」長池が声を上げて笑ったが、顔は引き攣《ひつ》っている。

「で？　この百万円は賠償金か何かか」皆川は長池の挑発を無視して話題を引き戻した。

「面倒な相手でね」

「なるほど……」ヤクザか何かだろうか、と皆川は想像した。「事故処理しないで、保険も使わず、金で解決しようとしたわけか」

実際、一度長池の口座に入った百万円は、三日後には全額引き出されている。

「この百万、どうしたんだ？　消費者金融には返したのか？」

「さあね」また長池がそっぽを向く。

「そのまま借金になったんじゃないか？　それを返すために誘拐を計画したのか？」

「俺はそんな計画は立ててないぜ」

「だったらどうして、今回の誘拐に参加した？」

「小澤に誘われたんだ」

皆川は密かに緊張感を高めた。これは、犯行に関する初めての具体的な供述である。

「いつ」

「あれは……一か月ぐらい前かなあ。小澤の方から声をかけてきたんだ」

「昔から知り合いだったのか？」

「あいつは客だって言っただろ。二年ぐらい前からかな……たまにうちの店に顔を出してた。ろくな人間じゃないけどね」

長池が薄い笑みを浮かべる。馬鹿にしきった相手と組んで誘拐を起こす——その神経が、皆川には理解できなかった。

「小澤は、あんたが借金に困っていることは知っていたんだな」

「話したからね。愚痴ったって感じ？」

「小澤はどうして誘拐を思い立ったんだ？　やっぱり金に困っていたのか？」

「そうなんじゃねえの？　向こうの事情は詳しく知らないけど……とにかく、五百万って金額はでかいんだよ」

「小澤が主犯だったのか？」未だよく分からない男……身代金目的誘拐の場合、一応はきちんとした計画が必要になる。誘拐対象者を拉致・監禁し、こちらの正体がばれないように身代金を要求し、安全確実にそれを受け取る——果たして小澤は、そういう計画をきちんと立てられるタイプだったのだろうか。

「俺は知らないね」

微妙な答えに引っかかる——しかし皆川は、そこにこだわらないことにした。今のところ、長池の供述はスムーズに進んでおり、途中で話の腰を折りたくはない。

「小澤以外の人間とは接触してないのか？」とだけ念押しする。

「そうね」

「で、この誘拐事件でのあんたの役回りは何なんだ？」

「雑用」長池があっさり言った。

「莉子ちゃんの拉致や監禁には関わっていないのか？　身代金を要求する電話をかけたりしていない？」

「やってねえよ」

「身代金受け渡しにも関与していないのか」

「してないね」

「雑用っていうけど、具体的に何をしたんだ？」

「ま、いろいろ」長池が肩をすくめる。

その動作がきっかけになったように、長池の口調が急に重くなった。皆川の質問に対して「ああ」とか「うん」とか返すだけで、具体的な話を露骨に避ける。何がきっかけだったか分からないまま、皆川は午前中の取り調べを終えた。

長池が取調室を出ると、同席していた絵里が満足そうな表情を浮かべた。

「今のところ、順調じゃない？」

「二点、気になります」皆川は人差し指と中指を立てた。「一つは、主犯の存在についてです。『俺は知らない』と言ってましたよね」

「ああ……確かに」

「もう一つ、途中から急に喋らなくなりました。何がきっかけだったんでしょう」

「怒らせたわけじゃないわよね」

「直前まで、顔色も変わりませんでしたよ」言いながら、皆川は自分の質問を一つ一つ思い出していた。流れの中――「雑用」の中身を追及していて、具体的な答えを避けるようになったのだ。自分が何をやったか、きちんと供述しないことで、責任逃れをしているつもりかもしれない。そういうやり方は理解できないでもなかった。

「主犯が気になります。言えない理由は……やっぱり別の誰かを庇っているからじゃないですかね」

「本当に知らないとは考えられない？」

「まさか」

「いや……」絵里が眉根に皺を寄せながら言った。「そういうこともあるのよ。トップの人間だけが全部を知っていて、他のメンバー同士は互いの顔も知らないとか。メンバーの関係を断絶させることで、変な勘繰りや裏切りを避けるわけね。もう五、六年前だけど、私が担当した窃盗事件でそういうことがあったわ」

「ああ、外国人がトップだった事件ですね？」思い出した。窃盗団のメンバーは全部で十二人ほど。二人、ないし三人ずつ組んで犯行を繰り返していたが、顔見知りは組んでいた相手だけだった。それより、絵里が窃盗事件を担当する捜査三課にいたことが驚きだった。彼女のことは、何も知らない……知る必要があるかどうかも分からなかったが。

「今回の誘拐も、そういうグループの犯行だったと思いますか？」

「本当にそうなら、面倒なことになるわね。長池を叩いて、芋蔓式《いもづるしき》にグループの全容を明らかにすることができなくなる……とにかく、中間報告しましょう。今まで出た話だけでも、裏づけ捜査が必要なことがいくらでもあるわ」

「了解です」

昼食をそそくさと摂った後、皆川は宮下に経過を報告した。宮下は報告を細かくメモし、何度か質問を差し挟みながら、外回りの刑事たちに対する指示をあっという間に練り上げた。

「何か、新しい情報はありませんか？　午後からの取り調べに使えるものがあるといいんですが……」

「周辺情報しかないな」宮下が首を横に振る。「奴が勤めていたバーの従業員を叩いているんだが、誘拐につながるような話は出ない」

「店で、小澤と借金の話をしていたそうですが」絵里が割って入った。

「それが、今回の誘拐につながるわけか」宮下が顎を撫でる。「要するに金、か」

「ええ」絵里がうなずく。「長池の借金は百万円です。この金の流れは、もう少しきちんと調べた方がいいですね」

「そうなんです」皆川も同意した。「駐車場で事故を起こして、賠償金を払うために消費者金融から金を借りて……その後、消費者金融に厳しい取り立てをされていたかもしれません」

「かなり切羽詰まった感じだな」宮下が二度、軽くうなずいた。「手っ取り早く金を儲ける手段として誘拐を選んだ、か」

「問題は、誘拐犯グループの全体像が見えてこないことです」絵里の顔には、焦りが見える。「長池は小澤に誘われたと言っていますけど、どうですかね。小澤が主犯とは思えません……小澤には、そういう悪いつながりはないんですか」

「小澤の周辺捜査はなかなか難しい。仕事も転々としていたようだし、人間関係が薄いんだ」

　宮下の説明を聞いても、皆川は納得がいかなかった。人間関係が薄いというと、家に引きこもったまま、ネットの世界だけに没入しているような印象を受ける。だが小澤は、長池が働くバーの客だった。引きこもりの人間は、常に人で溢《あふ》れている中洲になど足を向けないだろう。

「小澤の携帯は見つかっていないんですよね？」皆川は確認した。家で見つかった携帯は、長池によればあくまで「犯行用」。普段使っている携帯が見つかれば、人間関係はもう少しはっきりするはずだ。

「ない」宮下が即答した。

「それも変な話ですよね。犯行用に携帯を手に入れたのは分かりますけど、普段はどうしていたんでしょう。携帯は持ってはいたんですよね？」

「ああ。それは電話会社の方に確認した。ただ、現物が見つかっていないからな」

　皆川はがくんと頭を後ろへ倒し、天井を仰いだ。頭に血の気が戻ってくる……もしかしたら、身代金と一緒ではないかと思った。馬場と推理したように、埠頭を走っている最中に身代金を道路傍に投げたとすれば——携帯も一緒に捨てた？

疑問は湧いてきたが、それを自分で確かめることはできない。捜査は「分業制」だ。取り調べを担当する人間は、責任を持って容疑者と向き合う——自分の中に生じた苛立ちは、遅々として進まない取り調べが原因だと分かっている。しかし、そんな風に考えてしまうこと自体が問題なのだ。本格的に取り調べを始めてから、まだ半日も経っていない。

「小澤以外の共犯……主犯格の人間がいるのは間違いないと思います」皆川は言った。「長池は、その人間を庇っているだけじゃないかと」

「あり得るな」

「だから午後は、少し感情に訴えてみるつもりです。主犯を庇っていても、長池には何のメリットもないはずですから、そこを攻めます」

「その通りだな」宮下がうなずく。「それで奴の罪が軽くなるわけじゃないし、出所するのは何年も先だ。面倒をみてもらえると考えているなら、大変な勘違いだな」

同意の印に皆川もうなずいた。そう……長池に足りないのは、想像力ではないだろうか。仮に五年——誘拐殺人だともっと刑期は長くなるだろうが——刑務所に入って社会から隔絶されていたら、それまでの人生はほぼなかったことになってしまう。強制的なリセットだ。「お前が罪を被れば、後のことは面倒を見る」そんな口約束を信じたのかもしれないが、共犯者は舌を出して嘲笑うだけだろう。

基本的に長池は馬鹿なのだ。お前は見捨てられる――それを思い知らせてやれば、吐く気になるかもしれない。皆川はそれに賭けることにした。

昼飯を食べて眠くなったのか、長池の集中力は目に見えて低くなっていた。眠い振りで逃げ切るつもりかもしれないが……皆川は、濃いお茶を用意するよう、絵里に事前に頼んでおいた。

「へえ」湯気をたてる湯呑みを見下ろしながら、長池が眠そうな声で言った。「ずいぶんサービスがいいんだな」

「眠け覚ましだよ」

「俺、コーヒー派なんだけど」

「残念ながら、そこまでの用意はない」

「ま、いいけど」湯呑みを慎重に持ち上げ、鼻の下でしばらく静止させた。香りを楽しめるほど高級なお茶ではないのだが。

「自白剤でも入れたんじゃないか？」長池が真顔で訊ねる。

「警察はそういうことをしない」

「どうだかね」長池が鼻を鳴らす。「自供させるためなら何でもやるんじゃないか」

「今は、そういう訳にはいかないんだ。周りの目が厳しいから」

「せめて、冷たいお茶がいいんだけど」湯呑みをそっとテーブルに置き、長池が左手で額の汗を拭った。

「それは贅沢過ぎだ」

「へっ」

「今のうちに不自由に慣れておいた方がいい。間違いなく、相当長く食らいこむんだから」

「警察がそんなこと言っていいのかね。裁判は警察の仕事じゃないだろう」

「こっちは、たくさんの事件を見てるんだ。当然、裁判も……犯行事実を見れば、懲役がどれぐらいになるか、だいたい分かる。誘拐と殺人、軽くはないぜ」

「殺してないから」長池が耳を触った。「誘拐だけだし」

「小澤が殺したのか？」

「さあね」

「だったら……どうするかな」皆川は自分のお茶を一口飲み、言葉を切った。お茶はいい具合に温く、体にすっと染みていくようだった。「莉子ちゃんが殺されたのは間違いないんだ。誰かがその責任を負わなくちゃいけない。そして、俺たちの手の中にいる犯人は、あんた一人なんだよな」

「おいおい、脅すのかよ」長池が声を低くした。「そういう取り調べは、まずいんじゃねえか」

「被害者遺族の感情もあるんだ。誘拐犯の下っ端は捕まえました、でも実際に誰が娘さんを殺したのかは分かりません、じゃ絶対に納得してもらえない。俺たちはまず第一に、被害者遺族のために仕事をしてるんだから」

「あ、そう」

「誰を庇ってるんだ？　何のために？　何を言われたか知らないけど、全部無駄になるぞ」

「ああ？」右目だけを大きく見開く。

「例えば……お前の分け前はキープしておいて、出所してから渡すとか、出てきたらちゃんと仕事と生活の面倒を見てやるとか、そういうのは全部嘘だから」

「嘘って何だよ」長池が凄む。

「お前は見捨てられるんだ。分け前は手に入らない、出所してきたら共犯とは連絡が取れなくなる——そのうち誰も頼る人間がいなくなって、最悪の人生が待ってるだけだよ。早く死んだ方がましだ、と思うようになる。人生、まだまだ先が長いのにな」

「ふざけるな！」長池がテーブルに両の拳を叩きつけ、立ち上がった。彼の湯呑みが倒れ、デスクの左半分に細い茶の筋ができる。湯呑みはそのまま転がってデスクから落ちた。床で砕け散り、耳障りな音が響く。絵里がすかさず立ち上がり、長池の後ろに移動した。ことあらばすぐに制圧する——顔には怒りの表情が浮かんでいた。

「何でそんなに怒る？　ちょっと想像すれば、簡単に分かることだろう。まさか本気で、人の罪をひっ被れば、その後は楽な生活ができると思ってたんじゃないだろうな？　呆れるね。あり得ない」

長池が皆川を睨んだまま、ゆっくりと椅子に腰を下ろした。足の位置を変えた時に、湯呑みの破片を踏んでしまい、じゃりじゃりと嫌な音がする。

「馬鹿馬鹿しいと思わないか？」皆川は畳みかけた。「お前は利用されてるだけなんだよ。誘拐を計画するような奴は、ろくでもない人間だ。義理とか人情とか、気にするわけがないだろう。お前は単なる駒《こま》なんだ。用事がなくなったら、捨てられるだけだよ」

長池の唇が震える。落ちた——と期待して、皆川はテーブルの上に身を乗り出した。しかし長池は、やはり皆川が想像しているよりもタフだった。釣り上がっていた眉が床と平行になり、頬の緊張も緩む。左手をすっと伸ばして、指先でデスクについた茶の痕をなぞる。指先が濡れる感触が、さらに彼を落ち着かせたようだった。

「何のことだか、さっぱり分からないな」

話は振り出しに戻った。

何故焦る？　どうせ手遅れなのだから、もう諦めろ。

こちらには新たな仕事ができた。今は、こちらをやり遂げるのが最優先だ。

6

その日の取り調べを午後五時に切り上げた時、皆川はげっそりと疲れていた。これまでも面倒な容疑者と対峙したことは何度もあるが、ここまでふざけた人間は初めてだった。今のところ、取り調べでは決め手がなく、周辺捜査でも使えそうな情報が入ってこない。

「明日から巻き直しましょう」絵里が前向きなのが救いだった。

「そうですね……」皆川は辛うじてそう答えた。何か新しい情報が欲しい。そうでなければ、明日も同じことの繰り返しで前に進めないだろう。

捜査本部に顔を出していた佐竹が、二人の元にやって来た。

「上手くいってないようだな」

「力不足ですみません」頭を下げるしかなかった。

「自分で手を挙げたんだから、きちんと落とせよ。それがお前の仕事だ」

「了解です」あんなクソみたいな犯罪者に、ここまで手こずらされるとは……ある程度予想はしていたが、自分が情けない。

「実は、松本さんが署に来ることになっている」佐竹が唐突に言った。

「そうなんですか」皆川は顎を引き締めた。

「お前、会え」

「はい？」突然の命令に、混乱した。最初に自分が謹慎処分を受けたのは、佐竹によれば「被害者遺族を怒らせないため」だったはずだ。ここで会うことで、また怒りを蘇らせてしまうのではないだろうか。犯人が捕まったとは言え、莉子は戻ってこないのだから……。「会ってどうするんですか」

「東京で長池を捕まえた経緯を説明しろ。向こうも情報を知りたがっている」

「捜査途中の状況を説明するのは、被害者対策室に任されているんじゃないですか」

「捜査を担当した人間が直接話した方がいい。実は、対策室もてこずっていてな」

「それでこっちに回ってくるんですか」

「馬鹿者！」いきなり佐竹が雷を落とした。「お前はこの事件に、首までどっぷり浸《つ》かってるんだ。最前線にいる人間だ。きちんと説明するとしたら、お前しかいない」

　この前とは言っていることがまったく違う……しかし、佐竹の指示はもっともに思えた。皆川自身、一度きちんと謝罪しておかないといけない、という意識はあった。けじめをつけないと、遺族も前に進めないだろう。もちろん、完全に立ち直るためには、まだいくつものけじめが必要だろうが。

「誰が来るんですか」

「父親――秀俊さんだ」

「ああ」少しだけほっとした。秀俊なら、冷静に話ができるだろう。祖父の俊也が相手だと、相当難儀するはずだ。父親よりも祖父の方が怒っているのも妙な話だが……しかしそれは、まだ身代金の受け渡しをする前の状態だったと思い出す。あれから状況が変わり、秀俊の精神状態も悪化しているかもしれない。

「とにかく、東京での逮捕状況を詳しく説明するんだ。もちろん、取り調べ状況については、はっきり言う必要はない。あくまで捜査の秘密だ」

「了解しました」皆川は絵里の顔をちらりと見た。顔色は……良くない。

「花澤はやめておけ」佐竹が素早く言った。「無駄にご家族を怒らせる必要はない」

「……分かりました」声を絞り出すように、絵里が言った。家族と過ごした数日、その後に訪れた悲劇は、彼女にとっても大きなトラウマになっているだろう。その時の様子を皆川は直接は知らないが、集中砲火を浴びてひたすら謝るしかなかった絵里の無念さは想像できる。

「宮下も同席するが、基本は皆川が一人で説明する。それがお前の禊《みそぎ》だからな」

それでようやく、佐竹の心変わりの理由が理解できた。最初の謹慎は、確かに松本家を刺激しないため、そして皆川が攻撃されないための手段だったのだろう。しかしあれから、ある程度時間が過ぎている。しっかり謝罪し、説明させることで、皆川と松本家の関係を修復しようとしているのだろう。

それなら、佐竹の思いに応えないと。気楽で安定した公務員——就職する時に考えていたことは完全に夢想だったと、今になって思い知っていた。

秀俊は、ネクタイこそしていなかったが、きちんとスーツを着こんでいた。顔には疲労の色が濃い。皆川が知らない男を同道している。皆川と同世代だろうか……こちらはネクタイをしているものの、スーツの上着は着ていない。クールビズにもいろいろあるものだ。

南福岡署三階の会議室。一階下の大きな会議室が捜査本部である。皆川は何となく落ち着かない気分になった。ここで自分が秀俊に会っている間にも、下では刑事たちが慌ただしく動いている。

「その節は、大変申し訳ありませんでした」秀俊に椅子を勧める前に、まず、膝に額がくっつかんばかりに頭を下げた。そのまま五秒キープ。最初に決めていた通り、それで謝罪は終わりにした。いつまでも謝り続けていたら、話は始まらない。

顔を上げると、秀俊は難しい表情を浮かべていた。罵倒したい——あるいはグチグチと文句を言いたいが、それを理性で辛うじて抑えつけている感じである。皆川の謝罪に対しても無反応。代わりに、自分が連れてきた男を紹介する。

「こちら、弁護士の中条《なかじょう》先生です」

「中条です」中条と呼ばれた男が名刺を差し出した。「博多合同法律事務所」。福岡市内でも一、二を争う大きな弁護士事務所だ。その事務所の中で彼の年齢では……下っ端だろう。大物弁護士が出てくるよりはやりやすいが、秀俊がどうして弁護士を同道したのかが読めない。

「今日は、オブザーバーですので」遠慮がちに中条が言った。「警察から説明を受けるのに、何か専門的な話が出てきた場合に備えて、ということです……どうぞ、そちらのペースで説明を始めて下さい」

そういうことなら、それほど警戒しないでいいだろう。四人はテーブルを挟んで腰を下ろした。皆川は一瞬深呼吸してから、すぐに話し始めた。早口にならないように気をつけながら、時間軸を追って、長池が逮捕された状況を説明した。

「長池は、遺体発見の翌日に飛行機で上京しています。その後に路上強盗をしようとして取り押さえられました。捕まった翌日に、誘拐事件に関与していた、といきなり自供したので、こちらに連れ帰って逮捕しました。証言を裏づける物証も見つかっているので、誘拐に関わっていたのは間違いありません。ただ、動機面、共犯がいるかどうかについては、現在まだ取り調べ中です」

「その男がやったのは間違いないんですか」両手を膝に置いたまま、秀俊が上半身だけを乗り出した。

「自供はしています。ただ、誘拐事件の中でどういう役割を果たしたのかについては、まだはっきりしていません」

「他にも犯人はいるんですか」

皆川は、横に座る宮下の顔を見た。まだ全く分かっていない部分——どこまで話していいか、判断が難しい。宮下がちらりと皆川の顔を見て、自分で話し始めた。

「埠頭から博多湾に車で飛びこんで死んだ小澤が共犯だったと、長池は供述しています。この二人が今回の事件に噛んでいたのは、物証からも間違いないと見られています。その他の共犯については……いるという前提で調べています」

そこまで踏みこんで言って大丈夫なのか——しかしすぐに皆川は、ニュースでも「誘拐犯グループ」という言い方をしていることを思い出した。広報課、ないし捜査幹部が、「他にも共犯がいる」と実質的に認めているのだろう。松本家でも、当然ニュースはチェックしているはずだ。

「他にも犯人がいるんですね」秀俊が食い下がる。

「二人だけで犯行に走ったとは考えにくいです」宮下の言い回しが慎重になる。ずばり言えれば秀俊も納得するかもしれないが、実際にはまだ、他の共犯者は皆川たちの想像の産物に過ぎない。

「いったいいつになったら、事件の全体像がはっきりするんですか……我々は誰を恨めばいいんですか」

言って、秀俊が溜息をつく。怒りを露わにしていない分、かえって対応が難しい。怒っていれば、ひたすら頭を下げ続けるし、一発や二発殴られるぐらいは覚悟の上だ。しかし秀俊はあくまで静かに、内面で怒りを募らせているようだ。

「申し訳ありません」皆川は、テーブルにつくほど低く額を下げた。「もう少しはっきりした段階でお話しさせていただけないでしょうか。単なる推測や推理をお聞かせして、それが外れていたことが後で分かったら、申し訳ありませんから」

「推測でもいいから、聞かせて欲しいんです」秀俊が食い下がる。「専門家の話じゃないと、納得できないんですよ。知ってますか？　ネットでもいろいろな噂が流れているんです。まるでこっちが悪いような言い方もあって……でも我々はいちいち反論できないんです」

「もちろん、悪質なものに対しては法的手段を検討します」中条が、座ってから初めて口を開いた。「ですが、どれが悪質かを知るためにも、正しい状況の把握が必要です」

「あくまで推測でしかありません」言いながら、皆川は宮下の顔を見る。宮下が素早くうなずいたのを確認して続けた。「こういう言い方をするのが正しいかどうか分かりませんが……小澤にしても長池にしても、誘拐事件を計画して自分たちだけで実行するだけの知恵はないと思います。この二人は基本的に、誰かの手足になって動いていただけだと思います」

「つまり……」秀俊が口を挟んだが、言葉は途中で消える。

「誘拐事件全体を計画した人間がいたと思います」

「その人間は……」

「まだ、まったく分かりません。あくまで架空の存在です。しかし個人的に……あくまで個人的にですが、私は主犯がいると考えています。長池の供述がはっきりしないのは、この主犯を庇っているからではないかと思います」

「そうですか……捕まるんですか？」

「そのために全力を尽くしています」こっちの決意表明を聞いても仕方ないだろうなと思いながらも、皆川は言わざるを得なかった。秀俊が本当に欲しいのは「事実」だけだろう。より具体的には、憎む相手だ。

秀俊が弁護士と視線を交わした。弁護士が素早くうなずく。「問題なし」のサインだと皆川は解釈した。しかし秀俊が溜息をつき、爪をいじった。まだ納得がいかない様子で、このまま帰る気にはなれないだろう。

「ご家族はどうですか」皆川は危険な話題に敢えて挑んだ。

「ええ、まあ……」うつむいたまま秀俊が低い声で言った。「よくはないですね」

「支援担当がサポートしていると思いますが……」

「一生懸命やってもらっています。ただ、皆精神状態が普通ではないので……仕事にも差し障る状態です」

「私の責任です」皆川は頭を下げた。「もう少し慎重に、犯人を追跡するべきでした」

「その件については、もう説明を受けています」秀俊がすっと顔を上げる。「仕方ないことだったと理解していますが、違うんですか」

「仕方ない、で済ませるべきではないと思います」話しているうちに胃が痛くなってきた。隣で宮下も緊張し始めたのが分かる。佐竹も、ここまでのことは考えていなかったはずだ。「一人の人の命に責任を持つこと……その重大さが分かっていなかったのかもしれません。言い訳は一切しません。必ず犯人は全員捕まえます」

「ええ……」

それでも秀俊は釈然としない様子だった。彼が何に不満を持っているかが分からない。皆川の言葉を信用していないのか、単に娘を失った悲しみから立ち直れていないだけなのか……皆川は、それを直接確かめることはできなかった。秀俊にとっても自分にとっても、あまりにも荷が重過ぎる。

「本当にご迷惑をおかけして、申し訳ありませんでした」

皆川がもう一度頭を下げ、弁護士が「この辺で」と秀俊を促した。言われるままに秀俊が立ち上がり、素早く一礼する。急に気が変わったようだ……つい先ほどまではここでの話し合いに納得していない様子だったのに、今は一刻も早く警察を出ていきたいように見える。

署の出入り口まで二人を見送った。皆川と宮下は、二人が乗った車——弁護士が運転した——が見えなくなるまで、署の前で立ち尽くしていた。

「あそこまで言う必要はなかったんだぞ」宮下がぼそりと言った。「課長も、それは望んでいないはずだ」

「それじゃ駄目な気がしたんです」皆川は正直に打ち明けた。「法的に……もしも松本さんが警察を訴えるようなことがあれば、俺は黙っているべきだったと思う。喋れば不利になるかもしれませんよね？　でも、それじゃ駄目だと……」話しているうちに涙が滲んでくる。鼻梁《びりよう》をきつくつまんで、何とか涙を封じこめた。

「まあ、松本さんも、決意表明だと受け取ってくれたんじゃないか？　だったらそれを、きちんとやり遂げないとな」

皆川は驚いた。宮下は、こういうことを言うタイプではない。徹底した実務屋で、精神論をぶったり、部下に檄《げき》を飛ばしたりするのを苦手にしている。実際彼の口からは、

「頑張れ」の一言も聞いたことがない。Aという問題の感想を述べることはなく、解決法の模索だけに専念する。

「無念だろうな……」

またも個人的な感想。宮下の顔を見た。渋い表情で、眉を寄せている。

「俺たちだって、全員が家族の一員なんだよな。多くは子どもの親でもある。子どもが殺されて、冷静に対処できるわけがないだろうが」

子ども……皆川はまた、結愛の顔を思い浮かべていた。


家へ帰ろうと思った途端に、電話がかかってくる——ジンクスのようなものだ。

「捜査本部です」

「松本です」

会ったばかりの莉子の父親・秀俊ではなく、祖父の俊也だった。散々罵られた記憶が蘇ったが、受けてしまった電話を切るわけにはいかない。

「皆川です……ご自宅でお会いしました」

「ああ、ちょうどよかった」ほっとしたような口調を聞くのは初めてだった。

「私に用事ですか？」

「いや、知った人の方が話しやすいので……今日、息子がそちらに行ったと思いますが」

「ええ……」真意が読めぬまま、皆川は慎重に応じた。

「何の話だったんですか？」

「ご存じないんですか」

俊也が一瞬言葉に詰まる。皆川は、かすかな疑念を抱いた。松本家の中が一枚岩でなく、祖父と父親でこの事件に対する考えや対応が違うことは容易に想像できたが、父親が息子の動きを探ってくるのは妙だ。

「捜査の状況をご説明しました」

「話したんですか？」急に声が甲高くなる。

「ええ、説明するのも警察の義務なので」

「どうして息子に！　勝手なことを！」

皆川はたじろいだ。俊也の怒りは収まりそうにない。

「いえ、あの……普通に話をしただけです」

「冗談じゃない！　息子は何と？」

「納得いただいて帰りましたけど」

「まったく……」こちらには聞こえない声でぶつぶつと続ける。

「大変申し訳ありませんでした。今回の件では……」

「あ、いや」急に俊也の声が平静に戻った。「息子がご迷惑おかけして。何か、変なことを言っていませんでしたか」

「いえ。そういうことはないです」

「それならいいんです……どうも、お忙しいところ、すみません」

電話は一方的に切れてしまった。皆川は受話器を見詰めたまま、眉間に皺《しわ》を寄せた。今の電話は何だったんだ？　丁寧に話し始めたと思ったら、いきなり激昂《げっこう》——精神状態が落ち着かないのは当然だが、あまりにも奇妙な反応である。そもそもどうして電話してきたのか。

腹を立てることはないが、奇妙な引っかかりが心に残る。

いったい何を考えているんだ？

7

家に帰ると、皆川はようやく頬が緩むのを感じた。捜査会議を終えてからの帰宅だったので、もう遅い時間だったのだが、義母の舞子《まいこ》も待っていてくれた。ただし、玄関で皆川を出迎えた茉奈は、少し疲れた様子だった。

「結愛は？」

「今、やっと寝たわ。環境が変わって、興奮してるのかもしれないわね……今日、お母さん、泊まっていい？」

「ああ、それはいいけど」気が休まらないが、これから太宰府まで送っていくのは大変だし、一人で帰れというわけにもいかない。

「ごめんね。まだ結愛と離れたくないみたいで」

「大丈夫」

「ご飯は？」

「食べてない」せっかく久しぶりに茉奈が家に帰ってきたのだから、遅くなっても手料理を食べようと、ずっと空腹を我慢していた。「軽くでいいから、食べられるかな」

「かしわ飯、あるわよ」

「いいね」

また頬が緩む。皆川は舞子に挨拶してからTシャツとジャージに着替え、入念に――それこそ肘の近くまで石鹼で丁寧に洗った。赤ん坊に触る時には清潔第一、と茉奈から言い渡されている。徹底的に洗ってから、寝室に入った。結愛用のベビーベッドはここに置いてある。これからしばらくは夜泣きで悩まされるかもしれないが、今静かに眠っている結愛を見ると、心が解けていくようだった。握りしめた小さな手が顔の横に……

皆川はベッドの傍にしゃがみこんで、その手を握った。壊さないように、力を入れずにそっと――しかし結愛は敏感に気づいたようだった。目がゆっくりと開き、皆川の人差し指を握り締める。案外力が強いのに驚かされる。人差し指を握られたまま、皆川は手を上下させた。ようこそ、我が家へ。

結愛の口が丸く開く。目尻が下がって、何だか嬉しそうだ。「えー」という声にもならない声が、皆川の耳を心地好く刺激する。楽しそうだよな……でも残念だけど、この世界は、君が想像しているよりもずっと残酷で醜い。だけど今は……俺が守ってやるからな。

「パパ、すぐ食べる？」

「え？」皆川は思わず立ち上がった。その拍子に結愛の手が落ち、むずかり出す。

「どうかした？」寝室の外から、茉奈が不思議そうな顔でこちらを見ている。

「今、何て言った？」

「パパって……だって、パパでしょう？」

「いや、それはそうなんだけどさ」皆川は言葉を濁した。つき合っていた頃から、ずっと「慶ちゃん」。十歳も年下の娘《こ》に言われるとむず痒《がゆ》い感じもしたのだが、名前が「慶一朗」だから、そんなにおかしなわけではない。それが突然「パパ」――妊娠を知らされた時よりも衝撃は大きかった。

「パパは、ちょっと……」皆川はささやかに抵抗した。

「どうして？」

「俺が『パパ』なら、君は『ママ』になるんだぜ」

「だってママでしょう？　何かおかしい？」

「おかしくはないけど……」彼女の言っていることはまったく正しい。だが、簡単に受け止めることはできないのだ。自分がパパ――目の前で寝ている結愛の存在は実感できるが、父親になった意識は薄かった。

そうか、俺もパパなのか……当たり前の事実が、じわじわと胸に染みてくる。

茉奈のかしわ飯は、具沢山だ。メーンの鶏肉はもちろん、ゴボウに人参、油揚げ、干し椎茸などが入り、時にご飯よりも具の方が多く見えるぐらいである。今夜はそのかしわ飯にお吸い物、ブリの照り焼きだった。午後十時近くに食べるには、これぐらいでちょうどいい。

「かしわ飯、明日おにぎりにしてあげようか」茉奈が切り出した。

「ああ、そうだな……」捜査本部に入っていても、外回りの仕事ではないから、弁当でもいい――いや、むしろ弁当の方がありがたいぐらいだ。手早く食べられるし、余った時間は考え事や調整に費やしたい。

それにしても茉奈は、急に所帯染みたようだった。つき合い始めた頃、それに結婚した後も、自分よりずっと若いせいもあり、何だか世間擦れしていないお嬢さんという感じだったのだが……子どもを産むということは、それまでの生活全てが一変してしまうほど強烈な体験なのだろう。

　舞子は、この時間でもまだテンションが高かった。初孫の誕生は、彼女の精神状態にいい影響を及ぼしたようである。それはありがたい限りだが、今夜はちょっと……皆川は、茉奈に話したいことがたくさんあるのだ。

「お母さんに先にお風呂に入ってもらったら？」

「あ、そうね」皆川の本音を、茉奈は敏感に察したようだ。世間擦れしていないのに、人の心を読むのはやたらと得意なのである。

　舞子が風呂に入ると、茉奈が麦茶を出してくれた。しっかり食べた後の冷たいお茶がありがたい。噴き出し始めた汗がゆっくりと引いていくのを感じながら、皆川は誘拐事件の捜査に巻きこまれて以来の出来事を話した。話す内容に比して時間は短く、だいぶ急ぎ足になってしまったが。

「何でちゃんと話してくれなかったの？」ひとまず話し終えると、茉奈が渋い表情になった。

「それは……誘拐事件に関しては、家族にも言わないのが原則だから」

「じゃあ、しょうがないわね。体、大丈夫なの？」

「何とかね」皆川は両手で顔を擦った。今日は通勤の時以外は、ほぼ冷房の効いた署の中にいたのだが、それでも全身が汗でぬるぬるするようだった。最近の夏の暑さは異常だ……しかも異常な事件。「問題は、処分が……」

「注意だけでしょう？　そんなの、何でもないじゃない」気にする様子もなく、茉奈があっさり言った。「給料が下がるわけじゃないでしょう？」

「ああ」

「じゃあ、いいじゃない」茉奈が大きな笑みを浮かべ、皆川の肩を叩いた。「慶ちゃんは、心配し過ぎなのよ。そんなに心配ばかりしてると、髪の毛、薄くなっちゃうから」

「マジか」皆川は思わず右手を頭の天辺に持っていった。

「全然大丈夫だけど、もっと気楽でもいいんじゃない？　結愛だって、パパがいつも怖い顔をしてたら、不機嫌になるよ？」

「そんなに不機嫌に見えるかなあ」

「笑って、笑って」茉奈が両手を自分の頬に当て、指先で上に持ち上げるようにした。

「笑ってれば、大抵のことは何とかなるから」

久しぶりに家族と会った翌朝、皆川は全身にエネルギーがチャージされたのを意識した。単純なものだが、家族の存在はやはり大きい……それだけに、松本家の悲しみがより実感できる。

だが、元気なのは朝のうちだけだった。長池は今日ものらりくらりで、調書に残せそうな話を引き出せない。精神的に揺さぶろうと考え、佐世保の実家の話なども出してみたのだが、かえって頑なになってしまった。実家との関係は、やはり上手く行っていなかったようだ。

午前中をほぼ無為に過ごし、昼食の時間。皆川は、茉奈が握り飯にしてくれたかしわ飯を頬張った。一晩経っても味はびくともしない。これを冷たいお茶で流しこめば、昼飯としては十分だ。

「今日は愛妻弁当なの？」捜査本部で用意された市販の弁当を持ってきて、絵里が横に座った。

「昨夜ようやく、嫁が家に戻ってきたんですよ」

「ああ、出産で里帰りだったのね」

「ええ」

「娘さん、可愛い？」

「それは、やっぱり……」皆川は言葉を呑んだ。可愛いに決まっている。しかしそれを話し出すと、緊張感が解けてしまうような気がしたので、すぐに話題を変えた。「それにしても長池、粘りますよね」

「攻める材料がないのよね……」絵里が、弁当の中の焼き魚を箸で突いた。「こういう不味《まず》そうな魚、どこで調達してくるのかしらね。タダ飯を食べさせてもらって文句を言うのは申し訳ないけど」

「自分で弁当を用意するのも手じゃないですか？　栄養のバランスも取れるし」

「そんな暇ないわよ、私には」

私には？　そのきつい言い方が気になったが、雑談の中でさりげなく聞けるようなこととも思えない。何か、難しい事情がありそうだ。

「午後から、どうしましょうか」

「それは、取り調べ担当の君が決めないと」

「花澤さんも一緒にやってるじゃないですか」

「私はあくまでサポートだから」絵里がさらりと言った。「君がちゃんと自分で考えてやって」

「厳しいですね」

「自分で手を挙げたんでしょう？　もうギブアップ？」

「そういうわけじゃないですけど」むっとしながら、皆川は握り飯を頬張る。その後は無言で食事が続いたのだが……皆川はふと、捜査本部の空気が変わっていることに気づいた。

「ちょっと待て」声を張り上げたのは宮下である。大きい声を出すことなど滅多にないのだが……ちらりと声のした方を見ると、受話器を耳に押し当てたまま、立ち上がっている。顔色が悪い。眉間には皺が寄り、口を尖《とが》らせていた。「確実な情報なのか？　いや……確認してから報告しろよ。ああ？　人手が足りない？　分かった」

電話を切り、宮下が捜査本部の中を見回した。とはいっても、声をかけられる相手は限られている。この時間、多くの刑事は出払っているのだ。

「皆川、ちょっといいか」

皆川は立ち上がった。それを見て、宮下が絵里にも声をかける。

「花澤も」

二人揃って彼の前に立ち、「休め」の姿勢を作る。宮下の弁当が半分ほど残っているのが見えた。食べている途中で、ややこしい電話がかかってきたようだ……。

「誘拐の情報がある」

「え？」皆川は思わず声を挙げた。「また誘拐、ですか？」

「それがはっきりしないんだ」

宮下が手帳のページを破って差し出した。受け取ると、住所と名前が書いてある。

「大嶋智史《おおしまさとし》」。聞き覚えのない名前だった。

「この人が……」

「この人の息子が誘拐されたという話だ」

「ちょっと待って下さい」絵里が割って入った。顔面が蒼白になっている。「届け出があったんですか？」

「いや、そうじゃないんだ」宮下がまた渋い表情を作る。「いわゆる情報提供……タレコミだ」

「誘拐事件のタレコミなんて、聞いたことがありませんよ」絵里が唇を尖らせる。

「俺だって初めてだよ」と宮下。

「どこへ情報が入ったんですか」絵里がさらに突っこむ。

「本部の特殊班に」

「それ、おかしくないですか」皆川は首を捻る。「普通の人は、特殊班の存在なんか知らないでしょう」誘拐や企業恐喝など、まさに特殊な事件に対応するこの班を知っているのは、それこそ警察関係者か、刑事ドラマが好きな人ぐらいだろう。

「代表に電話がかかってきて、『誘拐事件の関係で情報提供したい』と言ってきたそうだ。そう言われると、受けた人間は特殊班に回すだろう。ところが今、特殊班は全員出払っている――つまり、ここだ。電話は隣の強行班の刑事が受けてくれて、俺のところに話が回ってきた」

特殊班を名指しではなかったわけだ、と皆川は納得した。

「強行班の連中は、ちゃんと話を聞いたんでしょうね」絵里が疑わし気に言った。彼女の心配も理解できる……自分の仕事に直接関係ない情報については、真面目に聞かない人間も多いのだ。

「それは信じるしかないが……一応、こっちにはそれなりに情報が入ってきた。真面目に聞いてないと、そうはできないだろう」

「そうですけど」絵里が食い下がる。「どういう話なんですか？」

「長男を誘拐した。身代金五千万円を用意しろと脅迫があったそうだ……昨日の夜だった」

「タレコミしてきた人は、名乗ったんですか」絵里がさらに訊ねる。

「いや」

「ますます怪しいですね」絵里が目を細める。「悪戯じゃないですか？　警察をからかってやろうと思ったとか……」

「そこまで暇な人間がいるかね」宮下が疑義を呈した。

「暇な人は多いですよ」

「しかしだな……」

「人手が足りないんですね？」二人の言い合いが延々と続きそうだったので、皆川は割って入った。「特殊班、全員出払ってるわけですし……ちょっと調べてきましょうか？」

「ああ、助かる」

宮下の顔がぱっと明るくなった。最初からそのつもりで呼びつけたのだろうと思ったが、何も言わずに皆川はうなずいた。特殊班自体は十人ほどしかいないので、大規模な事件になると、今回の皆川のように必ず応援が必要になる。その辺はお互い様だ、と皆川は思った。それより……行き詰まっている長池の取り調べから少し離れるのもいいだろう。逃げるようなものだが、どんな仕事でも気分転換は必要だ。

「この人が被害者……の父親で、実際に誘拐されたのは……」

「名前は言ってなかったそうだ」

「大嶋さんというのは、何者なんですかね」

「何か、自営で商売をしている人らしい」

「接触していませんよね？」

「それはまだだ」

「じゃあ……」皆川は絵里にうなずきかけた。「行きますか？」

「長池を放り出すのは気が進まないけど……進行中の事件は無視できないわね」

うなずき、皆川は覆面パトカーの手配をするために捜査本部から出た。県警本部から乗ってきた車は全部捜査本部の刑事たちが使っているから、所轄の車を借りるしかない。

何となく気晴らしができる気がする一方、心の中に黒い雲が広がり始めていた。もしもこの誘拐が本物だったら……短期間に二度目の誘拐。今度は絶対に失敗は許されない。

8

大嶋智史の自宅は、早良《さわら》区にあった。最寄駅は七隈線の野芥《のけ》か賀茂《かも》になるのだろうが、実際には駅から歩くのは不可能である。早良区は南北に細長い区で、北の方はももち海浜公園、福岡タワーなどがあって賑わう都会的な場所なのだが、南は佐賀県神埼市などに接する山の中である。大嶋の自宅は、そこまでは至らない田園地帯の中にあった。

「あそこじゃない？」助手席に座る絵里が声を上げる。

「あそこしかないですね」

畑が広がる中に、二階建ての横に長い建物がぽつりと見えた。当該住所の通り……工場か何かだろうか。

「ちょっと車を停めて、歩いていった方がよくないですか？　車でアプローチしたら、目立ちますよ」

「歩いていっても目立つわよ。畑の中に車は停めておけないでしょう」

「どっちにしても目立つわけですね……じゃあ、車で一回りしましょうか」

「そうね」

皆川はスピードを落とし、建物の周りを走り始めた。畑の中の道路はフラットで、車もほとんど通らない。ジョギングコースに良さそうだな、と思った。

建物の周囲は、一部が低いコンクリート壁に覆われていた。しかし敷地が見える場所もある——絵里がすぐに「建築資材の会社じゃないかしら」と言った。皆川は車を運転しながら、ちらりと建物の方に目をやった。建物というより、地面に巨大な屋根をさしかけただけなので、壁の切れ目からは中が丸見えである。鉄パイプや鋼材、コンクリートブロックなどが整然と積み重ねられているのが分かった。中ではフォークリフトが動き回り、地味なグレーの制服姿の従業員が、忙しく立ち働いている。

皆川はスピードを上げて、作業場から遠ざかった。当該の住所はここなのだが、あくまで会社である。家はどこか……一周してみると、作業場の裏手に二階建ての家があった。職住接近というか、同じ敷地に家と仕事場があるわけだ。

家の前を、ゆっくりと通り過ぎる。

「表札は間違いなく大嶋よ」絵里が低い声で報告する。

「何か異状は……一目見ただけじゃ分かりませんよね」

「どこか、向こうに見られないで観察できる場所はない？」

「難しいですね」

実際、畑の中の一軒家という感じなのだ。近くに車を停めておくだけでも目立つ。もしも誘拐が本当だったら、犯人が家を見張っている可能性もある。自分たちがうろうろしていたり、長時間監視していたら、間違いなく怪しまれるだろう。

短期決戦だ。

皆川は、少し離れたビニールハウスの脇に車を停めた。体を捻って後部座席からバッグを取り上げ、ニコンの単眼鏡を摑み出す。二年前に横浜に行った時に、たまたま見つけて買ったものである。軽く小型なので、ずっとバッグに入れていた。

右目に押し当てたが、眼鏡が邪魔になる。外して改めて家を観察した。倍率七倍程度なので、さすがに表札までは見えないが、玄関の様子はくっきりと視界に捉えることができた。自転車が二台……一台は、補助輪がついている。これが誘拐された子どものものではないか、皆川はかすかな胸の痛みを感じた。かまぼこ型の屋根がかかったカーポートには、マツダアテンザ……おそらくワゴン車だ。他に、シルバーのカバーがかかったバイクが一台。シルエットしか見えないが、小型の原付バイクではない。恐らく、二五〇ccか四〇〇cc。

「金持ち……じゃないのかなあ」皆川はぽつりと疑念を漏らした。

「何で?」

「車が、そんなに高級車じゃないです。マツダのアテンザワゴン……一世代前のモデルですね」現行モデルに比べれば、ずいぶん大人しい。今のアテンザは、日本車には珍しく大胆な、エッジの利いたデザインである。「一世代前の初期モデルだとすると、もう八年近く前の車ですよ」

「何でそんなに詳しいの？」

「マツダファンですから」純粋に言えば、ロータリーエンジンファンだ。学生時代、合宿所に訪ねてきた先輩が乗っていたRX－7の助手席に乗せてもらって以来、ロータリーエンジンの虜である。本当は結婚する時に、中古で探してもRX－7かRX－8に乗ろうと思ったのだが、茉奈に難色を示された。彼女曰《いわ》く「狭い」「子どもを乗せられない」。泣く泣くアクセラスポーツにしたのだが、いつかはロータリーエンジンと思って、今も中古車の情報は収集している。ささやかな希望は、マツダがまたロータリーエンジンを搭載した新車――それもファミリーカーを出してくれることだ。

「家も、そんなに新しくないですよね」皆川は続けた。

「これは、ガセね」絵里がいきなり断じた。「誘拐犯は、必ず下調べをする。それを怠って、お金を払えない家を狙っても、労力の無駄になるから。この家には、お金はないでしょう」

「そうですね……」同意したが、強い口調では言えなかった。ガセと断じてしまっていいのか、分からない。「直《ちょく》当たりしますか？」

「本気？」

「観察してるだけじゃ、何も分かりませんよ」

「もうちょっと周辺状況を調べてからでもいいんじゃない？」

何を手ぬるいことを……と思ったが、彼女の言うことにも一理ある。皆川はドアを押し開け、外に出た。絵里が「ちょっと」と警告したが、「すぐ戻ります」と言って歩き出した。

全身を包みこむ熱気は、緑多いこの辺りにいても薄れることはない。足元の畑は青々とした葱《ねぎ》。草いきれのようなきつい香りが鼻を刺激した。大嶋の家までは五十メートルほど。人気《ひとけ》はなく、通り過ぎる車もない。一歩踏み出すごとに額を汗が一滴流れ落ちる感じがして、皆川は、大学時代の夏合宿を思い出した。涼しい北海道でやることが多かったのだが、それでも三十度を超える気温は、ランナーの体力を容赦なく奪う。体重が落ち過ぎないように、吐きそうになりながら必死で食事をしたものだ……。

家の前に立つ。小さな庭には柿の木があり、古い日本の民家の気配を演出している。人気はなかったが、それがどういうことなのか、判断できなかった。誘拐の対応に追われて外を駆け回っているのか、そんなことはまったくなく、普通の日常を送っているのか。

車の音がした。振り向くと、宅配便の配達車が走ってくるところだった。道路脇に避けると、大嶋の家の前で停まる。汗だくの配達員が小さな段ボール箱を持って出てきた。玄関前に立ってインタフォンを鳴らして待ったが、反応はないようだ。やはり家には誰もいないのか。しかしほどなく、インタフォンから消え入りそうな声が流れてくる。皆川のいる位置では当然聞こえないし、配達員も思い切り耳を寄せないと聞き取れないほどだ。しばらくして、ドアが開く。しかしごく細く——まるで外の様子を心配するように。隙間からちらりと見えたのは女性の顔だった。ドアを大きく開けることはなく、段ボール箱が入るぎりぎりの隙間から荷物の受け取りをするだけだった。

怪しい。まるで、家の中を覗かれたくないようではないか。

配達員が額の汗を拭いながら戻ってきたところで、すかさずバッジを出して止めた。配達員は驚いたようにその場で固まったが、皆川は腕を摑んで配達車の陰に引っ張りこんだ。玄関のドアは既に閉まっており、ここで少し話をしていても、家の中から自分の姿は見えないはずだ。

「あなた、この辺でよく配達していますか?」

「ええ、担当なので」

「大嶋さんの家にもよく来る?」

「来ますよ」

「今、誰が応対しましたか？」

「奥さんだと思いますけど……家の人はよくは知らないので……でも、いつも受け取ってくれる人ですね」

「どんな様子でした？　普段と変わった感じはありましたか？」

「ああ、それは……何か、用心してました」配達員が手首で額の汗を拭う。拭った側から玉の汗が浮かび、流れ落ちた。

「用心？」

「普段は愛想がいいんですけど、機嫌が悪いみたいな、何か心配しているみたいな感じでした」

「荷物は何だったんですか？」

「それはちょっと……」配達員が言い淀んだ。「あの、プライバシーの問題もありますから」

「よくこの家に送ってくる人ですか？」皆川は質問を変えた。このまま質問を続けても、配達員の立場では答えられないだろう。

「ああ、そうですね……はい」

「分かった。どうもありがとう」配達員の肩を軽く叩くと、汗で湿った感触が掌に張りつく。

覆面パトカーに戻ると、絵里の厳しい表情に迎えられた。

「顔を晒してよかったの？」

「家からは見えていないと思います」皆川はシートベルトを締め、エンジンを始動させた。「ちょっと様子がおかしいですね」

「どういうこと？」

皆川は状況を説明したが、絵里はピンとこない様子だった。

「それだけじゃ、何とも言えないんじゃない？」

「そうかもしれませんけど、普段とは何か様子が違います。家の人が、訪問客を恐れているような感じだったんです」

「誘拐犯が来るとか？」

「まさか。被害者の家にのこのこ顔を出すような誘拐犯はいないと思います」

皆川は車を出した。これだけでは弱い――それは分かっている。だが勘は、「何かある」と告げていた。

「弱いな」宮下も即座に言った。

皆川はむっとしたが、それでも捜査を進めるべきだと主張した。何しろ家族構成すら分かっていないのだから、そこから始めないと。

「家族構成は分かった」宮下が、メモを手元に引き寄せた。「交番の方で把握していた。五人家族だな――大嶋智史四十歳、妻の真奈美《まなみ》三十五歳、長男の陽斗《ようと》六歳と、長女の花《はな》五歳。それに智史の父親哲郎《てつろう》、六十九歳」

「誘拐されたのは――」

「それが分かれば苦労しない。署にかかってきた電話では長男と言っていたが、長男と長女は、二人とも近くの幼稚園に通っているらしい。仕事は会社経営――家と同じ敷地内で、建築資材の会社をやってる」

「それは見ました。普通に仕事をしてましたよ」

ふいに皆川の頭に、一つの疑問が浮かんだ。誘拐犯の決まった脅し文句――「警察に言ったら人質を殺す」。これを守る被害者はどれぐらいいるのだろう。警察に届けず、本当に身内だけで解決するようなことがあるのか。その疑問を口にすると、宮下が素早く答える。

「俺が知ってる中で、一件だけあった。ただしそれは、中国人が中国人を誘拐した事件だ」

「そんな事件、うちでありましたか？」

「長崎県警の話だよ。ビジネス絡みのトラブルが原因だったらしいが……被害者が遺体で見つかって、発覚したんだ」

「中国人のビジネスだったんですね」絵里が目を細めて言う。

「違法なビジネスっていうことですか？」皆川は二人の顔を交互に見ながら訊ねた。

「そういうことだ」宮下がうなずく。「ただ、その違法なビジネスに関しても、長崎県警は立件できなかったけどな。いずれにせよ、俺が知っている『被害者が届け出なかったケース』はそれだけだ」

「今回もそうだとは考えられませんか？」

「どうかな……」宮下が腕を組み、首を捻る。「さっきの中国人の話は、いわばプロ同士の話だ。誘拐された方も肝が据わっていたし、落とし所も分かっていたはずだから、何とかなったんだろう。しかし今回の被害者は、おそらく素人さんだぞ。親が気が動転して『自分で何とかする』と言っても、家族や親戚で相談したら、必ず誰か冷静になる人間が出てくる」

「でしょうね」皆川は顎を撫でた。「ということは、やっぱり誘拐の事実はないのかな……」

「直当たりするか」宮下が思い切って言った。「誘拐が本当だったら、時間はない。監禁されている人間のことを考えたら、スピード解決が絶対必要だ」

「ええ」

「よし、思い切って当たってみよう。認めればそれでよし、認めなければ……そういう事実はないという証拠を出してくれれば、信じるしかない。警察としてできることには限界もある」

「ない」証明は、「ある」証明よりもはるかに難しい。皆川は、自分の勘を信じようと思った。普段と違う様子ということは、絶対に何かがあったのだ。

「ちなみに、タレコミしてきた人間が誰かは分かってるんですか」

「そこまでは分からない。通話の分析をしたら、公衆電話からだったそうだ。後で周辺を調べさせるけど、何も分からないだろうな」

「やっぱり直当たりしかないですね」皆川は顔を挙げた。「どうしますか？　このまま俺がやってもいいですけど、長池を放置したままでいいのか……」

「もしも誘拐が本当なら、こっちの方が緊急性が高い。人の命がかかっているんだから」緊張した面持ちで宮下が言う。「流れがあるから、まずお前が当たってくれ。花澤もだ。大嶋さんが認めたら、すぐに捜査本部態勢を取る」

「分かりました」皆川は立ち上がった。こんなに短い期間――わずか十日ほどの間に、二件の誘拐事件を抱えた県警があっただろうか。こういう事件が専門の宮下や絵里なら知っているかもしれないが、敢えて聞かずにおいた。

そんなことを知っても何にもならない。

9

二人はまず、作業場を訪ねた。もしも誘拐事件が本当なら、大嶋はそちらにいないかもしれない。仕事どころではないはずだ。

その予想がまず外れた。大嶋は作業場にいて、戸惑いながらもごく普通に二人に応対したのである。作業場の一角が、会社の事務室と休憩室。そこへ通された皆川は、落ち着かない気分になった。従業員の出入りも激しく、ゆっくりと話ができる雰囲気ではない。しかし、わざわざ家に移ったり、覆面パトカーの中で話をするのもやりにくい……仕方なく、人の流れが途切れ、事務室に三人だけになったところで、皆川は切り出した。

「お子さんが誘拐されていませんか」

「はい？」

大嶋が怪訝そうな表情を浮かべて聞き返す。まるで、未知の言語でいきなり話しかけられたような戸惑いぶりだ。

「お子さんが誘拐されたという情報が入っています。事実ですか？」

「いや、ちょっと待って——それ、いつの話ですか」慌てた口調で大嶋が言って、腰を浮かしかける。体を捻って、背後にあるデスクに載った携帯を摑んだ。弄り始めたが、すぐに膝の上に置いてしまう。誰に何の連絡を取っていいか分からない様子だった。

「今日の午前中、警察の方に情報提供がありました」

「まさか――」

「まさかとは？」

「いや、だって今朝、私が自分で幼稚園に送ったんですよ」

「お二人とも？」

「いや、長男だけ……娘の方は熱を出して、今日は家で寝てます」

先ほど、宅配便の配達員に対して、妻らしき女性が普段と違う態度で接していたのは、そのせいだろうか。家の中に病人がいれば、大声は出したくないだろうし、心配で表情も晴れないだろう。やはりガセか、という気持ちが膨らむ。

「ご長男、まだ幼稚園ですかね」皆川は左腕を持ち上げて時計を見た。午後三時……幼稚園では、何時頃まで預かってくれるのだろう。

「そうですね。いや、でも今日は、これから出かけるんです」

「出かける？」

「親戚の家に」

「どこですか」

「沖縄です」

「まさか、一人でですか？」

「いや、それはないです」大嶋がすぐに否定する。「沖縄の親戚がこっちに用事で来ていて、帰るついでに一緒に連れていってくれることになってます」

「帰りはどうするんですか」

「我々が向こうまで迎えに行きます。ついでに二、三日、遊んできますよ」

ずいぶんペラペラ喋る男だ……皆川は質問を控え、大嶋という男を素早く観察した。中肉中背、四十歳という年齢にしては若く見えた。髪は短く刈り上げ、よく日に焼けている。他の社員はグレーの制服姿なのだが、大嶋は下は制服、上は白いTシャツという格好だった。右の目尻に小さな傷がある。左手薬指には結婚指輪、右手中指にはそれとは別の指輪をはめている。そちらはかなりごつい金のもので、有り体に言えばあまり趣味がよくない。ただ、ここまで話してきた限りでは、まともそうな男ではあった。

「じゃあ、今頃空港ですか？」

「そうですね。親戚が直接連れていってくれています。確認しましょうか？」

「そうですね」

「失礼」

大嶋が携帯電話を取り上げ、右耳に当てた。そのまま立ち上がり、窓際に寄る。エアコンの風で髪がさらさらと揺れたが、それでも窓辺に射しこむ陽射しは強烈なはずで、彼は今、暑さと涼しさ、どちらを感じているのだろうか。

「ああ、俺……智史です。いや、何でもないんですけど、陽斗、そこにいます？　ええ。ちょっと代わってもらえますか」

右腰に手を当てたまま、皆川の顔を見る。困ったような表情で、ゆっくりと首を横に振った。「あ、陽斗？」声のトーンが少しだけ上がる。

「パパだけど、どうだ？　ちゃんと洋介《ようすけ》おじさんの言うこと、聞いてるか？　そうか、じゃあいいんだ。飛行機、揺れるけど泣くなよ……そうそう、大丈夫だから。じゃあ、後でパパたちも沖縄へ行くからな。うん、それだけ」

電話を切り、一つ溜息をついてソファに腰を下ろす。

「もうすぐ飛行機に乗るところですけど」

「そうですか……」

「誰なんですか？　そういうひどい話……誘拐だなんて変な噂を流したのは」

「それは分かりません。身代金五千万円を要求されているという話ですが」皆川は慎重に打ち明けた。

「五千万？」大嶋の声が裏返った。「そんな金があったら、仕事がどれだけ楽になるか。だいたい、五千万なんて言われても、うちに払えるわけ、ないでしょう」

「会社を経営されているのに？」

「うちなんか、借金だらけだし、キャッシュフローもほとんどないですよ。そんなの、ちょっと調べたら分かるでしょう。誘拐犯って、そんなに阿呆なんですか？」

「犯罪に手を染めるのは、阿呆な人間だけです」

皆川の言葉に、大嶋が苦笑する。かなり無理に笑っている様子だったが、「子どもが誘拐された」といきなり警察に言われ、平然としていられる人間はいないだろう。

「とにかく、陽斗はこれから沖縄に行きますから。この話、何かの間違いじゃないんですか？」

「そうかもしれません」皆川が小声で言った。

「そうかもしれませんって……今、陽斗と話したんですよ」

そう言われると、これ以上突っこめない。自分でも陽斗と話しておくべきだったと皆川は悔いた。間も無く搭乗と言っていたから、もう電話は通じないかもしれない。

仕方なく、二人は会社を辞去した。外へ出ると、金属を打つ鋭い音が響いて、会話もできない状態である。二人は覆面パトカーまで無言で戻った。助手席に腰を落ち着けるなり、絵里が切り出す。

「沖縄？」

「嘘かもしれません。俺たちが直接陽斗君と話したわけじゃないですから……失敗しましたね。最初に幼稚園に行くべきだったかもしれない」

「今からでも遅くないわ。沖縄行きが本当かどうか、裏は取れるでしょう」

「了解です」

皆川はすぐに車を出した。この辺で幼稚園は一か所しかない。早く確認を……アクセルを踏む足に、どうしても力が入った。


園長に面会を求める。警官が来たというので、石川友恵《いしかわともえ》と名乗った園長はやたらと警戒したが、皆川はすぐに質問に入った。相手をリラックスさせている余裕はない。

「大嶋陽斗君は、今日は登園しましたか？」

「ちょっと待って下さい……陽斗君がどうかしたんですか？」

「来ているんですか？　来ていないんですか？」向こうの質問には答えず、さらに畳みかける。

「ちょっと待って下さい……」友恵が立ち上がり、自分のデスクのパソコンをいじった。すぐに顔を上げ、「今日はお休みです」と言った。

「朝から来ていない？」

「お休みというのは、そういうことです」友恵が少しだけ苛ついた口調で言った。

「昨日はどうでしたか」皆川は質問を重ねた。

「昨日は普通に来ていました」

「今日、休みの理由は何ですか？　旅行？」

「いえ」友恵の顔に、不審げな表情が浮かぶ。「病欠になってますね」

「妹さん――花ちゃんは来てますか？」

「いえ、やっぱり休みです。二人とも風邪をひいたみたいですね。夏風邪……」

嘘が一つ――皆川は、絵里と顔を見合わせた。大嶋は何故、息子が沖縄に行くなどと嘘をついたのだろう。

結論は一つしかない。息子は誘拐されているのだ。

「あの……どういうことでしょうか。陽斗君に何か？」

「それは、今はまだ申し上げられません」絵里が硬い口調で言った。

「何か事件なんですか」

「それも含めて申し上げられません。いずれ、ご協力をお願いするかもしれませんけど」

「事件なんですか？」友恵が質問を繰り返す。

「申し訳ありませんが。まだ言えません」

絵里が頭を下げる。慌てて皆川もそれに倣った。友恵は納得できない様子だったが、絵里がさらに追い討ちをかけた。

「この件は――私たちが訪ねて来たことは、内密でお願いします。親御さんや子どもさんたちが不安になるといけないので」

「不安になるようなことなんですか？」

「それも申し上げられません──申し訳ないんですが」

まだ不満そうな友恵を残して、二人は外へ出た。まだ子どもたちが残っていて、狭い園庭で声を上げながら遊んでいる。絵里の足取りが少しだけ遅くなった。車に戻ってもすぐには中に入らず、じっと園庭に視線を注いでいる。何か、子どもに執着しているような……皆川はそこに、自分がまだ知らない絵里の私生活があるのかもしれないと想像した。シングルマザーで子どもを育てているとか。

やっと絵里が車に乗りこんだ。

「嘘だったのね」急に切り替えて、厳しい口調で指摘する。

「そうですね……まだ誘拐されたと決まったわけではありませんけど」

「もう一度突っこむ？」

「ちょっと上の判断を仰ぎませんか？　誘拐の疑いが強くなってきたんだから、もっと人を投入して、一気に捜査を進めないと」

「もう、一人も死なせたくないわね……」絵里の言葉が宙に消える。

そういうことか、と皆川は一人納得した。子どもが殺されて、ショックを受けない刑事はいない。彼女はまだ、莉子の死を受け入れられないのだろう。そこにさらに第二の殺人が起きれば——彼女が心配しているのは、陽斗のことだけではなく、自分の精神状態かもしれない。

第三部　第二の事件

1

　捜査本部に電話を入れると、宮下はすぐに「別動隊」を組織した。莉子の誘拐事件を担当していた特殊班の刑事のうち五人を新しい事件の捜査に割り振り、所轄、機動捜査隊からも新たに応援を貰う。皆川と絵里が署に戻った時には、ほぼ全員が集まり、今にも捜査会議が始まりそうだった。

　莉子の事件の捜査本部が置かれているのとは別の、少し小さめの会議室。二人が席に着いた直後に、佐竹が飛びこんできた。顔は真っ赤で、額は汗で濡れている。また爆発寸前だ、と皆川は緊張した。しかし、刑事たちと向かい合って座った佐竹の言葉に、博多弁は混じらない――怒りのレベルはマックスを十として七程度だろう。

「どういうことか、一分で説明してくれ」

　宮下がすぐに話し始めた。佐竹は腕組みをしたまま黙って聞いていたが、宮下が話し終えると、「馬鹿な」といきなり吐き捨てた。

「被害者家族が事実関係を認めない？　あり得ないだろう」

中国人のケースが、と思い出したが、皆川は口を引き結んで言葉を呑みこんだ。あの事件と今回の一件を、同等に見てはいけないだろう。

「皆川、親の態度はどうなんだ？」佐竹が質問の矛先を変えた。

「嘘をついています」

「虐待か何かじゃないのか」

「可能性は否定できませんが、それはもっと調べてみないと何とも言えません」

「家の中に入りこめるか？」佐竹がぽんぽんと言葉を吐き出す。「今回は、会社の方で話を聴いたんだな？」

「ええ」

「家だとまた違うだろう。違った環境で話を聴けば、違う情報が出てくるかもしれない」

「その前に……本当に嘘をついていたかどうか、もう少し確かめてみてもいいでしょうか」皆川は提案した。

「どうやって？」

「航空会社をチェックします。福岡空港から乗ったと大嶋が主張している便は推定できますから、そこを調べて……本当に息子が乗っていたかどうかは確認できると思います」

「子どもの乗客はそんなに多くないはずだな……よし、すぐにかかれ」

会議でその後どんな話が出るかは気にかかったが、皆川はすぐに部屋を飛び出した。莉子の事件で使われている捜査本部に行き、飛行機のチェックを始める。福岡空港から那覇行き……午後三時台には三本が飛んでいる。航空会社に次々と電話を入れ、乗客の名前をチェックした。

大嶋陽斗という名前の乗客はいなかった。大嶋が「洋介おじさん」と呼んでいた親戚らしき人間の記録もなかった。……パスポートの提示を求められない国内線の場合、偽名でも乗れてしまう。横浜に行った時に飛行機を使ったのだが、その時読んだ機内誌のエッセイで、ある作家が「ペンネームで予約して……」という話を書いていたのを思い出した。

現段階ではこれ以上突っこめないが、大嶋が嘘をついている可能性はさらに高くなったと考えていいだろう。腕時計を見ると、この調査を始めてから二十分が経っている。急いで会議室に戻ると、全員がまだ居残っていた。佐竹の視線が、鋭く突き刺さる。

「どうだった」

「当該の名前での予約はありませんでした」

「沖縄の話をした時、大嶋の態度はどうだった？」

皆川は腰を下ろしながら、絵里と視線を交わした。皆川が口を開く前に、絵里が話し始める。

「不自然ではなかったです。その場で取り繕ったようには思えませんでした。事前にシナリオを書いていたのかもしれません」

「通話記録を調べろ。その時間……今日の午後三時前後に、大嶋が本当に携帯電話で通話していたかどうか、確認できるだろう」

「了解です」

反応して絵里が立ち上がろうとしたが、佐竹が押し止めた。

「それは後でいい。他にはどうだ？　何か不審な点はなかったか？」

「いや……」絵里がゆっくりと腰を下ろしながら否定する。「あまりにも自然なのが不自然だっただけです」

「皆川はどうだ」

「右に同じくです」

「もっと自分の意見を持て。同じ物を見ていても、別の人間なら別の見方になろうがっ」佐竹が吠えた。

「不自然に思えるぐらい自然でした」不当な怒りだと思いながら、皆川は言った。結局内容は絵里の説明と同じなのだが。自分も絵里も、刑事の目を持っている。持つように訓練されてきた……だから同じような見方になるのは仕方ないではないか。「誘拐ではなく、家庭内で事件が起きた可能性もあるとは思いますが」

「それなら、妙に用意周到なのも理解できるがな」佐竹が珍しく同意した。「例えば子どもを殺してどこかに遺棄した。警察が来るのは予想できていたから、事前に答えを準備していたとか……いや、やはり変だな。そんな嘘はすぐにバレる」

「取り敢えず、家族の捜査を進めますか？」宮下が口を挟んだ。

「そうだな。普段の様子はどうなのか、家族仲は……家の周辺でおかしなことがなかったかどうかも、チェックする必要がある。現場はどんなところだ、皆川？」佐竹が話を振る。

「畑の中の一軒家です」

「かといって、近所づき合いがないわけじゃないだろう。慎重に聞き込みを続けろ。何か新しい情報が出たら、今日中にもう一度、直接突っこめ。人員は……当面、これで行くしかないな。本当に誘拐だと分かったら、人の手当は考える」

おう、と声が揃ったが、何となく気合いが入っていない。それも当然だ。本当に誘拐かどうか分からないまま進める捜査――やりにくいこと、この上ない。

「皆川」

立ち上がったところで佐竹から声をかけられる。嫌な予感がしたが、一課長を無視するわけにもいかない。皆川は大股で近づき、直立不動の姿勢をとった。佐竹も立ち上がっており、同じ目の高さで相対することになる。

「長池はどうだ」

「今日は取調室に入っていませんから、分かりませんが……強情な男なのは間違いありません」

「落とせるか？」

「それは……取り敢えず、こっちの誘拐の捜査に参加するよう、管理官に指示されていますので」

「動いている事件だからな。長池の方は、取り敢えず起訴までは問題ないと思う。自供してるし、物証も一部出ている……ただ、今回の誘拐を片づけたら、すぐに長池の取り調べに戻れ。まだ途中だからな」

「了解です」

「お前……もちっと、気合いが入らんかね」佐竹が渋い表情を浮かべる。

「入ってますけど……」

「そうは見えんのが、お前の問題なんだよな」

佐竹が右の拳で、軽く皆川の胸を小突いた。それだけでぐらついてしまう。元柔道選手というより、空手選手のような突きだった。

「表に出ないだけだと思いますけど。人並み……人並み以上に気合いは入ってますよ」

「本当に気合いが入ってると、自然に外に出るんだよ。オーラみたいなものが、な。もっともマラソン選手は、そうもいかないのか？　二時間以上も気合いを入れっ放しだと、途中で燃え尽きるか」

マラソンじゃなくて駅伝なんだけど、と皆川は心の中で訂正した。しかし、佐竹の言うことにも一理ある。学生時代に監督から徹底して叩きこまれたのは「平常心」。どんなレースでも、練習と同じつもりで走れ。練習では、必ずぎりぎりまで体と心を追いこんでいるのだから、レースでそれ以上を出そうとすると故障する。走り切ることが駅伝走者の最低限の役目であり、必要以上に気合いを入れてはいけない——その教えが、未だに染みついているのかもしれない。無意識のうちに「故障」を恐れ、自分にリミッターをかけてしまっている……。

「とにかく、まず新しい事件で頑張ります」

「二人目は絶対に駄目だぞ」

佐竹の厳しい言葉に、皆川は胃を摑まれたような感触を覚えた。二人目の犠牲——それだけは絶対に避けねばならない。

本人に気づかれずに、周囲の調査を進めるのは難しい。やはり、「警察が嗅ぎ回っていた」と耳打ちする人間が出てくるからだ。こういう時は、情報収集よりも、「絶対に喋らないように」と念押しすることに時間をかける羽目になる。まず、陽斗と同じ幼稚園に通う子の自宅を訪ねることにした。

皆川は今回、特に気を遣っていた。何しろ相手は幼稚園児である。人生において、一番相手にしたことのない年齢……あと数年経つと、娘やその同級生たちの扱いに慣れるかもしれないが、今のところは小さな怪獣と対峙するようなものである。

絵里が子どもの扱いに慣れていたので助かった。話を聴くのは彼女に任せ、子どもたちの観察に専念する。とはいえ……子どもというのは、何もなくても無闇矢鱈《やたら》に体を動かすものだ。心の動きと体の動きが合致しない。

「じゃあ、陽斗君は普通に幼稚園を出たのね？」

「そう」絵里がひざまずいて話している相手は、陽斗と同じ年長組の新井恵理那《あらいえりな》という女の子だ。

「何か変わった様子はなかった？」

「変わった？」質問の意味が分からない様子である。

「そうね……元気があったかとか、なかったかとか」

「うーん……普通？」恵理那が首を傾げる。二つ結びにした髪が揺れると、にっこりと笑みを浮かべた。まあ、可愛いこと……年長さんにして、自分を可愛く見せる術を自然に身につけている様子だ。

しかし、身になる話はなかった。六歳では仕方がないかもしれないが……皆川は、一緒にいた母親にターゲットを定めた。

「幼稚園からの帰りはどうしてるんですか」

「迎えに行きますよ、もちろん」

「陽斗君も？」

「ええ。いつもお母さんが」

「昨日もですか？」皆川はさらに訊ねる。

「昨日？」母親が首をひねる。「昨日は……どうだったかしら」

「花ちゃん、病気だったよ」と恵理那が口を挟んだ。「今日も」

「え？　ああ、そうか」母親が恵理那の頭を撫でる。子どもが記憶補助装置になっているようだった。

「どういうことですか？」皆川は訊ねた。確かに、長女は風邪で幼稚園を休んでいるはずだが……。

「昨日から休んでいるんです。今、幼稚園で夏風邪が流行っていて」

「じゃあ、お母さんは看病で迎えに来られなかったんじゃないですか？　だったら陽斗君はどうやって帰ったんですか？」

「伶奈《れな》ちゃんのお母さんが、代わりに送っていったはずですよ」

「伶奈ちゃん？　その子も年長の同級生ですか？」

「そうです」

「住所、教えて下さい」

絵里が手帳を広げた。声は固く、張りがある。険しい表情——気合いが表に出るとはこういうことだろうか、と皆川は思った。確かに、自分でもこういう厳しい表情を浮かべた記憶はない。佐竹は、部下の顔色までしっかり観察しているわけか。

恵理那の家を出ると、絵里は小走りになった。先に車に辿り着くと、「早く！」と不機嫌に叫ぶ。そこまで気合いを入れなくても、と思ったが、皆川も走った。運転席に座って、すぐに発進させる。

「場所、分かりますか？」

「大丈夫」

絵里がすぐに道順を指示し始めた。周囲に畑しかないような場所で、よく道順が分かるものだと感心する。言われるままに運転し、五分ほどで問題の家の前に着いた。皆川は、絵里が見ていた住宅地図のコピーを借り、位置関係を頭に叩きこみ始めた。この付近では畑は消え、右手には小高い丘が見えている。実際には荒平山《あらひらやま》の裾野だ……佐賀県境に近いこの辺りでは、南へ行くほど山岳地になる。少し嫌な予感がした。ここから見ると西の方にある「西山」は、途中までは車で登っていける道が整備されているのだが、かなり深く、人は分け入らないような場所である。実際に車のすれ違いも難しい細い道路で、両側は深い森……遺体を捨てるには、いかにも適している。

幼稚園と大嶋家、伶奈の家……それぞれの場所を頭に入れる。幼稚園を出て帰宅の途につくと、途中までは同じ道を歩く。T字路で左へ折れると大嶋家、右へ行くと伶奈の家。T字路で別れた可能性もあるのではないか……そこから大嶋家までは距離にしてわずか五十メートルほど、畑の中の一直線の道で見通しもいいから、危ないと考える人もいないはずだ。

伶奈の母親は、最初から不安気な様子だった。いくら「黙っていて下さい」と念押ししても、園児の母親たちの間で話は回ってしまっているだろう。情報漏れが怖かったが、取り敢えずは話を聴いてしまわないと。

「昨日ですが……陽斗君を幼稚園から家まで送りましたよね」玄関に入って顔を合わせるなり、絵里が前置き抜きで切り出した。

「ええ、はい……あの、花ちゃんが風邪で休んでいて、頼まれて……」

「どこまで送っていきました？」

絵里の質問に合わせて、皆川は地図のコピーを差し出した。彼女から見て逆さになっているのに気づき、急いでひっくり返す。

「途中まで……」

「このT字路のところですか?」予想通りだと思いながら皆川は地図に指を這わせた。

「陽斗君の家まで、五十メートルぐらいのところですよね」

「はい。あの……まずいですよね? 私、ちゃんと家まで送っていった方がよかったですよね?」母親の目が潤み始めていた。既に「陽斗が誘拐された」という情報が回っているのかもしれない。刑事たちは「誘拐」とは一言も言っていないのだが、雰囲気で分かってしまうのではないか。

「まずいかどうかは、まだ何とも言えません」

絵里がぴしりと言った。皆川の感覚だと少し厳し過ぎるが、変に同情したり慰めたりしていると、逆に「お前のせいだ」と認めることになってしまう。ここはあくまで事務的に攻める方針というわけか。

「このT字路のところで、別れたんですね」絵里が念押しした。

「あの、陽斗君が走り出しちゃったんです」申し訳なさそうに母親が言った。「たぶん、お家が見えたんで……すぐなので、走り出したんだと思います」

「それであなたは? どうしたんですか」

「声はかけましたよ」今度は気を取り直したように、母親が言った。「気をつけてって」

「それで、その後は？」

「私は……帰りました。幼稚園からそこまで自転車を押していたんですけど、そこからは娘を乗せて……ちょっと行って振り向いたんですけど、もう見えなくなっていて」

まさか、そのわずかな隙に誘拐された？　皆川は慌てて地図を見た。T字路から左に折れた先で、道路がすぐにカーブになっている。あの辺はどんな風になっていたか……カーブでも、畑の真ん中なら見通しはいいはずだが、ビニールハウスが建ち並んでいたら、視界は遮られる。

「何か見ませんでしたか？　普段通らない車とか、見かけない人とか」

「いえ……」

「悲鳴は？」絵里が畳みかける。

「陽斗君の、ですか？」母親の喉が動いた。

「陽斗君でも、誰でも」

「……いえ」

絵里がちらりと腕時計を見た。眉根に皺が寄っている……何かが気になっているのだ。

顔を上げ、母親に訊ねる。

「それ、何時頃でしたか？」

「ちょっと時間は分からないですけど……」

「幼稚園を出たのはいつですか?」皆川は助け舟を出した。帰宅時間——迎えに行く時間は、毎日だいたい決まっているのではないか。

「三時です。三時五分ぐらい? いつも同じ時間ですから」

「陽斗君を一緒に連れていくように頼まれたのはいつですか」皆川は質問を継いだ。

「家を出る前です。陽斗君のママから電話があって」

「そういうこと、よくあるんですか?」

「家が近い親同士は……うちの子を迎えにいって貰ったこともありますし」

「今まで、何かトラブルは?」

「ないです、そんなこと」母親が顔の前で思い切り手を振った。「今まで一度も……」

その後も質問を続けたが、結局この母親は決定的な瞬間を見ていないと分かっただけだった。そもそも、幼稚園からの帰りに拉致されたかどうかも分からない。犯人が家に侵入して拉致した可能性も考えねばならないのではないか……この辺りは福岡市でも田舎故、家に鍵をかけない人も少なくないだろう。

家を辞去し、車に戻った瞬間、絵里がスマートフォンを取り出した。

「捜査本部へ報告ですか?」

「今のが一番、ゼロポイントに近い時点の証言じゃないかしら。早めに報告しておかないと」

　絵里が早口で宮下に報告を上げるのを聞きながら、皆川は頬杖をついた。本当に陽斗は誘拐されたのか……他に、父親が嘘をつかねばならない事情があるだろうか。虐待、という言葉がやはり脳裏に浮かぶ。自分の犯行だったら、当然人には話せない。既に陽斗は父親の手によって殺されているかもしれない――不謹慎で不快な想像だが、今の時点で否定できるものでもない。

「――はい、じゃあ、一度そちらに戻ります」不満そうに言って、絵里が電話を切る。

「どうかしました？」

「本部で電話番しろって」

「電話番って……」

「全員出払って、管理官が自分で全部電話を受けてるのよ。てんてこ舞いみたい」

「しょうがないですね」皆川は肩をすくめた。雑用は、誰かがやらねばならないことだ。

「じゃあ、戻りますか」

　日は沈みかけているが、熱気は昼間のままだ。車はちょうど西を向いており、最後の西陽がもろに目に入る。皆川は目を細めたまま、車を出した。サングラスが欲しいところだが、準備がない……走り出すと窓を開け、車内の空気を入れ替える。熱風が入ってきて頬を叩き、余計に汗が噴き出てくるようだった。しかし、助手席に座る絵里は何も言わない。電話番を言いつけられたのがそんなに不満なのだろうか、と皆川は考えた。

が、口を開いた絵里は、皆川の想像とはまったく別のことを言い始めた。

「やっぱり誘拐だと思う」

「どうしてですか？」

「他の刑事の聞き込みなんだけど、昨日の夜遅く、家の前に車が何台も停まっていたそうよ」

「親戚か何かですかね？」

「多分」絵里がうなずく気配がした。「普段そういうことはないから、目立ったらしくて。親戚一同で相談して、警察には言わないことに決めたんじゃないかな」

「だけど、身代金五千万円ですよ？　大嶋の言い分じゃないけど、そんなに簡単に準備できるとは思えない」

「会社のことはよく調べてみないとね。本当にキャッシュフローがないのかどうか……銀行が、こういうことで金を貸してくれるとは思えないし」

ちらりと横を見ると、絵里は拳を顎に当てていた。目を細め、じっとフロントガラスを凝視しているようにも見える。

「今からあまり真剣になっても……」

「今真剣にならないで、いつ真剣になるの？」静かな声だったが、絵里の口調は鋭かった。「皆川君、もう少し深刻に考えた方がいいわよ」

「もちろん深刻ですよ」むっとして皆川は言い返した。「人の命がかかっているんだから」

「そうは見えないけどね」

佐竹と同じようなことを言う。自分はそんなに淡々と見えるのだろうか。だとしたら……毎日鏡を見て、表情を作る練習をすべきかもしれない。誰が見ても、真剣に仕事に取り組んでいるように見える表情を。

殺そう。そうだ、殺してしまうべきではないか？　そういう機会は逃してはいけない。どうして殺してはいけない？　それが一番、効果的で手っ取り早いのに。

2

捜査会議を終え、皆川は会議室を抜け出した。今夜はおそらく徹夜になるから、茉奈にちゃんと話しておかないと……携帯を取り出し、自宅にかける。茉奈はすぐに電話に出たものの、不機嫌だった。

「結愛が起きちゃった」

「ああ……ごめん、ごめん」

「マナーモードにしてあるから、携帯に電話してもらった方がいいんだけど……そうじゃなければ、LINEかメールでも」

「次から気をつけるよ」反論する元気もない。「今晩、帰れないかもしれない」

「ああ……大丈夫？　ちゃんとご飯食べてる？」

「夕飯はこれから」

「何か、また事件？　ニュースは観てたけど、何もやってなかったわよ」

結婚してから、夫の仕事を少しでも知ろうというつもりか、茉奈はニュースをよく観るようになった。

「いや」一瞬口をつぐむ。誘拐の可能性が高いから、説明できない。「ごめん、ちょっと言えないんだ」

「まさか、また誘拐？」そんな必要もないはずなのに、茉奈が声を潜める。先日、莉子の事件の報道協定が解除された後で「家族にも話せない」と事情を説明したのを覚えていたのだろう。

「ごめん、それはちょっと言えないんだ」

「やだ……どうなってるの？　福岡って、こんなに危険な街だった？」

「どんな街にも危険はあるさ」

都会には都会の、田舎には田舎の危うさがある。しかし茉奈の「また」という表現に皆川は引っかかった。確かに、こんなに短期間に、同じ街で誘拐が続くとは考えられない。偶然にしても……。

その時ふと、皆川の頭にとんでもない考えが浮かんだ。

同一犯？　同じ犯人による連続誘拐事件？　まさか、と即座に否定する。しかし否定した次の瞬間にはまた、「連続誘拐事件」という文字列が頭の中にでかでかと浮かぶのだった。

「慶ちゃん？　聞いてる？」

「あ、ああ……ごめん」パパから慶ちゃんに逆戻りかと思いながら皆川は謝った。

「怖いわよね……子どもが生まれると、こういう話、本当に怖くなるわ」

「俺も同じだよ」

「でも、慶ちゃんが捕まえてくれるんだよね？　頼りにしてるわよ」

世の中で、「頼りにしている」と言われて一番嬉しいのは、茉奈と――まだ口はきけないが結愛だ。皆川は腹に力をこめて、気合いを入れ直した。自分では闘志十分なつもりだが、それが顔に出ているかどうかは分からない。

「とにかく、この件は内密に……誰にも言わないでくれ」

「何が起きてるか分からないのに、言いようがないわよ」

「それもそうだ……とにかく、今夜は帰れないかもしれないから。明日も分からないから、電話するよ。できないかもしれないけど、その時は電話ができない状況だと思ってくれれば」

「だったらLINEで。ね?」

やはりそこにこだわるのか……しっかりしているなと思いながら皆川は電話を切った。

少し温かくなった胸が一気に冷えたのは、会議室から出てきた絵里に、「皆川君」と声をかけられた時だ。

「今夜、大丈夫?」

「ええ、もちろん」茉奈への連絡も済んだし。

「私、明日の朝交代するから」

「了解です」家に帰らねばならない事情があるのだろうか……聞けばいいのに、何故か聞けない。彼女は「聞くな」というオーラをまとっているわけでもないのだが。

「まだ人の手配がつかないから、もしかしたら徹夜になるかもしれないけど」

「大丈夫ですよ。余力十分です」

皆川は肩を回してみせた。それを見て笑った絵里が「夕飯、奢るわ」と言った。

「いや、いいですよ、別に。悪いですから」

「いいから。どっちにしても食べるでしょう?」

「そうですね」一人の夕飯だったらまずラーメンなのだが、絵里が一緒だとそうもいかないだろう。

「何がいい？」

「お任せします」

絵里が左手首を突き出して、腕時計を確認した。

「八時か……十時から待機に入るのよね」

「そうですね」

「そんなに時間もないから、ファミレスにする？」

「妥当ですね」うなずき、皆川は歩き出した。ここから歩いて五分ほどの日赤《にっせき》通り沿いに、ファミレスが一軒あったはずだ。どんな刑事にとっても、第二の台所のようなものである。

消防署の前を通り過ぎ、そこから二つ目の信号の角に、目指すファミリーレストランがある。市内の大動脈の一つである日赤通りは、この時間になってもまだ交通量が多く、排気ガスの熱が塊になって襲いかかってくるようだった。

店に入り、エアコンで体が冷えていく感覚を楽しむ。景気づけにステーキといきたいところだが、奢ってもらうのに高い物では悪い……チキンのグリルにした。安い割に量が多いのだ。絵里はカレー。そう言えばここは、カレーも美味いんだよな、と思い出す。

「奥さんの手料理が食べたいんじゃない？」絵里が唐突に訊ねた。

「ああ……まあ、そうですね」

「料理上手なの？　若いんでしょう？」

「手際はそんなによくないんですけど、そうですね……料理は美味いですよ」

「ご馳走様」

面白そうに絵里が笑った。珍しいな、と思う。緊迫した状況が続いているのに、どうしてここで笑えるのだろう。

「今、専業主婦なんでしょう？」

「そもそも働いたことがないんですよ」

「そうか、卒業と同時に結婚だから、まさに永久就職よね」

またそれか、と苦笑いしてしまった。いったい何度「永久就職」とからかわれたことか。

「そういう人生も悪くないと思うけどねえ」絵里は頬杖をついた。

「そうですか？　やっぱり一度ぐらいは社会に出た方がいいんじゃないですかねえ」

「世間知らずのお嬢様？」

「お嬢様じゃないですよ」皆川はやんわり否定した。「親父さんも、太宰府市の職員ですし」

「じゃあ、公務員一家なんだ」

「そうなりますね」皆川は水を一口飲んだ。一日歩き回って緊張し、やけに喉が渇いている。

「でも、一度働き始めると、いろいろ難しいものよ……特に女性は」

「そうですか？」

「結婚している人には結婚している人の、そうじゃない人にはそうじゃない人の悩みがあるし」

「花澤さんもですか？」

聞いてしまってから「しまった」と思った。ちょっとプライベートな領域に入り過ぎたのではないだろうか。

「私は、そうじゃない人の方に入るけど」

ああ、独身だったんだ……ここで初めて分かった。うなずき、無言で先を促す。

「一人暮らしでもないけどね。親を――母親を引き取ったのよ」

「引き取った？　そんなにお年なんですか？」

「六十五歳。でも、持病があってね。父親は十年ほど前に亡くなって、その後は行橋《ゆくはし》の実家で一人暮らしだったんだけど、病気が悪化して。入院したり退院したりで、いろいろ大変なのよ」

「介護ですか？」

「まだそこまでは行かないけど、何年かしたらそうなっちゃうかな。ずっと施設に入ってもらうのは経済的にも大変だし、本人が嫌がっていてね」

「そうだったんですか……」

家庭に何かある、とは思っていた。シングルマザーで、一人必死に子育てしているとか、たちの悪い男がヒモになっているとか。自分の想像力も当てにならないな、と皆川は自分を皮肉った。

「家族って、一つ一つ事情が違うのよね。大嶋さんのところは、どうかな……」

「家庭の事情の可能性も考えているんですか？」

「今の段階では、どんな可能性も捨てられないわ。家族に問題があったら、もっと悲しいかもしれないけど」絵里の顔に翳《かげ》が射す。児童虐待などを想像しているのだろう。声を潜めて話を続ける。「誘拐の方が楽ってこともないけど、憎む相手が外部の人間の方が、まだやりやすいわよね……私たちも、家族も」

「そうですね……」

料理が運ばれてきて、絵里が笑みを浮かべた。だいぶ無理している感じではあったが、とにもかくにも気持ちは持ち直したらしい。

「奢るって言ったんだから、ステーキでもよかったのに」

「いや、ステーキを食べるつもりなら、最初からステーキハウスに行きますよ」そう言えば、神谷と行った東京のステーキハウスはなかなか美味かった……あの店、夜の予算はどれぐらいなのだろう。

二人は無言で料理に取りかかった。何だか、二人の間にあった壁が一枚、消えたような気がする。こんなに気楽になるなら――絵里にとってはとても気楽な話ではないだろうが――もっと早く聞いておけばよかった。

遠慮がちな自分の性格が、今後捜査の邪魔にならなければいいが、と密かに願う。


静かだった……午後十一時、しかも畑の真ん中である。水田ならカエルの鳴き声ぐらいは聞こえそうだが、ここではそれもない。皆川はハンドルに両手を預け、背中を丸めて前方を凝視した。前回のように単眼鏡で拡大して観察する手もあるのだが、あれは意外に目が疲れるものだ。こんなことなら、小型の双眼鏡でもよかった。今は、軽量で性能のいい双眼鏡がいくらでもあるのだから。

助手席に座った三山は、頭の後ろで手を組み、シートを思い切り後ろに下げて足を組んでいた。暇潰しの相棒はガム。ここで監視を始めてから一時間で、既に三回、ガムを替えていた。あんなにずっと噛み続けていたら、顎が疲れてしまうのではないだろうか。

「動き、ないな」

言わずもがなの三山の発言に、皆川はほとんど反射神経だけで相槌《あいづち》を打った。いちいち相手にしてはいけない。三山の言葉の半分ぐらいは愚痴か誰かの悪口で、相手にするだけ無駄だ。

「まだ起きてるんだな」

「そうだな」玄関脇……おそらくリビングルームには灯りが灯っている。二階の窓の幾つかにも。そこに人影が映るようなことはないが、家の中で何が行われているか想像すると、嫌な感じがした。家族全員が額を寄せ合って善後策を相談、あるいは泣き濡れている……。

一台の車が、大嶋の家の前を通り過ぎた。小型車、色はたぶんシルバー……と無意識のうちに記憶に刻む。スピードが遅過ぎないか？　確かに大嶋の自宅前の道路は狭く、八十キロで駆け抜けることは不可能だが、それでも今のは遅過ぎる。まるで家の様子を窺っていたようではないか？

車が右折し、こちらに向かってくる。皆川は視線を動かさないように気をつけた。目が泳いでいると、相手は気づくものだ。しかし視界の隅で、何とか車を確認した。やはりシルバーのトヨタ。地元福岡のナンバーだった。

「何でこんな時間に、女の子が走ってるのかね」

「ああ」

助手席の三山がつぶやく。確かにドライバーは女性だった。ナンバーを頭に叩きこむので精一杯で、ドライバーの様子を確認している暇はなかったが。

「どんな子だった？」

「二十代後半……丸顔の子だった。点数をつければ、六十五点かな」

「辛《から》いな」

「面食いなんでね」

皆川は無線を取り上げ、ナンバーの照会を頼んだ。

「やり過ぎじゃないか？」不機嫌そうに三山が言った。

「今のが犯人かもしれない」

「あの女が？　まさか」三山が鼻であしらう。「妄想だろう」

「誘拐犯グループに女性がいるパターンは珍しくないぞ。子どもを誘拐したら、面倒をみなくちゃいけないし」

「さっさと殺したら、そういう手間はいらないだろうけどな」

皆川は顔が熱くなるのを意識した。こいつはどうしてこんな無神経なことが言える？　胸ぐらを摑んで一発頬を張ってやろうかと思ったが、何とか思いとどまる。

「おい、急に賑やかになってきたぞ」

三山が何事もなかったかのように言った。言われるままに大嶋の家を見ると、車が三台次々と停まるところだった。いずれもセダン。一番前の車のドアが開き、運転席から人が降りてくる。男。遠目では結構な年に見える。単眼鏡を目に押し当て、確認した。第一印象よりも若く、三十代後半というところだろうか。用心深く周囲を見回し、二台目の車に近づいて腰を折り曲げる。二台目の車のウィンドウが下りると、男はドライバーと言葉を交わし始めた。もちろん声は聞こえないが、深刻な様子は何となく分かる。無線の呼び出しがあり、皆川は三山に単眼鏡を渡した。三山がつまらなそうに単眼鏡を目に当て、少しだけ身を乗り出す。彼の溜息を聞きながら、車の所有者の名前を手帳に書きつけた。

「架電します」言って無線を切る。何だか、電話でないと詳細は相談できない気がした。捜査本部でずっと待機している宮下が電話に出た。

「今のナンバー照会なんですけど……どういう人間なのか、探れますか?」

「何かあるのか?」

「いや、気になっただけですけど……この辺、全然車も通らないですし、何となく大嶋さんの家を覗きこんでいたような感じがしたので」

「分かった。調べて後で連絡する」

「お願いします」

無意識のうちに頭を下げてしまい、苦笑した。見えない相手に会釈しても意味はない。

「三人、いるな」三山がつぶやく。

「一台に一人ずつ？」

「そういうこと」

「全員、男？」

「そう。年齢はばらばらだな。五十代、四十代、三十代って感じかな？　バリエーションに富んでる」

皆川は目を細めた。眼鏡で矯正した視力は一・二ぐらいなのだが、暗いせいもあって家の様子ははっきりとは見えない。三山の報告に任せるしかないか……。

「家に入っていったぜ」

「どんな様子だ？」

「急いでる」

「ナンバーは確認できるか」

「まさか」びっくりしたように三山が言い、単眼鏡から目を離した。「車の横っ腹しか見えてないよ」

皆川は左手を伸ばし、単眼鏡を要求した。三山がすぐに渡してくれたので、家の様子を拡大して見ることができた。

三人の男が、揃って玄関の前に立つ。インタフォンを鳴らしもしないのにドアが開き、大嶋が顔を見せる。三人はすぐに、細く開いた隙間から身をよじ入れるようにして玄関に入った。どうしてドアを全開にしないのか……と不思議に思う。まるで、外界とのつながりを最低限に抑えておこうとしているようだった。

「親戚かな……」

「どうかね」三山が欠伸を嚙み殺す。

「ちょっと見てくる」皆川はドアに手をかけた。

「よせよ」三山が忠告する。「わざわざ危ないところに突っこまなくてもいいだろうが」

「ナンバーだけでも確認したいんだ」

「いずれは離れるんだから、その時に見ればいいじゃないか」

「それがいつになるか、分からない」

とはいえ、もう少し待つか……これから家の中で何か相談事があるのだろう。すぐには出てこない予感がする。外の様子に気を遣わなくなるタイミングは、十分後ぐらいだろうか。

三山が新しいガムを口に押しこむ。かすかにミントの香りが漂い出し、皆川は顔をしかめた。一枚譲ってくれる気遣いはないのか……こちらから「くれ」と言うのも何だか癪《しゃく》にさわる。

ナイキの腕時計——最近これればかりだ——のストップウォッチ機能で時間を計り始め

る。五分が過ぎたところで、マナーモードにした携帯が震え始めた。宮下。ストップウォッチを無視して電話に出る。

「まずいぞ」宮下が、いきなり暗い声を出した。

「何がですか?」

「さっきの車、ブンヤさんだ。日本新報の羽田《はねだ》という女性記者」

「県警のクラブですか?」

「いや、違う……去年まではクラブにいたけどな。しかしいずれにせよ、まずい。勘づかれたかもしれない」

「どうするんですか?」思わず携帯をきつく握り締める。「報道協定ですか?」

「誘拐の事実があるかどうか分からないのに、報道協定は結べない」渋い口調で宮下が言った。

「書かれるかもしれませんよ? その後で誘拐だと分かったらどうするんですか」いつの間にか詰問口調になってしまった。管理官の宮下を、平《ひら》の刑事である自分が責めても何にもならないのだが。

「個別交渉しかないだろうな。探りを入れて、誘拐事件の前提で取材していると分かったら、自粛を要請する」

「要求、呑みますかね。向こうはマスコミですよ? 強引に書いてくる可能性も……」

「今は、そんな根性のある新聞記者なんかいないよ」宮下が笑った。「何でも自粛、自粛だ。書かないことで危険を回避してるのさ……とはいえ、釘を刺しておくのは当然だ」

「分かりました。それと……」皆川は、車が三台家の前に停まり、三人の男が中に入っていったことを報告した。

「誰だか分かるか？」

「分かりませんが、ナンバーを確認します」

「報告を待ってる」

電話を切り、腕時計を見る。ストップウォッチは七分十五秒を指していた。もういいだろう——七分十五秒だろうが十分だろうが、そんなに違いはないはずだ。

「行ってくる」

「見つかっても、俺は知らないぞ」

「分かってる」

言い捨て、皆川は車を下りた。まだ暑い……車の中では冷房を効かせていただけに、熱気をはらんだ空気がきつい。いったい、今年の暑さは何なのだろう。一日中常に暑く、気持ちと体が休まる暇がない。まだ七月で、夏の本番はこれからなのに、皆川は早くも冷涼な秋に想いを馳《は》せた。

家までの道を、できるだけ普通に歩いた。ぶらぶら散歩する感じでもなく、急ぎ足になるわけでもなく――敢えて言えば、サラリーマンが帰宅する感じ。

五十メートルほど歩くと突き当たりのT字路で、大嶋の家は左に曲がった先にある。皆川は右に曲がった。少し離れたところで、まず先頭に停まった車のナンバーをメモ帳に書き留める。二台目、三台目は見えないので、今度は大嶋の家の前を歩いて通る危険を冒さねばならない。リビングルームには灯りが灯っているから、気をつけないと動きに気づかれそうだ。

わざわざ家の前を横切ることはないか。

皆川は姿勢を低くして、先頭に停まった車の脇に身を隠した。二台目の車は三メートルほど後ろに停まっているので、ナンバーははっきり見えている。しかし三台目のナンバーは読み取れない……皆川は低い姿勢を保ったまま、二台目の車の脇に移動した。まるで忍者だなと思いながら、頭が車から出ないように気をつける。二台の車の間、三メートルの空白を移動する時には、一気に鼓動が高鳴った。しかし休まず、三台目の車のナンバーをメモし終える。さて、この先どうするか……元の道を引き返すか、先へ進んで大回りして車のところへ戻るか。

皆川は先へ進んだ。三台目の車を通過したところで直立し、なるべく普通のスピードで――時速四キロを意識しながら歩く。携帯に視線を落として、ダミー工作だ。

結局、そこから覆面パトカーへ戻るまで五分ほどかかった。途中、家が見えなくなったところで走り出そうかとも思ったが、この暑さで走ったら、一晩中、汗の臭いに悩まされることになるだろう。

「分かったか？」皆川が運転席に滑りこんだ瞬間、三山が感情の抜けた声で訊ねる。

「ああ」

「バレなかったか？」

「たぶん」

皆川は手帳を広げ、すぐに捜査本部に電話を入れた。一度切って五分ほどしてから、宮下のコールバックが入る。三台の車の持ち主をメモしながら、皆川は次の手を考えた。

「交代要員を早めに送る」宮下が言った。三山の担当は十二時までで、交代要員が乗ってきた車で戻ることになっている。「そこで考えよう」

「分かりました」

三十分後、交代要員として所轄の若手、福本《ふくもと》がやって来た。皆川たちの車のすぐ後ろに車を停めたので、皆川はそちらに向かった。助手席に滑りこみ、今までの事情を説明する。

「何の相談ですかね」福本が首をひねる。

「それは分からない。ただ、親戚なのは間違いないだろうな。一人、大嶋という苗字の人間がいる」先頭に停まった車のドライバー――三十代の男だ。大嶋の弟だろうか。

「こんな夜中に、ねえ」福本が腕時計を覗く。

「もう少しここで張ろう。もしも動きがあったら――誰かが家を離れたら、尾行したい」話しながら、それが一番いい方法だと自分に言い聞かせる。

「そうですね、これだけ動きがないと、ちょっと突いておかないとまずいですよね」福本が顎を撫でる。のんびりした仕草だったが、急に身を乗り出し、前方を凝視する。

「一台、動き出しそうですよ」

皆川は慌てて外へ出た。福本は、車のブレーキランプがつくのを鋭く見つけたのだろう。一番前の車……「大嶋敦夫《あつお》」。名前から、大嶋の弟ではないかと見当をつけた人物である。皆川はすぐに運転席に回り、ドアを開けた。

「この車を貸してくれ。君は三山と待機……それと、宮下さんに連絡を入れて、俺が尾行を始めると伝えてくれないか」

「了解です」

緊張した面持ちで、福本が車を飛び出す。皆川はすぐに運転席に滑りこみ、車を出した。敦夫が乗った車――白のスバルレヴォーグだった――が動き出したので、前の覆面パトカーを追い越し、ゆるゆると前に進める。レヴォーグはT字路を右へ曲がらず、そのまま真っ直ぐ走り続けた。

敦夫の自宅——車の登録地は城南区だった。大嶋家からそれほど遠くない。住所からすると、地下鉄七隈線の七隈駅近く……早良街道をずっと北上して福大通りに入れば、二十分もかからないだろう。

実際は、十五分で自宅近くまで到着した。時間が遅いので交通量も少なく、敦夫がかなりのスピードで飛ばしたせいだ。ここはどうするか——皆川は勝負に出ることにした。監視を続けることもできるが、それではいつまで経っても話が前に進まない。人の命がかかった話なのだから、スピード重視だ。

敦夫が、まだ新しい建売住宅の前で車を停めた。ガレージの鍵を開け、狭い道路で何度か切り返しして入れる——少し時間の余裕ができた。皆川は少し離れたところに車を停めて飛び出し、ダッシュした。ガレージの扉は電動で開くようで、敦夫は車に乗ったままだった。皆川は迷わず、運転席の窓ガラスを拳で叩いた。敦夫がびくりと身を震わせ、顔を上げる。皆川を見ても、戸惑いの表情が浮かぶだけで、窓を開けようとはしない。仕方なく、皆川はバッジを示した。これで分かってくれるだろうか……先輩たちは「手帳時代の方が反応は良かった」と言う。多分、昭和の刑事ドラマの影響なのだろう。ようやく窓が下がり、敦夫が首を突き出した。

「何ですか……」結構強面なのだが、声はか細い。こんな遅い時間に警察官に声をかけられて、平常心でいられる人間もいないだろうが。

「ちょっと話を聴かせて下さい。大嶋智史さんの弟さんですか？」

「ええ」敦夫がびくりと身を震わせ、目を伏せてしまった。

「横、いいですか？」

「ああ、まあ」

皆川は車の前を回って、すぐに助手席に滑りこむ。低い音量で、ヒップホップが流れている。皆川にはまったく聴き覚えのない曲だった。邪魔になるほどの音量ではないが、「音を低くして下さい」と頼みこむ。敦夫がハンドルの手元でボリュームを操作すると、ほとんど音は聴こえなくなった。

「今夜、智史さんの家にいましたね？」

「ああ、ええ……」言葉は曖昧だが否定はしない。

「何事ですか？」

「いや、ちょっと親戚の集まりがあって」

「親戚一同、勢揃いですか？　あなただけ、先に帰ってきた？」

「明日も仕事なんで」

「何の相談ですか」相談と決めつけ、皆川は訊ねた。

「それは別に……警察には関係ないですよ」

「差し支えなければ話してくれませんか」敦夫の方に向かって体を捻りながら、皆川は続けた。

「だから、警察には関係ないって」敦夫の声に苛立ちが混じる。「大した話じゃないですから」

「大した話じゃないなら、話して下さい」

「話す必要、ないでしょう」

「陽斗君が誘拐されたんじゃないですか？」皆川は本題に切りこんだ。

「え？」敦夫の顔から血の気が引く。

「だから、陽斗君が誘拐されたんじゃないですか」皆川は繰り返した。

「違いますよ」すぐに否定したが、声が上ずっている。

「そういう情報があるんです」

「何ですか、それ」敦夫がわざとらしく鼻を鳴らす。「何かの間違いでしょう」

皆川は、ちらりと敦夫の顔を見た。目を伏せ、両手できつくハンドルを握っている。見ただけで緊張しているのが分かった。

「敦夫さん」皆川は声を低くした。「人の命がかかっているんですよ。実際、陽斗君が家にいないという情報があります」

「いや、違うから」敦夫が否定する。

「陽斗君は誘拐されていないんですか？」

「そんなはず、ないでしょ」

「だったらどうして、親戚が三人も集まって相談していたんですか？」

「いや、おたくらには関係ない話だから」

敦夫の否定は次第に強硬になってきた。顔は強張り、ハンドルを握る手にもさらに力が入っているようだ。

「敦夫さん、よく考えて下さい。犯人は、警察には届けないように言ったんでしょう？　誘拐犯の常套《じょうとう》手段です。でもそれに乗って、自分たちだけで解決しようとしたら駄目ですよ。俺たちはプロなんです。プロに任せて下さい」

「だから、そんなことはないですから」

「陽斗君は誘拐されていない？」皆川は繰り返し訊ねた。

「そんな事件は、ないです」

「警察にも届け出られない事情は何なんですか」皆川はあくまで、陽斗が誘拐された前提で話した。

「いい加減にして下さい！」敦夫が言葉を叩きつけた。「そんなこと、ないんですから。誘拐なんてないんです！」

「このまま犯人と取り引きするつもりなんですか？　それは無理です。絶対に無理です。陽斗君が誘拐されてから、もう三十時間ぐらい経っている。そろそろ身代金の引き渡しの時間でしょう？　自分たちで何とかしようとしても駄目ですよ」

「警察は関係ないですから」

「だったら、お兄さんの家で何を話していたか、教えてもらえませんか？　あんな時間にわざわざ集まったんだから、軽い用件じゃないですよね」

「警察には関係ないです」敦夫が繰り返す。「もう、いい加減にして下さいよ。話すことなんか、何もないですから」

皆川は言葉を失った。このまま押し続けても、敦夫は喋らないだろう。取調室にでも押しこめてプレッシャーをかければ話すかもしれないが、そうする理由がない。この状態では、敦夫の立場は「被害者家族」の可能性が高いのだから、無理な捜査で傷つけるわけにはいかない。

しかし……気になった。否定するにしても、ここまでむきにならなくてもいいのではないか。軽く笑って「何かの間違いですよ」で済ませればいい。しかし攻め手を失い、皆川はレヴォーグを降りた。自分の車に戻りながら、失敗を噛み締める。もう少し打つ手があったのではないか？　これも顔のせいかもしれないと皆川は思った。もっと真剣な怒り――焦りが顔に出れば、敦夫も気持ちが変わって話してくれたかもしれない。

次の手は……車に乗りこんだ瞬間に携帯が鳴る。三山だった。

「おい、もう一人が動き出したぞ」あまり緊張感のない声だった。

「どうするんだ？」

「俺が追跡する……いや、もう走ってる」

「福本は？」

「現場に残ってるよ」

「車もなしで？」あんなところで、立ったまま待っていたら、目立って仕方がない。

「すぐに戻る」

「そうしてやってくれ。あそこにずっと立ってたら、暑さで溶けちまうぜ……それでお前の方、どうだった」

「否定された」

「マジか」三山は本気で驚いているようだ。「本当に、自分たちだけで解決するつもりなのかね。だったら奴ら、相当の馬鹿だぞ」

「よせよ。被害者なんだから」

「被害者は被害者らしくしてろって言うんだよ」三山が呆れたように吐き捨て、電話を切ってしまった。

いったい何なんだ？　皆川は大声で叫びたかった。何故誘拐の事実を隠す？　警察には言えない事情があるのか？

3

夜が明けた。皆川は、車内に入る強烈な朝の陽射しに眠りを切り裂かれ、後部座席で体を起こした。二時間交代で寝ることにして、横になったのが午前四時過ぎ……結局ほとんど眠れなかった。腕時計を顔の前に持ってきて確認すると、午前五時五十分。眠いのはともかく、全身が鈍い疲労感に覆われているのが辛い。

「起きたんですか」運転席に座る福本が声をかけてきた。

「眩《まぶ》しくてさ」

皆川は眼鏡をかけて外に出た。既に気温が上がり始めており、今日も厳しい一日になりそうだ。狭い座席で寝ていたので、体のあちこちが強張って悲鳴を上げている。昔、練習前にやっていたストレッチで体を解してやった。トレーニングウエアではないので限界があるが、それでも肩や膝、腰を伸ばすと、少しだけ楽になる。

腹が減った……ふいに、以前聞いた朝ラーメンの話を思い出す。福島の喜多方や静岡の一部では、朝からラーメンを出す店があるという。博多の豚骨ラーメン至上主義者とはいっても、皆川は各地のラーメンに興味と敬意を抱いている。以前、茉奈と喜多方へ旅行して朝ラーメンを試す計画を立てていたのだが、あの時は妊娠が分かって取りやめたのだった……。

運転席の窓が降りた。福本の目は充血している。

「寝てたらどうだ？　これから一時間ぐらいは、まだ動きはないだろう」

「心配ですから」

「じゃあ、集中してくれ」

「了解です」

皆川は助手席に座った。エアコンはつけず、一応外の空気を導き入れてみたが、すぐに熱気に負ける。窓を閉め、エンジンをかけてエアコンを効かせると、冷風が肌を撫でる感触に少しだけほっとした。

単眼鏡を取り出し、家を観察する。全く動きはない。昨夜停まった車のうち、一台だけがまだ家の前に残っていた。泊まったのだろう……後で話を聴かなければ。しかし話してはくれないだろう、と半ば諦めていた。昨夜三山が追っていった親戚——大嶋の叔父だった——も、誘拐の事実を否定した。三山のことだから、厳しく突っこみもせず、あっさり引いたのだろうが……彼の言い分は「激怒した相手に話は聴けないよ」だった。

それが怪しい。敦夫もそうだったが、あまりにも反応が激し過ぎる。迷惑そうに軽く否定すれば済むことなのに……後ろめたいことがあるから、激しい反応を示すに違いない——自信はあったが確信はない。

結局、朝八時に交代要員が来るまで、何の動きもなかった。家からは誰も出てこない。一方、工場には八時前から工員たちが出勤して来て、皆川が交代する頃には、もう操業が始まっていた。そうか、会社の人間に聴いてみる手もある。家族は結束できていても、社員の気持ちまでコントロールできるとは限らない。揺さぶれば誘拐の事実を認めるかもしれないし、そうでなくても、大嶋の様子が普段と違うかどうかは分かるだろう。

捜査本部では宮下が待ち構えていた。

「動きはありません」

報告できるのはそれだけだった。宮下は一つ溜息をついてからうなずいた。昨夜は何時まで捜査本部にいたのだろう……疲労の色は、自分よりよほど濃く見える。

「お前は、少し休め。午後から仕事に戻ればいい」

「いや、会社の従業員に話を聴きたいんですけど……」

「夕方以降がいいだろう。仕事中にいきなり突っこんで話をするのはまずい」

ふと思いついて聞いてみた。

「抗議はありませんか？」

「抗議？　誰から」宮下が目を見開く。

「大嶋さんとか、親戚とか……俺や三山がしつこく話を聴いたんですから、抗議してきてもおかしくはないと思います」

「それはない」宮下が即座に言った。

「そうですか？……」

「納得できないか？」

「昨夜話を聴いた時の感じでは、相当怒ってましたからね。あるいは、怒った振りをしていたのかもしれない」

「不自然だったわけだ」

「ええ」

「しかし、印象だけだな」宮下が両手を組み合わせた。「これで何かが分かるわけじゃない」

「そうですけど……」皆川は唇を嚙んだ。せめて一つ、突破口があるといいのだが。

「とにかく、休め。社員に当たるのは悪くない考えだが、夕方以降だ。そんな死にそうな顔をしてたら、頭も回らないだろう」

「はあ……」

「いいから、さっさと寝ろ」宮下が面倒臭そうに手を振って皆川を追いやった。

そう何度も言われると、反論する気力もなくなり、皆川は一礼して会議室を出た。隣にある莉子誘拐事件の捜査本部を覗いてみたが、朝の捜査会議は既に終わって、刑事たちはほとんど現場に散っている。居残っている連中と話して時間を潰すよりも、今は少しでも仮眠を取っておこうと決めた。

家に帰りたいな、とふと思った。結愛の顔を見て、ついでに茉奈に慰めて貰って……しかし、往復している時間が勿体《もったい》ないし、結愛が泣き出したら眠れなくなってしまうかもしれない。仕方なく、当直の署員たちが仮眠を取る和室に潜りこみ、畳の上に直に横になった。クソ暑い……エアコンを使いたいところだが、リモコンが見つからなかった。面倒臭くなって目を閉じると、あれこれと思いが脳裏を過る。かすかな手がかり、可能性、推理——全て眠りを妨げる要素ばかりだが、皆川は知らぬ間に意識を失っていた。

……と思ったら、目が覚めた。いや、叩き起こされた。クソ、今度は何が起きたんだ？　自分の名前を呼ぶ声を遠くで聞きながら、腹筋を使って一気に跳ね起きる。

部屋のドアが開き、三山が顔を突っこんでいた。

「おい、やばいぞ」

「何か動きが？」

「いや、そういうわけじゃない……とにかく起きろ」

何でこいつは、一言で説明できないんだ？　苛々しながら、慌てて部屋を出る。全身汗で濡れていて、シャワーを浴びたかったが、仕方ない。

会議室に飛びこむと、宮下が難しい顔で電話で話していた。すぐに説明してもらえる状態ではなさそうなので、壁の時計を確認する。十一時……二時間ぐらいは寝たことになるわけだ。今はこれで我慢しなくては。

電話を終えた宮下が、手帳のページを破った。それを皆川に差し出しながら、「お前は偶然を信じるか？」と訊ねた。

「世の中に偶然なんか、ほとんどないでしょう」

「ところがあるんだ」

皆川は宮下手書きのメモを受け取った。「中央区天神四丁目　中谷誠《なかたにまこと》」と書き殴ってあった。

「まさか、犯人ですか？」

「違う」どこか呆れたように宮下が見た。「例のタレコミ屋だ」

「はい？」

「この情報――大嶋さんの情報をここに連絡した人間だ」

「何で分かったんですか？」眠気が一気に吹っ飛ぶ。メモの住所は、那珂川《なかがわ》にかかる弁天橋の近くだと思うが……。

「だからお前は、偶然を信じるか？」宮下が繰り返す。

「信じません」皆川はなおも否定した。

「ところが、あるんだよ」宮下が自信たっぷりに繰り返した。「こいつが何者か分からんが、とにかく話を聴いてみよう。まあ……相当怪しい人間だと思うがね」

確かに世の中に偶然はある——皆川もそれを認めざるを得なかった。

莉子事件の捜査本部に入っている捜査員の中で、脅迫電話をかけてきた公衆電話付近での聞き込みを担当している刑事がいた。今日も朝から地味な仕事を繰り返していたのだが、たまたま問題の電話を使っている人間がいて、その内容が耳に入ってしまった。しかもそれが「どうして子どもを保護しないのか」と警察を非難するような口調だったという。大嶋家の事件についても耳にしていたその刑事は、電話を終えた男を即座に捕まえた。捕まえたといってもあくまで任意。腕を振り払われ、拒絶されたらそれで終わりという危なっかしい状況だったが、何とか説き伏せ、捜査本部まで連れてくることに成功したのだった。

皆川と宮下が、この男に面会した。小柄で小太り、どこか胡散臭《うさんくさ》い雰囲気が漂っている。五十歳ぐらいだろうか……ワイシャツにグレーのズボンという地味な格好だけに、右手の中指にはめた、関節の幅ぐらいもありそうな太い金の指輪が目立つ。右手小指の第一関節から先は欠損している。ヤクザだ、と皆川は読んだ。今時、指詰めもないだろうが、もしかしたら若い頃にヘマしたのかもしれない。開いたシャツの襟元からは、これも太いチェーンのネックレスが覗いている。服装はサラリーマンっぽいとも言えるのだが、細かい点が微妙に違う。

「中谷さん」宮下が自ら尋問することは、事前の打ち合わせで決めていた。

「中谷です。どうも」妙にこなれた態度で、警察との関わりは初めてではないようだった。

「警察に連絡してくれたのは、あなたですよね」

「いやあ、ばれましたか」中谷が右手で後頭部を二度叩いた。今時こんな仕草をする人も珍しい……それよりも皆川は、この男が大阪――関西の人間ではないかと想像した。イントネーションが関西弁のそれである。

「情報提供はありがたいんですけど、名乗っていただけたらもっとよかったですね。事は誘拐ですよ？　一刻も早く人質を見つけなければならないのに……」

「それは、こっちにもいろいろ都合がありますさかい」完全な大阪弁になる。

「都合？　どんな都合ですか？」

「それはまあ、それこそ都合で、言いたくないですな」

「だったらいいですが……」そう言いながら、宮下は不愉快そうだった。「誘拐は本当なんですか？」

「ホンマもんもホンマもん、こんなことで嘘言うたかて、何の得にもならんでしょう」

「大嶋さんは、否定してるんですがね」宮下が、人差し指でテーブルをこつこつと叩く。

「否定？　ありえへんわ。子どもが誘拐されているのに？　まさかあの家、自分たちで解決するつもりやないやろうね」

「それは分かりませんけどね」宮下がますます不機嫌になる。どこか軽い中谷の態度に苛ついているのは明らかだった。

もしかしたら宮下は、取り調べが苦手なタイプかもしれない。普段はほとんど声を荒らげることがない——精神状態はフラットなのだが、相手が容疑者になるとまた話は違うのではないか。もちろん刑事にも得手不得手があるわけで、宮下は情勢の分析や整理、作戦指示には抜群の手腕を発揮する。

「いかんなあ。誘拐ですよ？　警察も気合いが足りんのとちゃいますか」

「警察は常に全力を尽くしている」

「そうかねえ」中谷が首を傾げる。

しかし、この中谷という男の狙いは何なのだ？　そもそもどうして、誘拐事件が起きたことを知っている？　家族と直接つながっていないと、こんな情報は漏れてこないはずだ。

二人の会話が途切れたタイミングを見計らい、皆川は切り出した。

「中谷さん、元々大阪ですか？」

「ああ、せやな」

「いつからこちらへ？」

「五年ばかり前かな」

「仕事の関係で？」

「それはまあ、大人にはいろいろ事情があるわな」

気になる言い方だ……この男に関するデータを集めるべきだと皆川は思った。いきなり立ち上がり、中谷ばかりか宮下をも驚かせてしまう。

「すみません、お茶も出してませんでしたね。今用意しますから、ちょっと待って下さい」

「皆川……」宮下が警告するように言った。今はお茶など必要ない、とでも言うように……しかし皆川は、一礼して部屋を出た。会議室に顔を出すと三山がいたので、中谷にお茶を出し、そのまま宮下と一緒に事情聴取をするように頼む。

「ああ？　何で俺が」三山が唇を尖らせる。

「ちょっと調べたいことがあるんだ。大急ぎで」

「しょうがなか」ぶつぶつ言いながらも、三山が立ち上がる。会議室を出るのを見送って、皆川は立ったまま電話をかけ始めた。まず組織犯罪対策課。中谷には暴力団の匂いがする。県内の暴力団員なら、組織犯罪対策課で確認できるはず——該当者はなし。とすると、リストにも載らないチンピラなのか……それにしては年が行っている。暴力団に近い存在——フロント企業の社員とか、暴力団の息がかかった飲食店の経営者ではないかとも思ったが、組織犯罪対策課も、そこまでは摑んでいなかった。

そこでふいに、天啓に打たれる。中谷が本当に大阪の人間なら、確かめられるネタ元がいるのだ。携帯の住所録をスクロールし、「島村《しまむら》」の名前を探し出す。気楽に電話していいものだろうかと一瞬躊躇《ちゆうちよ》したが、結局通話ボタンを押す。事が事だ。

「おう、皆川君か」島村が気さくな口調で応じる。

「すみません、お忙しいところ」

「忙しくないよ。今、昼飯を食ってた。しかも署の食堂やで」

それで一安心した。署内にいるなら、面倒な話をしても大丈夫だろう。

島村も、神奈川の特命捜査のメンバーだった。当時は大阪府警の監察官。その後、所轄の署長に栄転している。定年までは間があるから、このあと本部の課長、さらにより大きな署の署長を務めるだろう。皆川のようなノンキャリアの警官にとって、最高の手本だ。

「あんたは、飯食ってへんのか」

「今、それどころじゃなくて……」

「昼飯は、時間を守って食わんとなあ。体によくないよ」

時間を守って食べていると言う割に、島村は健康そうではなかったのだが。ころころと太目の体型で、血圧とコレステロール値に問題を抱えていると本人も言っていた。多分夜の酒が過ぎるのだろう。それに、時間を守って食べていても、量が多ければ無意味だ。

「実はちょっと、お願いがあるんですが」

「おお、皆川君のお願いなら、誠心誠意取り組まんといかんな。で、何だ？」

「ある人間の情報を知りたいんです。暴力団関係者じゃないかと思うんですが、こっちのマル暴のリストには載っていません。それで本人は、大阪出身だと言っています」

「何者だ？」

「中谷誠という名前なんですが……」

「何やて？」島村の声がいきなり低くなる。「間違いないか？」

「ええ、もちろん……」実際には、免許証も確認していないのだが。

「あの阿呆、人様の縄張りで何か悪さをしてるのか？」

「ご存じなんですか？」

「ご存じもなにも、昔の部下やがな」

島村は、昼食を途中で切り上げてくれた。今日のランチメニューは、おからのコロッケに人参サラダ、豚汁だったのだがと詳しく説明したのは、彼の食事に対する執着ゆえだろう。要するに食べ切りたかったのだ。

一度電話を切り、今度は島村の方からかけてきてくれた。署長室に戻ったのだという。

「部下と仰いましたよね」

「もう十年以上前やけど、俺が捜査四課におった時の話や。巡査部長で、そこそこできる男やったんやけど、マル暴と不適切な関係ができてな」

「どういう関係ですか？」

「それは勘弁したってや。思い出しただけで腹が立ちよる——馘にはならん程度の問題だったと思ってくれ。ただし、本人がけじめで辞表を提出した」

「依願退職ですか？」

「せや。ただ、実質的には追い出されたもんだと思ってもらってええ。その前にもいろいろ問題を抱えてたからなあ」

「本物のヤクザじゃないんですか？　右の小指の第一関節から先がないですよ」

「ああ、あれはちゃうで……奴は和歌山の田舎の方の出なんやけど、子どもの頃に脱穀機を悪戯してて、指を巻きこまれて切断したらしい。まあ、マル暴関係者にも、その筋の人間やないかと思われるぐらいの風貌ではあるけどな。で、そいつがどうした」

皆川は短く事情を説明した。電話の向こうで島村が黙りこむ。普段は喋り過ぎるぐらいの男なのだが、さすがにこの情報は衝撃だったかもしれない。

「何しとるんかねえ、あいつは」島村が溜息をつく。

「どうして大阪の人が福岡にいるんですか？」

「流れ流れて、やろうね。実際、辞めてからしばらくして、福岡に引っ越したという話は聞いたことがある」

「今、何してるんでしょうか」

「申し訳ないけど、そこまでは把握しとらんわ。ただ、追跡はできると思うよ。府警の中では、結構人脈を持ってる男やったからね。今でもつき合いのある人間もおるやろ……で？　奴が何か、そっちに迷惑かけとるんか」

「いや、重要な情報提供をしてくれたのはありがたいんですけど、全部話していないような感じがして。小出しにしてるのかもしれません」

「何か、取り引きでも狙っとるのかもしれんよ。本人がやばい仕事に手を染めて、それを見逃してもらうため、とかな……阿呆らしい。そんなことで取り引きしたらあかんよ」

「そんなつもりはありませんよ」

「だったら、俺の名前を出して、徹底して叩け」

「いいんですか？」皆川は思わず目を細めた。

「辞めた人間だからと言って、府警の恥を晒させるわけにはいかんからね。そうだな……魔法の言葉があるんやけど、そいつを使ってみるか？」

「魔法の言葉」を携えて、皆川は会議室に戻った。かれこれ三十分も席を外していたので、宮下はさらに不機嫌になっている。三山もつまらなそうな表情を浮かべ、皆川を睨んだ。二人の様子を見た限り、中谷が身のある証言をしていないのは明らかだった。

「大阪府警の島村さんがよろしくと言ってました」

いきなり、椅子が床をひっかく音が響いた。見ると、中谷が床を蹴ってテーブルから離れたのだった。皆川はテーブルの横に回りこみ、彼との距離を詰めた。

「昔、島村さんの部下だったそうですね。懐かしがっていましたよ」

「あんた、何を……」中谷の声が震える。

「それと、利枝子《りえこ》さんでしたっけ？　お元気だそうです」

中谷が立ち上がった。顔面は蒼白で、こめかみに汗が垂れている。唇が震え、拳に握って両手は白くなっていた。

「何やねん、あんたら！」

中谷が叫ぶ。宮下と三山は、訝しげに皆川と中谷の顔を交互に見た。

「ところで、お昼がまだですよね？　大事な証人を、空腹のまま放っておいたらまずいでしょう？」皆川は宮下に顔を向けた。「ええと、『成幸苑《せいこうえん》』のランチでも出前してもらいますか？」署の近くにある中華料理屋で、捜査本部に詰めるようになってから、皆川も何度か利用していた。安くてそこそこ美味い。

「ああ、そうだな……」宮下が応じた。「三山、捜査本部に成幸苑のメニューがあるから、持ってきてくれないか？」

「分かりました」不貞腐れたような口調で言って、三山が立ち上がる。何で自分ばかり雑用を、とでも思っているようだが、この男に任せて大丈夫なのは雑用ぐらいだ。

三山がすぐに、メニューを持って戻ってくる。中谷を何とか落ち着かせ、メニューを見せ始めたところで、宮下が皆川を会議室の外へ連れ出した。

「お前、今のはどういうことなんだ」

「大阪府警に知り合いがいまして、確認してもらいました」

「例の横浜の特命捜査の関係か？」

「ええ」

「中谷という男は何者なんだ」

皆川は素早く説明した。利枝子についても……利枝子は、中谷が県警を辞める直接のきっかけになった女である。ミナミのバーの雇われママで、中谷と深い仲になったのだが、実は彼女は地元のヤクザの情婦だったのだ。当然ヤクザからは圧力をかけられ、それが府警にも漏れて、退職に追いこまれた。みっともない警察官人生の終幕であり、彼が大阪を飛び出して福岡まで流れてきたのは当然と言えよう。

「無様な話だな」宮下が低い声で言った。「何か、こっちと取り引きしたいんだろうか」

「自分もヤバい筋を抱えているのかもしれませんね」

「司法取引とかを考えているなら、ますます馬鹿としか言いようがない」宮下が目を細める。珍しく、露骨にうんざりした様子だった。

「それはないでしょう。元警官ですから、それができないことぐらいは分かっているはずです……とにかく、まずは話を聞いてみてからじゃないですか。それでどうするか、考えましょう。多少、緩く見てやるとか」

「お前に、そういう腹芸ができるのか？」

「もっと大事なことがありますから」皆川は顎に力を入れた。これで宮下に「気合いが入っている」と見てもらえるだろうか……。

　皆川は会議室に戻った。何となくだらけた雰囲気が流れているが、それは主に三山のせいである。両足をだらしなく投げ出し、頭の後ろで手を組んでいる。ちらりとドアの方を見て皆川の姿を確認すると、ゆっくりと座り直した。

「何を頼むか、決めましたか？」皆川は中谷に訊ねた。

「いや、別に何でも……」勢いは戻っていない。

　皆川は、中谷の斜め前の位置に座った。中谷は必死に視線を逸らしている。額が汗でてかてかと光っていた。

「何か、こっちで相談に乗れることがありますか？」

「それは別に……」あらぬ方を向いたまま、中谷が低い声で答える。

「そうですか。では、その件については、言いたくなったら言って下さい……それで、大嶋さんの件ですが」

無言で、中谷がちらりと皆川の顔を見る。疑わし気で、簡単には喋らないぞ、という強い意思が透けて見えた。

「誘拐の事実はない、と言っているんですよ。親戚一同集まって、いろいろ相談しているようですが」

「嘘やな」

「嘘？」

「そう、嘘」ようやく中谷が、皆川の顔を見た。「奴には、警察に話せない理由があるんや」

「どういうことですか？」やはり誘拐ではなく、家庭内暴力だろうか……しかし、中谷の口から飛び出した言葉が、皆川を凍りつかせた。

「奴が誘拐犯だから」

これからだ。とにかく、目的は果たす。その後でどうするか——用がなくなれば殺すべきか。

しかし話はまとまらない。いっそ、こいつらも全員殺してしまおうか。こんな機会は滅多にない。それを考えると、破裂しそうなほど胸が高鳴った。

4

皆川は珍しく、大きな怒りを抱えていた。取調室に入る時に、ノックも忘れ、ドアが跳ね返るほどの勢いで開けてしまう。テーブルの向こうに座っている長池が、びくりと身を震わせた。

「何だ！」皆川に代わって取り調べを担当していた一課の先輩刑事・室橋《むろはし》が怒鳴り上げる。

「室さん、ちょっと……」

皆川は少し落ち着きを取り戻し、室橋を手招きした。室橋が眉間に皺を寄せたまま立ち上がり、取調室の外に出る。音を立ててドアを閉めたのは、怒りが収まらない証拠だ。

「調べの最中だぞ！　ノックぐらいしろ」

「共犯が分かりました」

「何だと？」室橋が詰め寄ってくる。元々剣道選手で、背が高く姿勢もいいので、非常に威圧感を覚える。

「分かったというか、そういう情報があります。直接ぶつけてみたいんですが」

「どういうことか、まず説明しろ」

皆川は、現段階では一応善意の情報提供者である中谷の供述を説明した。室橋の眉間の皺は深くなる一方で、百円玉が挟めそうになっていた。

「マジか……」

「一方的な情報ですから、まずはぶつけてみないと」

「どうする？」

「俺にやらせて下さい。奴は……気にくわない」

「分かった」室橋がうなずく。「やれ。ただし、俺も立ち会うぞ」

「お願いします」

一礼して、皆川は取調室に入った。長池の前に座ると、後から入ってきた室橋がゆっくりとドアを閉める。ちらりと振り返ると、ドアに背中を預けて腕組みをしていた。皆川越しに長池を睥睨《へいげい》する感じ……これはかなりのプレッシャーだろう。だが、これでいい。正式な取り調べは後ということにして、今はさっさと事実を吐かせるのが大事だ。

「大嶋智史」

長池がびくりと肩を動かす。足を突っ張るようにして、椅子を下げた。

「大嶋智史を知ってるな？」

「いや……」

「知ってるのか、知らないのか！」皆川は声を張り上げた。「知ってるんだろう？　誘拐の共犯者――主犯格だ」

「いや……」長池の声はかすれ、今にも消えてしまいそうだった。

「否定するのか？」

皆川はテーブルの上に身を乗り出した。長池がさらに下がろうとしたが、背中が壁にぶつかってしまう。額が汗で光り、テーブルの端を摑んだ腕が震え始めた。

「もう、無理だから」皆川は意識して冷たい声で言った。「大嶋智史を庇っているのか？　何のために？　脅されたのか？」

矢継ぎ早の質問にも、長池は答えなかった。両手で頭を抱え、低い唸り声を上げ始める。やがてそれは部屋の空気を震わせるような響きになり、長池はいきなり立ち上がった。立ち会っていた藤井《ふじい》という若い刑事が後ろから抑えようとしたが、長池が振り回した腕が顔面にもろにヒットしてしまい、鼻血が噴き出る。藤井が両手で顔を押さえて下がってしまったので、室橋が素早く飛びかかった。こちらはさすがに格闘慣れしている。正面から組み合って、しばらく狭い空間でダンスを踊るように動き回っていたが、背後に回りこむと右腕を絞り上げた。体をくの字に曲げた長池が、うめき声を上げながら、テーブルに突っ伏す。

「室さん」

声をかけると、室橋が少しだけ力を緩めた。長池がゆっくりと首を起こし、皆川を睨みつけた。額が赤くなっているのは、突っ伏した時にテーブルにぶつけたからだろう。事情聴取の邪魔になるほどではない、と判断する。

皆川は両手を組み合わせた。冷静な自分に驚く。これだけ大騒ぎになったのだから、鼓動が跳ね上がってもおかしくないのに、まったく平静だった。今までにない経験である。

「藤井、大丈夫か？」

声をかけると、右手を広げて鼻を押さえていた藤井がうなずく。指の隙間から血が流れ出し、床に黒い点を作っている。もしかしたら、鼻骨が折れているかもしれない。しかしこれで、長池を傷害で再逮捕する理由もできたわけだ……そんなことをせずとも、今なら喋らせる自信はあったが。

「室さん、一時中断しましょう」皆川は、室橋に声をかけた。

「いいのか？」

「藤井の治療が必要です」

「じゃあ、こいつは留置場に戻すか」

室橋が腕に力を入れ、長池の体を引っ張り上げた。小柄な長池は特に抵抗することもなく立ち上がり、大人しく取調室の外に出ていく。皆川は藤井を真っ直ぐ立たせ、右手を下ろすように言った。鼻は赤く腫れ上がっている。しかし見た限り、折れた様子はなかった。鼻血は既に止まり、目が涙で潤んでいるだけである。

「ひどい目に遭ったな」

「まあ……大したことはないです」

「顔を洗って手当てしてこいよ。痛むか？」

「折れてはいないと思います。あの野郎、狙ったのかな……」

「そうじゃないと思うけど、その気なら傷害で立件してもいい」

「そんなことしなくても、何とかなるでしょう。さっきの共犯の話、何なんですか？初耳ですけど」

「ついさっき入ってきた情報なんだ。驚かせて悪かったな」

「野郎が吐くなら、これぐらい何でもないですけどね」藤井が強がってみせる。

「とにかく顔を洗ってこいよ」

「じゃあ、ちょっと……失礼します。すみません、取り調べが中断してしまって」

「長池もこれで少し頭を冷やすだろう。自分の立場がヤバいと理解したはずだ」

そうであって欲しいと皆川は祈った。逃げられない状態に追いこまれたと思って完全自供するか、また言い訳を考えるための時間ができたと思うか。これは賭けなのだが……。

これまでの取り調べの様子を考えると、まったく油断できなかった。

三十分ほど休憩した後で、再度取調室で対峙した長池は、すっかり変わっていた。体が震え続け、言葉がつながらない。実際に病気ではないかと思えるほどで、皆川は結局、今日の取り調べを中止せざるを得なかった。

その後、室橋も含め、宮下と三人で今後の方針を相談する。

「大嶋の名前を出した後、明らかに動揺しました」皆川は報告した。「動揺というか、パニックです。間違いなく、大嶋のことは知っていると思います」

「ただ、あの状態だと、しばらくは話を聴けませんよ」室橋は渋い表情だった。また眉間の皺が深くなっている。「明日以降に持ち越しですね。その間に、二人の関係について調べて、さらにぶつけるしかないでしょう……しかし、どういうことなんだ?」皆川に視線を向けて訊ねる。「誘拐事件の犯人が誘拐事件の被害者になる?　あり得ないだろう、そんなこと」

「詳細はまだ分かっていないんです。中谷という男も、全部は喋っていないと思います」皆川は言ったが、我ながら言い訳するような口調だと思った。

「何か、叩く材料はないのか。不祥事でサツを辞めたような人間には、絶対後ろめたいところがあるだろう。それを摑んで叩けば、全部吐くに決まってる」

「それも調べていますが……」

「奴は、中洲で店を一軒やっているようだ。そこを任せている女が、まだ摑まっていない」宮下が言った。「店が何かの隠《かく》れ蓑《みの》になっている可能性もある」

「交差点みたいな店かもしれませんね」室橋がうなずく。「そういうところにこそ、事情通はいるから」

　飲食店にどんな客が集まってくるかは、経営者にはコントロールできない。いつの間にかヤクザの溜まり場になってしまうこともあるし、逆に警察官ばかりが集まるような店になることもある。一方で、いろいろな職業の人間が集う店では、何かと情報が飛び交うものだ。バーテンという人種がどれほど事情通か、皆川も何度となく実感したことがある。

「中谷も、そういうタイプですかね……店でいろいろ情報を聞いたとか」

「そうかもしれない」室橋が言った。「まあ、俺は何か裏があると思うけどな。本人も、ヤバい商売に手を出してるんじゃないか？」

「それは後で調べよう。取り引きはしない。情報を引き出して、その後で中谷本人に何か問題があったらパクる」宮下が宣言する。

「いいんですか、それで」皆川は確認した。

「当たり前だ。奴が何を期待しているかは知らんが、手心を加えるつもりはない……中谷の取り調べを続行だ」

うなずきながら、皆川は頭が混乱しているのを意識した。中谷の意図はどうでもいい。問題は、どうして「誘拐犯の息子が誘拐されたか」だ。

「要するに大嶋には、裏の顔があるわけや」事情聴取を再開してすぐに、中谷が打ち明けた。

「裏のビジネスということですか？　表向きは、きちんと建築資材の会社を経営しているようだけど」

「その会社の経営状況、調べたんか？」中谷が上目遣いに訊ねる。

皆川は無言で首を横に振った。まだそこまで手が回っていない。

「あまりよろしくないようですな。金は、喉から手が出るほど欲しいはずやで」

「まさか、会社のために誘拐事件を起こしたとか？」大嶋の会社は、それほど規模が大きいわけではあるまい。例えば百万円程度でも、会社の存続が左右されるかもしれない。

「その辺はよく分からんけどね」中谷が肩をすくめる。

「どう推理します？　あなたも元刑事なんだから、情報を聞けばいろいろ考えるでしょ

「まあ……警察にいたのは昔の話やから」中谷が右耳を引っ張った。「情報が、ちょっと頭の隅に残っていただけやね」

「そもそも誰から聞いたんですか？」

「いや、それはさすがに……覚えてへんわ」中谷が顔をしかめる。

「いずれにせよ、表の人ではないでしょう」

「それは、ね……そんなこと、簡単に言える人はおらんよ」

しかし、裏の業界でもこういう噂は流れるものだろうか。元々大嶋が、会社を隠れ蓑にして裏の商売をやっていたのか、あるいは……共犯者が他にもいるのか。これまでのところ、誘拐犯グループは大嶋を首謀者にして、三人と推測できる。一人は死んでいるし、一人は逮捕されているが、まだ自由に泳ぎ回っている人間がいて、その人間が情報漏れの起点になっている可能性は否定できない。酔った勢いで、つい話してしまうこともあるだろうし。

共犯の件を中谷にぶつける。彼は、どこか悲しげな表情を浮かべ、首を横に振るだけだった。

「そこまでは分からない？」

「私が聞いたのは、大嶋が女の子を誘拐したということ、その後で自分の息子が誘拐されたということだけやから」

「……信用できる情報だと思いますか」

「それを評価するのは、そっちの仕事やね」中谷が肩をすくめる。

クソ、もう少し具体的な情報が欲しい。「いつ、どうやって」が分かれば、大嶋に直接ぶつけて動揺させることができるだろう。そして心が揺れたところで再度質問をぶつければ、最初とは違った答え――真実が出てくる可能性も高い。

皆川はなおも質問を続けたが、最終的には中谷から新しい情報は得られなかった――「誘拐犯の息子が誘拐された」というのは、現段階でも単なる噂に過ぎないのだから。もっと具体的な話があれば、再度大嶋に突っこむこともできるのだが……。

「聞き耳を立てていてもらうことはできますか」皆川は下手に出て頼んだ。「中谷さんのところなら、いろいろと噂や情報が集まりそうだし」

「まあ、あまり当てにされてもな……どっちにしても、事件の行く末についてはあまり期待しない方がええよ」忠告するように中谷が言った。

「というと？」

「誘拐された子どもが無事に帰ってくる可能性は低いからね。犯人にすれば、自分たちが直接接していた相手や。声を聞かれる、顔を見られる――それが手がかりになるからね。子どもの記憶力は、馬鹿にできんよ」

「嫌なこと、言わないで下さい」皆川は中谷を睨んだ。そういうことは、頭では理解できていても口にすべきではない。

「……失礼。しかし、大嶋の会社は洗った方がええやろうね。ここ何か月か、えらく苦しかったみたいだから。それが今、普通に仕事をしている。何かあったと考えるべきやで」

「……資金繰りに成功した？」

「そういうことでしょうな」中谷がうなずく。「今時、銀行もシビアや。中小企業の社長がどれだけ頭を下げても、簡単に金を貸してくれるもんやない。かといって、三千万もの金を融資してくれる人間が他にいるとも思えんし」

「三千万、なんですね」

皆川がすかさず突っこむ。中谷が「しまった」という表情を浮かべた。それを見て皆川は、じわじわと怒りがこみ上げてくるのを感じた。この男は、まだ何か具体的な情報を握っている。小出しにして、警察に恩を売ろうとしているに違いない。

「中谷さん、知っていることがあるなら、全部言って下さい。後から教えられても、警察は特に恩を感じませんからね」

「いやいや、これ以上は」中谷が慌てて顔の前で手を振った。「あの会社が、三千万の資金を必要としていて、それが駄目なら倒産——そういう話を聞いていただけやから」

皆川はなおも中谷を揺さぶり続けたが、それ以上の情報は出てこなかった。本当に知らないのか、まだ出し渋っているのかは分からない。

だが当面は、これで十分だった。三千万円——誘拐の動機としてはあり得る。

問題は、何故大嶋の息子が誘拐されたか、だ。

5

大嶋の会社の状況が次第に分かってきた。公共工事の減少、建築資材の高騰などで、二年ほど前から苦しい状態が続いていたようである。取り引き先の銀行の話では、確かに二か月ほど前——五月頃から、大嶋が資金繰りのために盛んに銀行を訪れていたことが分かった。しかしそれは、七月に入ってからぱったりと途絶えている。

「金が手に入る目途が立ったんだな」宮下が断言した。「よし、本人を攻めよう」

「いいんですか？」皆川はまだ自信を持てなかった。最初に、あまりにも否定されているせいもある。

「いいんだ。何度もやっているうちに、口を滑らせる可能性がある。今回は態度に気をつけろ。息子がいなくなってから、もう四十八時間経っている。焦りが出てこないはずがない」

「仮に、犯人側と接触を保てているとしても、ですね」

「親の不安な気持ちが、奴もよく分かっただろう」宮下が珍しく、皮肉った。

「莉子ちゃんの件はどうしますか？　当ててみます？」

「ほのめかす程度にしろ。いきなりダイレクトに聴いても否定するだけだろうし。長池が喋れば、一気に逮捕に持っていけるんだがな」

「しかし、逮捕したら今度は陽斗君が……」

宮下が無言で首を横に振った。一家の中で、父親の大嶋が犯人との交渉役になっているのは間違いないだろう。突然交渉役が不在になったら、全てが水泡に帰す。

「こんな得体の知れない事件は初めてですよ」皆川は思わず不安を口にした。

「特殊班の仕事の難しさが分かったか？」

「ええ。これが終わったら、速攻で強行班の仕事に戻りたいです」

「それは、一課長に言え。俺にはどうにもならん」唇を歪めながら宮下が言った。

「異動の話でもあるんですか？」皆川は目を見開いた。実際には同じ課の中で班が変わるだけなので、「異動」ではなく「配置転換」だ。

「どうかな。ただ、一課長は今回の事件の捜査で、お前のことを盛んに話している」

「ヘマしたからでしょう」言いながら、皆川は不安を感じていた。自分がいないところで、マシンガンのように悪口を吐き散らしているのだろうか……。「特殊班は、肌に合わない感じがするんですけど」

「課長の真意は分からないけど、先のことは気にするな。とにかく今は、大嶋を落とせ。上手くいけば、事件が二つ、同時に解決する」

うなずき、皆川は覆面パトカーのキーを取り上げた。絵里と情勢を細かく分析し、大嶋の落とし方を検討する。

「私がいない間に……」絵里がぶつぶつと文句を言った。自分だけ取り残されたとでも思ったのだろう。

「しょうがないですよ。それぞれの事情もあるんだし」皆川は顔を両手で擦った。自分にも事情はある……もっとも今は、体に深く沈みこんだ疲労の方が気になった。事情を聴いている間に寝てしまうことはないだろうが、集中力をキープできるかどうか。しっかりするためには……。「俺が先陣を切っていいですか？　集中して話を聴きたいんです」

「いいわよ。ただし、冷静にね」

「怒る要素はありません」

「本当に？」絵里が目を細める。「これだけの事件で怒ってないの？」

「怒るより先に、訳が分からなくて困っています」

「それは私も同じだけど……行きましょうか。話を聴いてみないことには何も分からないし」

「了解です」

署から大嶋の工場まで、車で二十分ほど。その間、二人はほぼ無言だった。皆川は頭の中で事情聴取のシミュレーションを繰り返し、絵里は手帳に何か書きこんでいる。

夕方、工場の操業は既に終わっていた。隅の方で、金属同士が当たる音がかすかに聞こえるだけで、人気《ひとけ》もない。景気が悪いのは間違いないようだ、と皆川は思った。残業している社員もいないとは。

事務室のドアを開けると、すぐに大嶋と目が合った。険しい表情で、二人を睨みつけてくる。もう一人、若い女性社員がいたのだが、大嶋はすぐに「引き上げて」と促した。異常に緊張し始めた気配に気づいたのか、女性社員がさっさと荷物をまとめて席を立つ。

エアコンが静かに冷気を吐き出していたが、それでも皆川は汗が噴き出てくるのを意識した。ハンカチで額を拭い、事務室の中ほどまで歩を進める。大嶋は自席に座ったまま、依然として顔つきを緩めなかった。

「何か？」ようやく吐き出した声にも愛想はない。

「昨日の話の続きです……座っていいですか」

無言。皆川は返事を待たず、昨日と同じソファに腰かけた。大嶋はようやく立ち上がったものの、自分のデスクの前から離れない。

「座って下さい」

絵里が素早く言った。低音の、有無を言わさぬ口調。それでも大嶋がこちらに来ようとしないので、皆川は立ち上がった。

「緊急事態じゃないんですか？　話をしましょう」

「何もない」

「息子さんの命が危ないかもしれないでしょう」

大嶋が口元に力を入れた。唇の両端が落ち、顎に細かい皺が寄る。ようやくデスクの前を離れ、絵里の向かいに腰を下ろした。ローテーブルに置いてあった煙草を取り上げ、一本振り出すと素早く火を点ける。前を向いたまま煙を吐き出し、視線を遠くに彷徨《さまよ》わせた。皆川は絵里の横に座り、早速切り出した。

「昨夜、親戚の皆さんが集まっていたようですが」

「それが何か？」

「相談事でもあったんですか」

「親戚が集まるのは普通でしょう。ちょっと一緒に飯を食ってただけですよ」

「一人、ずっと朝までいましたよね」

「監視してたんですか？」大嶋が皆川を睨んだ。

「それも仕事です」

大嶋が吐息をついた。煙草を一吸いして、すぐに灰皿に押しつける。大きなガラス製の灰皿は、既に吸殻で一杯だった。全部同じ銘柄……今日の大嶋は、煙草でストレスから逃げようとしているらしい。

「酒を呑んだんで、運転して帰れなくなっただけですよ」

残った一台の車が、今朝九時ぐらいに家を離れたのが確認されている。説明にうなずき、皆川は続けた。

「昨夜のうちにここを離れたお二人には、話を聴きました」

「ああ……そうらしいですね」

「誘拐事件が疑われているんです」

「だからそれは」声を張り上げた大嶋が、一転して口を引き結ぶ。ほどなく、意識したような低い声で話し出した。「そういうことはないと言ったでしょう」

「昨日話を聴いたお二人とも、過剰反応でした」

「過剰反応？」

「笑って済ませればいいのに、怒りました」

「それは怒るだろう。ありもしない誘拐なんて……言いがかりみたいなものじゃないか」

「だったら、陽斗君に会わせてもらえますか？」

「陽斗は沖縄です」

「飛行機に乗っていませんよね」皆川は一気に畳みかけた。「乗客名簿をチェックしました。どうして嘘をついたんですか?」

「……風邪で寝ている。人に会える状況じゃない」大嶋は、皆川の追及に直接は答えなかった。

「顔を見るだけでもいいんです」皆川は食い下がった。

「駄目です。病気なんだ」

「どうして嘘をついたんですか」

「病気なんだ」

あまりに頑《かたく》な……嘘をついたことはともかく、どうしても会わせたくない理由があるとは考えられない。皆川は、陽斗が誘拐されたという確信をさらに強めた。

質問をやめ、皆川は事務所の中を見回した。壁にかかったホワイトボードは、七月前半のスケジュールは埋まっていたが、後半はすかすか……ここに全ての仕事が書いてあるわけではあるまいが、それでも決して大忙しというわけではないようだ。

「仕事はお忙しいんですか?」

「ああ?」大嶋が顔を歪める。「それが、警察に何の関係があるんだ」

「いや、一般論ですけど」

「建設関係の仕事なんて、東北と関東以外はよくないよ」

「復興事業とオリンピックですか」

「九州には、その余波は来ないんでね。特にうちのように、地元中心でやってるところは」

「そうですか……最近、資金繰りはどうなんですか？」

「何なんだ、あんた！」大嶋は罵声を発した。「誘拐だ何だと言っておいて、今度は人の家の懐を探るようなことを聴くのか？」

「そんなに大変な秘密ですか？」

皆川が指摘すると、大嶋が黙りこむ。皆川を睨んだまま、手探りで煙草を引き出し、また火を点けた。しかし……手が震えている。

「地元中心でこういう会社をやっていると、いろいろ大変なんでしょうね」

「それは……公務員の人には分からないでしょう」

「社員は何人いるんですか？」

「それを聞いてどうするつもりですか」紫煙の向こうで、大嶋の目が細くなるのが見えた。

「今のは世間話です」皆川はさらりと言った。何故そんなに強硬な態度に出るのか分からない、という内心を匂わせる。

「十人……他にバイトが七人」大嶋が渋々言った。

「大所帯ですね」

「何が」大嶋が馬鹿にしたように笑う。「中小企業の小の方ですよ」

「じゃあ、いろいろと大変でしょう。銀行とのつき合いとかも」

「そんなのは、どこも同じだ」

「そうですよね」皆川は深くうなずいた。「うちの親も商売をやってますから、分かります」話を合わせるために嘘をついた。「子どもの頃から、銀行の人に頭を下げるところ、よく見てました。あれは、あまり気分がいいものじゃないですね。銀行の人って、小さな商売に対しては、どうしてあんなに偉そうにするんでしょう」

「そういうものでしょう、銀行って」

「危うく商売を畳むところだった……そういうことが何度もあったそうです。もちろん、大嶋さんのところとは規模が違う、家族経営ですけど。銀行が金を貸してくれない時は、どうするんですか」

「それは……それは、何か手はあるんですよ。今までも何とかやってきたから」

銀行に見捨てられたこともある、と認めたも同然だ。皆川は真剣な表情でうなずき、話を進める。

「厳しいですよね。特に大嶋さんは、十七人も人を抱えているから、責任重大だ。ご家族のこともありますしね」

皆川は何も言わず、大嶋の顔を凝視した。煙のせいで霞《かす》んで見え、表情がはっきりしない。事情聴取の際には、煙草は控えてもらうようにしないと、と皆川は肝に銘じた。

「家族だけで何とかできると思っているんですか？　後悔しますよ」

「脅すんですか？　警察なのに？」信じられないとでも言いたげに、大嶋が目を見開く。

「案じているだけです」皆川は平静を保つよう意識する。「先日、誘拐事件で女の子が犠牲になったのはご存じでしょう？　ああいう事件は絶対に繰り返されてはいけないんです。子どもが犠牲になる事件は、もう嫌です」

大嶋の喉仏が上下する。もうすぐ落ちる——と皆川は踏んだが、大嶋はまた煙草に逃げてしまった。忙しなく煙を噴き上げると、黙りこんでしまう。二度と口は開くまい、とでも思っているようだった。

「話す気になったら、いつでも言って下さい。警察は常にオープンです」

「話すことはないです」大嶋の声はかすれていた。

「三千万円、どうやって返済したか、教えてもらえますか？」

「ああ？」大嶋が目を細め、突然凄んだ。そこに皆川は、この男の暗い側面——闇社会とのつながりを感じ取ったが、最初に予定していた通り、突っこみはそこまでにした。

「失礼しました。何でもありません」頭を下げ、立ち上がる。結局一言も発しなかった絵里が、続いて腰を上げた。

不快な緊張感……皆川は喉の渇きを感じたが、真っ直ぐ出入り口に歩を進めた。外へ出る時、一瞬だけ振り返って大嶋を見る。ソファに深く身を沈めたまま、指先では煙草の灰が長くなっていた。


「君、実家は商売をやってるの？」車に乗りこむなり、絵里が訊ねる。

「嘘です。公務員ですよ」

「そういう嘘はよくないわよ。バレたら向こうの信頼を失う」

「危険は覚悟の上でした。何とか話を引き出したくて……」

エンジンをかける。冷風が頬を撫でて、少しだけほっとした。ダッシュボードの温度計を見ると、三十二度。既に陽が暮れかけているのに……日本はもはや熱帯だ。

「どう思いました？」

「グレーからどんどん黒になる感じね」

「ですよね……」皆川は顎に手を当てた。そのまま会話を続けようとしたが、いつまでも工場の近くにいるとまずい。車を出し、建物がほとんど見えなくなるところまで走った。ビニールハウスの脇に車を停めて、会話を再開する。「三千万の話が出た時の反応、異常じゃなかったですか？」

「それまでとは別人みたいだったわね。あれは……ヤクザの目」

「でも本人には、犯歴はないんですよ。記録に残っている限りでは、交通違反もない。一応、模範的市民です」

「交通違反はしなくても、悪い奴はいくらでもいるわよ」絵里が鼻を鳴らした。

「結局、具体的な話は引き出せませんでしたね」かすかに敗北の味を感じながら皆川は言った。「感触」は強くなっているが、それを裏づける証言は一切ない。

「仕方ないわよ。でも、私たちにはまだ長池がいる」

「あいつは頭痛のタネでもあるんですけどね」皆川は打ち明けた。「かなり動揺してますけど、まだ喋らない。いったい何を恐れてるんでしょうね」

「大嶋」絵里が即座に言った。「さっきの目、見たでしょう？　あれでビビる人間、いくらでもいるわよ」

「長池も、そんなに肝が据わった男じゃないってことですかね」

「まず、大嶋と長池の関係をはっきりさせないと……大嶋は長池の店の客だったとか？」

「その件は調べると、宮下管理官が言ってました」

「接点が一つでも出てくれれば、そこを突破口にできそうね。それと、ここの監視は？」

「続行だそうです。もしも本当に誘拐なら、かならず動きがある。張り込みは必須ですよ」

「そうね……今晩は、私も参加するつもりだけど」

「お母さん、大丈夫なんですか？」

「大丈夫……実は昨日から、入院してるのよ」

「あ、そうなんですか」それなら、万が一何かあっても安心だ。ただし、命に関わるようなことだったらまずい……急に呼び出されて現場を離脱することになっても、バックアップ要員を確保できない。

「私のことは心配しないでいいから」

「あ、そうだ」皆川は突然思い出して声を上げた。

「何？」

「バイク」

「バイク？」

「大嶋の家に、バイクがありました。身代金の受け渡しで、車じゃなくてバイクを使う可能性もありますよね」

「そうか。バイクが相手だと、車では追い切れないかもしれないわね……一台、バイクを用意した方がいいかもね」

「せめて中型以上じゃないと、高速に乗ったら取り残されるわね。あなた、免許持ってる？」

「ええ」学生時代、寮の仲間たちが何故か次々とバイクの免許を取ったので、釣られて教習所に通った。勤め始めてから、一時二五〇ccのバイクを持っていたこともあるが、手放してしまって、もう何年も乗っていない。しかしバイクの運転は、一度覚えると忘れない。自ら手を挙げよう、と決めた。

「念のためです」

捜査本部に戻ると、すぐに会議が始まった。いつの間にかこちらの事件に関わる刑事の数も増えており、椅子が足りずに、皆川は立ったまま話を聞かざるを得なかった。

長池はまだ証言を拒否——というより、昼間からずっと、完全黙秘を続けているという。皆川の得た「感触」も、決め手にはならない。結局、夜の街での聞き込みと、大嶋の監視が続けられることになった。皆川の提案で、バイクの使用も認められた。宮下は当然、「事故のないように」としつこく忠告したが。

皆川は、深夜からの張り込み担当になり、その前に一時帰宅した。シャワーで汗を洗い流し、慌ただしく夕飯を終えてようやく一息つく。

「少し寝ておいたら？」食卓で冷たい麦茶を飲みながら、茉奈が心配そうに言った。

「いや……そこまで時間がないから」

「すっごく疲れて見えるけど」

茉奈が、すっと皆川の頬を撫でた。皆川はその手を取り、握り締める。細く冷たい指先の感触……ほっとする一時《ひととき》だ。ふと、絵里が自分の手を握ってきた時のことを思い出す。あれは何だったのだろう。不安の逃し先が欲しかっただけなのか。

「どうかした？」

「いや、大丈夫」茉奈の手を放し、頬を張る。小さな痛みで、少しだけ眠気が吹っ飛んだ。「眠いけど、それだけだから」

「徹夜だったの？」

「切れ切れには寝たよ。そういうのが一番疲れるんだけどね」

「もう若くないんだから……」

言われて、思わず苦笑してしまった。三十四歳で「若くない」と言われたら、この先どうすればいいんだ？　麦茶で喉を潤し、寝室に目を向ける。

「今、結愛を抱いてもいいかな」

「寝てるから、静かにね」

立ち上がり、足音を忍ばせるようにして寝室に入った。ベビーベッドの前で屈み、静かに寝息を立てている結愛の顔をじっと見る。腕を伸ばして抱え、ゆっくりと持ち上げる。体温はさほど変わらないはずなのに、もっとずっと温かな物に触れている感じがした。体を揺らしながら、顔を凝視する。抱き上げられたことにも気づいていない様子で、静かに眠っていた。

「大人しい子よね」寝室に入ってきた茉奈が、結愛の頰を人差し指で突く。

「ごめんな……家に帰ってきたばかりなのに、忙しくて」

「それはしょうがないでしょう。夜泣きがひどい子だったら、こっちも参っちゃってるかもしれないけど……夜泣きされると、肉体的にも精神的にも相当きついみたいだから。たぶん、遺伝ね」

「そう?」

「私も全然、夜泣きしなかったそうだから。慶ちゃんはどうだったのかな」

「さあ……覚えてない」

茉奈が声を出して笑った。両腕を差し伸べたので、慎重に結愛を渡してやる。

「そんなの、本人が覚えてるわけないでしょう」

「あ、そうか」手が軽くなっただけで妙に寂しい……子どもというのは、様々な安らぎを与えてくれるものだと実感する。そして、結愛を抱く茉奈を見ていると、何とも言えない喜びが込み上げてくる。その一方で、胸の中に暗い雲が湧き上がってくるようだった。子どもが犠牲になる事件が二件……こんなことが何度も起きないようにするためには、とにかく事件を解決するしかない。

「じゃあ、そろそろ行くから」

「送ろうか？」

確かに……この時間になると、地下鉄空港線は一時間に三本しかない。しかし、結愛も車に乗せて——と考えるとあまりにも慌ただしい。

「大丈夫。今なら、二十一分に乗れるから」博多まで出てＪＲに乗り換えれば、会議の時間には十分間に合う。署で少しバイクの状態をチェックしてから、現場へ出発だ。

「また汗かいちゃうわよ」

「しょうがないよ、七月だから」

今この時間、自分よりもよほど汗をかいている人間がいる。それが、辛さによるものか、焦りによるものかは分からないが。

皆川は、人差し指で結愛の頬を突いた。これほど柔らかく、これほど愛おしい存在がこの世にあるだろうか。娘を守るためなら、何でもやる……険しい表情になってしまったのに気づき、慌てて両手で頬を擦った。

「どうかした？」茉奈が不思議そうな口調で訊ねる。

「今、すごい怖い顔、してなかったか？」

「全然」茉奈が笑う。「慶ちゃん、そういうタイプじゃないでしょう。怒らないし……怒ってるかもしれないけど、顔に出ないし」

「それが問題なんだよな……」

「え？」

「いや、何でもない」

本当は、怒りが顔に出るようにすべきなのだろう。ただしそれは仕事の時だけで、家に帰ったら優しいパパに切り替える——自分はそんな器用な人間じゃないんだ、と分かってはいるが。

6

久しぶりに乗るバイクの感覚を取り戻すまで、少し時間がかかった。いや、一連の手順を忘れたわけではない。キーを捻って電装系を蘇らせ、セルボタンを押してエンジンに火を入れる。左手でクラッチを握り、左の爪先を下げてギアをローに叩きこむ——スタート時の動作は体が覚えていた。しかしクラッチをミートするタイミングが狂ってしまい、がくん、とショックが来た後にエンストしてしまう。

慌てて周囲を見回し、誰にも見られていないことを確認してから、クラッチを握った状態で再度セルボタンを押した。今度はもっと慎重に……アクセルをゆっくり開けながらクラッチを放す。少しクラッチのつながりが神経質なようだが、すぐに慣れるだろう。

走り出してすぐ日赤通りに出て、車の流れに乗る。すぐに、バイクで走る感覚が蘇ってきた。夜になって少し気温が下がってきているので、ワイシャツの上にナイロン製の薄いライディングジャケットを羽織ってちょうどいい感じである。

それにしても、署員が貸してくれたのはなかなかごついバイクだった。ホンダ400X。オンオフ両用のいわゆるデュアル・パーパスモデルで、シート高が八十センチ近くあるので、気をつけないと停まった時にバランスが崩れてしまう。皆川の身長と体重では、両足が辛うじて爪先立ちになるぐらいだった。しかし、悪くない。ごく小さなカウリングがあるので、伏せれば高速道路でもさほど風圧を受けずに済みそうだ。百キロを超えると、空気の壁にぶつかるようなものだからな……と感覚を思い出す。

しかし、「借り物」という感じがして仕方がない。人のバイク、人のヘルメット、人のジャケット。全て若い署員が貸してくれたのだが、ジャケットは少しだけ大きく、風を激しく受け止めてしまう。まあ、文句を言っても仕方がない。このバイクで追跡することがあるかどうかは分からないし。

携帯が鳴り出したので、一瞬慌てる。が、バイクでも携帯で話せるマウントシステムを貸してもらっていたのだと気づき、ヘルメットの左側につけたワイヤレスインカムのスウィッチを押す。

「どう？」絵里の声が、予想以上にクリアに聞こえてきた。

「今、向かってます。こっちの声は聞こえますか？」

「はっきり聞こえてるわよ。これなら、迷子になる心配はないわね……あとどれぐらいで着きそう？」

「十分」

「急がなくていいから。事故を起こしたら元も子もないからね」

「了解です」

通話を終え、ほっと吐息を吐く。便利になったものだ……自分がバイクに乗っていた十年前には、まだこんなシステムはなかったのではないだろうか。

結局、十分もかからず大嶋の自宅近くに到着した。今日も静か……車も通らず、二気筒四〇〇ccの排気音が必要以上に大きく響いたのでは、と心配になるぐらいだ。

先に到着していた絵里の覆面パトカーに乗り移る。絵里ともう一人、所轄の若い刑事が前のシートに乗っていたので、皆川は後部座席だ。

「暑くない？」ちらりと絵里が振り向く。

「いい具合に冷えてますよ」たとえ外気温が三十度を超えていても、長時間風に叩かれ続けると、体温は奪われるのだ。「何か動きは？」

「今のところは……夕方からずっと動きがないわね」

「じゃあ、待ちますか」

絵里が無言でうなずくのが見えた。交代で寝ようかという話も出たが、何となくまとまらない。

「何か、予感がするんですか？」皆川が訊ねた。

「ちょっとね」

「これから大嶋が動き出すとか？」

「あるいは誰かが訪ねてくる」

確かに。もう、事件発生から四十八時間以上が経っているのだ。既に三日目。これまで何も動きがないのがおかしいぐらいである。

静かに時間が過ぎた。午前一時……風が強くなり始める。窓を開けると、湿気を感じた。

「雨になりそうですね」皆川はつぶやいた。

運転席に座った刑事が、スマートフォンを弄り始める。すぐに「朝までの降水確率、九十パーセントです」と告げた。

「君、雨具の用意はあるの？」絵里が心配してくれた。

「一応借りてきました」小さくパッキングして、自分のバッグに入れている。

外に出ると、鼻先に最初の一滴が当たった。蒸し暑さと雨――最悪の夜だ。もちろん空は暗く、星はまったく見えない。皆川はライディングジャケットを脱ぎ、シャツ一枚になった。今は、これでちょうどいいぐらいの気温である。取り敢えず、本降りになっていないのが救いだ。

眼鏡を外し、シャツの胸の辺りで拭う。曇りが消えたところでかけ直し、目を凝らして大嶋の家を確認した。動きはない……しかし、リビングルームに灯りが灯っているのが見えた。夜でも家の中を真っ暗にしないのか、あるいは何か相談を続けているのか。近づいて確かめたいという欲求と闘いながら、皆川は家を見続けた。やがて、絵里が車から出てくる。皆川の横に立つと、両腕を思い切り突き上げて伸びをした。

「こういうの、段々きつくなってくるわね」

「張り込みですか？」

「背中が痛い」

本格的なストレッチを教えてやろうかと思った。大学時代、練習の前後に行っていたストレッチは、筋肉と関節がしっかり伸びる。

「確かに、体が鈍《なま》りますね」皆川も両肩を回した。「走りたいな……」

「まだ選手のつもりなんだ」

「そういうわけじゃないですけど」絵里の声に皮肉な響きを感じ取り、皆川は少しむっとして否定した。

「でも、走ってるんでしょう？」

「時間がある時には……最近は、あまり走れてませんね。ストレスが溜まりますよ」

「あ、雨……」

絵里が右手を前に差し出し、掌で雨を受けた。皆川も、髪に冷たい雨粒が落ちるのを感じた……と思った瞬間に、本降りになる。二人は慌てて車に逃げこんだ。九州の雨は、時に南国の集中豪雨のようになり、景色を白く煙らせる。

「着替えておいたら？　止みそうにないわよ」絵里が車のエンジンをかけ、ワイパーを動かした。滝のようにフロントガラスを滑り落ちる……ほどではないが、ワイパーを動かしていないと視界が確保できない。

皆川は絵里の指示に従い、狭い後部座席で着替えた。ライディングジャケットは省いて、レインウエアの上下を身につける。いくら雨が降って気温が下がっても、三枚重ねで動きにくくなるよりはましだ。

一言で言えば「ごわごわ」だ。動く度に音がして、煩くて仕方がない。バックミラーを覗くと、絵里が笑っているのが見えた。

「結構すごい格好ね。それにしても、黄色って……」

「バイクは、目立たないと危ないですから」

このレインウエアは、黄色をベースにして、あちこちに赤い発光テープをあしらっている。デザイン的な問題ではなく、夜間の安全確保のためだ。乗っている時はこれでいいのだが、覆面パトカーの後部座席に座っていると、間抜けの一言である。

「出てきました」

若い刑事が緊張した声で告げる。皆川は運転席と助手席の間に首を突っこみ、前方を凝視した。雨とワイパーの動きのせいで見にくいが、確かに玄関のドアが開いて誰かが出てきたところだった。誰かは……分からない。大嶋本人だろうか？ うつむいたまま、車に向かう。

「尾行してみるわ」絵里が緊張した声で言った。

「出ます」

皆川はすぐに車の外へ出た。大嶋の家から車が出て、絵里がすぐに追跡を始める。それを見送った皆川は、バイクに跨《また》がった。ヘルメットを被《かぶ》った格好で突っ立っていたら、さらに怪しくなる。

絵里からの連絡は入らない。雨の中、取り残された……しかし孤独な時間は五分も続かない。大嶋の家から、また一人出てきた。男のようだ……既にヘルメットを被っている。バイクにかかっていたシルバーのシートを外し、押して外に出た。遠目では、どんなタイプのバイクか分からない。

エンジンをかける。直列二気筒エンジンの振動はそこそこだ。レインウエアの胸元に手を突っこみ、大嶋の家の方を見やる。家の前まで出てきた男は——やはりヘルメットで顔は見えない――慎重にグラブをはめていた。確かに……雨がひどいと、スピードを上げた時に柔らかな銃弾を受けているようになるのだ。危ないのはむき出しの手首から先である。向こうの方が、準備は入念なようだ。

スクーター……たぶん、ヤマハのグランドマジェスティだ。堂々たるフォルムで、スクーターとしては運動性能も悪くない。しかし、しょせんはスクーターであり、４００Ｘが引き離されるはずもない。マジェスティが発進した。こちらも排気音に包まれているので向こうの音までは聞こえないが、単気筒エンジンならではの「ババ……」という歯切れのいい音を周囲に響かせているだろう。

慎重にクラッチをつなぎ、アクセルを開ける。小ぶりなカウリングだが、雨避《あめよ》けとしてはそこそこ役に立った。しかし……ヘルメットのシールドは雨に叩かれ、視界が悪い。参ったな、と舌打ちしながら、右手でシールドを拭った。しかしすぐに、また雨が襲う。どうも、この状態に慣れるしかないようだ。

大嶋の家の前を通り過ぎ、マジェスティを追う。マジェスティは室見《むろみ》川を伊田尻《いだじり》橋で渡ってすぐに右折、川沿いの道を北上し始める。スピードはずっと五十キロを保っていた。しばらく走って、Ｔ字路になったところで右折、また橋を渡る。いったいどこへ行くつもりなのだろう……橋を渡り終えると住宅街に入る。ヘッドライトの光が雨の夜を引き裂く。皆川は、なるべくマジェスティと距離を置くようにした。途中に他の車が入ってきたら厄介だが……。

その後はひたすら北上、途中で右折して、次第に賑やかになってくる道路を東へ向かい、国道二六三号線に入る。最初からここへ入るつもりだったら、むしろ遠回りをしていた感じだ、と皆川は首を捻った。

雨は依然として降り続いており、シールドは完全に濡れているが、それにも慣れてしまった。濡れた手が風にさらされ、冷たくなってくる。ほどなく、地下鉄野芥駅、そして高速にぶつかった。マジェスティは左折した——高速に乗るつもりだろう。絵里に連絡しようとして、一瞬躊躇う。実際に高速に乗ってからの方がいいだろう。

ちょうど高速の真下を走る格好になるので、雨からは逃れられる。ほっとして少し身を起こし、ヘルメットのシールドを跳ね上げた。マジェスティは、前を大型トラックに塞がれていたが、特に焦っている様子はない。もしも身代金を運んでいるなら、焦れて一気にトラックを追い越すのではないだろうか。よく見ると、かなり大きなバッグを斜めがけにしている。あれが身代金か……。

ほどなく、「野芥入口まで200メートル」の看板が見えてきた。一度高速に乗ってしまえば、あとはどこへでも……ガソリンはほぼ満タンだが、追跡が長引くかもしれないと考えると不安になってくる。

マジェスティは左の側道に入って、高速に乗った。緩く長い坂を一気に上り切り、走行車線に飛びこむ。皆川は事故を心配して、慎重に合流した。液晶表示のスピードメーターは九十八キロを指している。雨の高速で、スクーターで百キロというのは結構危険なのだが……皆川は絵里に連絡を入れた。こちらの声はよく聞こえているようだが、風切り音のせいで向こうの声は多少聞き取りにくい。

「今、高速に入りました」

「どっち方面？」

「環状線を石丸方面へ……結構飛ばしてます」

「了解」

「そっちはどうですか？」

「ただ街中を流しているだけ……今は天神の方に向かってるわ」

「何ですかね？」

「それは分からないわ。本部には連絡を入れておいたから、何かあったら電話して」

「了解です」

マジェスティは福重《ふくしげ》ジャンクションを通過した。ここからは福岡前原有料道路へも行けるのだが、そこはパスする。石丸、姪浜、愛宕《あたご》と次々と無視して通過。おいおい……いったいどこへ行くつもりなんだ？　このルートで行ける場所というと、ヤフオクドームや天神、博多駅や福岡空港だ。そのどこかが身代金の受け渡し場所になっている？

賑やかな場所は人目をくらますのにいいかもしれないが、さすがにこの時間だと、人が群がっているのは博多名物の屋台ぐらいのものである。いや、今日は雨が降り出したから、屋台も休業か……意図が読めぬまま、皆川は追跡に集中した。

しかしマジェスティは、一向に高速を降りる気配がない。千鳥橋《ちどりばし》ジャンクションで香椎線に入るかと思ったが、そのまま環状線を走り続ける。おいおい、このままずっと環状線を回り続けるつもりなのか？　環状線は既に半分ほどを過ぎている。この先に目的地があるなら、西行きではなく東行きを選んだはずだが……。

ふいに、嫌な予感が頭に入りこむ。まさか、単なるツーリング？　皆川にも覚えがあった。何故か眠れなくなった夜中にバイクを引っ張り出し、無意味に環状線をぐるぐる回ったことがあった。一周、三十分弱。風に体を叩かれているうちに、何だかすっきりしてよく眠れるようになったものだ。バイク乗りというのは、時に意味もない行動に出る。しかし今夜は雨である。どんなに熱心なライダーでも、雨の夜にわざわざ乗り出そうとは思わない。

時間稼ぎ？　しかし何のために？　あるいは、家を見張られていることに気づいて、そのストレスから脱しようとしているだけかもしれない。とはいえ、カーテンを閉めてしまえば、人目など気にならなくなるはずだ。だいたい、警察の動きを「不当捜査だ」と憤るなら、弁護士にでも相談すればいい。警察が相手なら、喜んで闘う弁護士もいるだろう。それに小さい会社ながら、大嶋は経営者である。それなりの立場がある人間が不満を訴えれば、弁護士も力こぶを作るはずだ。

あれこれ考えているうちに、とうとう環状線を一周してしまった。まさか、本当に時間潰しのつもりか？　絵里に連絡を入れようとした瞬間、向こうから電話がかかってきた。

「どう？」

「まだ高速です」

「車に乗ってるのは大嶋ね」

「何で分かったんですか？」

「バックミラーに映ったのよ。ちょっと近づき過ぎたかもしれないけど」

「じゃあ、バイクに乗っているのは誰なんですか」

「そんなこと、私に聞かないで」絵里がむっとした口調で言い返す。「とにかく、こっちは車を追うから。そっちはバイクの追跡を続行して」

「分かりました」

二周目に入っても、マジェスティはペースを崩さなかった。横を大型トラックが通過し、水跳ねで全身がずぶ濡れになっても、まったく意に介さない。一応レインウエアは着ているのだが、あれだけの水を一気に浴びたら、少しは動揺するのではないだろうか……だいたい、背負ったバッグを気にする様子がないのが怪しい。身代金が濡れてしまう心配はないのだろうか。

ダミーなんじゃないか。一刻も早く離脱したいが、タイミングがない。絵里に電話をかけて推測を伝えたのだが、彼女は「追跡続行」を指示するだけだった。

「そっちは、どこへ向かってるんですか？」

「野芥インターを通り過ぎたところ……市の中心部に向かってるみたいね」

頭の中で福岡市の地図を広げる。国道二六三号線を北上すると、荒江の交差点で別府橋通りにぶつかる。そこを東へ向かえば、樋井川《ひい》を渡って護国神社へ、その先はもう警固《けご》から天神だ。この時間には、天神付近には人が少ない。大丸の裏当たりで、ビルの前にぽんと金を置いても、受け渡しは簡単だろう。あの辺には福岡中央署があるのだが、事前に警戒してもらうわけにもいかない……。

「そっちの車に乗ってるのは一人ですか？」

「そう、大嶋だけ」

「家を出てくる時、何か荷物は……」

「大き目の手提げバッグを持ってたわ」

「こっちの動き、バレてたんですかね」

「可能性はあるわね。二方向に別れれば、こっちの戦力を削げるわけだし」

「引っかかったかもしれません」ヘルメットの中で、皆川は思わず舌打ちをした。

「今は余計なことは考えないで。とにかく、見逃さないように」

それはあり得ない、と皆川は思った。向こうが異常に飛ばしていたり、車が多かったりすれば見逃す可能性はあるが、今は降りしきる雨以外に悪条件はない。とにかく絵里の言う通り、追跡の義務を果たそう。狙いが何か分からない以上、目を離さないように気をつけるしかないのだ。

動いた。

二周目も半分以上を過ぎ、榎田《えのきだ》の出口が近づいた。マジェスティがウィンカーも出さずに、突然出口へ向かう。皆川は後に続いた。これは……福岡空港へ行くのに、空港通り以外ではこの出口が一番近い。しかしこの時間、当然空港は開いていない。マジェスティの男の意図がまったく読めなかった。国道三号線をずっと南下していく。道路沿いには会社が多い。やがてマジェスティは、またウィンカーを出さずに左折した。皆川は十分な距離を保って追跡していたので、見失わずに後に続くことができた。細い道を走っていくと、やがて行き止まり——低いゲートが見えてくる。航空自衛隊の基地だ。左側には道路がないので、右へ。その時点で、皆川はライトを消した。他に走っている車がないので、気づかれる恐れがある。そのまましばらく、自衛隊基地を左側に見ながら走り続けた。いったいどこへ……。

間もなく、視界を遮るものがない場所に出た。左側には、二重のフェンスに囲まれた滑走路、右側には高速道路。やがてマジェスティは、スピードを落として道路の左側に寄った。まずい……ここは追い越すしかない。左側に少し膨らんだ場所があり、その先はフェンスで閉ざされている。皆川は少しだけスピードを上げて、フェンスの前で停止したマジェスティを追い越した。バックミラーを見ると、ライダーはバイクを降りてフェンスの上に身を乗り出し、背負っていた荷物をフェンスの向こうに置いている。既に相当離れていて、皆川の肉眼で確認できたのはそこまでだった。

そのまま走って、突き当たりの広い道路に出る。「西月隈《にしつきぐま》3丁目」……右折禁止なので、左に曲がってバイクを停め、単眼鏡を取り出した。しかし、シールドを上げて目に当てようとした瞬間、マジェスティがこちらに走ってくるのが見える。まずい……バイクを出して離れようかとも思ったが、あそこに何が置かれたのか、確認しなければならない。顔を伏せ、傍らをマジェスティが猛スピードで走り抜けるのを待ってから、今来た道を引き返した。

この細い道路の右側——空港側には用水路が流れている。フェンスはそれほど高くないので、その気になれば乗り越えられる。400Xのヘッドライトの光量は乏しく、現場に近づいても何があるか見えない。国道三号線の街灯がかすかに光を投げかけてくるが、何の役にも立たなかった。

一度現場を行き過ぎ、バイクを方向転換した。降りて確認しようと思ったところで、後ろからやってきた車のヘッドライトがバックミラーを光らせる。あの車が通り過ぎてからだな……と思って待機していると、車は左側――先ほどマジェスティが停まった場所にぐっと寄っていった。フェンスぎりぎりで停止してヘッドライトを消したが、エンジンはかけたままにしている。おいおい――皆川は途端に鼓動が跳ね上がるのを感じた。絵里に連絡するか？　いや、もう少し様子を見よう。

ヘッドライトを消す。向こうがこちらを認知したかどうかは分からないが、できるだけ存在感を消しておかないと。皆川はタンクに伏せ、上目遣いで相手の動きを見守った。同時に胸元に手を突っこみ、デジカメを取り出す。何か証拠になるものを撮影できればと思ったが、この暗さではストロボなしでは厳しいだろう。しかしストロボを焚《た》けば、間違いなく相手に気づかれる。

明らかにおかしな車だ。

ホンダのフリード、色は青みがかったシルバー……ナンバーが隠されている。上から何かを貼りつけた感じだ。それだけでも職質できるが、皆川は我慢して様子を見守ることにした。

ほどなく助手席のドアが開き、男が出てくる。黒い半袖のTシャツに濃紺のジーンズ。キャップを目深に被っているので、顔までは確認できない。フェンスに両手をかけると、勢いよくジャンプして飛び越す。身の軽さに、現役のアスリートではないかと皆川は疑った。体を屈めて何かを探している様子……立ち上がった時、手に何か持っているのが見えた。目を細めても確認できないが、どうやらバッグのようである。

身代金の受け渡し？　ここで？

相手は恐らく二人いる。一人で抑えられるだろうか……拳銃を持っていればともかく、今日は素手である。バッジがどれほどの威力を持つかは分からない。応援をもらおうかとも思ったが、一番近い空港警察署から来てもらうにしても数分はかかる——荷物を拾い上げた男は、すぐに助手席に乗りこんでしまった。車がバックし始める。このまま逃げる気か……追跡を継続するのが一番確実な方法だ。しかし皆川は、何故か「この場で解決したい」という強い気持ちに襲われた。一度ヘマをしているのだ、ここで何とかできれば——その時は、この気持ちが「焦り」だとは気づかなかった。

フリードが勢いよくバックしてきた。後ろに皆川がいるのに気づいていない様子……停めなくては。皆川はダッシュして、車が停まる寸前にリアハッチを掌で強く叩いた。ブレーキランプが皆川の体を真っ赤に染め、衝撃が伝わる。

ゆっくりと運転席側に回る。ここはあくまで職質だ。ナンバーを隠しているのだから、立派に道交法違反である。落ち着け、焦って声が上ずるようなことだけは避けなくては……自分に言い聞かせながら、一歩一歩を踏みしめるように前に進む。

ドアが開き、皆川は足を止めた。まず、バッジを提示しないと……しかし次の瞬間、体を捻って運転席から身を乗り出した男が、拳銃を構えているのが分かった。銃口は、皆川の顔にぴたりと向いている。

「やめろ！」

皆川は反射的に叫んだ。ところがそれが引き金になったように、銃声が鳴り響く。咄《とっ》嗟《さ》にしゃがみこんだが、右脚——腿の辺りに熱さを感じた。撃たれた？　クソ、撃たれたのか？　何とか立ち上がろうとしたが、脚に力が入らない。

フリードは急ハンドルを切って走り去った。呆然とした皆川には、まだ刑事としての本能が残っていた。レインウエアのポケットに手を突っこみ、カラーボールを取り出す。座ったまま、右手を思い切り振って投げつけると、リアハッチの下の方に命中した。透明の液体が弾け散る——それを見届けてから、皆川はようやく絵里に電話をかけた。

「撃たれました」辛うじて言葉を絞り出す。

「どういうこと！」嚙みつくように言った。

「バイクが荷物を下ろして……別の車がそれを取りに来て……職質しようとしたら撃たれました」これで意味が通るだろうかと心配になる。

「分かった。今、どこ？」絵里は早くも冷静さを取り戻したようだ。

「ここは……空港の近くなんですけど……」

「それだけじゃ分からない！」絵里が突然怒りを爆発させる。まったく冷静になどなっていなかった。

先ほど見た「西月隈3丁目」の標識を思い出し、「空港の南西の端辺りです」と告げる。

「とにかく今、人を出すから……怪我は？」

「分かりません」ただし、重傷ではないだろう。まだ痛みは襲ってこない——熱く痺《しび》れたような感触が右の太腿にあるだけだった。アスファルトを見ても、血が流れだしている感じではない。レインウエアを裂き、太腿をかすっただけではないか。「一応、生きてます」

「それは分かってるから！」絵里の興奮と怒りは収まらない。「とにかく今は、そこを動かないで。救急車の出動も要請するから」

「それは……大丈夫だと思いますけど」

「何言ってるの！　撃たれたんでしょう！」

「まあ、そうですね……」自分でも意識せずに、呑気な声が出てしまう。「ちなみに、そっちはどうですか？」

「天神。三越の前で停まってるんだけど……今、動き出したわ」

「もしかしたら、そっちがダミーかもしれない」

「あるいは」低い声で絵里が言った。

「冗談じゃないわ。何であんな連中に騙されないといけないの？」

絵里の言う「あんな連中」が誰なのか、皆川は一瞬混乱した。誘拐犯なのか、大嶋たちなのか。

「大嶋の自宅に人をやった方がよくないですか？　バイクに乗っていた人間は、いずれ帰宅するでしょう。それを叩いてもらって……」

「あなたは、そういうことは心配しないでいいから」ぴしりと言って、絵里が電話を切ってしまった。

皆川はヘルメットを脱いだ。降りしきる雨が、たちまち髪を濡らす。何とか立ち上がろうとしたが、依然として右脚に力が入らない。４００Ｘのエンジン音が低く聞こえてくるだけで、後は静かだ……仕方なく座ったまま、何とか傷を確認した。レインウエアの腿のところが破けている。必死で脱ぐと、下に穿《は》いていたジーンズも破れていた。そこに血が滲んでいたが……ほとんどかすっただけのようだ。傷は深くないはずだと自分に言い聞かせる。

軽傷だと考えると、失敗が身に染みてくる。またやってしまった……もちろん今回は、自分だけの責任ではないのだが、声をかける以外に何か手があったのではないだろうか。それこそ追跡を続行するとか。

だが、今は何を考えても手遅れだ。皆川はアスファルトの上でへたりこんだまま、天を仰いだ。生温かい雨が顔を濡らす……「クソ！」と叫んだが、その声は空しく暗闇に消えるだけだった。

7

負傷したのに、同情も手加減もなし——皆川は、改めて己の失敗を噛み締めることになった。

皆川は、病院の治療が終わるまで放っておいてもらえなかった。三山と宮下がやって来て、「治療中です」という医者の忠告を無視し、事情聴取を始めたのだ。皆川は、その頃にははっきりとした痛みを感じ始めていて、話をするのも辛かったのだが……特に宮下は容赦なかった。

「かすり傷だ。放っておけば治る」

怪我の様子を見てまずそう言い放った後、矢継ぎ早に質問を始める。捜査の秘密を医者に聞かれていいのだろうかと思いつつ、皆川はできるだけ記憶を補正しながら答えた。だいぶ混乱してはいたが、一つ一つの出来事が強烈なので、はっきりと思い出せる。

「何か、車の手がかりはなかか？」

皆川がベッドから降りた瞬間、宮下が追加の質問をぶつけてくる。

「車種と色だけですね……ナンバーは隠されていました。ただ、カラーボールをぶつけましたから、それが何とか……」

「色のついた車を探すのか？　福岡中のガレージを見て回れと？」

そこで怒られても、と皆川はうなだれた。だいたいあのカラーボールは、見た目は色がつかない。県警が最近採用した特殊なカラーボールで、中のインクは一見無色透明だが、ブラックライトを当てると浮かび上がるのだ。ぶつけられた人間が気づいて、服などを処分してしまわないようにという狙いなのだが……実際にインクが付着した車を見つけるためには、ブラックライトを持って探し回らなければならない。

「ちょっと報告してくる」

宮下が処置室を出ていった。皆川は慎重に椅子に腰を下ろした。今は……痛みは何とか我慢できるレベルだ。包帯でかなりきつく圧迫されているので、何だか痺れた感じである。この怪我のこと、茉奈にはどう説明しよう。撃たれたなどと言ったら、泣き出すのではないだろうか。母親になって少しは図太くなった感じもするが、基本は心配性で泣き虫なのだ。彼女がぽろぽろと涙を零す様を考えると、それだけで憂鬱になってくる。

三山が欠伸を嚙み殺した。不謹慎な……と思ったが、既に午前三時近い。不規則な勤務が続いて、捜査本部の人間は全員が疲労の極みにある。実際皆川も、痛みよりも眠気が強くてたまらない。

「管理官、ずっと捜査本部にいたのか」皆川は三山に訊ねた。普通、深夜の張り込みが続いていても、管理官は引き上げる。

「ああ。何か嫌な予感がするって言ってさ。見事に当たったな。だいたい管理官、家に帰ってたらすぐには出て来られなかっただろう」

「確かに」宮下の自宅は、ＪＲ篠栗《ささぐり》線の門松《かどまつ》駅近くにあり、県警本部へ来るにも結構時間がかかるのだ。

「完全に裏をかかれたな、今回は」三山は今度は、遠慮せずに欠伸した。「でも、これで新しい動きが出てくるんじゃないか？　大嶋だって、相当怪しかったんだから」

「そうだな……」

どうしてあんな、複雑な動きをしたのか……警察に介入して欲しくなかったからだ。自分たちも脛《すね》に傷持つ身だから、こそこそと動き回って何とか解決したかったのだろう。叩けば何とかなるのではないかと思った。ただし、その役目は自分には回ってこないだろう。失点、２。一つの事件の捜査でこれは痛過ぎる。いや、一つではなく二つの事件……あるいは全体を一つの事件として考えるべきか。

頭が混乱している。

何も考えずに十時間寝て、頭をすっきりさせたかったが、許してもらえないだろう。

だったら走り続けるしかない。走るのをやめた瞬間に倒れてしまう。

皆川は家に帰らなかった。

事情聴取の時にはまったく容赦しなかった宮下の態度は、電話を終えて戻ってきた時には何故か一変していて、「明日一日休んでいい」と言ったのだが断った。夜中に家に帰って結愛を起こしてしまうのは気がすまないし、何より茉奈に怪我のことを打ち明けるのは気が重い。先送りにしたかった。

結局南福岡署に戻り、宿直室に何とか潜りこんだ。捜査本部では、残っていた刑事たちがざわざわと動いていて、そちらに集まってくる情報も気になったのだが、今夜はさすがについていけそうにない。

夢を見ていた。眼前に迫る銃口。逃げる間もなく発砲され、顔の真ん中に巨大な穴が開く。それなのに死ぬこともなく意識を失うこともなく、大声で叫び続けている——夢の中の自分の叫び声で目が覚めた。慌ててはね起きると、全身汗びっしょりである。シャワーを浴びたい……署の風呂場を借りようかと思ったが、包帯の処置が面倒臭い。仕方なく、トイレで上半身裸になり、タオルハンカチで体を拭くだけで我慢した。

歩くと右足を引きずってしまう。医者は「全治二週間」と言っていたが、本当だろうか。ランニングなど、はるか遠い夢のまた夢に思える。ただし、痛みは何とか我慢できそうだった。

捜査本部に顔を出す。一様に疲れた表情を浮かべた刑事たちが勢揃いしていた。そう言えば午前八時半……ちょうど捜査会議が始まる時間である。

皆川は、穴が開いたジーンズを気にしていた。ダメージデニムと言えないこともないが、どうしようか……塞ぐのもみっともない気がするし、穴が開いたままだと、いつまで経っても撃たれた時のことを思い出すだろう。

佐竹が部屋に入ってきた。怒っている。全身の筋肉が盛り上がっているようで、体が一回り大きく見えた。座ろうとした瞬間に皆川に目を止め、「皆川！」と叫ぶ。思わず立ち上がってしまった。とはいっても右足は頼りにならず、左足一本。右足は添えるだけという感じで、左足に重心をかけた。何だか体が斜めに傾いでしまう。

「お前は、何しよるんか！　死ぬ気か！」

何も言えなかった。謝るのも筋が違う気がするし、かといって反論はもってのほかである。

「のこのこ出ていって撃たれるのは、阿呆のするこつだ！」

「いや、のこのこ出ていったわけでは……」つい言い返したが、声はかすれてしまう。

「いいから、座れ！」

立ったり座ったりという普通の動きが面倒臭い。皆川は左足を折り曲げるようにして姿勢を低くし、最後は椅子の背を後ろ手に摑んだ。それで何とか座る。

「既に諸君らは了解してくれていると思うが、昨夜事態は大きく動いた。夜中から大嶋に事情聴取をしているが、はっきりした証言は得られていない。子どもが拉致されているかどうかも依然として不明だ」

佐竹が早口でまくしたてる。皆川は、自分が寝ている間にも刑事たちが動き回り、状況を確認していたことを知った。

バイクに乗って出たのは、大嶋の弟、敦夫だった。いつから家にいたか分からなかったが、そもそもそれを見落としていたのが痛い。敦夫は、警察の事情聴取に対して「兄貴のバイクを借りてツーリングしていただけだ」と言い張った。空港の近くでバッグを落としたことについては、「そんなことはしていない」と全面否定。確かに……皆川はその場面を録画していたわけではない。敦夫もそれを見越して、「決定的瞬間を見られたわけではない」と逃げ切るつもりなのだろう。直接対決したいと、皆川は強く思った。今なら怒りに任せて、普段よりもきつく追及できる。

一方の大嶋は「眠れずに車で走っていた」と供述している。いかにも怪しく、捜査員は厳しく突っこんだのだが、大嶋は供述を変えようとはしなかった。

結局手詰まりか……しかし佐竹は強気だった。

「これから大嶋と弟を捜査本部に呼ぶ。自宅ではなく、ここで叩くんだ。それと、従業員、他の家族にも事情聴取を行う。もう、遠慮はいらない。身代金の受け渡しが行われたとしたら、事件は大きく動いたことになる。人質の救出のために、全力で動け」

しかし、佐竹の気合いとは裏腹に、事態はまったく別の方向へ動き始めた。

8

「おい、どういうことだ！」

捜査本部で宮下が珍しく大声を上げたのは、午後四時だった。電話を受けてのことで、電話番をしていた皆川は、何のことか分からなかった。近くにいたので、立ち上がらずに声をかける。

「どうかしましたか？」

「お前……」

宮下が皆川を指さす。その指が震えていることに皆川はすぐに気づいた。

「俺がどうかしましたか？」皆川は自分の鼻を指さした。

「お前が撃たれたことが、夕刊に出ているらしい」

「え？」一瞬混乱した。この件はまだ、マスコミには伏せられているはずである。「広報しないんじゃなかったんですか」

「するわけなか。どこかから漏れたんだ……クソ！」珍しく悪態をつき、宮下が受話器を手に取った。署の警務課に電話をかけ、すぐに夕刊を手に入れるよう指示する。配達されるのを待つよりも、駅かどこかの売店に走った方が早いということだろう。

ほどなく、ファクスが音をたて始めた。皆川は立ちあがり——脚の痛みはだいぶ薄れていた——吐き出されてきた紙を見て、愕然《がくぜん》とした。一面の下の方……「警察官撃たれる　福岡空港近く」。何だ、この扱いは。地元紙の夕刊とはいえ、まさか一面とは……皆川は顔に血が昇るのを感じた。まずい。最悪の状況だ。撃たれたことは、まだ茉奈には話していない。しかし、夕刊を見たらピンとくるのではないだろうか。最悪今からでも、伝えるべきか……。

宮下がいつの間にか脇に立っていた。ファクス用紙をひったくるように手に取ると、目を通し始める。

「過不足ない記事だな」読み終えると、宮下が皆川にファクスを返してよこした。

過不足ないって、そんな感想でいいのか……皆川は慌てて記事を読んだ。

25日午前2時頃、福岡市博多区西月隈の路上で、停車していた車からいきなり男が発砲、近くにいた警察官（34）が足を撃たれ、軽傷を負った。警察では、逃げた車の行方を追うとともに、発砲の原因を調べている。現場は福岡空港西側、空港沿いの道路で、警察官は現場を警戒中だった。

茉奈はこの記事を見て、すぐに分かるだろうか……記事に出てくる「警察官」と皆川の共通点は年齢だけだが、茉奈は妙に勘が鋭いところがある。

「まずいですよ」

「まずいな」宮下がうなずく。「情報漏れだ。これから煩くなるぞ」

「それもそうなんですけど、嫁に何も言ってないんですよ」

「ああ?」宮下が目を見開く。「阿呆か、お前は。そげん肝心なことを、何で黙ってたんだ」

「いや、心配性なものでして……」

「足を引きずって帰ったら、すぐに分かるやろうが」

「心配かけたくないんですよ。娘も生まれたばかりだし」

「そういう問題じゃない!」宮下がぴしりと言った。「さっさと電話して、事情を説明しろ。新聞を読んで知ったら、ショックがでかくなるぞ」

「そうですよね……」ジーンズのポケットから携帯を抜いたが、電話する気になれない。面と向かって言うならともかく、電話だと、かえって説明しにくいのだ。「ああ、俺……ちょっと撃たれたんだけど」。そう言った直後、茉奈が悲鳴を上げる様子は容易に想像できた。

しかし、連絡しないわけにもいかない。覚悟を決めて電話をかけ、事情を説明すると、やはり茉奈は泣き出した。

「かすり傷だから」

「死んでたかもしれないんだよ」泣いているせいで、言葉がはっきりしない。

「大丈夫だから。ちょっと足を引きずってるだけで」

「大変じゃない！」茉奈が言葉を叩きつける。「慶ちゃん、刑事の仕事なんて、全然危なくないって言ってたじゃない。うちの親だって、それを信じたから結婚を許してくれたんだよ」

「ああ、だから……」話すのが面倒になってきた。「危険じゃないんだよ。それは本当だ。でもたまたま、こういうことがあって……」

「慶ちゃん、刑事を辞めて」茉奈が突然冷たい声で言った。「警察でも、他にもっと安全な部署、あるでしょう？　お給料下がってもいいから、そういうところに異動して。お金が足りないんだったら、私も働くから」

「大丈夫だって」爆発しそうになるのを何とか抑えながら、皆川は言った。「大した怪我じゃないんだし、こんなこと、本当に事故みたいなものだから。歩いていて、交通事故に遭ったようなものじゃないか」

「そういうことじゃないでしょう！」

茉奈の怒りは収まる様子がなかった。怒られても困るんだけどな……と思いながら、皆川は何とか宥《なだ》めて電話を切った。大きく溜息をつくと、こちらも電話を終えたばかりの宮下に声をかけられる。

「納得させられたか」

「いや、無理ですね……心配性なんで、仕方ないです」

「そういうのは、時間が解決する。それより、広報課が事情聴取に来るぞ」

「俺たちが悪いっていうんですか？」皆川は思わず声を荒らげた。「こっちは被害者みたいなものじゃないですか」

「広報からすれば、情報漏れは絶対に避けなければならないことなんだ……まあ、ここから漏れるはずもないけどな。本部で誰かが喋ったんだろう」

「それこそ、広報課の人間じゃないんですか？　普段、記者連中と接触しているんだから」

「それも否定しないが……まずいな」宮下が顎を撫でる。「警官が撃たれたら、マスコミの連中は食いつく。他社も取材を始めるだろう。それで、誘拐の件もバレる……」

「第二の事件」に関して報道協定は結ばれていないのだと気づいた。実際に誘拐事件が起きているかどうかも分からないのだから当然だが、何か上手い手はなかったのだろうか。はっきりしなくとも「準報道協定」のような感じでマスコミの連中を抑えておくとか。

「非常にまずい状況だ」

「一課長は知ってるんでしょうか」

「そもそも本部にいる一課長から入ってきた情報だ。誰かが夕刊を見て、報告してきたらしい」

また佐竹の血圧が上昇する。いったいどうしたらいいのか、皆川には何の考えも思いつかなかった。

皆川も広報課からの事情聴取は受けたが、あくまで「軽く」だった。何しろこっちは怪我人である。調子が悪い風を装ったせいか、追及はあまり厳しくなかった。結局、誰が情報を漏らしたかは分からないままだろう。

ただし、情報は漏れ続けているようだ。マスコミの連中が、南福岡署に殺到してきたのである。撃たれた自分がここに詰めているのが分かったのか、あるいはとうとう誘拐事件そのものを嗅ぎつけたのか。

皆川は、宮下の判断により、捜査本部を追い出された——正確には家に帰るよう、きつく命令された。怪我もあるが、撃たれた本人が署に詰めていると、マスコミに摑まる可能性もある、という理由だった。三山が車で送ってくれることになったが、いつものようにぶつぶつと愚痴を零し始める。

「何で俺が運転手をやらなくちゃいけないんだよ」

こっちは家に帰って責められるんだ。そういう身にもなってくれよ……と思ったが、ぐっと我慢して口をつぐむ。この男の愚痴の多さには本当に苛々するが、実際、愚痴を零したくなる仕事も多いのだ。

茉奈の怒りを冷ますためにはワンクッション必要だ——三山をお茶に誘おうとしたのだが、あっさり拒絶された。

「こっちはこっちで忙しいからさ」

それは事実だから、引き止めることはできない。仕方ないと自分に言い聞かせ、ドアの前に立つ。深呼吸して気持ちを落ち着かせていると、いきなりドアが開いた。皆川を見た途端、茉奈が泣き出す。まるで子どものように嗚咽《おえつ》を漏らし、涙が頬を濡らした。ドアを開けたまま抱き締め、背中をゆっくりと撫でて何とか落ち着かせようとしたが、涙は止まらない。

その状況を救ってくれたのは結愛だった。泣き出したのが聞こえた瞬間、茉奈がぱっと身を離す。皆川の胸に両手を当てて距離を置くと、すぐに駆け出していった。

助かった——安堵《あんど》の息を吐いて靴を脱ぎ、部屋に入る。途端に気が抜け、ソファにへたりこんでしまった。……この前家に戻ったのがずいぶん前のような気がする。

結愛を抱いて、茉奈がリビングルームに戻ってきた。既に涙は消え、穏やかな母親の顔に戻っている。結愛も泣きやみ、笑い声を上げていた。抱き締めてやりたいところだが、立ち上がるのも億劫《おっくう》である。

「怪我、本当に大丈夫なの？」茉奈が心配そうに訊ねる。

「ここ」皆川は右の腿を指さした。「破れてるだろう？　かすっただけだから」

「かすったって……」茉奈が顔をしかめる。

「本当に、かすっただけだから」皆川は「本当に」を強調して繰り返した。「ちょっと痛むだけで、大したことはないから。全治一週間だってさ」本当は二週間なのを、わざと縮めた。これぐらいの嘘は許されるだろう。

結愛を抱いたまま、茉奈がしゃがみこむ。右手でそっと腿に触れたが、すぐに恐る恐る手を離してしまう。

「そんな、ちょっと触ったぐらいで痛まないから。傷、見るか？」

「やだ」茉奈が慌てて立ち上がった。「病院は？」

「ああ、明日にでも……包帯を替えなくちゃいけないけど、別に治療も必要ないんだ。縫ってもいないし」

「本当に大丈夫なの？」

「もちろん。それより、シャワーだけ浴びたいんだけど、どうしたらいいかな」皆川はシャツの襟を引っ張って、自分の胸元の臭いを嗅いだ。

「あ、じゃあ、ラップでいいんじゃない？　ラップでくるんで、それからビニール袋で覆うとか……ガムテープでとめれば、シャワーを浴びている間ぐらい、大丈夫でしょう」急に茉奈がてきぱきと動き始めた。基本的には世話焼きだ。

「ハムみたいじゃないか？」

茉奈が声を上げて笑った。皆川は何とか普通に立ち上がり——ぎくしゃくした動きなどご法度だ——茉奈と結愛を一緒に抱き締めた。正確には結愛を挟んだまま茉奈を抱いた。結愛に余計な圧力をかけないように、そっと。

「早くお風呂入った方がいいわね」茉奈が鼻をひくつかせる。

「ごめん。昨夜、すごく汗をかいてそのままだったから」

「用意するわね」

皆川はその場でジーンズを脱いだ。これはやっぱり、もう捨ててしまおう。嫌な想い出の塊だ。腿をくるむ包帯を見て茉奈が顔をしかめたが、すぐにキッチンに消える。

何とか落ち着いてくれたか、とほっとする。これで一つ、心配事がなくなった。

そうすると、またもやもやとした気持ちが持ち上がってくる。いったいこの事件は何なのだ？　何が起こっている？　大嶋の顔を思い出すと、どうしても眉間に皺が寄ってしまうのだった。

たっぷりの夕食とシャワーで、何とか生き返った。事件は進行中だが、休息も必要なのだと自分に強いる。休むのも仕事のうちなのだ。

十時過ぎに早々とベッドに入ったが、絶対に眠れないと思った。疲労と寝不足よりも、口惜しさと怒りの方が大きい。とにかく横になっているだけでもと思ったが、いつの間にか眠ってしまった。

深い、夢も見ない眠りから皆川を引き戻したのは、携帯の着信音だった。一気に意識が戻り、腕を伸ばして携帯を取り上げる。通話ボタンを押す前に、サイドテーブルの目覚まし時計を見て時刻を確認する。四時五十分……冗談じゃない。こんな時間の電話は、ろくな知らせではない。

「皆川です」

「ああ、俺」三山だった。発音は不明瞭で、向こうも寝ていたのではないかと思える。

「どうした？」

「子どもが――陽斗君が戻ってきた」

第四部　最後の共犯

1

駅まで送ると茉奈は言ってくれたが、皆川は断った。自分の足で歩ける。歩かなければならない——新しいジーンズとシャツに着替えながら、決意を新たにした。眼鏡をきちんと拭いて視界をクリアにし、準備完了。

玄関先まで茉奈に見送られて、外に出た。夜は明け初《そ》めたばかりで、空気が少しひんやりしている。今日は、それほど暑さに苦しまされずに済みそうだ。

「じゃあ——」振り返って茉奈に呼びかける。「戸締りだけ、ちゃんとして。寝ててくれよ」

「分かった」茉奈の目は半分閉じたままだった。

皆川は、鍵がかちりとかかる音を聞いてから歩き出した。ありがたいことに、一晩経って脚の痛みは薄れている。少し引きずる感じにはなるが、歩いていて痛みが強くなるわけでもない。住宅街を抜け、とにかく駅を目指す。普通に歩いているつもりだったが、いつの間にか額に汗が滲んでいた。やはり、無意識のうちに足を庇ってしまう。外を動き回るのは無理かもしれない、と皆川は覚悟した。捜査本部で電話番でも仕方がない。捜査に参加できないよりはましだ、と自分に言い聞かせる。

五時三十分の始発に余裕で間に合う。唐突に空腹を覚えて――昨夜食べたものはすっかり消化されて胃が空っぽだった――駅へ行く途中でコンビニエンスストアに寄り、サンドウィッチを二つと三百五十ミリリットル入りの缶コーヒーを仕入れる。今日は食事をしている暇があるかどうか分からないから、食べられるうちに食べておかなくては。

地下鉄の中はがらがらだったので、すぐにサンドウィッチを食べ始める。食べながら携帯でニュースをチェックしたが、子どもが見つかったという情報はおろか、誘拐の事実も出ていなかった。どうやら県警は、マスコミの抑えこみに成功したようである。自分が撃たれたニュースは報道されていたのに……この件と誘拐の事実を結びつけずにマスコミにどう説明したかが謎だった。

もしかしたら広報課は、誘拐の事実にまったく触れていないのではないか。明るみに出た後で、「隠していたのか」とマスコミの連中が騒ぎ出したらどうなるだろう。自分たちが対応するわけではないが、考えただけでもうんざりする。

博多駅からはタクシーを奢ることにした。鹿児島本線で一駅なのだが、そこからまた署まで歩いていくのは辛い。気合いが抜けている——いや、これは体力温存だと自分を納得させる。

署に近づくと、正面玄関側の日赤通りにマスコミの車が並んで停まっているのが見えた。テレビの中継車も停まっていて、カメラのライトが建物を照らし出している。既に明るいのだが、光量が足りないのか。まずいな……皆川は少し離れたところでタクシーを降り、裏口に回ることにした。

階段を上ると、さすがに痛みを意識させられる。ただし、ずきずきと激しいものではなく、皮膚が引き攣るような痛みだ。筋肉までは損傷していない。要するに、ちょっと皮膚が抉《えぐ》れただけだ。

捜査本部——小さな会議室の方に入ると、人はほとんどいなかった。三山を摑まえて事情を聴くと、こちらは狭いので、大きな会議室——莉子の事件で使われているもの——を使うことにしたのだという。捜査会議は、午前七時から。それまでに、三山からできるだけ事情を聴いておくことにした。立ったまま、質問をぶつける。

「陽斗君が帰ってきたって言ったよな」

「ああ」三山は眠そうで、盛んに欠伸を連発している。

「どういう意味だ？　どうやって帰ってきたんだ？」

「家の前にいたんだよ」面倒臭そうに三山が言った。

「家の前？」皆川は一気に混乱した。要するに、犯人が家の前で解放したんだろう。一応病院に行
「玄関先で泣いてたんだ。要するに、犯人が家の前で解放したんだろう。一応病院に行ってるけど、怪我はないようだぜ」

ほっとして、皆川はようやく椅子に腰を下ろした。無事だったのか……犯人側にも、一応の常識はあったということか。

「大嶋は？」

「病院で子どもにつき添ってる」

「どんな様子だ？」

「何でも俺に聞くなよ」三山がうんざりした顔つきで手を振った。「直接調べたわけじゃないんだからさ。詳しいことはこれからだ……それよりお前、よく来られたな。タクシーでも奢ったのか？」

「自分の足で歩いて来たよ」つい嘘をついてしまった。「もう大丈夫だから」

「そいつはタフなことで」三山が腿を叩いて立ち上がった。

「行くのか？」

「トイレだよ。せめて顔でも洗わないと、目が覚めない」

「昨夜も泊まったのか」

「しょうがないだろう、人手が足りないんだから」

大欠伸をしながら、三山が部屋を出ていった。代わりに絵里が入ってくる。こちらはまだ余裕がある感じで、かなり大きなサイズのコーヒーカップを持っていた。

「どこで調達してきたんですか？」

「捜査本部のコーヒーメーカー。カップは使い回しだから」

「ああ……」皆川は両手で顔を擦った。ほとんど寝ていない絵里に比べればましなはずだが、それでも眠い。濃いコーヒーが必要だった。「コーヒー、まだありますかね」

「どうかな。自分で確認してみたら？」絵里が、皆川の足に目を向けた。「歩けないなら、取ってきてあげるけど」

「いや、大丈夫です」無事な左足に力をこめて立ち上がる。それにしても……比較的淡々とした絵里の態度が気になる。「花澤さん、何か……静かじゃないですか？」

「興奮したって何にもならないじゃない」絵里が肩をすくめる。「正直、何か気が抜けるわよね。こっちで何もしてないのに、いつの間にか解決してるんだから」

「解決はしてないでしょう。犯人は捕まってないんですよ」皆川は訂正した。

「まあ、そうだけど……」絵里が窓辺に歩み寄り、人差し指でブラインドに隙間を作った。外を見て顔をしかめる。「もうマスコミの連中が集まってるわね」

「そりゃそうでしょう。公表したんですか？」

「そうみたい。広報課がどんな動きをしたかは分からないけど、隠しておけなかったたんでしょうね」

「まずいですかね……」

「私たちが気にすることじゃないわ」絵里が指を引っこめると、ブラインドがパチンと音を立てた。「大事なのは犯人逮捕、それだけでしょう？　とにかくこれで、大っぴらに大嶋を叩く理由ができたんだから、事態は動くわよ」

「叩くって……」

「やっぱり、大嶋が莉子ちゃんを誘拐して殺したのかもしれない」絵里の顔に翳が射した。「それも視野に入れないとね」

皆川は、捜査本部に歩いていった。既に刑事たちでごった返している。何となく出遅れた思いを抱いて、こそこそとコーヒーメーカーに近づく。紙コップにコーヒーを満たし、一番後ろの席に陣取った。刑事たちの話し声が、嫌でも耳に入ってくる。

「家からだいぶ離れたところで車を停めたんだろうな」

「目撃者はいない」

「親は激怒している。病院では取りつく島もない」

細切れの言葉を、情報としてインプットする。薄いコーヒーを飲みながら、何とか話の流れを整理しようとした。

妙だ。身代金の受け渡しが行われたのは、昨日の午前二時過ぎ……それから二十四時間以上も経って、陽斗は解放されたことになる。解放するなら、もっと早くても良かったのではないか？　犯人グループにとっても、人質を拉致しておくのは負担のはずだ。何故わざわざ、時間を空けたのだろう。

捜査会議は殺気だった雰囲気で始まった。当然佐竹は、博多弁全開。あまりにも興奮して、檄が止まらないので、途中から宮下が介入して説明役を買って出た。佐竹はまだ喋り足りなそうな様子だったが……宮下が座ったまま、冷静に説明を続けた。

「ポイントはいくつかある」言葉を切って、刑事たちの顔を見渡す。「一つが、大嶋の家族への事情聴取。大嶋自身は、あくまで『誘拐ではない』と言い張っているが、これは絶対に落とせるはずだ。言い分に無理があり過ぎるからな。何しろ、家の前で泣いている陽斗君を発見したのは、新聞配達の人間だ。大嶋家より先に、警察に連絡が入った」

これは大きなポイントだと皆川も気づいた。先に大嶋が息子の帰還に気づいて家に入れていたら、何もなかったことにされてしまうだろう。

「現段階では、大嶋の容疑は棚上げして、陽斗君誘拐の事実を何としても認めさせる」

「莉子ちゃん誘拐の件を、餌に使わなくていいですか」馬場が遠慮がちに手を挙げた。監察の調べを受けてから、ずっと大人しくしていたのだ。

「それは、後に取っておこう。決定的な材料だから、一番いい所で使いたい」言い切って宮下がうなずく。「もう一つが、陽斗君本人からの事情聴取だ。診察を受けて、今は病院で休んでいるそうだが、それほど待たずに事情聴取はできると思う。本人の証言で、何が起きたか、立体的に確認するんだ」

ただし、大嶋が既に、息子に何か吹きこんでいる可能性もある。警察には何も言うな――あるいは何も知らないと言い張れ。陽斗がどんな経験をしてきたかは分からないが、父親の言うことは素直に聞くだろう。

その後、捜査の割り振りが行われた。莉子の誘拐事件の捜査にかかわっていた刑事たちも、今日は大嶋の一件の捜査に回されている。皆川は捜査本部で電話番……抵抗しようかと思ったが、宮下は有無を言わさぬ態度だった。終わってからずっと近づいて来て、低い声で告げる。

「外へ出るな。一歩もだ」

「しかし――」

「マスコミの連中に狙われるぞ。そうでなくても、連中はかっかしてるんだ。何もわざわざ、猛《たけ》り狂った連中の前に飛び出していく必要はない」

「そんなに怒ってるんですか」皆川は眉をひそめた。

「まあ……」宮下が人差し指で頬を掻く。「こっちも上手くやったわけじゃないからな。陽斗君誘拐の件を知らせなかったのは、失敗だったかもしれない」

「でも、誘拐だという根拠はなかったわけですから」これは自分の失敗でもある。もっと早く誘拐だと確定できれば、マスコミをコントロールできたのに。

「まったく、後手に回ったな」捨てゼリフのようだが、宮下の表情は変わらない。どうやら今日は平常営業のようだ。

刑事たちが出ていくのを横目で見ながら、皆川は電話番についた。とはいえ、静か……街に散った刑事たちから報告が入ってくるのは、しばらく後だろう。取り敢えず、留守番に必須の雑用——今朝の朝刊をスクラップにまとめることにした。地元紙夕刊のニュースを、各紙が朝刊で後追いしている。自分が撃たれた記事をスクラップブックに貼りつけていくのは奇妙な気分だった。もしやこの記事は自分のことではなく、誰か別の人間が撃たれたのではないか……しかし腿に残る痛みは本物である。

昼前まで暇な時間が続いたが、皆川は一本の電話で、急に慌ただしさに巻きこまれた。莉子の父親、松本秀俊が、直接署を訪ねてきたのである。他に応対する人間がおらず、皆川が一人で話を聞くことになった。

小さな会議室に案内すると、秀俊が遠慮がちに訊ねた。

「あの、脚……どうしたんですか」

「ああ、ちょっと怪我で」

「まさか、撃たれた刑事さんは、あなたじゃないでしょうね」

何で知っている？　一瞬ぎょっとしたが、新聞をきちんと読んでいて、目の前に足を引きずっている刑事がいるのを見れば、情報を結びつけるのは当然だろう。否定するのもかえって不自然だと思い、皆川はうなずいた。

「大丈夫なんですか？」

「かすり傷です」皆川は座るよう、秀俊を促した。自分も椅子を引いてすぐに座る。お茶を用意するのを忘れたが、そのためにまた席を外す時間がもったいない。皆川はすぐに本題を切り出した。

「今日は、どうかしましたか？」

「今、お忙しいんですよね」

「ええ。もう一件、事件が起きまして」

「被害者の人なんですけど……その人が莉子を誘拐したって、本当なんですか？」

「ちょっと待って下さい！」

皆川は思わず声を張り上げた。秀俊がぎょっとして身を引く。皆川は一つ咳払いして気を落ち着かせようとした——失敗した。鼓動は落ち着かず、かすかな吐き気さえ覚える。

「どういうことなんですか？　その話、どこから聞いたんですか」

「それは、知り合いからですけど……」

「何で知り合いの人が、そんなことを言うんですか?」

「いや、それは分からないんですけど……」

「あなたが話を聞いた人……名前を教えて下さい」皆川は手帳を広げた。

「まさか、調べるんですか?」

「そんな噂が流れているとしたら、大問題ですから。出所がどこなのか、調べないといけません」

「いや、しかし……その人は、事件に関係なんかないですよ」

「そういう問題じゃないんです」皆川は声を荒らげた。「こういう事件があると、いろいろな噂が流れます。それがノイズになって、捜査の邪魔になることもありますから、取り除いておかないといけないんです」

「ただの噂なんですか? 本当じゃないんですか」

「あなたが話を聞いた人の名前を教えて下さい」皆川は答えず、質問を繰り返した。秀俊が告げた名前——中谷。冗談じゃない。あの男は何を考えているんだ。反射的に名前を書き取り、最後にボールペンの先で穴を開ける勢いで点を打つ。

「中谷さんとは、どこで知り合ったんですか」

「呑み屋で」秀俊が不安気に言った。「単なる顔見知りですけど……変な話ですよね。何で大嶋さんの名前が出てくるのか」

大嶋「さん」？　旧知の間柄のような呼び方ではないか。皆川はすかさず突っこんだ。

「大嶋さんとも知り合いなんですか？」

「ずっと昔ですけど、うちで働いていたことがあるんです」

「いつ頃ですか？」皆川は慌ててボールペンを構えた。

「本当に昔ですよ。それこそ二十年も前……高校を卒業してすぐ、うちに入社したんです」

「いつまで働いていたんですか？」

「五年ぐらいだと思います。その後、親御さんの仕事を継ぐために辞めたんですけど」

「今やっている建築資材の会社ですか？」

「ええ」

「その後、つき合いはあったんですか？」

「私はないです。オヤジは分かりませんけど」

何かが引っかかる。糸がつながった感じだが、単純にそう考えていいものかどうか。ただの顔見知りの子どもを誘拐する気になるだろうか？　もちろん松本家が、福岡県内でも最大規模の人材派遣会社を経営している資産家だということは分かっているだろう。ただし顔見知りというのは、犯行の上ではマイナスになる。顔を知られていたら、犯人だとバレる可能性が高くなるからだ。

「知り合いが莉子ちゃんを誘拐するなんて、考えられますか？」

「いや、それは分かりません……だから私も、本当にそんなことがあったのかどうか、にわかに信じられなくて。でも、まだ共犯はいるんですよね？」

「そういう方向で捜査を進めています」

「何を信じたらいいのか、分からないですよ」秀俊が溜息をつく。

「はっきりしたことが言えないのは、申し訳なく思っています」皆川は頭を下げた。

「でも、捜査はきちんと進めていますから」

「ええ……」

娘を殺されたにもかかわらず、秀俊はパニックに陥っていない。まだ莉子の身の安全が判明していない時からずっとこういう感じで、声を荒らげることもなかった。まるで、自分の子が犠牲になったのではないような、落ち着いた態度。もしかしたら秀俊自身が、この誘拐に絡んでいる？

まさか。いくら何でも、実の娘を誘拐させて殺させるような父親はいないだろう。もちろん、親が子を殺し、子が親を殺す事件は枚挙に遑《いとま》がない。しかしそういう犯罪は、概して発作的なものである。わざわざ誘拐を仕組んで殺させる——そんな手の込んだ犯罪を企てる人間はそういない。

「とにかく、噂についても調べてみます。何か分かったらお知らせしますから」

「お願いします」

「家の方、まだ落ち着きませんよね……」

言ってしまってから、皆川は失敗を悟った。秀俊が突然泣き始めたのだ。まったく予期していなかった涙に、皆川は動転した。

「いや、それは……ばらばらですよ」

「ばらばら？」

「家の中で会話がなくなりました。オヤジは毎日、普通に会社に行っています。仕事に逃げてるんです。私は女房や母親の世話で……二人とも、体調が悪いんです」

「分かります」

「こういうの、いつか元に戻るんですかね」

無理だ。皆川は刑事としてそれほどベテランというわけではないが、一つの事件をきっかけに崩壊してしまった家族を、いくつも見ている。自分たちにまったく責任はないのに、自分たちのせいだと思いこんでしまう人がどれほど多いか……犯人を憎むことで責任転嫁してしまえればいいが、自分を許すことすらできないのだ。今の会話で、ふいに俊也――会長のことがひっかかった。

「会長は、普通のご様子なんですか？」

「ええ。どうしてです？」

「先日あなたが訪ねてきた後、電話をかけてきたんです。だいぶ動揺している様子でしたが……」

「それは、しょうがないでしょう。家に帰ってくると部屋に閉じこもってしまって。感情の起伏が激しいんです」

「そうですか……」

「それが何か？」

「いえ。やはり大変なんだと思いまして」

皆川は口を濁したが、やはり何かが引っかかる。事件というのはそれだけ、大変なものではあるが……。

2

おかしな話だ、と宮下は反応した。

「知り合いか……中谷の証言は、その辺に引っかかってくるんじゃないか？」

「俺は正反対だと思います」皆川は反論した。「知り合いが誘拐を企ててうろちょろしていたら、すぐにバレそうなものですけど……」

「大嶋が自分でやったとは限らない。大嶋は司令塔で、他の人間——松本さんの家族が知らない人間が動き回っていたら、簡単には分からないはずだ」

そうか、その線もある……皆川は、自分の考えの浅さを恥じた。実際、長池などは単なる手足——実行部隊なのだろうし。

「大嶋の取り調べの方はどうなんですか」

「それがな……」宮下の顔が暗くなる。すぐに、昼食中だった絵里を呼び寄せた。「花澤、午前中の事情聴取の様子を聞かせてくれ」

絵里が、いかにも嫌そうに立ち上がる。既に宮下には報告したはずで、何度も同じ話をするのが面倒なのだろう。あるいは、話したくもない内容なのか。

絵里が皆川の脇に腰を下ろし、「聞きたい？」と真顔で訊ねた。

「それはもちろん……そんなに嫌な話なんですか」

「嫌というか、ふざけた話」絵里が険しい表情で言った。「陽斗君、普段から寝ぼけて家の外に出てしまう癖があるんですって」

「夢遊病ですか？」

「寝ぼけてるだけだって言うんだけど、信じられないわね。だって、新聞配達の人が見つけた時、パジャマじゃなくて普通の服を着てたのよ。幼稚園に行く時のような格好」

「それは確かに変ですね」皆川は同調した。

「それに対して、大嶋が何て言ったと思う？　いちいち着替えて外に出る癖があるんだって」

「まさか……」唖然として、皆川は目を見開いた。大嶋はどこまで、適当な嘘を並べたてるつもりだろう。沖縄行き、風邪で寝ている……。「陽斗君はどうなんですか?」

「怪我はないけど疲労が激しいから、まだ病院にいるのよ。今日はもう、事情聴取は無理かもしれないわね」

「一応、刑事は張りつけてある。医者の許可が出ればすぐに話を聴くつもりだが、大嶋と一悶着《ひともんちゃく》あるかもしれないな」宮下が言った。

「大嶋も今は病院に?」

「いや、まだここに留め置いている」宮下が親指を下に向けた。「ただ、いつまでも引き止めてはおけない。難しいところだな」

「陽斗君とは引き離しておくべきですね」皆川はうなずいたが、すぐに事態はそれほど簡単ではないと気づいた。「他の家族もいるか……」

「一応、手は打ってるわ。家族全員、個別に事情聴取をして、できるだけ口裏合わせができないように気をつけてるから」絵里が言った。

「そうですか……」

「何だ? 何が気に食わんとか」宮下が目を細める。

「いや……やっぱり大嶋が松本さんのところで働いていたことが気になるんですよ」

「細かいところに引っかかり過ぎじゃないか？　しかも古い話なんだから」

「分かってます。ただ、この件については話を聴ける相手がいます」皆川は記憶をひっくり返した。莉子が誘拐され、じりじりした時間が過ぎていた時、会社側で応対してくれた人間——「ＨＨＳ」の総務部長・田代だ。詳しい経歴は聞いていないが、五十代後半という年齢から考えて、親子二代にわたって長く仕えてきたのは間違いないだろう。そういう人間は、会社の事情もよく知っているはずだ。

そのことを話すと、宮下が渋い表情ながらうなずいた。

「分かった。だったらちょっと話を聴いてこい。一人で大丈夫か？　何しろ人手が……」

「もちろん、大丈夫です」皆川は右の腿を叩いた。怪我したところは外したのだが、びん、と鋭い痛みが響く。

宮下も絵里も疑わしげな表情を向けてきたが、皆川は勢いよく立ち上がった——あくまで左足を軸にして。

「車はいりません。歩いていけます」

「おいおい」宮下が目を見開く。

「だいたい、車、余ってないでしょう」

「それはそうだが……」

「歩きます。ちょうどいいリハビリですよ。医者にも言われてますから」皆川は適当に言った。リハビリなどどうでもよく、もはや意地になっているだけだった。

HHS社を訪ねるのは、ずいぶん久しぶりな感じだった。総務部長の田代は自分を覚えてくれているだろうか、と心配になりながら面会を求める。そういえば、莉子の祖父・俊也は出社しているんだったな……顔を合わせたら面倒なことになるかもしれない。田代は皆川を覚えていた。足を引きずっていることにすぐに気づき、「どうかしましたか?」と心配そうに訊ねる。やはり気遣いの人だ。

「ちょっとした怪我です。すぐに治ります」この男の頭には、銃撃事件のことはないようだ。余計なことは言わないようにと肝に銘じながら、皆川は応接室に入った。

田代は、銀色になった髪を綺麗に七三に分けていて、いかにも上品な感じがする男だ。頬の肉は削げて目つきも鋭いが、人相が悪いわけではなく、笑うと柔和な顔つきになる。クソ暑いのに、ネクタイはきっちり締めていた。HHS社は省エネで冷房を弱めているが、あまり気にならない様子だ。皆川はシャツのボタンを一つ余計に外したくてたまらなかったが。

冷たいお茶が出てきたので、遠慮なく口にする。署からここまで歩いてくるのに、暑さと足の怪我を庇っていたせいで、普段よりもひどく汗をかいていた。冷たい飲み物は何よりもありがたい。

「社内の様子はいかがですか」皆川は無難に切り出した。

「社員は、まあ、落ち着いていますけど……会長が」

「会社に出ずっぱりだったそうですね」

「ええ。泊まりこむ日もあるんです。莉子ちゃんのお通夜と葬儀の日だけは休みましたけど、その他は……家にいるよりも会社にいる方が、気が楽なのかもしれません」

「社長──息子さんはずっと休みを取られているんですね」

「ご家族のことがありますからね」

「心配ですよね」皆川は合いの手を入れた。

「まったく……私は会長の体が心配です。だいぶ無理をされているから」

「田代さんは、社長さん親子とのつき合いは長いんですか？」

「そうですね。会長が会社を作る時に誘われたので……もう三十年にもなりますか」

「その前はどこにお勤めだったんですか？」

「銀行です」

「銀行としておつき合いがあって、その縁でこちらに来た、ということですか？」

「ええ。当時はまだ、人材派遣の業界規模も今ほど大きくなくて……会長は、先見の明があったんでしょうね」

「今日はちょっと……莉子ちゃんの事件には直接関係ないことを聴きに伺いました」ウォームアップを終え、皆川は本題に入った。

「……何でしょうか」怪訝そうに田代が目を細める。

「二十年ほど前なんですが、こちらに大嶋智史さんという方が勤めていませんでしたか？」

「はい」

即答に、皆川は少しだけ怪しんだ。確かにHHS社はそれほど大きな会社ではないが、二十年も前に在籍していた社員を、そんなにすぐに思い出せるものだろうか。皆川は、正直にその疑問を口にした。

「ずいぶん簡単に言われますけど……覚えているものなんですか？」

「私はもともと、総務——人事関係も一手にやっていましたから。社員の採用も仕事でしたし」

「ああ、そういうことですか」それで総務部長にまでなったわけだ。

「大嶋さんは確かに、弊社に在籍していましたけど……大嶋さんって、あの大嶋さんですよね？　息子さんが誘拐されたという？」

「もう情報が流れているんですか」

広報課はまだ、詳細な公表を控えているはずだ——「本当に誘拐であったかどうか分からない」という理由によって。状況証拠は全て、「身代金の引き渡し完了」「人質は無事帰還」を示しているのだが、当事者が一切認めていないのだからどうしようもない。

「噂で聞いたんですけど、本当にそうなんですか？」

「すみません、警察の立場では、それは言えないんです」皆川はさっと頭を下げた。

「そうですか……」田代が不満そうに唇をねじ曲げる。

「とにかく、大嶋さんのことなんですが」気を取り直して質問を再開する。「どういう経緯でこちらに入社してきたんですか？」

「ああ、それは普通に、高卒で入社試験を受けて……正確には二十二年前ですね」

「二十二年前というと、結構就職難だった時代じゃないですか？」資料を見もせずに、よく分かるものだ、と感心する。

「そうですね、景気が悪くなってきていた時期ですけど……逆にそういう時期に、派遣業は一気に規模を拡大したんですよ」

皆川も、当時の事情を生《なま》で知っているわけではない。二十二年前というと、まだ小学生……先輩たちから「失われた二十年」とよく聞かされるのだが、実感はなかった。

「失われた」は、かつて「持っていた」人たちが何かを失っての感想であり、物心ついた頃から贅沢《ぜいたく》とは縁がなかった皆川にすれば、ぴんとこない話だった。敢えて言えば、安定志向で公務員を選んだことが、「失われた二十年」の影響だったかもしれない。

「じゃあ、当時は社員をたくさん採用していた時期なんですか？」

「そうですね」

「大嶋さんは、五年ほどで辞めた、と聞いていますが」

「ああ、それは……」

田代が何か言いかけて口を閉ざす。何かあると直感した皆川は、さらに突っこんだ。

「会社でトラブルでもあったんですか？」

「いや、そういうわけじゃないです」田代がやんわりと否定する。「会社ではなく、ご実家の方で」

「実家でトラブルですか？　でも今は、家の仕事を継いでますよね」

「ああ、ですから、ご家族と和解したと言いますか」

それで皆川は、ようやくぴんときた。

「つまり、家業を継ぐのが嫌で、高校を卒業してからは全然関係ない職場に就職したわけですね？　後で家族と和解して、実家に戻った？」

「簡単にまとめると、そういうことです」田代がうなずく。「私は詳しい事情は知りませんが、会長は当時、だいぶ相談に乗っていたようですよ。面倒見がいい人ですから」

「それで結局、大嶋さんは社を辞めて家業に戻った——その後もつき合いはあるんですか」

「ええ。実際、うちからあちらの会社にスタッフの派遣も行ってますしね」

「プライベートではどうですか？」

「会長と大嶋さんは、よく会ってるようですよ。今は、呑み仲間でもありますから」

だったらますます、大嶋が莉子を誘拐したとは思えない。そんなに頻繁に会っている人間の孫を、事件に巻きこめるだろうか。

ふいに、田代の動きが気になった。両手の先をゆるく組み合わせているのだが、盛んに指先を動かしている。先ほどから表情は一切変わらないのに、指先にだけ焦りが滲み出ているような……。

「田代さんは、大嶋さんとは今でも会うんですか？」

「何年か前に、会長と一緒にお酒を呑んだことがありましたけど、それぐらいです」

「そうですか……大嶋さんが、莉子ちゃんを誘拐したという情報があります」

「まさか！」田代が、いきなり声を張り上げた。目を大きく見開き、両手をテーブルに置いて、今にも立ち上がりそうな気配である。

「あくまで情報です」

「いや、情報といっても、そんな大事な話を軽々に……」

「決して軽く言っているわけじゃないです」皆川は意識して声を低く落とした。「あらゆる情報を吟味しなくてはいけないので。不快に思われるかもしれませんけど、警察としては、やらなくてはならないことなんです」

「それは分かりますが……あまり気分のいい話じゃないですね」

「だとしたら申し訳ないんですけど、そういう情報を聞いたことはありませんか？」

「初耳です。どうせ、いい加減な情報でしょう」田代が吐き捨てた。

秀俊の顔が脳裏に浮かぶ。彼もこの噂を知っていた。出所がどこかは分からないが、気になる……父親が知っていて、祖父が知らないということはあるのだろうか。

「会長とは、話しますか？」

「私ですか？　もちろん話しますよ。仕事のこともありますし、昼食とかも……お一人にはしておけませんから」

「会長は、そんな話はしていませんか？」

「まったくないです。だから、そんな情報は適当な……いい加減な話でしょう」

「一つ、お聴きしていいですか」

「何でしょう」改めての質問に緊張したのか、田代がすっと背筋を伸ばす。

「社長と会長——親子の仲は良いんですか？」

「何ですか、それは」田代の目つきが険しくなる。

「親子で、しかも会社でも社長会長の関係となると、四六時中一緒でしょう。あまりにも密だと、摩擦も起きますよね」

「そんなことは……」

「ないんですか？」

「私は知りません」

ぴんときて、皆川も背筋を伸ばした。田代が真っ直ぐ皆川を見つめる。皆川も見返した。あまりにも強い視線にたじろぎそうになったが、視線を逸らさない。この男としては、精一杯譲歩したのだ。「私は知らない」——しかし事実は分からない。

「田代さん、このままでは莉子ちゃんが浮かばれません。何か知っているなら、教えて下さい」

「私は知りません」田代が繰り返した。口調はさらに硬くなっている。

「噂でも？」

無言。田代が両手をきつく握り合わせ、テーブルに置いた。迷っている……いや、何か知っているのだと皆川は確信していた。一日中二人と一緒にいて、支える立場である。喧嘩の現場に遭遇したこともあるだろうし、それぞれから個別に愚痴をこぼされていた可能性もある。創業当時からのメンバーで、会長、社長それぞれの信頼も厚かったはずだ。秘密を守ろうという気持ちは理解できるが、これは捜査である。人が一人死んでいて、しかももう一件の誘拐事件さえ絡んでいるかもしれないのだ。

「五千万円を捻出するのは、大変だったんじゃないですか」皆川は話題を変えた。

「それは……もちろん大変だったでしょうね。誰にとっても、小さな金額ではありませんし

「直接は知らないんですか？」

「会社として金を出したわけではないので」

「ご家族が自分たちで用意されたんですか？」皆川は思わず確かめた。確かにＨＨＳ社はそれなりに大きな会社ではあるが、経営陣にそれほどの資産があるとも思えない。だいたい金持ちというのは、それほど現金を持っていないのではないだろうか。資産は有価証券や土地で保有する方が安全なはずだ。

「正確には社長が、ですね」田代が訂正した。

「ずいぶんキャッシュフローがあるんですね」

「社長の個人的な銀行口座のことまでは知りませんが……」田代が唇を引き結ぶ。

「何かおかしいと思いませんでしたか？　そんなに急に、五千万円もの金が用意できるなんて……」

「その辺の事情は、私には分かりません。会社としては全力でバックアップしましたけど、身代金のことについては心配ないと言われましたから」

「そう言われたら、それ以上のことは言えませんよね」

「ええ……」

「それで、会長と社長の仲は、本当はどうだったんですか？」

田代の顔が引き攣った。

クソ野郎を殺してやった。殺されてしかるべき人間を。

この手に残る感触が、何とも言えない。これだけで、もう満足だ。

3

話を聴ける人間はまだいる——皆川は宮下に報告を入れてから、中谷を摑まえに行った。あの男は絶対に、何か情報を隠している。まだ午後も早い時間ということもあり、自宅を急襲することにした。それに仕事場よりも自宅の方が、人は無防備になる。

中谷は寝ていた。

いったいどういう生活なのかと呆れたが、昼夜が完全に逆転していれば、夕方まで寝ていてもおかしくはないだろう。しかし、だらしない格好で……皆川がインタフォンを連打した後に出てきた中谷は、白いTシャツにトランクス一枚という格好で、額に汗を浮かべていた。このクソ暑い中、エアコンもつけずに寝ていたのだろうか。最近、熱中症で倒れる人のニュースが、毎日流れているのに。

「ああ……」顔を見て、皆川のことを思い出したようだった。

「ちょっと話を聴かせて下さい」

「いや、もう話すことは特に……」

「こちらではありません。中に入れてもらえますか？」皆川は強引にいくことにした。

「それはちょっと……」中谷が躊躇する。

「汚れた部屋なら慣れてます。俺は学生時代、ずっと陸上部の合宿所にいたんですよ。そういうところがどれほど汚れているか、想像もできないでしょう」

「ああ、まあ……あんた、皆川さんやったね」

「ええ」

「しょうがねえな。どうぞ」

何とか部屋に入ることには成功したが、皆川はすぐに後悔した。狭いワンルーム……散らかっているのは仕方ない。部屋の片隅には布団が丸まり、窓際には洗濯物が積み重ねられている。そして漂う異臭。皆川は、自分の合宿時代を思い出した。最初は三人部屋、その後は二人部屋で四年間を送ったのだが、この部屋の臭気は、あの時代に経験していた以上である。

部屋は西向きで、午後の陽射しがいっぱいに入りこんでいる。室内の温度は四十度近いのではないだろうか。部屋に入ると汗が止まらなくなってしまった。

「エアコンぐらいつけませんか？」

「エアコンは嫌いなんやけどね」

「死にますよ？　部屋の中にいても熱中症にはなるんだから」

無言で、中谷がリモコンを探し始める。そもそもどこにあるかも分かっていないのか
……呆然としたが、部屋があまりにも汚過ぎて、手を貸す気にもなれない。結局中谷は、布団の下からリモコンを発掘した。スウィッチを入れると、エアコンが季節外れの熱風を吹き出し始める。春になってから、ずっと使っていなかったに違いない。

中谷がリモコンを操作すると、ようやく冷たい風が肌を撫で始めた。ほっとして、何とか床に腰を下ろす。中谷は、冷蔵庫から缶ビールを取ってきた。プルタブを開けて、立ったまま一気に喉に流しこみ、目を潤ませながら吐息を漏らす。もう一口呑んでから座りこんだ。

「朝一番のビールは美味いですか」

皮肉を言ったが、中谷はクソ真面目に反応した。

「もう朝やないけどね。ただ、起き抜けにはこいつが一番だ。あんたも呑むか？」

「職務中です」

「俺が現役の頃は、呑む機会は逃さなかったもんやで」

「だから警察を辞めることになったんですか？」

皆川の指摘に、中谷の目尻が痙攣するように動いた。

「クソ生意気な後輩は、締めてやったもんやけどね」

「俺はあなたの後輩じゃありません」

ここで立場をはっきりさせておくことにした。中谷が唇を尖らせ、抗議の姿勢を見せる。しかし結局言葉は出てこず、ビールを不味そうに啜るだけだった。

「あんた、島村さんとはどういう関係なんや？　府警と福岡県警と、何も関係ないやろう？」

「特別な仕事を一緒にしました」

「島村さんから電話がかかってきたんや」中谷が疑わし気に皆川を見た。

「あなたに直接？」

「警官から逃げるのは不可能やっちゅうことやね」中谷が唇をねじ曲げた。

「それはあなたもよく知ってるでしょう。もっとも、島村さんが自分で調べたとは思えませんけどね……今は署長ですから。一声かければ動く部下は何人もいるでしょう」

「いや、あの人は絶対自分で調べたよ。そういう人やから」

「そうかもしれません」島村は、「警察を調べる」横浜の特命捜査の「肝《きも》」だった。キャリア的には、椅子に座ったままで「よきにはからえ」と構えていてもおかしくなかったのだが、積極的に動き回っていた。

「あんたのことは、だいぶ警告されたよ」

「警告されるようなタイプの人間じゃないですよ」皆川は平手で頬を擦った。

「キレると何をするか分からない、と言うてたけどな」

「まさか」と言いかけ、皆川は言葉を呑んだ。これは島村なりの掩護射撃《えんごしゃげき》なのだろう。中谷が勝手にイメージを抱いているなら、訂正する必要はない。

「そういう風には見えんけどな」

「キレている時のことは、自分でも記憶にないですから……大嶋が莉子ちゃんを誘拐したという情報を、莉子ちゃんの父親に話しましたね？」

「まさか」中谷が即座に否定したが、目が泳いでいる。「そんなことしても、俺には何のメリットもあらへんがな」

「そうですか？　あなた、莉子ちゃんの父親――松本さんとは顔見知りでしょう？　彼の連絡先は、あなたの携帯電話に入っていますよね？　見せてもらっていいですか」

「任意やったら拒否する」中谷が目を背ける。缶ビールを握る手に力が入るのが分かった。

「結構です。しかしあなた、何を考えているんですか」皆川は凄んだ。「松本さんの弱みにつけこみましたね？　情報を流して気持ちを不安定にさせ、金を引き出そうとしたんでしょう。最低ですよ。松本さんがあなたに何を言われたか、全部再現しましょうか?」

中谷が唇を引き結ぶ。何も言うつもりはないようだ……皆川はさらに言葉を叩きつけた。

「大嶋と莉子ちゃんの祖父――松本俊也さんは顔見知りで、よく呑み歩いていたようです。あなたの店にも、何度も顔を出していた」

「さあ、ねえ……客のことはいちいち気にしてへんからね」相変わらず目を合わせようとしない。

「それを、店の従業員に確認してもいいですか? あるいは他の客」

「店は関係ないやろ」中谷の顔が引き攣った。

「関係ない? だったらあなたは、最初の情報――大嶋さんの息子さんが誘拐された話を、どこから聞いたんですか」

「さあ」中谷が、床に直《じか》に缶ビールを置いた。縁を人差し指でゆっくり撫でる。一周、二周……やがて呑み口のところでぴたりと指を止めた。

「いい加減にしましょう、中谷さん」皆川は声を低くした。「あなたが問題を起こして、大阪から福岡まで落ちてきたのは分かっている」

「福岡は大阪より格下やと認めるわけだ」皮肉っぽく言って、中谷が鼻を鳴らす。

「大阪より街の規模が小さいのは間違いないです。でもあなた、この後どうするんですか？　福岡よりも小さい街に流れて、あと何年か、小さな商売をしながら暮らすつもりですか？　十年もしないうちに六十歳でしょう」

「そんな先のことは分からへんな」

「この街を追い出されたら、後はどうなりますか？　悪い評判は、水商売の世界ではついて回りますよ。それでなくても、あなたの評判は地に墜《お》ちているはずだ」

「脅すんか？」言って、中谷が歯を食いしばる。

「怖いと思ってるなら、俺が脅している証拠でしょうね。水商売の関係者に対して、警察がどんな圧力をかけるか、あなたはよく知ってるでしょう」

中谷の喉仏が上下する。迷っている……何を話して何を隠しておくべきか、判断がつかないのだろう。

皆川は、一転して持ち上げにかかった。中谷に刑事として——人間としてのプライドが残っている可能性に賭ける。

「店でいろいろ話を聞いて、仮説を組み立ててたんじゃないですか？　刑事は常に、そういうことをしていますよね。情報を取捨選択して推理して、どういう事件なのかシナリオを組み立てる——あなたもまだ、そういうことをしているんじゃないですか？」

「俺はもう、刑事やないで」

「一度刑事になった人は、死ぬまで刑事だって言いますけどね」

「そんなことはない。辞めれば、あんたにも分かるよ。どんなに一生懸命仕事をしていても、離れたらあっという間に忘れるもんや」

「そんなことはない」皆川は正面から否定した。「あなたは、人生の中で、刑事でいた時間が一番長かったはずだ。だからこそ、我々のところへ来たんじゃないですか？　もしかしたら、自分の持っている材料を小出しにして、警察と知恵比べをしたいと思った？　それは構いませんけど、あなたは最後には負けますよ」

「……ああ」

「警察には、あなたにないものがある。逮捕権です。人の自由を奪う権利と言い変えてもいい。自由を奪われると、人はどうなるか、あなたもよくご存じでしょう」

中谷が缶ビールを持ち上げる。唇に押し当てたが、手が震えて缶が歯に当たり、かつんと間抜けな音が響いた。

「もう、やめましょうよ。知恵比べをしている時間は終わったんです。俺は、殺されかけたんですよ」

「もしかしたら、撃たれた警官ちゅうんはあんたか？」

「ええ」皆川は右腿を摩って認めた。何とか胡座《あぐら》はかいたものの、それもそろそろ限界である。右足をゆっくり伸ばすと、全体に強張った感じがした。「一歩間違ったら死んでましたよ。銃を使うような連中が、誘拐事件に絡んでいるんですか？」

「うちの店に溜まっている悪い連中がおってね。店の中で話してはいかんような内容の相談をしていた」

「誘拐の相談？」

「全体像は知らんよ」首を横に振りながら中谷が言った。

「知っていることだけでも」

「多分に推測も入る……」

「それでも、何もないよりはましです」

中谷がゆっくりと話し出した。にわかには信じられない……だが、筋は通る。

しかし皆川は、この情報をすぐに上層部に話す気にはなれなかった。このまま話しても、信じてもらえそうにない。ここは何とか、自分でもう少し裏を取らなくては。ある程度しっかり固めて持っていかないと、一笑に付される恐れがある。実際皆川も、今は中谷の推理を笑い飛ばした方がいいのでは、と思っているぐらいだ。ただ、この推理が本当なら、動機面が全て解決するかもしれない。

それにしても問題は、中谷がどうしてここまで協力するかだ。絶対に裏がある……。

「よく話してくれましたけど、狙いは何なんですか？」

「俺の商売が——身の安全が危ないとなったら、警察は何をしてくれる？」

「それが本当なら、あなたを保護することもできるでしょうね——あなたの店ぐらいは、ということですが」トラブルから逃げるために警察を使おうとしているのか。

「博多は、水商売をやるにはあまりいい街やないね」中谷が頰を歪める。「いろいろ、難しいことが多過ぎるわ。県警の暴力団対策は、まだ甘いんとちゃうか？」

「その問題については、大阪府警以上に悩んでいます。でも、警察の方でもある程度は保護できますよ。おとなしく商売していてくれれば、ですけど」

「その件で、一つお願いがあるんやけどねえ……」中谷が小声で切り出した。

「何ですか」嫌な予感を覚えながら皆川は訊ねた。

「店の方でちょっとしたトラブルがあってね。そっちに手を貸してもらえるとありがたい」

「民事上のトラブルだったら、警察は何も言えませんよ」

「民事とも言えない……いずれにせよ、吞み屋のオヤジにはどうしようもない話でね」

「最初に情報提供してきたのも、その件で警察と取り引きするためですか？」

「それはちゃうわ」中谷が思い切り手を横に振った。「最初はそれこそ、正義感からやで？　それをたまたま、おたくらの刑事に見つかって、引っ張られただけやから。だけどせっかく縁ができたんやから、いろいろ考えるわな。それぐらいの情報は渡したと思うけど？」

図々しい男だ。それに、人の命に関わる情報を金につなげようとした、ろくでもない人間でもある。

しかし一つだけはっきりしている。この男はまったく折れていない――あるいは懲りていない。いずれは大きな失敗をやらかして破滅するはずだが、それまではこんな風に、図々しく生きていくのだろう。


夕方になると、さすがに足がきつくなってきた。中谷に会いに行く時はタクシーを奢ったのだが、正式な捜査でない以上、領収書を清算できない。自分の足として覆面パトカーが欲しいところだが、その余裕もない。一度家に戻ってマイカーを取ってこようかと思ったのだが、そんなことをすると、また茉奈が心配する。

八方塞がりか……大袈裟だが、自由に動けないのがこれほど大変だとは思ってもいなかった。

それにしても、暑い……中谷のマンションは、西鉄と地下鉄七隈線が交わる薬院《やくいん》駅の近くにあるのだが、オフィスビルなどが多いせいか、郊外に比べて熱気は強烈である。オフィスでのエアコン使用を控えれば、室外機の熱風を多少は軽減できるはずなのに。

携帯が鳴った。

「遺体だ」

佐竹の無機質な声。まずい。皆川は緊張して携帯を握り締めた。佐竹の怒りには段階があり、博多弁丸出しで怒っているうちは、十段階で「八」レベルなのだ。これが「九」になると、声から感情が抜ける。しかも、個別の事案について一課長がヒラの刑事に直接指示してくること自体が異例だ。普通はその下の管理官、係長から連絡が来る。

「はい」皆川は立ち止まった。「九」の状況だと、歩きながらでは話せない。

「マリナタウン海浜公園だ。クソ、遺体を見つけたのは小学生だぞ」

現場はこういう場所だったか……室見川を挟んで、シーサイドももち海浜公園の向かい側付近？　比較的新しく開発された住宅街で、近くに福岡女子高や小中学校もある……佐竹が「クソ」と毒づくのも理解できる。どう考えても遺体を捨てるような場所ではない。犯人は、何を考えていたのだろうか。

「現場へ行けるか」

「はい、あの——」

「現場へ行け」

殺しだとしたら、皆川たち強行班が出ていくのは当然だ。ただし今は、特殊班の捜査に手を貸しているので抜けるのは難しい。

「いいんですか？　誘拐の方は？」聞いてしまってから、ぴんときた。「誘拐に関係した遺体ですか？」

「ああ。莉子ちゃん誘拐の関係だ……バッグを持っていた」

「まさか、あのボストンバッグですか？」

「そうだ。さっさとケツを上げて現場に向かえ」

「もうケツは上げてます」

　今度はタクシー代を経費で請求しよう。一課長自らの指示だ、それぐらいは落としてもらわないと。

4

　陽が暮れかけ、博多湾は赤く染まっていた。海からは湿った熱風が吹きつけ、爽やかな気配は微塵《みじん》もない。

　現場は真新しいマンション群の奥にある、浜を利用した細長い公園で、近くに住む子どもたちのいい遊び場になっているようだ。松林が防風林にもなっており、左側には緩い斜面が続いている。今はそこに非常線が張られ、立ち入り禁止になっていた。鑑識課員たちが、身を屈《かが》めながら現場を調べている。

　皆川は足を引きずりながら非常線をくぐった。佐竹を見つけて近づいていったが、声をかけられる雰囲気ではない。佐竹は肩の幅に足を開き、腕組みをしてじっと現場を凝視している。見たことはないが、柔道の現役時代はこういう殺気を発していたのではないか。

「遅い」

声をかける前に、佐竹から厳しく言われた。

「すみません……ちょっと渋滞してました」

「おい、バッグを持ってこい！」

佐竹が怒鳴ると、鑑識課員の一人がダッシュでやって来た。とはいえ、砂を蹴散らしながらなので、スピードは出ない。手にしているのは、ビニールに包まれた物体――遠目にもボストンバッグだと分かった。皆川にも見覚えがある。莉子の身代金を入れた、あのボストンバッグと同じ型だ。

皆川はバッグを受け取ったが、手が震えて取り落としそうになってしまった。軽いので、身代金は抜かれていることが分かる。どうしてこれがここに？　糸はつながったようだが、意味が分からない。

「……どういうことなんですか」

訊ねてみたが、佐竹は無言を貫いた。皆川はバッグを鑑識課員に渡しながら、「遺体はまだここにあるんですか？」と聞いた。課員がうなずいたので、佐竹に「遺体を見てきます」と言い残してその場を離れる。

遺体は、緩い斜面を登ってマンション側に降りたところ――排水溝の上にあった。マンション前のフェンスと緩い斜面の隙間に当たる場所で、意外に目立たない。まずしゃがみこみ、手を合わせた。

すぐに立ち上がり、遺体の全容を見る——まだ若い男だった。身長百七十センチぐらい。痩せ型で、髪は短く刈り上げている。濃紺のシャツに濃いグレーの細身のジーンズ。シャツは何故か、左腕だけが肘のところまでめくり上げられていた。腕時計はセイコー……遺体の近くに荷物はない。

「所持品はボストンバッグだけですか？」先ほどの鑑識課員に訊ねる。

「いや、財布はあった。身元は確認できそうだな」

別の鑑識課員が呼ばれ、財布を提示してくれた。皆川は運転免許証を抜き出し、名前と住所を手帳にメモした。橋田泰人《はしだやすひと》、住所は福岡市東区。香椎駅付近だろうか。顔写真を遺体の顔と見比べる……まず間違いないだろう。青いシャツの胃の辺りが真っ黒に染まっていた。胸を刺されたのは間違いないだろうが、付近に血痕はない。

「死後どれぐらいですかね」

「一日……は経ってないかな？」先の鑑識課員が言った。「詳細は解剖待ちだけどな」

「殺害現場はここじゃないでしょうね」

「ああ。現場には特に格闘の跡もない」

「いったいいつ、ここへ遺棄したんですかね」

「どうかな……人は多い場所だけど」

犯人にとって一番安全なのは、真夜中だろう。ただし、朝になれば遺体が発見される可能性は高い。朝は散歩やジョギング、昼間は散歩する高齢者たち、夕方から夜は学校や会社から帰って来る人……常に人気《ひとけ》はあるはずで、すぐに発見されてもおかしくはなかった。もしかしたら、昼間に堂々と車を乗りつけ、遺棄していったのだろうか。

だとしたら——皆川は周囲を見回した。マンションがずらりと建ち並んでいる。一軒一軒訪ねて歩けば、目撃者が見つかるかもしれない。ただ、相当規模の大きいマンション群だから、全部を潰すのは大変だろうが。

とにかくまずは聞き込みだ——足を引きずりながら佐竹のところに戻ると、彼は電話で話しているところだった。すぐに通話を終え、皆川にうなずきかける。

「目撃者が出た」

「どうして分かったんですか？」

「向こうが警察に電話してくれた。市民の遵法精神も、まだまだ捨てたものじゃないな」

「今、どこにいるんですか？　ちょっと話を聴いてきます」

「もう、馬場が行ってる。でも、お前も行ってこい」

佐竹が「テニスコートの奥のマンションだ」と教えてくれたので走り出したが、実際には、棄権寸前のマラソンランナーのような、頼りない足取りになってしまった。

すぐに目的のマンションを見つけ出す。インタフォンで呼びかけると、向こうは迷惑そうな声を出したが——立て続けに刑事が声をかけてくれば当然だ——皆川は余計なことを言わず、「お願いします」とだけ頼んだ。オートロックが解除され、ホールへ……エレベーターは最上階にいて、一階へ降りてくるまでに時間がかかりそうだったが、さすがに階段を使う勇気はない。右脚がまだ心配だ。

通報してくれた家のドアは開いていた。それでももう一度インタフォンを鳴らし、反応を待つ。その間に、表札で「五十嵐《いがらし》」の名前を確認した。

ドアが大きく開いたので、一歩下がる。相手——四十代に見える女性だった——が怪訝そうな表情を浮かべたが、皆川は真顔で一礼しただけで、すぐに玄関に入った。

廊下を抜けた先はリビングルームになっていたが、馬場の姿は見当たらなかった。

「うちの刑事がもう一人来ているはずですが……」

「ああ、今、ベランダに」

それを聞いて、皆川は玄関に戻って靴を取ってきた。靴下のままベランダに出るわけにはいくまい。ベランダでは、馬場が手すりに両手をかけて眼下の公園を見下ろしていた。皆川に気づくと、目を細める。

「お前、動き回ってて大丈夫なのか？」

「来ちゃったんだから、しょうがないでしょう……それで、どうですか?」

「確かに現場は丸見えだ」

隣に並び、鑑識課員たちが慌ただしく動き回っている現場を眺めた。防風林の松の木が枝を広げているが、それでも確認はできる。

「奥さん、ちょっといいですか」

皆川は部屋に首を突っこんで呼んだ。遠慮がちにベランダに出てきたところで手帳を開き、名前を確認する。五十嵐恵《めぐみ》。年齢、四十二歳。

「何を目撃したのか、できるだけ正確に教えて下さい」

「ベランダで布団を取りこんでいたんです。そうしたら、下の駐車場に車が停まるのが見えて。いえ、あの……ちょっと違うな」恵はだいぶ混乱している様子だった。

「落ち着いて思い出して下さい」時間限定の駐車場があったな、と皆川は思い出した。

「はい、横に駐車場があるんですけど、そこには入らないで……手前で停まって、後ろから何か大きな荷物を降ろしたんです」

「一人ですか?」

「一人です」今度は即答。「荷物を担いで、浜の方に持っていって……大変そうでした」

人を——遺体を担いで運ぶのは相当大変だ。皆川が見た遺体は痩せ型で、体重は六十キロ台だろうが、担ぎ上げて運ぶのは相当の重労働である。

「何時頃でしたか？」

「それは……」部屋に首を突っこんで、壁の時計を確認する。「一時間半ぐらい前だったと思いますけど……ちゃんと時計は見ていなかったので」

「男ですか？」皆川は畳みかけた。

「そうだと思います。かなり大柄で」恵が、頭の上で掌を左右に動かした。「がっしりした感じだったと思います」

「その時、どんな感じでした？　何を運んでいるように見えました？」

「あの……」恵が両手をこねくり回すようにした。「絨毯《じゅうたん》？」

「絨毯？」

「絨毯を巻いて、黒いビニール袋でぐるぐる巻きにしたような……長さもそんな感じに見えました。でも、もっと太かったかな？」

「現場にビニール袋はありましたか？」皆川は馬場に訊ねた。

「あった」馬場が低い声で答える。まだ説明することがあるのか口を開きかけたが、すぐに閉ざしてしまう。恵の前で、残酷な場面を描写するのを避けたようだ。

「その後、男は……」皆川は恵に視線を向けた。

「ちょっとしたら戻ってきて、車を出しました。駐車場の横でUターンして」

「ナンバーは見ましたか？」

「いえ、ここからだと、ナンバーまでは……」

「どんな車でしたか？」

「ホンダのフリード。色はブルーオパール・メタリックです」急に口調がはっきりした。

「それはどういう色……」

「ちょっと薄い青というかパープルというか。そのメタリック系です」

皆川の頭の中で記憶がつながった。自分に銃口を向けた犯人が乗っていた車がフリード――皆川の記憶の中では、青みがかったシルバーだった。あそこはほぼ真っ暗だったので、いまひとつ自信はないのだが……ふいに、引っかかった。

「ちょっと待って下さい。どうしてすぐに『ブルーオパール・メタリック』なんていうカラーが出てきたんですか？　そういうの、単純な青や赤と違って、メーカー独自の色名でしょう」

「ああ」恵が気の抜けたような声を出した。「私、半年前までホンダのディーラーに勤めてましたから」

とうとうつながった……部屋を出て走り出そうとして、皆川は脚の痛みに顔をしかめた。

「本当に大丈夫なのか？」呆れたように馬場が訊ねた。

「大丈夫です」皆川は強がった。これは大きな手がかりだ。もしかしたら、誘拐犯が全員割れるかもしれない。

　殺された橋田は、空港の脇で助手席から車を降り、身代金を回収した男かもしれない。あの時は暗いのとキャップのせいで顔ははっきり見えなかったが、背格好は遺体とよく似ている。もう一人……運転席から皆川を撃った男が、橋田の遺体を遺棄した人間だろうか。

　仲間割れ——どういう性質のものか分からないが、誘拐犯グループの中で仲間割れが起きたのは、まず間違いない。

「誘拐の件で、情報を整理しませんか」エレベーターを待ちながら、皆川は馬場に言った。

「ああ」馬場が表情を引き締める。

　二人はエレベーターに乗りこんだ。皆川は一瞬目を瞑《つぶ》り、最初の事件から始めた。

「最初の誘拐事件の犯人は二人、分かっています。海に飛びこんで死んだ小澤政義と、東京で逮捕された長池直樹。この二人の他に、今回息子を誘拐された大嶋智史さんが誘拐に関わっていたという証言があります」

「ああ」馬場が相槌を打った。

「大嶋の息子が誘拐された事件の犯人は、一人が橋田泰人でしょう。もう一人いたのは間違いない」

「そうだな」

「誘拐犯グループAとBがあったということじゃないですか」

「ああ」馬場の表情が引き締まる。

「そして、この二つのグループのハブになるのが大嶋智史です」

「例えば、今まで名前が出た全員が、最初の誘拐事件に関わっていたとか？」

「ええ。それが仲間割れしたんじゃないかと思うんです」

「よく分からないな」

エレベーターが一階に着いたが、扉が開くまで気づかなかった。新しいマンションなので、エレベーターも最新で静かなのだろう。

「小澤政義、長池直樹、橋田泰人、大嶋智史……この四人が、莉子ちゃんの誘拐を企てた。その後で仲間割れして……」

「仲間割れして何をした？」馬場が根源的な疑問を口にした。

「いや、だからそれは……」皆川は口籠った。この四人の関係がよく分からない。しかしふいに、奇想天外と言ってもいい構図が頭に浮かんだ。いや。奇想天外というわけではないかもしれない。ある事実が引っかかっていたのだ。

長池が逮捕された時の所持金、千二十三円。身代金の奪取に成功したのに、何故これしか金を持っていなかった？

「例えばですけど、長池は以前分け前を貰えなかったと供述しました」

「どうしてだ？」

「それは長池に聴いてみないと……でも、あいつはほとんど所持金がない状態で、東京まで逃げて強盗をやらかした。相当切羽詰まっていないと、そんなことはしないでしょう」

「なるほど……しかし、弱いな」歩きながら、馬場が顎を撫でる。「そろそろ、本気で叩いてもいい頃じゃないか？　死人が出たんだし。仲間が死んだとなったら、多少反応も変わるはずだ」

今から取り調べを始めて問題にならないだろうか……構わないだろう。人一人の生命が失われたのだから、長池にはきちんと話す義務がある。

「これが最高で最後のタイミングかもしれないぞ」馬場がぼそっと言った。「俺たちにはバッテンがついてるんだから、ここで取り戻さないでどうする。いつでもバックアップするぜ」

ぐっときて言葉に詰まった。熱い言葉でもなく、さらりとした一言の方が染みる。あのヘマ以来、ずっと落ちこんでいた馬場が立ち直ったことも嬉しかった。そう言えば、「福耳」も何となく元気そうだ。

「取り敢えず、松葉杖《まつばづえ》が欲しいですね」

「それは自分で何とかしろ」にやにや笑いながら馬場が言った。「撃たれたのは自己責任だ」

「銃弾より早くは動けませんよ」

「俺だったら逃げてたね。お前みたいなヘマはしない」

馬場がにやりと笑う。福岡県警捜査一課ではよくある、先輩の後輩弄り。時に苛つくこともあるのだが、今回ばかりは、馬場は皆川が負った心と体の傷を、少しだけ癒してくれた。

5

「これ、ちょっと見てみろ」馬場がボストンバッグに顔を近づける。

皆川は言われるまま目を細めてバッグを見たが、馬場が何を言わんとしているかが分からない。眼鏡を外し、思い切り顔を近づけると、ようやく彼の意図が読めた。黒いボストンバッグのファスナー部分……その端に、小さな茶色の物体がついている。

「葉っぱですね。葉っぱの破片」

「そうだな」

二人は同時に腰を伸ばした。捜査本部に持ちこまれたボストンバッグの検分中……先に異常に気づいたのは馬場だった。

皆川は眼鏡をかけ直し、現場の様子を思い出した。広い歩道と車道を分ける植えこみ……もしかしたら、小澤が投げたボストンバッグは、植えこみに引っかかったのかもしれない。その時についた葉が、そのまま残っているとか。

「これがあの現場で付いたものかどうかは、調べれば分かるだろう」

「そうですね……一つ、突破口になるかもしれません」

二人が言ったことは、すぐに実行に移された。鑑識が埠頭の現場に走り、植えこみの葉を採取。その結果、ボストンバッグに残っていたものと同じだと判明した。

この結果を踏まえて、皆川は長池の取り調べを志願した。逮捕直後に落とせなかったが、今なら落とせる――落としてやると気合いが入った。

取調室に入る前に、トイレで顔を洗う。ハンカチで顔を拭って眼鏡をかけ直し、鏡を覗きこむと、やけに疲れた男の顔が目に入った。それはそうだ……これだけ長い間、不規則な生活が続くのも珍しい。撃たれたせいで、精神的にも肉体的にも参っている。このところ体重計には乗っていないが、二、三キロは体重が落ちているに違いない。昔から、体重が減るとまず顔つきが変わる、と言われた。目が落ち窪《くぼ》み、頬が削げ、水分が抜けたような顔になる。

事態に対して怒っているのだが、やはり怒っているようには見えない。これじゃ容疑者も、ビビッて話し出すなんてことはないよな、と自虐的に思った。

だが、今回は落とす。絶対に喋らせる。この入り組んだ事件を解明するためには、長池の証言が絶対に必要なのだ。


「橋田泰人が死んだ」

長池が、びくりと身を震わせる。

「殺されたんだ」

短く補足すると、長池がのろのろと顔を上げる。目は虚ろで、皆川の方を向いているものの、認識しているようには見えなかった。

「これで二人死んだ。あと何人残ってる？　安全なのは、逮捕されてるあんただけだな」

「……クソ」低い声で長池が悪態をつく。

「悔しがっても無駄……」

「クソ！」長池が今度は声を張り上げた。両の拳をテーブルに思い切り叩きつけ、その勢いを利用するように立ち上がる。

皆川は腕を組んで座ったままだった。ここは我慢だ……罵られようが殴られようが、ひたすら我慢。どうせこの男の人生は、ここでお終《しま》いなのだ。

しかし長池は、すぐにへたりこんだ。全身から力が抜け、背中は丸まり、溜息が漏れ出る。

「あんた、分け前を貰ってないんだろう」

「……ああ」

「東京へ逃げたのはどうしてだ？」

「逃げろって言われたから逃げたんだ。分け前は後で渡すからって言われて」

「誰に？」

長池が顔を上げた。唇が開きかけたが、言葉は出てこない。ほどなく唇は細い線になってしまった。大嶋……こちらから誘導するのではなく、何とかこの男の口から言わせたい。

「逃げたけど、金はなかった。だから強盗事件を起こそうとしたんだろう？」

「――ああ」

「逮捕された後、黙ってればよかったじゃないか。何も言わなければ、誘拐犯だとは分からなかったかもしれない。どうして喋ったんだ？」

「もう終わりだと思ったからさ」

「その割には、きちんと全部喋ったわけじゃない」

皮肉をぶつけてやると、長池は唇を歪めた。

「言った瞬間、しまったと思ってね」

「だからその後で、話を誤魔化したのか？」

「ちゃんと俺がやった証拠は喋っただろう？　それだけでも感謝してもらわないと」

小澤の家で見つかった携帯電話——しかしあれは、誘拐の直接の証拠にはならない。

結局長池の証言で、まともに受け入れられるものはほとんどなかったのだ。

「誘拐犯グループは何人いたんだ？」

「……五人」

「橋田も同じグループか？」

「ああ」

「奴の役回りは？　莉子ちゃんを殺したのは誰なんだ」

長池が黙りこむ。もしかしたらこの男本人がやったのか？　それなら最後まで口を閉ざし続けていてもおかしくはない。一つの事実にこだわり続けるのはやめ、皆川は次々に質問を続けた。

「橋田はどうして殺された？」

「知らねえよ」

「橋田の遺体の側に、莉子ちゃんの身代金が入っていたバッグがあった。中身は空だった。五千万円、どうしたんだ？」

「知らねえな。知ってたら俺も分け前を貰ってた」

「いくら貰う予定だったんだ」

「五百万」以前と同じ答えだ。

「割に合わないな」そう、「誘拐は割に合わない犯罪」というのは本当だ。他の犯罪に比べて犯人が検挙される可能性は高く——つまり、失敗する恐れが強い。身代金をまんまと受け取り、逮捕を免れるようなケースは、過去にほとんどなかった。

「五百万稼ぐのに、どれぐらいかかると思う？」

「一生懸命働けば……そんなに大金じゃない」

「公務員には分からねえだろうよ」長池が鼻を鳴らした。

「お前が仕事を転々としていたのは知ってる。でもそれは、自分の責任じゃないのか」

「今さらそんな説教されても困るな」長池が肩をすくめた。「十分反省してるよ。こんな阿呆なこと、やるべきじゃなかった」

「で？　お前は誰を庇ってるんだ？　この一件のリーダーか」

無言。大嶋のことはどうしても言わないつもりかもしれない。

「もう一人だけ、名前が分かっていない人間がいる。たぶん俺はそいつに、脚を撃たれた。仲間割れがあったんじゃないか？」

「仲間割れ?」知らない様子だったが、それも当たり前か。この男は、ずっと情報から遮断されていたのだ。

「その話は、後でゆっくりする……それより、仲間の名前を全部言え」

長池が目を細める。皆川を睨んでいるわけではなく、どこかに隠れた真実を見透そうとでもしているようだった。この事件には、やはり長池も知らない真相があるに違いない。

一番驚いたのが、メンバーは「闇サイト」を通じて集められた、ということだった。「違法ビジネスの斡旋《あっせん》」をするサイトが存在し、実際に事件があったことも知っていたが、まさかそれが自分の足元で起きるとは……だから長池は、他のメンバーのことを詳しく知らない——名前さえ知らないメンバーもいたのだ。

その後は押したり引いたりのやり取りになった。長池は何度か口を開いては閉じ、話そうという気配を見せては引いてしまう。もっと強く出るべきかどうか、皆川は悩んだ。気持ちが揺れ動いている時に強硬な態度に出られると、頑なになってしまう人間もいる。長池はそういうタイプではないかと皆川は読んでいた。

午後九時。皆川は取り調べを終了した。あまり遅くまで引っ張ると、後々問題になりかねない。最近は容疑者の権利は重視されている——時には被害者よりも大事にされているぐらいだ。

結局落とせなかったか……この男はいったい、何を恐れているのだろう。まだ先が読めぬまま、皆川は捜査会議で状況を報告した。どうにも気合いが入らない。唯一希望が持てたのは、絵里の報告だった。

「明日の朝一番から、陽斗君の事情聴取ができます」

おお、という声が会議室に満ちる。橋田殺しの捜査に関わった強行班の刑事たちも参加した会議なので、普段より人数が多く、どよめきも大きい。

「父親は？」佐竹が鋭い口調で突っこんだ。

「もちろん、ずっと病室でくっついています……こちらの事情聴取を受けていない時は」

「何か吹きこんでいるだろうな」

「おそらく……」

「他の家族は？」

「今のところ、父親だけがつき添っています」

「それも変だぞ」佐竹が指摘する。「普通、こういう時は母親が出てくるだろう。何しろ六歳だ、まだ母親の力が必要だ」

「その辺も、怪しいといえば怪しいんですけど、明日、父親を引き離して何とか事情聴取ができれば……」

「母親につき添ってくれるように頼め」佐竹がぴしぴしと指示する。「父親は、こちらで独自の事情聴取が必要だということで引き離そうとは考えてるが」

子どもを調べる難しさがこれだ。同席した親が口出ししてくるのが普通である。その介入が度を越すと、事情聴取は成立しない。

「母親の態度はどうなんだ?」佐竹が訊ねる。

「ほとんど話を聴けていません」絵里が真剣な表情で言った。「だいぶ体調を崩しているようで、まともな話は出てこないですね」

「なるほど……」佐竹が顎を撫でる。「ということは、子どもの事情聴取をしている時に、母親がどんな態度に出るかは予想もできないな?」

「ええ」

「分かった――皆川!」

呼ばれて立ち上がったが、それだけで大変な力を要した。怪我のせいではなく、疲労感が原因である。

「お前、陽斗君の事情聴取に立ち会え」

「長池はいいんですか?」

「まだ落とせてないだろうが。まず、陽斗君からしっかり話を聴け。お前の顔は、子どもも受けが良さそうだ」

失笑が漏れる。そんなこと言われても、という感じだが、命令なら仕方がない。実際、陽斗はどんな様子なのか、自分で確かめてみたいという気持ちもあった。

「ただし、母親がつき添うにしても、大嶋が莉子ちゃんの誘拐事件に関与しているかどうか、確認するのはやめろ。余計な心配をかける必要はない」

「もしも、母親が莉子ちゃんの誘拐事件に関与していたらどうしますか？」

皆川の言葉に、会議室の中に緊迫した空気が満ちる。家族全員が誘拐事件に関わっていた？　あり得ない話ではない。例えば、莉子は誘拐された後にずっと監禁されていたのは間違いないのだが、そこに女が絡んでいた可能性は高い。人質は子ども、しかも女の子だ。男では、面倒を見切れないのではないだろうか。女――それも幼い子どもの母親がいれば、大人しくさせておけるかもしれない。陽斗の母親は、実際にはどんな人物なのだろう、と皆川は思いを馳せた。

「よし、明日以降、状況は大きく動く。二つの捜査本部が合同で動くことになるが、指揮は俺が直接執る。報告を密にして、一刻も早い解決を目指すんだ！」

佐竹の檄に「おう」と声が、再び上がった。皆川には馴染めない。大学まで本格的に陸上を続け、まさに「体育会系」の世界にいたのだが、それでもこういう雰囲気が好きになれなかった。面倒臭い上下関係や、合理性を無視した根性論……人の命がかかった捜査がそんなことに左右されてはならないが、警察には未だにそういう古い体質が残っている。

捜査会議が終わり、皆川は立ち上がってゆっくり背中を伸ばした。傷跡が、引き攣るように痛む。急速に回復しているが、しばらくは鈍い痛みと不快感に悩まされるだろう。

「君、脚は？」絵里がすっと近づいてきて訊ねた。

「何とか大丈夫です」

「無理すると、後で大変よ」

「怪我は慣れてますから」実際、学生時代は怪我との闘いだった。左腿裏、右足首、腰……半年以上、まったく走れないこともあった。怪我さえなければ、今は全く別の人生を送っていたかもしれないと想像することもある。もっといいタイムを出して、実業団にスカウトされ、まだ現役で走っていたのではないか？　そうなったら茉奈と出会うこともなく、結愛も生まれていなかっただろう。人生はどこでどう変わるか分からないが、今のところ、二人がいない人生の方がずっとマイナスに思える。だいたい、どんなに頑張ってもオリンピックに出られたはずはないのだから。

「スポーツの怪我と撃たれた怪我は全然違うでしょう」

「それはそうですけど、痛いのは同じですよ」皆川は無理に笑みを浮かべてみせた。

「皆川」呼ばれて真顔になる。宮下が、渋い表情で手招きしていた。隣に佐竹もいる。嫌な予感がしたが、呼ばれたのに無視するわけにもいかない。

「雷かもね」絵里が同情の表情を浮かべながら小声で言った。

「もう慣れましたよ。今回は、雷ばかり落とされていますから」それだけヘマしている証拠だ。

「今まで簡単な事件ばかりだったからよ。事件発生と同時に犯人が分かっているような事件ばかり。本格的な事件は、一課に来てから初めてじゃない？」

「ああ……そうかもしれません」

「さっさとしろ、皆川！」

今度は佐竹が怒鳴りつける。絵里の苦笑に送られて、皆川は軽くダッシュしてみた。何とか走れる——もちろん、走るばかりが刑事の仕事ではないのだが。

二人の前に立って「休め」の姿勢を取ると、佐竹が宮下に向かって目配せした。宮下が一瞬、嫌そうな表情を浮かべたが、すぐに感情の抜けた声で話し出す。

「監察が、お前から話を聴きたいと言ってきてる」

「またですか？」思わず言ってしまった。

「またとは何だ、またとは！」いきなり佐竹が雷を落とす。「お前がヘマしたからだろうが。自業自得だ」

「……申し訳ありません」

「とはいえ、今は監察の動きは止めている」宮下が冷静な口調で言った。

「止める？　そんなことができるんですか？」

「現場優先だ」佐竹が険しい表情で口を挟んだ。「捜査が動いているのに、監察にいちいち邪魔されたら、話にならん」

「いいんですか？」

「いいも何も、お前にはやることがあるだろう。いいか、短期間に二度も監察に事情聴取を受けたら、将来絶望だぞ」

絶望——処分は解雇か減俸か。警察を去り、次の仕事が見つからず、家では茉奈に責められ、結愛が泣き叫び……冗談じゃない、そんな暮らしは絶対に嫌だ。

「だから、上手く立ち回れ」聞かれてまずい話でもないだろうが、佐竹が声を低くする。

「今回の事件、上手く解決すれば、監察の要求はうやむやにできる。いや、俺たちでうやむやにする」

「いいんですか？」

「一課の評判を落とさないためだ。部下が何度もヘマしたら、俺たちの査定にも響くんだよ」

「……すみません」

「お前のためじゃないからな。一課のため、俺たちのためだ」

「了解しました」

頭を下げつつ、ついにやけてしまった。何だかんだ言って、俺をフォローしてくれているわけか……。

しかしこれに甘えてはいけない。まずは事件を無事に解決することが最優先なのだ。だがまだ……繋《つな》がらない線が多過ぎる。

6

陽斗は六歳にしては小柄で、落ち着きのない子どもだった。普段からこうなのか、あるいは誘拐の影響なのか。

絵里が主に話を聴くことになった。子どもだし、被害者ということで、取調室は使わない――しかし会議室でも、陽斗は落ち着かない様子だった。椅子に座ってもきょろきょろとあちこちを見回し、テーブルに手をついて椅子から下りようとする。その都度、母親の真奈美からたしなめられるのだが、効力はないようだ。

真奈美は大柄な女性で、眉が太く、どこか男性的な印象があった。しかし、疲れている……化粧をしていないせいもあるだろうが、顔色が悪く、視線もずっとテーブルに這《は》わせたままだった。

「飲んでいい？」

目の前のオレンジジュースに気を取られた陽斗に声をかけられ、はっとしたように顔を上げる。許可を求めるように、絵里に視線を向けた。

「陽斗君、オレンジジュースは好きなんだ？」

「うーん……リンゴジュースの方が好きだけど……」

「陽斗、わがまま言わないの」真奈美がぴしりと言ったが、声に芯はない。

「いいんですよ、大変な思いをしたんだから」

絵里が言うと、真奈美がぴくりと身を震わせる。それがどういう意味を持つのか、皆川は判断しかねた。陽斗がオレンジジュースを一口飲んだのを見届けて、絵里が始める。

「陽斗君ね、一昨日《おととい》の夜なんだけど、あの日、どこにいたのかな」

「寝てた」

「でも、お家の外にいたんだよね」

「いたよ」

「どうして？」

「覚えてない」ジュースのグラスを両手で摑んだまま、陽斗が言った。

「いつの間にか外へ出てたの？」

「覚えてない」

陽斗が繰り返し言って、ちらりと母親の顔を見た。真奈美は反応せず、膝の上に置いた手を弄っている。最悪の居心地を味わっているのは間違いない。

「そういうこと、よくあるの？」

「よくあるって？」

「よく夜中にお家の外に出たりするの？」

陽斗がまた真奈美の顔を見た。真奈美がはっと顔を上げて「そうなんです」と答える。すぐに「寝ぼけがちで……気をつけてるんですけど」とつけ加えた。

「すみません。できるだけ、陽斗君から直接聴きたいんです」絵里が真奈美に厳しい視線を送った。「手助けはなしで……お願いできますか」

真奈美が耳を赤く染め、うなずいた。警察で注意を受けることなど、想定もしていなかったのだろう。絵里が真奈美にうなずきかけ、質問を続ける。

「本当は、どこかにいたんじゃないの？　知らないおじさんたちと一緒に」

「そんなこと、ありません！」真奈美が声を張り上げる。

「お母さん、今は陽斗君に聴いているので」絵里がさらに声を尖らせて忠告する。「陽斗君が話しやすいようにしてあげて下さい」

「……すみません」

皆川は、最初のカードを切ることにした。陽斗があくまで「寝ぼけて外に出た」と証言した時に備えて、事前に準備していたものである。

立ち上がり、免許証のコピーを陽斗の前に置いた。

「陽斗君、この人を見たことないかな」

橋田泰人の免許証。遺体で見つかった時よりも髪は長いが、全体の雰囲気は良く出ている。免許証は、半年前に更新されたばかりなのだ。

「この人と一緒にいたんじゃないかな」

「ええと……」陽斗がまた真奈美の顔を見た。明らかに戸惑っている。大嶋が予《あらかじ》め想定して知恵をつけなかった質問であろうことは明らかだった。

「陽斗君、こっちを見て」絵里が呼びかける。陽斗が戸惑いながら、ゆっくりと絵里の顔を見た。「陽斗君、悪い人に捕まったんじゃないの？　それでずっと、その人たちと一緒にいた。違う？　そのうち一人は、この人じゃない？」免許証のコピーを、陽斗の方へ押しやった。「私たちは、この人を知っているの。陽斗君がこの人とずっと一緒にいたことも分かっているから。正直に話してくれる？」

「知らない」陽斗が小さな声で答えた。

「そういう風に言うように、お父さんに言われた？」

「何言ってるんですか！」真奈美が声を張り上げ、立ち上がりかけた。髪の生え際に汗が滲み、光っている。「主人が何を言ったっていうんですか？」

「分かりません」絵里がさらりと言った。「ご主人は、誘拐事件なんかなかったと、ずっと仰ってます。でも我々は、それを信用していません」

「そんな……何で私たちが疑われないといけないんですか」

「証言が疑わしいからです」皆川は割って入った。「義理の弟さん——敦夫さんがバイクに乗って犯人に身代金を引き渡した。その後で陽斗君が戻ってきたんじゃないんですか？　まさに誘拐です」

「そんなこと、ありません」

真奈美を相手にしてはいけないと分かっているが、彼女は母親として壁になってしまっている。これを打ち破らないと、陽斗の本音には迫れない。

「敦夫さんが金の受け渡しをした現場に、私はいました」皆川は打ち明けた。「その時に、犯人に撃たれたんです」

口を開きかけた真奈美が息を呑む。一瞬で顔色が変わるほどだった。

「まだあります」皆川はテーブルに手をつき、彼女に覆い被さるようにした。「まだ報道されていませんが、男が一人、殺されました。誘拐犯の一味だと見られます。犯人はまだ野放しです。陽斗君を誘拐した人間が、平気な顔で歩き回っている。簡単に人を撃ったり、殺したりする人間です。このまま放置しておいていいんですか？　また陽斗君の身に危険が及ぶ可能性もあるでしょう。母親として……よく考えて下さい」

真奈美が両手に顔を埋めた。泣いているわけではない……ショックを抑えているのではないだろうか。陽斗が心配そうに、母親の腕に触る。真奈美が、掌から顔を離した。目は赤いが、泣いていた気配はない。突破口を開けた、と皆川は確信した。母親の立場からすれば、子どもの安全確保は何より大事だろう。同じ立場に置かれたら、たぶん茉奈も同じようにするはずだ。

「陽斗君、パパに何か言われた？」

絵里が笑みを浮かべて話しかける。陽斗が戸惑うように、真奈美を見上げた。真奈美が首を横に振る。

「ママ……」

「お話しして」真奈美がかすれた声で言った。「陽斗、知ってることを全部お話しして。パパに言われたこと、気にしなくていいから！」

実際には、真奈美の方が喋った。声は震え、皆川たちとは絶対に顔を合わせようとしなかったが、言葉は止まらない。

「うちに、女の子がいたんです」

「女の子？」莉子だ、とぴんときて、皆川は身を乗り出した。

「知らない子でした……夫が連れてきて……何かあると思ったんですけど、怖くて聞けなかったんです」

「誘拐の被害者だと思います」

ここで線が繋がった。もっと早く喋ってくれていればと思ったが、今さらどうしようもない。

「まさか……」真奈美の顔が蒼褪める。「いえ……あの、薄々気づいてはいたんですけど、怖くて聞けなかったんです」

繰り返し言ったのにうなずきながら、皆川は真奈美の関与の度合いを考えていた。家に知らない女の子がいれば、おかしいと思うのが普通だ。怖くて聞けない、という説明は簡単には信用できない。しかし、今はそこに突っこまないことにした。事件の全容を知るのが先決である。

「分かりました。とにかく全部話して下さい」本番はこれからだ。さらに、陽斗にも話を聞かなくてはいけない。

「あれで良かったのかしらね」陽斗と真奈美を車に乗せた後、絵里がぽつりと言った。

「何がですか？」

「ちょっと脅しをかけた感じじゃない」

「仕方ないですよ。今はスピード優先です。とにかく、大収穫じゃないですか、これで二件の誘拐事件が一気に解決します」

混乱しがちな陽斗の話を聴いているうちに、次第に事情が明らかになってきた。陽斗の誘拐に関して、犯人はもう一人――二人いたことが分かった。しかも陽斗は、橋田だけではなくもう一人の犯人の顔にも見覚えがあると証言したのだ。それも、誘拐された時に見たのではなく、それ以前から知っていた……陽斗は、橋田ともう一人の誘拐犯が自宅に来たことがある、と言い出したのである。皆川も絵里も、興奮を抑えるのに必死だった。この証言が本当なら、橋田たちは随分前から大嶋家に接触して、犯行を計画していたことにならないだろうか。

「ちゃんとこんにちはって言ったのに、言ってくれなかったの。そういうの、駄目だよね」

まったく駄目だ。大人として話にならない。そこで皆川は長池の免許証の写真を取り寄せ、見せてみた。

「この人も見たことある」と陽斗があっさり認める。「家に来たよ。この人はちゃんと挨拶したけど」

この証言は大きい――大嶋が莉子を誘拐した話とつながってくるからだ。犯行グループは、事前に大嶋の家に集まって打ち合わせをしていたに違いない。

「これで長池を叩けるわね」

「ええ……でも、やっぱりちょっとまずいですね」皆川は躊躇した。

「何が?」

「奥さんは――真奈美さんはどこまで関与していたんでしょう」

「ああ」絵里の顔も暗くなった。その日は、道路に出た真奈美の車を追っている。「知らない感じで話していたけど、何も知らないかどうかは疑問ね。怪しい男たちが家に集まって、何か相談しているのに、気づかないはずがないでしょう」

「母親も、莉子ちゃんの誘拐に一枚嚙んでいた可能性が……拉致している間、莉子ちゃんの面倒を見ていたとか」

「それはあり得ない話……じゃないか」絵里の目から光が消える。

「それより、今日のこと、大嶋にも伝わりますよね」

「あ、そうか」皆川の指摘に、絵里の顔が蒼褪めた。「早めに隔離しないと」

「どこにいるんですか？」

「会社のはずよ。今日はまだ呼んでない……陽斗君の事情聴取の結果を聞いて考えようと思っていたから」

　皆川は反射的に腕時計を見た。もう手遅れかもしれない。

「できるだけ早く、隔離した方がいいですね」

「分かった。そっちは私の方がやっておくから」絵里がうなずく。「皆川君は？」

「長池を叩きます」顎に力を入れてうなずく。ついにヒント――真実の一部が手に入ったのだ。

あの男には、もう逃げ場はない。

「大嶋と何度会った？　誘拐の打ち合わせをしたんじゃないか」

「そういう人は知らないね」長池はなおもとぼけ続けた。苛つく一方で、感心もする。どれだけ粘り強いんだ……普通、留置場での生活が長くなると、次第に心が折れてくるものなのに。

「久保広人《くぼひろと》」

「え？」長池がいきなり顔を上げた。首の筋を痛めそうな勢いで、目を大きく見開いている。

「久保広人という人間も、大嶋の家に来ていた。家に集まって誘拐の相談をするのは、間抜けとしか言いようがないけど……久保はどこにいる？」

「知らねえよ」

「生き残った三人のうちの一人じゃないのか」

「そんな奴は知らない！」

長池が立ち上がる。同席していた三山が素早く背後に回り、両肩に手を置いてじわじわと体重をかけた。長池が逆らって三山の手を振りほどこうとしたので、皆川は忠告を飛ばした。

「ここで暴れると、また逮捕されるぞ。何回自爆すれば気が済むんだ？　いい加減、全部喋れ。何を怖がってるんだ？」

「死刑にはならない……」

「そんなことは分からない」読みが甘過ぎる、と皆川は呆れた。

「死刑にならなければ、いつかは刑務所から出てくる。そうしたら……」

「喋ったことを責められる？　そんなに怖いのか」怖いはずだと皆川は思った。「久保広人……前科は二犯だけだけど、五回も逮捕されている。よく今まで、無事に生き延びてきたよな」

久保は、真奈美が名前を挙げた誘拐犯グループの中で唯一、警察のリストに載っていた人間である。暴行、傷害、強盗などで逮捕されること五回。このうち、傷害と強盗では実刑判決を受けている。現在、三十五歳——成人になってからのかなりの歳月を、警察と関わりながら生きてきたことになる。強盗事件で三年服役し、二年前に出所して地元の福岡に戻ってきたという情報はあったが、その後の行方までは分からなかった。前科者をいちいち追いかけるわけにはいかないといえ、もしも所在を摑んでいれば……と悔やまれる。事前に犯罪を予防するのも警察の仕事だ。適当な容疑で逮捕するわけにはいかないが、会うだけでプレッシャーをかけられる。警察が目をつけていると分かれば、無茶はできないものだ。

「あんたは知らないんだよ」

「記録には目を通した」

「記録なんか関係ないんだ！」長池がようやく椅子に腰を下ろした。「奴は……奴は子どもを平気で殺すような人間だぞ」

とうとう、殺しの実行犯を喋った――誘拐事件のプロセスの中で、最も重大な部分である。皆川は、ふいに涙が滲み出るのを感じた。まだ幼い女の子を誘拐して、平気で殺す。皆川の感覚では、人間ではない。何か別の、邪悪な魂に支配された生き物だ。

「久保が莉子ちゃんを殺したのか」

「……ああ。自分の部屋で」

「あんたはそれを知ってるのか？　直接見たのか？」

無言でうなずく。喉仏が大きく上下した。緊張で唇が乾いているのか、何度も舌を這わせる。

「止めなかったのか」

「止められる雰囲気じゃなかった」

「その後は？」

「逃げ出したんだよ」自棄《やけ》になったように長池が吐き捨てた。「子どもを殺して、無事に済むわけがないだろうが。だから、分け前のことなんか取り敢えず置いておいて、東京へ逃げるしかなかった」

「その先は……自棄になって強盗を起こした」

「ああ」

「一度自供してから、急に何も喋らなくなったのは、要するに久保が怖かったからか？」

「そうだよ。死にたくないからね」

「分かる」

皆川がうなずくと、長池が驚いたように顔を上げた。理解してもらえるとは思っていなかったのか……。

「俺もいきなり撃たれたから。あれもたぶん、久保だろう……確かに普通じゃない。だから俺にも、返さないといけない借りがあるんだ——それで、久保はどこにいる？」

長池の喉仏がまた上下した。この期に及んで、まだ躊躇っているのか？　だったら思い切り叩いて——皆川が声を張り上げようとした瞬間、長池が口を開く。

久保は、皆川たちの足元にいた。

捕まえられるものなら捕まえてみろ。お前たちには無理だ。

追ってきたら、何人でも殺してやる。殺す機会があれば、こんな嬉しいことはない。

7

急襲部隊が編成された。久保が銃を持っている前提で、全員拳銃携帯。宮下は、負傷している皆川をこの部隊から外そうとしたが、皆川は強硬に参加を希望した。

「俺にも意地がありますから」

「足手まといだ」

「そうならないように、死ぬ気で頑張ります」

「そうは言っても――」

「顔に泥を塗られたままではいられないんです。黙って監察に頭を下げて謝罪するのも嫌です」

結局宮下が折れた。二人のやり取りを無言で見守っていた佐竹は「それだけ怒ってるのに顔に出ないっていうのは、特異体質だな」と馬鹿にしたが。

先発隊が出発して十分後、連絡が入った。当該のマンションは確かに存在しているが、長池が証言した部屋、そして郵便受けには表札がない。その直後、不動産屋を当たっていた他の刑事の報告から、久保が間違いなくこのマンションを借りていることが分かった。その時点で、佐竹はドアをノックするよう命じたが、すぐに「不在」と報告があった。

出動を待つ間、皆川は久保の顔写真——免許証のものが手に入った——を凝視し続けた。見た限り、それほど凶悪そうな雰囲気ではない。丸顔で、中途半端に長い髪を、緩くオールバックにしている。鼻の右側に小さな傷跡があったが、この程度では目印にはならないだろう。写真を撮られる時に顎に力が入ったのか、そこだけ梅干しのように皺が寄っている。

最初に逮捕されたのは、福岡市内の高校を卒業した直後。喧嘩で、「相手にも非がある」ということですぐに釈放されたが、これがケチのつき始めだった。その後も夜の街で喧嘩に明け暮れ、果ては強盗事件を起こして服役すること二度。正業についた形跡は一度もなく、窃盗事件などへの関与も疑われていた。長池は二年ほど前に呑み屋で知り合い、今回の誘拐事件に誘われたというのだが、誘いを受け入れたのは金のためではなかった。

「奴は俺に秘密の計画を漏らしたから」それを打ち明けた時の長池の顔色は、これまでにないほど蒼くなっていた。「要するに、秘密を知った人間を、そのままリリースするわけにはいかないってことだ。仲間に引き入れるのが、秘密を守る一番簡単な方法だろう？　裏切ったら……」

殺される。長池が呑みこんだ言葉は簡単に想像できた。

「相当なワルなんだな」現場へ向かう準備をしながら、三山が感想を漏らした。

「こういう奴は、年金を貰えるようになるまで、生きられないものだけど」皆川は切り返した。

「そもそも年金なんか払ってないでしょう」絵里が鼻を鳴らす。

「拳銃はどこで手に入れたんですかね」皆川はずっと胸に抱いていた疑問を口にした。俺を撃った銃……。

「ヤクザの筋じゃないのかね。こいつは、ヤクザとのつき合いぐらいありそうだ」三山が言った。「ま、逮捕すればその辺は詰められるだろう。二次的な問題だよ」

「俺にとっては最優先事項なんだけど」皆川は反発した。

「個人的な気分で仕事をするのは、お前らしくないな……おい、珍しく怖い顔になってるぞ」

「そうかな？」絵里が首を傾げる。「いつもとそんなに変わらないけど」

「同期には分かるんですよ」三山が声を上げて笑った。「ほとんど、崩壊寸前なぐらい激怒してる」

三山に分かっても、佐竹にはそうは見えないということか。気にはしていたのだが、もうどうでもいい。いちいち鏡を見ながら仕事をするわけではないし。

出動命令が出た。取り敢えず、マンションを包囲して帰宅を待つ。その間にも、久保の立ち寄り先を探すことになった。皆川たちは、マンションでの張り込み担当。今夜も長くなることを覚悟して、皆川は茉奈に電話を入れた。

「怪我、大丈夫なの？　今日は病院へ行った？」

「そんなに頻繁に病院へ行く必要はないんだよ」

「でも、怪我したばかりだし……」

「何でもないから、ちゃんと仕事できてるんだ。そんなに心配するなよ」

茉奈は、なかなか納得しなかった。怪我しているのに、無理に働かされているとでも思っているのだろう。

「自分から言い出してやってるんだ」皆川は説明した。「これだけはどうしても、自分でやっておきたいから。逃げたくないんだ」

「逃げるって……」

意地の話だ。しかしそれを茉奈に説明しても、簡単には分かってもらえないだろう。非論理的な感情を、相手に分かりやすく説明するのは難しい。

「とにかく、脚は大丈夫だから。結愛のこと、よろしく頼むな」

茉奈はまだ何か言いたそうだったが、皆川は電話を切った。いつまでも話していると、彼女の不安な気持ちが乗り移ってしまいそうだった。

久保のマンションの最寄り駅は、地下鉄七隈線の桜坂駅だった。結構いいところに住んでいる……と皆川は少しうらやんだ。南公園の近くの住宅地は、道路が細く入り組んでいるものの、建ち並ぶ家は大きい。いかにも「山の手」という感じだった。

駅の南側を早足で歩いて十五分ほど。皆川は途中で、右脚に痛みを感じ始めていた。とにかく坂がきつい。ランニングで鍛えているのに、息が切れるぐらいの急坂が続く。のは失敗だった。周辺を偵察しながら行くつもりで覆面パトカーへの同乗を断った
ほどなく、白いレンガ張りのマンションにたどり着いた。五階建て、ベランダの様子を見ると、それぞれの部屋はワンルームのようだ。敷地の脇に、車が四台だけ停められる狭い駐車場がある。

「裏がやばいんじゃないか？」

皆川は心配になった。マンションの裏手は、鬱蒼とした森。久保の家は二階で、森の中に飛び降りれば、逃げられるかもしれない。

「そう思うなら、調べておけば？」三山がさらりと言った。

「お前が行くんじゃないのか」皆川はまだ脚の痛みを意識していた。

「言い出しっぺが行ってこいよ」三山は、皆川の怪我にはまったく同情していなかった。

まあ、こいつはこういう奴だから……自分でチェックしようと決めて、皆川は配置を確認した。

「マンションの出入り口に二人。部屋のあるフロアに二人。覆面パトがちょっと離れた

ところに停まっていて、そこに四人いる。交代しながらチェックだ。お前は？」

「俺はマンションの出入り口のところで張ってる」

「最初に見つけるポジションだな。すぐ確保してくれよ」

「荒っぽいのは苦手なんだよ」三山が耳の裏を掻いた。

「じゃあ、ちょっと森の方を調べてくる」

「はいよ」

軽く応じた三山を一睨みしてから、皆川は歩き出した。森の中に入るのは難しくない。マンション脇の駐車場はブロック塀と金網のフェンスに囲まれているのだが、それほど高くはない。怪我している皆川でも、さほど苦労せずに乗り越えることができた。

夜の森……三歩進むと、もう街の灯りが見えなくなった。森の奥の方は、南公園に繋がっている様子――いや、ここが既に南公園の中のようだ。この場所は馬鹿にできない。公園内には、市営の植物園と動物園、それに子どもたちが遊べる遊具などもたくさんあるが、基本は鬱蒼とした森である。あの中に紛れこまれたら、それこそ山狩りだ。そうなる前に、勝負をかけたい。

皆川は、無線のイヤフォンを耳に押しこんだ。指示の声はない……まだ張り込みを始めたばかりだし、すぐに久保が帰ってくる保証はない。むしろ、帰ってこないと考える方が自然だろう。身辺が危なくなっていることは予想しているはずだ。

森の中は足場が悪く、しかも空気が重く淀《よど》んでいる。緑の中にいるのに不思議な感じがしたが、考えてみれば都会の真ん中の緑なのだ。汚れた空気に負けずに必死に葉を生い茂らせているだけで、空気を綺麗にしてくれるわけではない。

それにしても、脚がきつい。一日動き回って、無理がきたのだろうか。ズボンをめくり上げ、包帯を外して傷の具合を確認したかったが、ここでそんなことをしている余裕はない。取り敢えず、その場で足踏みしてみた。土がやわらかく、足元はふわふわと頼りない感触である。ダッシュはできないな、と思いながら、道路へ戻ろうとした瞬間――無線から叫び声が聞こえた。

「久保発見！ 裏手の森へ逃げた！」

まさか……皆川は一瞬で鼓動が跳ね上がるのを感じた。いきなりここへ逃げこんだ？ 奴は一体どこにいたんだ？ すぐに、配置が甘かったのだと気づく。マンションの出入り口より手前――駅に近い方に、非常階段があった。ゴミ置き場の脇で、そこからも当然出入りはできる。そこから駅方面に張り込み要員はいなかった――マンションに近づいてきて、出入り口付近に刑事が張り込んでいるのに気づいた久保は、非常口から裏手の森に逃げこむルートを選んだのだろう。

皆川は、その場でひざまずいた。緊張を強いられた右脚に痛みが走ったが、集中して音を聞くにはむしろその方がいい。目を閉じ、ひたすら異音に注意して――かさかさと落ち葉を蹴散らす小さな音が聞こえる。荒い息遣いも。来い――皆川はじっと待った。俺がここで捕まえてやる。息を凝らし、集中力を最大限にまで高めて……しかし、久保の足音はなかなか近づいてこない。そのうち、複数の足音が混じり始めた。他の刑事も、森の中に入ったのだろう。

皆川は立ち上がり、久保の足音を追った。走りにくく、スピードも出ていない様子で、すぐに見つかった。だがその背中を見た瞬間、一筋縄ではいかない相手だと悟った。でかい。データは頭に入っていたが、軽く百八十五センチはありそうだ。しかも肩幅はがっしりと広く、いかにもトレーニングで鍛えている様子が窺える。格闘になったらかなり不利だ――しかも向こうは銃を持っている。もちろん皆川も銃を携行しているが、撃ち合いは避けたかった。

木々の間を、久保が駆け抜けていく。木々の間は久保の体には狭過ぎるらしく、真っ直ぐ進めないようだ。木を掴むようにして勢いをつけていたが、それでも皆川はすぐに距離を詰めた。

「久保!」

叫ぶと、久保が足を止めずに振り返る。すぐに前を向き、もう一度皆川を見て――その時、右手に拳銃を握っているのが見えた。直後、にやりと笑う。そして発射音。馬鹿野郎、こんなところで――走りながら、ろくに狙いもせずに撃ったはずなのに、皆川の横の木の枝が小爆発を起こしたように吹き飛んだ。細かい木片が顔に飛び散り、かすかな痛みが走る。

「久保、止まれ！」

アドレナリンが噴出し、スピードが乗っていく。一瞬感じた顔の痛みは、早くも消えていた。いつの間にか、脚の痛みも感じなくなっている。

久保は振り向かなかった。皆川を撃ち殺すよりも、逃げ切る方を選んだようである。しかし、絶対に逃がさない。

皆川はさらにスピードを上げた。さすがに息が上がってきて、腰に装着した拳銃の意外な重さも意識する。威嚇射撃しておくか……公園の鬱蒼とした森の中なら、誰かに危害を加える恐れもないだろう。しかし撃って止めるよりも、追いつきたかった。刑事として、ランナーとして、久保のようなクソ野郎に負けるわけにはいかない。

ほとんど暗闇で、久保の姿は見えない。しかし、足音ははっきりと聞こえているので、追跡は続けられる。相手に次第に近づいていることを、皆川は確信していた。一方で、応援の刑事たちは近づいてくる様子がない。見失ってしまったのか、あるいはスピードが足りないのか。

久保が見えた。

ほぼ暗闇だったのだが、街灯の光が射しこむ場所があり、薄暗がりの中、木々の間を久保が駆け抜けるのが見えた。相変わらず、走るのに苦労している様子である。バランスを崩して転びかけ、スピードが落ちたところで、皆川は一気に距離を詰めた。

「久保！」

姿勢を立て直してまた走り出した久保が振り向く。かすかな光の中、その顔には恐怖と焦りが浮かんでいた。よし、勝てる。追い詰められて冷静さを失っている今、久保は絶対に判断ミスを犯す。

しかし自分にも余裕はない。このまま公園を抜け、住宅地に入りこまれてしまったら……精神的に追いこまれた人間が何をしでかすか、予想もできない。人質を取って民家に立て籠りでもしたら最悪だ。

久保は、周辺の様子が目に入っていない様子だった。一方皆川は、右手に道路があるのにいち早く気づいていた。どうやら、公園の中を走る散策路らしい。よし、こっちから先回りだ。

皆川はきつい傾斜を駆け下り、最後はジャンプしてアスファルトの上に降り立った。右腿に鋭い痛みが走り、一瞬立ち止まってしまう。しかしすぐに自分を叱咤《しった》し、全力疾走を続けた。その途中で銃を抜く。とにかく走る。一秒でも早く久保の前に出て、前面に立ちはだかる——銃と銃の対決になっても、この場なら他人に迷惑をかけずに何とかできるはずだ。

左を見ながら走る。久保はまだ、森の中を行くのに苦労していた。並走しているのに、皆川に気づく様子もない。よし、行ける……しかしいつの間にか、自分が足を引きずっているのに気づいた。右の拳で、腿の上の方——傷からは遠い場所を叩く。ビン、と鋭い痛みが走ったが、それで意識が鮮明になり、スピードが蘇った。額の汗を手のひらで拭い、走り続ける。

久保が立てる音が、さらに騒々しくなった。こちらへ近づいてくる——ようやく、すぐ横を道路が走っているのに気づいた様子だった。よし、出てこい……出てきたら、お前が対面するのは銃口だ。あの夜、俺が味わった恐怖をお前にも経験させてやる。

皆川は道路の左端に寄り、久保を待ち構えた。小走り程度までスピードを落としながら、ようやく久保の姿を完全に視界に収める。森を抜けた瞬間、久保がこちらに気づいた。アスファルトに降り立ってすぐに、長い階段を全力で駆け下り始める。いったいどれぐらいあるのか……まるで箱根駅伝六区の、延々と続く下りのようだ。ジーンズはずり落ちかけ、右腕にだけ長いシャツをひっかけている——と思ったが、タトゥーだった。おそらく肘から手首の付近まで、タトゥーで埋め尽くされている。向こうは逃げるのに必死で、こっちは追うのに精一杯。互いに銃を構える余裕もない。

競走で負けるわけにはいかない。

皆川は呼吸を整え、腕を大きく振ることだけを意識した。前を行くランナーをひたすら追う――駆け引きもクソもない。とにかく追いつき、追い抜く。十年以上前、レースの度に味わっていた興奮が蘇った。そう、長距離は自分との闘いになりがちだが、直接対決すべき相手は必ずいるのだ。そいつをターゲットに、全力を絞り出す。

階段は最初、赤茶色のタイル張りだった。それが途中から、石段に変わる。ところが一段一段の幅が違うため、リズムが崩れてしまう。皆川は脇に出た。階段ではなく、その横の急斜面を駆け下りる格好。苔《こけ》むしていて滑りそうになるが、慎重に駆け下り続ける。

あっという間に追いついた。久保が立ち止まり、こちらに銃を向ける――皆川が横に身を投げ出して斜面に転がるのと、銃声が響くのとが同時だった。

大丈夫、当たっていない。皆川は転がった勢いで一回転して立ち上がり、さらに追跡を続けた。久保はもう走り始めていたが、皆川の方が動きが早い。アドレナリンが噴き出しているせいか、恐怖はまったく感じなかった。手を伸ばせば届く――チャンスは一度だけ、と自分に言い聞かせ、横に並びかける。ほとんど肩が触れ合わんばかりになっており、皆川は作戦の成功を確信した。あまりにも近く、久保は銃を持った右腕を自由に動かせない。しかし畳んだ肘を後ろに振るい、皆川の額に直撃させた。衝撃――しかし倒れるほどではない。頭がくらくらしたが、皆川は意を決して左腕を伸ばした。シャツを摑むと、そのまま左肩をぶつけていく。久保はバランスを崩して、膝から崩れ落ちるように倒れた。膝がアスファルトを打つ、鈍い音——皆川は一回転して、久保から離れてしまった。慌てて立ち上がり、久保に襲いかかる。銃は——見えない。倒れた時のショックで放してしまったのだろう。しかも膝を強打して、立ち上がれなくなったようだ。呻《うめ》き声《ごえ》を聞きながら、皆川は銃を左手から右手に持ち替え、銃把を久保のこめかみに叩きつけた。鈍い感触がして、久保が悲鳴をあげる。二度、三度……久保がぐったりしたので、皆川は立ち上がった。両足を肩幅よりも広げ、両手で銃を構えて狙いをつける。距離は一メートル足らず。絶対に撃ち損じない。

「皆川！」

叫ぶ声にはっとして、銃口を外す。危ない……撃ってしまうところだった。こいつには、聴かなければならないことがいくらでもあるのに。

声の主は佐竹だった。一課長自ら、現場に乗りこんでいたのか……しかも、他の刑事たちに先んじて追いつくとは。皆川はすかさず、久保の両手に手錠をかけた。呼吸を整えながら立ち上がり、佐竹と相対する。まじまじと皆川を見た佐竹が、「お前の怒った顔を初めて見たぞ」と嬉しそうに告げた。

今更そんなことを言われても。

久保は、頭に包帯を巻いた姿で皆川の前に現れた。重傷ではないが、不機嫌……医師は「話はできる」と診断したが、体調には関係なく、喋るとは思えなかった。

宮下は、取り調べ担当に三山をつけた。流れから、皆川は自分でやりたいと主張したのだが、宮下は顔を見た瞬間に却下した。「今のお前には無理だ」と。しかし、あくまで立ち合いということで、取り調べに同席することになった。

取調室に入る前に、トイレで鏡を覗く。確かに怒ってはいる。それはちゃんと意識しているのだが、普段と違う顔をしているわけではなかった。自分では分からないのに、他人が見ると一目瞭然ということか……自分のことは自分が一番分からないのかもしれない。

久保はいきなり、挑発的だった。皆川が取調室に入っていくと、「人に怪我させておいて、それで済むと思ってるのかよ」と因縁をつけてきた。

「じゃあ、人を殺そうとしたのはいいのかな」三山が切り返した。「あんたが持っていた銃……発砲した跡がある。言い訳できないんじゃないか。調べればすぐに分かるんだ。警察官を撃っちゃいけないな」

「だから?」久保が白けた口調で言った。「大したことじゃない」

「人を殺しておいて、それはないな」

三山の口調は飄々《ひょうひょう》としていた。まるで、出来心で初めて万引きをしてしまった人間を諭《さと》すような口調である。俺はこいつに二度も殺されかけたんだぞ……もっと厳しく突っこめと思いながら、皆川は記録者の席についた。これだけ罪を重ねてきた人間だから、相当手こずらされるだろうと覚悟を決める。

だが久保は、予想に反して淀みなく喋り始めた。三山が一番肝心な点――莉子の誘拐に関わっていたかどうかを確認すると、あっさり「そうだよ」と認めたのだ。思わず体を捻って様子を見ると、肩から力が抜けている。まるで気軽に日常会話を交わしているような様子……それを見て皆川は、この男は生来の犯罪者なのだと確信した。捕まりたくはない。逃げるためなら人を殺すのも厭《いと》わない。しかし、一度自由を奪われれば、開き直る――これから自分がどうなるか、経験から分かっているだろう。もしかしたら、死刑になることすら恐れていないのかもしれない。

この男の心は、大きな暗い穴なのではないか。

久保は、三山の質問に平然と答え続けた。最初の誘拐の経緯、二度目の誘拐、二つの殺人……冷静になれ、と自分に言い聞かせながら記録を続けたが、皆川は次第に落ち着かなくなってきた。確かに久保は生来の犯罪者かもしれないが、いくら何でも、もう少し躊躇するのではないだろうか。こんなにペラペラ喋っていると、逆に信用していいかどうか、分からなくなってくる。

それと同時に、皆川は三山の取り調べテクニックに感心していた。特に調子を変えることもなく、ひたすら淡々。声を荒らげたり、同情したり、宥めてみたり――どんな取調官も身につけている技術を一切使わない。時に、やたらと相性のいい刑事と容疑者はいるのだが、この二人がまさにそうかもしれない。上から押さえつけるような威圧的な刑事に対しては、久保も反発するのではないか。

一時間の取り調べで、二件の誘拐事件の真相はほぼ明らかになった。皆川は自分でもある程度筋書きを書いていたのだが、当事者の口から聴くとやはり重みが違う。冷徹な悪意があり、暴走があり、復讐《ふくしゅう》があり……一言で言い表せない事件だ。捜査はまだ先が長いと覚悟せざるを得ない。

久保を留置場に送り出すと、皆川はげっそり疲れて取調室の椅子にだらしなく腰かけた。一方三山は、ダメージを受けた様子もなく、ペットボトルのミネラルウォーターをちびちびと飲んでいる。

「何で何ともないんだ？」皆川は思わず訊ねた。

「何が？」質問の意味が分からない様子で、三山がきょとんとした表情で聞き返す。

「だから……久保みたいなクソ野郎を相手にして、どうして平気で取り調べができるんだ？」

「クソ野郎かもしれないけど、普通に喋っているんだから、問題ないじゃないか」

「むかつかないか？」皆川は身を乗り出した。「人間の姿をしてるのに人間じゃない奴を相手にして――」

「馬鹿言うなよ」三山が声を上げて笑った。「久保は人間だ。俺らと変わらない人間だろうが」

「奴は人間じゃない――」

「お前は甘いというか……そもそも人間がよく分かってないんじゃないか」三山が肩をすくめる。

「どういうことだよ」むっとして皆川は言った。

「人間って、元々そういう生き物だよ。どんな人でも、絶対に狂気は持ってる。それが表に出るか出ないかの違いだけだ」

「まさか……お前もそうなのか？」

「そうかもしれないな。……自分ではそうは思わないけど、否定はできない」

何ということを……これを「性悪説」の一言で片づけていいのだろうか。しかし、三山が落ち着き払っていた理由は理解できない。相対している相手の中に、「良心」よりも「悪意」を強く見れば、言動に一々引っかかったりせずに、淡々と調べていけるだろう。説教する必要も、諭す必要もない。

容疑者に対して、こういう風に対処する方法もあるだろう。しかし空しくはないのか……根本的に人間を「悪」だと考えていると、自分が取り調べている相手は絶対に更生しないという結論につながる。だから熱を入れず、ただ仕事として無感情に調べる。

「俺には無理だな」皆川は首を横に振った。

「だろうな。お前は……やっぱり甘いよ。だからと言って、それが悪いわけじゃないけど」

「どうして」

「上手く言えないんだけど、要するに人それぞれじゃないかな。俺が考えてること——誰でも狂気を抱えているっていうのも、絶対に正しいわけじゃないだろうし」三山にしては珍しく、哲学的とも言えるセリフだった。

「若造ども、終わったか？」

怒鳴り声が、開いたドアから聞こえてきた。佐竹。皆川は慌てて立ち上がった。三山はのろのろと……焦る必要などない、とでも言いたそうだった。

「落ちたか」佐竹が三山に訊ねる。

「ええ。最初から諦めてたみたいですね」

「ある意味、プロの犯罪者だな。自分がやれることの限界が分かってるんだ」

「でしょうね……後は無事に、死刑になることを祈るだけですよ。どうせ更生できないんだし」三山が肩をすくめる。

「まったくそうだな」佐竹が厳しい表情でうなずく。

「あの……課長も、ワルはどうしようもないと思いますか？」皆川は恐る恐る訊ねた。

「ワルがどうしようもないんじゃない。どうしようもないワルがいる、ということだ」

「どっちにしろ、ひどい世の中ですよね」三山が応じる。

「お前は、もう少し楽観的になれ」珍しく、佐竹が薄い笑みを浮かべる。

「悲観的になっている方が、人生楽に過ごせるんですよ。どんなにひどいことがあっても、『そんなものか』って思えますから」

二人のやり取りを聞きながら、皆川は自分はまだまだ子どもだな、と悔しくなった。悟ったような気持ちになるのがいいとは思えない。全てに対して虚無的になるのがベストな方法とも思えない。が、今の自分は……あまりにも単純だ。正義を信じ、人の良心を信じ、犯罪者の更生を信じている。

しかし世の中は、そんなに単純なものではないようだ。

ゲームオーバー。

この先の人生はささやかな余禄だ。

8

翌日、大嶋が捜査本部に呼ばれた。取調室は使わない。敢えて会議室——容疑者ではないと本人に思わせ、油断させる手だ。

大嶋の取り調べを命じられた皆川は、今日はネクタイをしてきた。クソ暑い時期のネクタイ姿は相手に不快感を与えるかもしれないが、自分に気合いを入れるためには、これが一番手っ取り早い。

取り調べは夕方からになった。朝から刑事たちが、久保や長池の証言を裏づけるために一斉に動いていたのだ。皆川もあちこちを走り回り、ようやく取り調べのゴーサインが出たのは午後四時。大嶋は午後二時には捜査本部に呼ばれ、ひたすら待たされていた。本当はあまりよくないのだが、これは宮下の作戦である。二時間放置、何が起きるか分からない状態で疑心暗鬼にしておいてから、一気に攻める。

よし……問題なし。昨日と顔つきが変わっているかどうかは自分では分からなかったが、ネクタイのおかげで多少は引き締まって見えるはずだ。

取調室に入る前、絵里と軽く打ち合わせをした。とはいえ、情報は既に集約されているので、ぶつける内容自体ではなく、話の持って行き方が問題になった。

「まず、陽斗君誘拐の事実を認めさせないと。一応は被害者なんだから」

「そうですね。それは問題ないと思いますが……」反応が読めないのが気になる。陽斗が誘拐されている最中からずっと事実関係を否定し続け、戻ってきてからは、陽斗を言いくるめたぐらいである。実際に久保が「誘拐した」と認めた後で、何を言い出すか。

そう簡単には「仏」にならないタイプに思える。

「そこから遡って、莉子ちゃん誘拐の件を聴くわけね」

「ええ。何とか今日中に落としたいんですが」

「どうしてそんなに焦ってるの？」

「奴は、策を弄しそうなタイプだからですよ。今日一日を乗り切ってしまえば、何か上手い言い訳を見つけ出すかもしれない」

取り調べのやり方をなおも検討していると、宮下に呼ばれた。

「一つ、プッシュできる材料が出たぞ」

……確かに——宮下からの情報に、皆川は意を強くした。これならいける。これまでとは証言の重みが違う。

「さっさと落としてこい」話し終えると、宮下は急に興味をなくしたように、書類に視線を落とした。

言われるまでもない。ここで落とせなければ、転職を考えなければならないだろう。

「長男の陽斗君が誘拐されたことは認めますね？」余計な前置きを省き、皆川はいきなり切り出した。「陽斗君を誘拐した犯人が逮捕され、自供しました」

大嶋は腕組みをしたまま、無言を貫いている。顎に力が入り、目は細くなった。皆川は、どんな言い訳が出てくるかと懸念していたのだが、やがて大嶋は、微妙な表現で言葉を返した。

「陽斗は無事に帰ってきました。何か問題でもあるんですか?」

認めた。少なくとも陽斗が誘拐された事実は——皆川は一気に緊張が高まるのを感じた。

「誘拐事件が起きたら、警察には被害者を救出すると同時に、犯人を逮捕する義務があります」

「こちらで話を進めて、全部終わった——何がまずいんですか?」

同じようなセリフを繰り返す。皆川はそこに、大嶋の焦りを見た。少し身を乗り出し、矢継ぎ早に質問を繰り出す。

「普通、子どもさんが誘拐されれば、すぐに警察に駆けこみます。自分たちで身代金のやり取りをしたりするのが危険なのは、誰にだって分かるでしょう。私の記憶にある限りでは、誘拐事件で警察に届け出なかったケースは一つもありません」宮下が言っていた中国人同士のケースは別だ。だいたいあれは、誘拐と言えるかどうかも分からない。「届け出なかったのは、理由があったからですね? 警察に絡んで欲しくなかった理由が」

「あなたは、私を侮辱するつもりか?」大嶋の顔から血の気が引く。

「推測を述べているだけです。それを侮辱と受け取るのは何故ですか？」

「全部息子のためだ」

大嶋がすっと背筋を伸ばす。表情は真剣で、「息子のため」という言葉に嘘があるとは思えない。

「もちろん、息子さんを取り戻すのは大事なことでしょうが……」

「違う。この事件の嫌な記憶を持って欲しくなかったんだ」

「しかし息子さん自身、誘拐されて監禁されていたことは覚えているんですよ。それは否定できないでしょう」

「息子はまだ六歳だ。自分がどういうことに巻きこまれたのか、意味が分かっていない。だからこちらで……」

「適当に説明して、嘘の記憶を植えつけようとした？　しかしいくら何でも、『寝ぼけて家の外に出た』はないんじゃないですか？　六歳の子でも、他人に監禁されれば覚えています。それに、後から……もっと大きくなってから事実を知ったらどうなります？　陽斗君は、絶対にあなたを許さないでしょうね」

「まさか……」

「あなたは心配しているかもしれませんが、陽斗君にすれば大きなお世話でしょう。息子さんに恨まれるのは辛くないですか？」

「それは……」

それまでずっと強気に、平然と話してきた大嶋の態度が明らかに変わった。息子との関係を揺さぶられると、さすがに弱いのか……皆川は一気に勝負に出た。

「今朝から弟さん──敦夫さんに話を聞いていました。敦夫さんはあなたに協力して、身代金をバイクで運んだことを認めましたよ。まさか弟さんが嘘をついているとは言わないでしょう？」

無言。大嶋にプレッシャーがかかっているのは間違いない。ここは最大の山場だ、と皆川は気合いを入れ直して続けた。

「実際私は、ずっと弟さんを尾行していたんです。身代金受け渡しの現場も目撃しました。その後で犯人──久保に撃たれたんですけどね」

大嶋がびくりと体を動かした。「久保逮捕」のニュースは既に流れていたが、マスコミに対して、肝心の誘拐関連の情報は伏せている。単に「南公園内で発砲したので逮捕」だ。大嶋も当然この情報は知っているはずだが、警察の手の内までは分からないだろう。かなり不安になっているのは間違いない──勝負どころで、皆川はギアを切り替えた。まさに、並走する相手選手を抜きにかかる時のように。

「あなたは、松本莉子ちゃんを誘拐しましたね？」

「何を──」

「久保も長池も犯行を自供しています。彼らによれば、あなたが主犯だったそうですね」

「冗談じゃない。どうして俺が誘拐なんか――」

「奥さんもです」

皆川の一言に、大嶋が凍りついた。顔面が真っ白になり、唇が震え始める。やがて唇を薄く開いたが、すぐにぴたりと閉じてしまった。

「奥さんは、あなたの家に見知らぬ女の子がいたのを見ています。奥さんも誘拐に加担して、莉子ちゃんの面倒を見ていたんですか？」

「女房は関係ない！」

大嶋が叫んだが、皆川は無視して淡々と説明を続けた。少し置き去りにしてやるつもりだった。

「あなたの会社の財務状況を調べました。五月、六月には資金繰りが悪化して、かなり危ない状況だったと聞いています。これは、銀行からも確認が取れています……それが、七月には急に状況が好転した。大きな仕事があったわけでも、貸付金を回収したわけでもない。仕事によるものではない臨時収入があったんですね。あるいは、その見込みができたか」

「ビジネスのことは、何も言えないね」震える声で大嶋が言った。

「警察には、帳簿を読む専門家もいるんですよ。調べたら、半日で異常を発見します。ただ、どこから金が出てきたかまでは分からない。それは、あなたの口から直接説明してもらうしかないんです」

「言うことはない」

「そうですか……では、もう少し我々の推測を話します」皆川は両手を組み合わせ、テーブルに置いた。「あなたは、会社の運転資金を確保するために誘拐を計画した。仲間は久保や長池ら、計五人——闇サイトで集めた人間たちですね。身代金の受け取りに成功して、五千万円を奪いました。回収したのは死んだ小澤……彼は、逃亡中に橋田にスウィッチする形で金を渡し、警察の目を欺いた。しかしその後、小澤は追われていることに気づき、車ごと海に突っこみました。これが事故だったのか、逃げきれないと分かって自殺したのかは分かっていません。私は、事故だったと信じています」つまり、自分の責任ではない——しかし今は、ここを強調し過ぎるべきではない。「その後、久保が人質の莉子ちゃんを殺しました。それはあなたの指示ですか？」

「冗談じゃない。俺は人を殺すようなことは——」

「あなたの指示だったか、久保の独断だったかは、これからゆっくり調べます。時間はたっぷりありますからね。その後、人質を殺した事実に怯《おび》えた長池は、分け前を受け取ることもなく、東京に逃亡しました。金がないので強盗事件を起こし、逮捕されて、事態が動き始めたんです。闇サイトで集めた人間は、所詮バイト感覚であなたに従っただけでしょう。そういう人間を難しい犯行に誘うのは、危険だと思いませんでしたか？本当に信用できると思いました？」

「俺は──」大嶋が言いかけ、口を閉ざす。

「どうぞ、何か言い訳なり説明なりがあるなら言って下さい」皆川は右手を大嶋に向かって差し出した。「ありませんか？　だったら続けます。何かおかしなことがあったら、いつでも指摘して下さい」

無言で、ただ皆川の顔を凝視するだけ。唇をあまりにもきつく結んでいるので、細い線のようになってしまっている。

「あなたの企んだ誘拐事件は、一応終わったはずでした。ところが今度は、あなたの息子さん──陽斗君が誘拐されました。陽斗君に声をかけて誘拐したのは、殺された橋田です。それも、あなたが交通事故に遭ったので、病院に行かなくてはいけない、というでっち上げでした。橋田たちは、あなたが企てた誘拐事件の打ち合わせで、何度かあなたの家を訪れていたから、陽斗君も顔見知りだったんですね？　だから、嘘を疑わなかった。お父さんが大好きだから、心配でしょうがなかったでしょうしね」

大嶋の顎にぐっと力が入る。昨夜の三山のようなわけにはいかない……久保のような男を相手にしている方がよほど楽なのではないか。大嶋に対しては、あらゆる感情、そして倫理に訴える取り調べをしなければならないだろう。

「仲間割れですね？」皆川はずばりと指摘した。「あなたは、約束した分け前を久保たちに渡さなかった。どういう事情の変化だったか分かりませんが、危険を犯した久保たちにすれば、それが許せなかった。そこで連中が——久保と橋田が計画したのが、第二の誘拐なんです。あなたのアキレス腱《けん》である陽斗君を誘拐して金を奪う——彼らは、あなたのやり方をそのまま使ったわけです。あなたは陽斗君を人質に取られて、身代金を渡さざるを得なかった。その結果無事に陽斗君は帰ってきましたが、久保と橋田の間では、金の分配と陽斗君の処遇を巡って仲間割れが起きました。久保は、陽斗君を殺そうとしたんです。橋田はそれを止めて、陽斗君を家に帰した。久保は裏切り者の橋田をあっさり殺して、しかも人目につきやすいところに遺棄した」

「あの男は……逮捕されているんですよね」

「ええ」

「出てこないだろうな」大嶋の目に恐怖が走る。

「それは分かりません。精神鑑定が必要かどうかは、私には何とも言えませんけど、普通は留置されたまま、裁判に臨むことになると思います」

「つまり、あいつに会うことはないわけだ」

認めた——実質的に認めたと言っていい。大嶋は、久保と顔見知りだと認めたのだ。

「裁判所では顔を合わせるかもしれませんが」

「そうですか……」大嶋が溜息をついた。

「先のことは何とも言えません。裁判のことまでは、警察は分かりませんので」

「そうですか……」低い声で繰り返す。一言発する度に自信がなくなっていくようだった。

「まとめます」皆川はすっと背筋を伸ばした。いちいち立ち止まって確認していかないと、話の流れが分からなくなってしまう。それほど錯綜《さくそう》した事件だったのだ。「あなたは他の四人――久保広人、橋田泰人、小澤政義、長池直樹を誘って、松本莉子ちゃんの誘拐事件を企てた。人質を取って、身代金の奪取には成功したものの、小澤は死亡。しかも久保は、人質の莉子ちゃんを殺してしまいました」その様子をあっさりと語った久保の顔を思いだし、皆川は身震いした。「長池は東京に逃亡して逮捕され、残された久保と橋田が、分け前の分配を狙って陽斗君を誘拐し、あなたは結局身代金を払った。その後、久保と橋田がまた仲間割れを起こして、久保が橋田を殺してしまったんですが、これは久保の一方的な供述によるものですし、あなたは知らないことですね」

「もちろん。俺には関係ない……」

「二人が話しているのを聞いた人がいるんです」皆川は中谷の顔を思い浮かべた。「ある店で、あなたの名前が出ました。それで誘拐事件が発覚したんです。あまりにも用心が足りない……それであなたは、どうして誘拐なんかしたんですか？」肝心なポイント――動機にかかわることだ、皆川は気持ちを引き締めながら訊ねた。「金に困っていたのは分かりますが、銀行にノーと言われても、調達する方法はあったんじゃないですか」

「刑事さんは……案外世間知らずなんですね？」蔑むような口調で大嶋が言った。「世慣れているわけではありませんよ」

「もちろん、消費者金融でつまむ、という手もあります。ただ、金利を考えると、そんなリスクは冒せない。一時的に解消しても、後にはもっとひどい苦しみが来るんです」

「そうは言っても……」

「俺にも一応、責任があるんでね」大嶋が右手で顔を擦った。「従業員にも、家族にも……養っていかなくてはいけない人間が、何人もいるんです。そういう人たちを路頭に迷わせるわけにはいかない」

「それは分かりますが、だからと言って犯罪に走っていいわけじゃない」

「そこまで追い詰められていたんですよ」大嶋が真顔で訴えた。「人に対して責任を持つということは――時には、手を汚さなければならないこともあるんだ」

「その件については、どう思っているんですか――」ふと皆川は、ずっと頭の片隅に引っかかっていたかすかな異常を思い出した。莉子を誘拐したことで得た金は、会社のために消えてしまったはずである。陽斗を解放するための身代金は、どうやって捻出したのか。「陽斗君の身代金は、どこから出てきたんですか」

「それは、あちこちからかき集めて――」

「それができるぐらいだったら、そもそも莉子ちゃんの誘拐を企てたりしなかったでしょう。弟さん――敦夫さんも、金の出所は知らないと言っていました。金のことで困ったら、まず家族に相談するのが普通じゃないですか」

「弟は弟で苦しいんでね」

「だったら、どこから借りたんですか？」

「それは言えない」

「言えない、では困るんですよ。明らかにおかしいでしょう」

「おかしいかもしれないが、言えない」

「だったら、莉子ちゃんを誘拐した事実は認めますか？」

明らかに論理が飛んでいる――まったく関係ない話にジャンプしたのだが、大嶋はそれなりの衝撃を受けたようだった。

「この事件は複雑です。解き明かすには時間もかかるし、誠実な証言が必要です。でも我々は諦めません。莉子ちゃんがどうして殺されたのか、きっちり解決しないと、松本さん一家も浮かばれないでしょう」

「それは……どうかな」

大嶋の唇が皮肉に歪む。皆川は警戒した。何か、今までと様子が違う。

「どういう意味ですか」

大嶋が黙りこむ。気をつけろ、まだ完全に落ちたわけではないのだと皆川は気を引き締めた。この件で話す気がないなら、他の話題にチェンジする——なかなか一直線に進まない取り調べに苛立ちながら、基本に立ち帰った。まずは時間軸を追って最初からだ。

「そもそも、どうして松本莉子ちゃんを狙ったんですか」

「金を持っている家は、分かる」

「確かにＨＨＳ社は大きな会社ですが……あなた、若い頃、あそこで働いていたんですよね？」

「ああ。高校を出てから、五年ほど」

「だから、あの会社がどれぐらい資産を持っているか——正確に言えば、松本家にどれだけの金があるかも分かっていたんですね」

「いや」

「違うんですか？」

「俺が働いていた頃、あそこはまだ小さな会社だった。自転車操業で、経営危機も何度もあったんですよ」

「でも、今は違う。あなたは今も、創業者の松本俊也さんとつき合いがあるそうですね」

「お世話になった人だから」

「酒を酌み交わすこともある？」

「たまには」

「そうやって、松本家にどれだけ資産があるか、探り出したんですか？　あるいは酒の席で、相手の口から自然に出てきたとか」

「金の話を、人目がある場所でする人間はいない。どこで税務署の目が光っているか分からないから……とにかく俺は、松本さんの資産がどれぐらいあるかなんて、知らなかった」

「でも、五千万円を要求した——根拠がないと、できないでしょう」

「それは……」

ここまでは一応すらすら話していた大嶋が、急に黙りこむ。何か重要なポイントに触れたのだと皆川は確信したが、読めない——本音を探らせないつもりか、大嶋は無表情を貫いている。

そう言えば自分も、松本家がどうやって身代金を用意したのかを知らない……何かが気になった。いかに一家で会社を経営しているとはいえ、簡単に調達できる金額ではないはずだ。皆川は絵里に声をかけ、一緒に取調室を出た。ドアは開け放したままで、大嶋の様子は視界に入れ続ける。

「莉子ちゃんの身代金は、どうやって調達したんでしょう」小声で疑問を口にする。

「どうだったかな……詳しい事情は私も聞いてないわ。ただ、何とかなるっていう話を聞いて、それ以上は詳しく突っこまなかった。実際、用意できたでしょう」

「ですよね……でも、何か変です。今から調べられますかね」

「手が空いている人に事情聴取してもらうように頼んでくるわ。取り調べは一時中断でいいわね」

「休憩にしましょう」皆川は腕時計を見た。もう一時間が経っている。

「本当に休憩でいいの？」

「と言いますと？」

「休憩しているつもりで雑談をしている時に、相手が本音を漏らすこともあるわよ」

「そういう手は使いたくないんです」皆川は首を横に振った。

「別に違法でも、卑怯《ひきょう》な手でもない――」

「正面突破したいんです」皆川は絵里の言葉を遮った。ついで、大嶋の様子をちらりと見る。うつむいて、テーブルと無言の会話を交わしているようだった。「そうじゃないと、後々向こうが後悔することにもなりますから」

「そう」絵里がすっとうなずいた。「だったら好きにするといいわ。今回の取り調べ担当はあなたなんだから」

皆川は絵里を送り出し、取調室に入った。ゆっくりと椅子に腰を下ろし、両手を組み合わせて「少し休憩にします」と告げた。大嶋が顔を上げ、ふっと息を吐く。肩の力が少し抜けたようで、皆川も少しだけリラックスすることを自分に許した。

「ご家族は、今回の件について何と言っているんですか」あくまで「雑談」の範囲だと意識しながら皆川は訊ねた。

「それは、もう……陽斗が無事に帰ってきたんですから」

「言い忘れましたが、金は発見しました。ほとんど手つかずのまま、久保の自宅で見つけたんです。ああ……ひとつ、言っておくべきことがありました」

「何ですか」

この情報が大嶋を動揺させ、新たな自供を引き出すかもしれない——皆川はゆっくりと顔を上下させ、「ちょっと待ちましょう」と告げた。大嶋が不思議そうな表情を浮かべたが、今は待つしかない。やはり「取り調べ」の中で言いたい。

絵里が戻ってきて、うなずきかける。皆川はうなずき返して、早速「取り調べを再開します」と大嶋に告げた。大嶋は素早く顎を引いたが、納得してうなずいたのかどうかは分からない。目に光がないのだ。まだ全てを諦めて全面自供する感じではないが、もう一歩だと確信する。

「久保は、金を奪えなくてもよかったのかもしれない」

「どういうことですか？」

「あなたは、陽斗君を誘拐したのが久保たちだということは気づいていたんですか？」

「薄々とは……」

「さっきも言いましたが、久保は金を奪った後、仲間割れして橋田を殺しました。その現場に、わざわざ空っぽになったボストンバッグを置いていったんです。最初の――莉子ちゃんが誘拐された時、身代金を運ぶのに使われたバッグでした。どうしてそんなことをしたのか、最初は分かりませんでした。わざわざ証拠を残すようなものですからね……でも久保本人に確認したところ、あれはあなたに対する警告だった」

大嶋がぼんやりした目つきで皆川を見た。

「金を奪っただけでは済まない。あなたも殺すというメッセージだったんです」

大嶋の目の焦点が合った。唇が震え始め、何とか自分を落ち着かせようとするように、ゆっくりと息を吐く。

「あいつは……あいつを引き入れたのは失敗だった」

「そうでしょうね」皆川は相槌を打った。「久保は生来の犯罪者……というより、残酷なことを好む性向です。莉子ちゃんや橋田をあっさり殺したのも、そのせいでしょう。

あなたに裏切られたと思って、復讐しようと決めたら、残酷な方法を取るのは間違いありません。正直に言えば、陽斗君が無事で帰ってきたのは奇跡としか言えません。久保は『橋田は甘いんだ』と文句を言ってましたけどね」

大嶋の顔面が蒼白になる。

「取り敢えず、陽斗君が無事で帰ってきてよかったと思います。でも、そもそもあなたが誘拐事件なんか起こさなければ、こんなことにはならなかったんじゃないですか」

「いくら金のためとはいえ、誘拐なんかすると思いますか？」

「どういうことですか」皆川は眉を寄せた。まるで自分の行為を全否定するような言葉……しかし、反省している様子ではない。

「俺がどうして莉子ちゃんを誘拐したのか……今から話します」

大嶋は全てを話した。

嫌な予感はしていた。だが大嶋の語る真相は、皆川の予想を遥《はる》かに上回るものだった。

皆川を含む四人の刑事は、ＨＨＳ社の前で配置についた。午後八時……この時間になってもまだ会社に籠っているのは、孫を亡くした衝撃を仕事で紛らわせているからだろう。しかしそれは全て自分のせいで——だとすると、単純な誘拐で孫を殺されたよりも衝撃は大きいはずだ。

しかし、一切同情の余地はない。

「遅いわね」絵里が左腕を持ち上げ、腕時計を確認する。

「最近は、いつもこれぐらいの時間らしいです」皆川は密かに総務部長の田代と連絡を取り、動向を探っていた。田代はいかにも不安そうだったが、こちらの狙いは隠したままだ。騙すようで気の毒だと思ったが、警察の仕事上何でも話せるものではない。

熱風が顔を叩く。この時間になっても、まだ気温は三十度を下回っていないようだ。

「今、何したい？」絵里が突然訊ねた。

「走りたいですね」右の腿を叩く。昨日無理して久保を追い詰めたので悪化したかと思ったが、意外なことに何ともなかった。医者からは全治二週間と言われたが、一週間ぐらいで本気で走れるようになるかもしれない。その時のことを考えると、体の奥が熱く疼《うず》くようだった。結局自分は、走ることから遠ざかれない……。「花澤さんは？」

「出てきたら、ぶん殴ってやりたい」

「いや、それは……」

「そもそもの始まりを作ったわけでしょう？　本当にあんな個人的な理由だったら、絶対に許せないわ。監察に調べられるぐらい、全然平気だし」

「あれ、嫌なものですよ」

「ああ、君は経験者か……」絵里が苦笑する。しかしすぐに表情が引き締まった。「来たわよ」

皆川はすぐに裏口に向けて走り出した。この時間、正面の出入り口は閉まっており、残業している社員は裏口から出入りする。そもそも、ここから出た方が家——二度と帰れないかもしれない家——に近いのだ。

「松本俊也さん」向こうはもう、俺を覚えていないかもしれないと思いながら、皆川はバッジを掲げた。「県警捜査一課の皆川です。ご同行願えますか」

「まだ何か、莉子の件で——」

「ええ。あなたが莉子ちゃんを誘拐させようとした経緯について、話を聴かせて下さい」

9

皆川は自宅の周辺だけではなく、県警本部の近くでも、昼休みに走れるコースを設定している。本部のすぐ前にある東公園の北の角をスタート地点にして南西へ走り、千代小学校の角から公園の裏側に出て一周。この約一・五キロのコースを、普通三周か四周こなす。体がかろうじて温まる程度の距離だが、走らないよりはいい。走り終え、JR吉塚駅前にあるスーパー——県警本部の職員御用達《ごようたし》だ——で弁当を仕入れて大急ぎでかきこむと、昼休みの時間が終わる。

今日は三キロ……それが限界だった。八月に入り、腿の傷はほとんど癒えていたが、とにかく暑さが強烈過ぎる。真昼にこれ以上走るのは、自殺行為以外の何物でもない。二周目の終わりに県警本部の建物が見えてくると、皆川はスピードを緩めた。公園の中に入り、クールダウンのストレッチをしたが、どこがクールダウンなんだ、と自分に皮肉る。冷えるどころか体が干上がってしまう——入り口近くにある自動販売機でスポーツドリンクを買い、一気にボトル半分ほど飲み干した。それで多少生き返った気分になり、残りの道のりをゆっくりと歩き始める。交差点近くの公園は、白壁に囲まれた駐車場になっており——そこで皆川は、旧知の人物を見つけた。

「参事官……」

福岡県警刑事部総合参事官、永井。八月一日付で赴任してきていたが、一巡査部長に過ぎない皆川は、これまで会う機会がなかった。

「精が出ますね」永井が笑みを浮かべる。

「どうしたんですか？」

「待ってたんですよ。ここをよく走っていると聞いたので」

「用事があるなら呼び出してくれればいいじゃないですか。いつでも飛んでいきますよ」

「庁舎の中では話しにくいこともあります。ちょっと公園に入りましょうか」

促されるまま、皆川は公園に入った。木陰に身を寄せてほっと一息つく。

「九州の暑さも、昔に比べるとひどくなりましたね」永井がハンカチで額を拭った。

「以前もこちらにいらっしゃったんですか?」

「福岡ではなく、熊本県警の捜査二課ですけどね。あの頃は、今ほど暑くなかった」

「そうでしょうね……」皆川はスポーツドリンクを飲んだ。永井が手ぶらなのが申し訳ないが、飲みかけを勧めるわけにもいかない。

「大変面倒な事件だったようですね」

「ええ」

「個人的に興味があります。ここへ来る前の事件ですから、それほど詳しい報告は受けていないんですよ。詳細を教えてもらえませんか?」

今日はシャワーも昼食も抜きだな、と覚悟した。しかし永井には、話しておかねばならない気がする。彼には激励――気合いを入れてもらったのだし。

「どこまでご存じかは分かりませんが……」

「粗筋は頭に入っています。分からないのは、松本家の中の問題ですよ」

「ああ……」一番話したくない部分ではある。だがそれが、全ての始まりだったのだ。省略するわけにはいかないだろう。「そもそも松本家では、父子の関係が上手く行っていなかったんです。昔からそうだったんですが、会社の経営を息子に譲り渡してからは、一層関係が悪化したようです。父親にすれば、息子は仕事よりも家族を大事にし過ぎて、仕事に気持ちが入っていないということだったようですね。実際、業績は悪化していました。それで、息子を降格させて自分が社長に返り咲こうとしたんですが、さすがにそこは息子も譲らなかった。そこで父親は、息子の力を削ぐために、金を吐き出させようとしたんです」

「それが、誘拐の身代金につながってくるんですか？」

「そういうことです。五千万円の身代金要求に対して、息子の方もさすがに全額は用意できなかった。そこで父親が、自分が都合してもいいと提案してきたんです。引き換えに息子が持つ株を譲り受ける、という条件で」

「ちょっと待って下さい。二人は同居していたんでしょう？　二世帯住宅だと聞いていますよ」

「ええ。でも、家計はまったく別だったようです。しかも金の件では互いにシビアで……それだけ親子関係が緊張していたんでしょう」

「なるほど……」永井が拳を顎に押し当てた。目が暗い。

「父親——松本俊也は、旧知の仲だった大嶋に依頼して、誘拐を実行するようにそそのかしました。資金難で自分の会社が危うくなっていた大嶋は、その話に乗ってしまった。

もともとは、大嶋のアイディアではなかったんです」

「被害者――お孫さんが殺されたのは、まったく想定外だったんですね？」

「ええ。だから後になって慌てて、私のところに意味不明の電話をかけてきたんです。まともな精神状態ではありませんでしたよ」皆川はうなずいた。顎から垂れた汗がアスファルトに小さな点を作る。「誘拐犯グループに、完全なサイコ野郎が一人いたんです」

「久保という男ですね」

「そうです」

「もう一件の誘拐は、仲間割れによるものだと聞きましたが」

「その通りです」

「資金難の人間が、よく五千万円もの金を用意できましたね？　会社の運転資金で、誘拐事件で奪った金も使ってしまっていたんじゃないんですか？」永井が首を傾げる。

「ええ」

「では、どこから五千万円が？」

「松本俊也」

「彼は、実質的に最初の五千万円も出していたんでしょう？」永井が目を見開く。「いったいどれだけ資産があるんですか」

「そこは捜査中です。さすがにもう、口座は空みたいですけどね……」

虚しい話だ……虚しいといえば、後から分かった松本父子のやり取りも虚しい。娘を取り戻すために、必死に父親に頭を下げる息子。その息子に対して、株と引き換えなら金を出すと言い張った父親。

家族なのに家族ではない。

「その時点で、何かがおかしいとは思いました。父親が関係しているとは思わなかったけど」後になって、息子の秀俊は供述したものだ。「どうして娘の命がかかっている時に、株がどうのこうのと言うのか……オヤジにとっては孫ですよ？　孫よりも会社が大事な人だったんだ……」

信じられない、と皆川も思った。実の孫の命を危険に晒してまで、会社の実権を手に入れたいと思うのは、どういう心理なのだろう。松本を「生来の犯罪者」とは呼べないかもしれないが、人間として基本的に大事なものが欠落しているのは間違いない。

家族を思う気持ちが薄い人はいるだろう。だが、こと命がかかれば話は別だ。松本親子の異常なやり取りを思い出す度に、皆川は内臓を摑まれるような痛みを覚える。同時に、後悔も感じるのだった。あの父子の様子がどこかぎくしゃくしておかしかったのは、犯人からの連絡を待って松本家で待機している時から感じていた。あの時にもっと疑問を持ち、突っこんで調べていたら、莉子の殺害も、第二の誘拐事件も起きなかったかもしれない。

結局二件の誘拐事件で、三人の命が奪われたのだ。その全てに自分は責任があるのでは、と皆川はずっと思っていた。

「ひどい話だったんですね」永井が溜息と一緒に言葉を押し出した。

「ええ……私も、こんなひどい事件は初めてです。横浜の特命捜査の時よりもひどい」

「あの時とは、まったく性格が違うでしょう。横浜の一件は、組織の醜さが現れた事件です。今回の事件は、家族の軋《きし》みが原因でしょう。もっと根源的な……人間の根幹に関わる事件ですよ」

「そうかもしれませんね」

「あなたも、顔つきが変わりましたね」

「そうですか？」皆川はボトルを持っていない左手で頬を擦った。「自分ではよく分かりませんけど」

「傷を負ったんでしょうね」

「傷？」確かに、撃たれて負傷はしたのだが……永井の言っているのはそういう意味ではないだろう。

「刑事は、事件に傷つけられるんですよ。もちろん、まったく難しくない事件もあります。淡々と事務的に処理して、一か月後には忘れてしまうような事件です。実際、ほとんどの事件はそうだと言っていいでしょうね。でも、今回の事件はそういうものではなかったようですね」

「ええ」

「そういう時、被害者の苦しみや加害者の汚れた心で、傷をつけられるんです。それはずっと、消えないんですね。ただ、傷を負わない刑事は成長もしない」

「傷ついているんですけどね……でも、そういうのが顔に出ない、と言われているんです」佐竹の顔を思い出す。

「確かにあなたは、そういうタイプですね。横浜の一件でもひどい思いをしましたが、あなたは比較的冷静だった。淡々と仕事をこなしていた印象があります。実際、この人は怒ることがあるのかな、と思いましたよ。私でも激怒していたのに」

「参事官がですか？　そうは見えませんでしたけど」

「私もあなたと同じで、内心が顔に出にくいタイプかもしれません。でもたまには、感情をそのままむき出しにするのもいいんじゃないですかね。私は、そういうタイプの刑事を尊重します」

「神谷さんのように？」

「彼は、そういう枠には当てはまらない」永井が真顔で言った。「とにかく今回の事件で、あなたが刑事として成長したことを信じています。これからあなたには、たくさん仕事をしてもらわないといけませんから」

「マル暴関係ですか?」

「そういうわけではないですけどね……刑事部の仕事は多岐にわたります」

「はい」

「結構です」

満足げに言って、永井が手を差し出す。キャリアの上司と握手で挨拶はないだろうなと思いつつ、皆川は彼の手を握った。

木漏れ日というには強烈な陽射しが降り注ぐ。夏はまだ終わりそうになかった。

解説　律義者たちへ――堂場瞬一の視線

梶屋隆介

『共犯捜査』は堂場瞬一「捜査」シリーズの第3作にあたる。第1作『検証捜査』に登場した警察庁のキャリア、永井や警視庁の刑事、神谷、大阪府警監察官、島村、そして福岡県警刑事、皆川が顔をそろえる。とはいっても、ひたすら事件に翻弄されるのは皆川で、永井、神谷、島村はほんの少し顔を出す程度なのだけれど、物語を大きく転回させる重要な役割りを負っている。そういうことでいえば、第1作の特別捜査チームの繋《つな》がりは活《い》きている。

福岡市内で少女誘拐事件が起こるところから物語は幕を開ける。誘拐事件は身代金の受け渡しがどうしても核心とならざるを得ない。『共犯捜査』の導入もこの核心部分をスピードをあげて疾走する。誘拐犯を追う側と逃げる側の接点があるのだから、いやが応でも互いの知恵をしぼった一発勝負となる。

このいきなりのスピードと駆け引きを読むと、どうしても本田靖春のノンフィクションの名作『誘拐』を思い起こしてしまう。もちろん時代背景も、フィクションとノンフィクションという作法も異なるから、それは本田靖春も読売新聞社会部記者であったという堂場瞬一との経歴の類似にこと寄せただけのことかもしれないのだけれど。

しかし、あらためて本田靖春の『誘拐』のページをめくると、警視庁で名刑事の名をほしいままにした平塚八兵衛のこんな言葉を拾っている。

〈幹部はいつでも出来上ったもの（捜査報告書）ばかりいただいてる。つまり、机上と現場はピタリ一致していねえってことだ。（略）おれが組織捜査が嫌いだってのは、現場の意見がまっすぐ上に届かねえで、途中でひん曲って伝わることが多いからだよ、組織ってのは。ついでにいっちまえば、組織にのっかると肝腎のホシ（犯人）を追うのを忘れて、肩のホシ（階級）ばっかり増やすことを考えるのさ。デカが肩のホシを追うようになったら、おしまいさ。この気持、わかるだろう〉

少々引用が長くなってしまったようだ。お赦《ゆる》し願いたい。それでもこの平塚八兵衛の絞り出すような言葉は、堂場瞬一の「捜査」シリーズに登場する刑事たちと通底するものがあるように思えてならない。

警察はまがう方ない階級社会である。その階段を昇るためには、試験を突破して一段ずつ一段ずつ上がっていかなくてはならない。だから『共犯捜査』の中では34歳の巡査部長、皆川は疲れ果てて家に帰っても、昇級を願うならば机に向かわざるを得ないという「現実」の中にもいるということになる。

　虚実を一緒くたにして脱線したのかもしれないけれど、本作の主人公、皆川刑事ともうひとりの花澤刑事にこうした苛烈《かれつ》な組織の論理を当てはめれば、それでもワルを追いつめる彼らの心意気の熱さがより感じられるのかもしれない。本田靖春も『誘拐』の中でこう書いている。

〈捜査員は、しばしば、猟犬にたとえられる。その趣旨とはいささか異るのだが、獲物を追いかけはしても、これを自分では殺さないところが、両者に共通している〉

『共犯捜査』にもさまざまな警察組織の役職名が出てくる。具体的には捜査一課長の佐竹、監察官の古屋、管理官の宮下、一課の係長、真下といった上級の警察官がいて、鑑識課、生活安全課、広報課、特殊班、強行班といった具合になる。そして捜査一課長は階級でいえば警視。その上の部長はおおむね警視正ということになるのだが、各都道府県の採用試験を経て警察組織に入ったノンキャリアの人間には、ここまですらほぼ無縁のホシ（肩の）ということになる。その上の大きな県の本部長＝警視監は警察庁キャリア組の席と定まっている。さらにいえば、ノンキャリア組の一般的な昇級モデルは30代半ばから40代に入ってようやく警部補になれるかどうかといったところになる。どんなに肩のホシを追いかけても警視正で定年を迎える、という社会である。この伝でいうと、花澤刑事は警部補だからまあまあ順当。皆川刑事はこれからが踏ん張りどころということになるのだろう。

皆川刑事は福岡県警に入って10年にもなるのに、いつまで経《た》っても強面《こわもて》のデカになりきれず、箱根駅伝の選手であった学生時代の栄光を引きずることもなく猟犬のように走りまわっている。それも不器用な猟犬として描かれている。

この物語の「第一部　最悪の始まり」に、自宅から5キロまでランニングをする印象的なシーンがある。皆川はその地点でラーメン屋に飛び込むのだが、やきめしセットを注文してしまう。季節は「クソ暑い七月の夜」ということになっている。やきめしセットは豚骨ラーメンとのセットということになっている。主人公の皆川はここで、同じ福岡でも博多と久留米の豚骨ラーメンの違いについて蘊蓄《うんちく》を傾ける。「クソ暑い七月の夜」に。

物語の本線とはまったく関係ないのだけれど、不思議と印象に残る皆川の人物造形になる。同じように彼の食生活を作品の中から探すと、ファミレスでのシーザーサラダとトマトソースのかかったイタリア風ポークカツ、また別の日にもファミレスでチキンのグリル、ランチステーキということになる。あとはアイスコーヒーはよく飲むが、酒は居酒屋でほんの少しの水割りしか飲んでいない。

こうしたことから堂場瞬一が皆川に付託した人物像は、奢《おご》らない律義者の刑事ということになるのだろう。驕《おご》らないと言い換えてもいいかもしれない。所轄の署の近くの馴《な》染《じ》みの店で盃を重ねる刑事は現実にはいる。仕事が一段落つけば刑事だって酒を飲む。また今日は敷居が低いと思えば、そこに押しかける事件記者もいる。堂場瞬一はサツ回りの記者時代にそうした「呼吸」が嫌いだったのだろうか。だから皆川のような律義者が作品の中で走り回るのだけれど、取材記者は書き割りのようにしか出てこない。

「第一部　最悪の始まり」には、こんな言葉さえ出てくる。

「報道協定は（略）被害者の安全を優先した紳士協定というのが建前だが、実際には警察がマスコミをコントロールしているに過ぎない。うろちょろされると邪魔なのだ」

〈制服の下にはいつも別の制服がある〉という警句がある。〈制服を身につけてその制服がもつ力を誇示する人間は、案外あっさりとその制服を脱ぎ捨てて別の制服に着替えるものだ。気をつけよう〉というくらいの意味でつかわれるようだ。ここで案外見過ごされがちなことなのだけれど、刑事は基本的に私服で動き回る。堂場瞬一は制服がフォーマルな巨大組織の中で、制服を着ない刑事たちの哀切と痛切を描こうとするのだろうか。なにしろ全国で27万人いる警察官の中で、圧倒的多数は制服をつけているのだから。哀切と痛切というとずい分と大仰な響きになってしまうのだけれど、律義者でありつづけようとする刑事たちの物語と考えれば、それほど大仰なことでもないのだろう。

まったくの余談ながら、皆川刑事の将来に虚構世界を離れて肩入れしてしまったからにはと思い、福岡県警の警部補昇級試験の問題集を取り寄せてみた。いわゆる過去問といわれるものなのだが、これがとても難しい。大学の法学部を卒業していても、相当気合いを入れ直さなくては警部補への道は遠い。たとえば〈憲法〉の問題はこうだ。〈憲法に定める令状主義について説明するとともに、緊急逮捕の合憲性について述べなさい〉。どうだろうか。さらに〈行政法〉〈刑法〉〈刑事訴訟法〉と難問はつづく。刑事という仕事は、体力だけでは生きるのがつらい世界でもあるようなのだ。

この作品の最後に、皆川は被疑者と取調室で相対する。事件にさんざん翻弄されつづけた皆川に上司がいう。「さっさと落としてこい」。読みすすめてきたこちらも「待ってました！」と声をかけたくなる幕切れなのである。

この「捜査」シリーズは本作の皆川と、第2作『複合捜査』の桜内刑事もそうなのだが、第1作『検証捜査』の特別捜査チームそれぞれの成長小説として読むこともできる。チームで残るのは大阪府警の島村と北海道警の女刑事、保井ということになる。シリーズ第4作はどちらの成長物語になるのだろうか。

（かじや・りゅうすけ　編集者）

本書は、集英社文庫のために書き下ろされた作品です。

この作品はフィクションであり、実在の個人・団体・事件などとは、一切関係ありません。

堂場瞬一の本

8年

30歳すぎの元オリンピック出場投手が大リーグへ挑戦！　自分の夢を実現するため、チャレンジする男の生き様を描くスポーツ小説の白眉。第13回小説すばる新人賞受賞作。

集英社文庫

堂場瞬一の本

少年の輝く海

山村留学で瀬戸内の島にやってきた中学生・浩次は、海に沈んだ財宝を探すことに。同じ山村留学の花香を誘って、海へ漕ぎ出すのだが……。少年少女の波乱の夏を瑞々しく描く青春小説。

堂場瞬一の本

いつか白球は海へ

プロ入りを諦めた大学野球のヒーロー海藤。存亡の危機にある社会人チームで勝利のために挑むが……。スポーツ小説の旗手が野球ファンに捧げる日本版「フィールド・オブ・ドリームス」。

集英社文庫

堂場瞬一の本

検証捜査

左遷中の神谷警部補に、連続殺人事件の外部捜査の指令が届く。神奈川県警の捜査ミスを追うチームが組織され、特命の検証捜査を開始。執念の追跡の果てに、驚愕の真相が！

集英社文庫

堂場瞬一の本

複合捜査

埼玉県内で凶悪事件が頻発。夜間緊急警備班の若林は、放火現場へ急行し初動捜査にあたる。翌日の殺人が、放火と関連があると睨んだ警備班は……。熱い刑事魂を描く書下ろし警察小説。

堂場瞬一の本

解

政治家と小説家という学生時代の夢を叶えた男達。二人の間には、忌まわしい殺人事件の過去が封印され……。彼らの足跡を辿りながら、平成という時代を照射する社会派ミステリー。

集英社文庫

集英社文庫

共犯捜査《きょうはんそうさ》

2016年7月25日　第1刷　　定価はカバーに表示してあります。
2022年4月13日　第6刷

著　者　堂場瞬一《どうばしゅんいち》

発行者　徳永　真

発行所　株式会社　集英社
東京都千代田区一ツ橋2-5-10　〒101-8050
電話　【編集部】03-3230-6095
【読者係】03-3230-6080
【販売部】03-3230-6393(書店専用)

印　刷　凸版印刷株式会社

製　本　凸版印刷株式会社

フォーマットデザイン　アリヤマデザインストア　　マークデザイン　居山浩二

ISBN978-4-08-745466-6 C0193